Hans Jakob Christoph von Grimmelshausen, Eugen Guido Kolbenheyer

Der abenteuerliche Simplicissimus

Hans Jakob Christoph von Grimmelshausen, Eugen Guido Kolbenheyer

Der abenteuerliche Simplicissimus

ISBN/EAN: 9783337358570

Hergestellt in Europa, USA, Kanada, Australien, Japan

Cover: Foto ©Andreas Hilbeck / pixelio.de

Weitere Bücher finden Sie auf **www.hansebooks.com**

Hans Jakob Christoffel von Grimmelshausen

Der abenteuerliche Simplicissimus

Das ist Beschreibung des Lebens eines seltsamen Vaganten

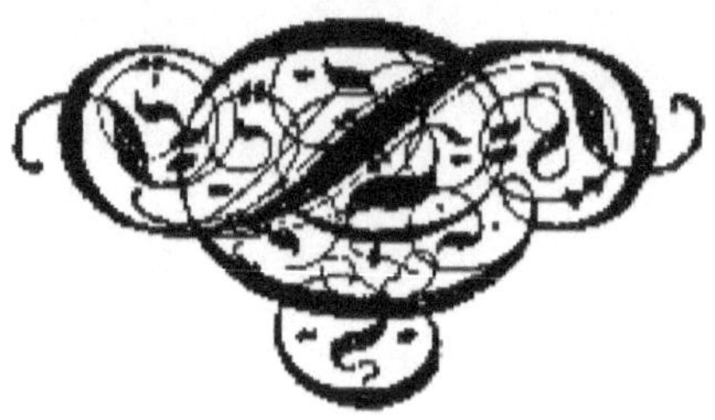

In unwesentlicher Kürzung herausgegeben von

E. G. Kolbenheyer

Volksverband der Bücherfreunde
Wegweiser-Verlag G. m. b. H. Berlin
1920

Der abenteuerliche Simplicissimus erschien 1669 in zweiter Auflage, die erste ging verloren. Der Volksverband der Bücherfreunde bringt durch seine Neuausgabe, die 1919 veranstaltet wurde, in Erinnerung, daß sich das Erscheinen des für die deutsche Literatur- und Sittengeschichte so bedeutungsvollen Kulturromans zum 250. Male jährt.

Steig auf aus deinem Grab, du blanker Sittenrichter,
Und siehe, wie das Rad sich abermals gewandt.
Du, deutscher Sterbensnot und Mühsal herber Dichter,
Durchstreife kundgen Augs dein wundes Vaterland.

Und findest du nicht Dorf und Stadt in Trümmern rauchen,
Weil endlich die Gewalt sich selber ausgebrannt,
So wird dein Blick doch in des Volkes Herzen tauchen,
Und, ach, du findest viel im alten, irren Stand.

Wirst du nicht neu dein bittres Klagelied erheben,
Dem Trümmerhauf entfliehn im härnen Bußgewand?
O schnöde, arge Welt! O, du vergeudet Leben!
Du hoffartstrunknes Herz, wie liegst du tief im Sand! —

Ein Vierteltausend-Jahr spannt seinen bunten Bogen
Von dir zu uns, und alles Einzelglück und -leid
Verschwebt, weil unsres Volkes welterschütternd Wogen
Erschwoll und sank zu Tal im Taumel der Gezeit.

Des Gottes schwere Hand lag auch auf deinen Tagen:
Deutschland zutiefst in Not, verblutet und vertan!
Aus eigner Kraft ermannt und himmelhoch getragen,
Rang es empor und fiel in doppeltharter Bahn.

Uns fruchtet kein Gewinn auf glatten Maklerwegen,
Jung stürmt das herbe Blut und muß im Schmerz erblühn.
So aber wächst und reift in uns ein Weltensegen
Und wird in reinerm Licht erglühen, wird erglühn!

Nun schüttle ab, Simplicius, die Schweigenshülle,
Zeig' deiner fernen Zeiten nahverwandte Fülle!

Das erste Buch

Das erste Kapitel

Diese unsere Zeit, von der man meint, sie sei der Welt Ende, hat all- und jedermann mit einer sonderbaren Sucht geschlagen. Wer nur soviel zusammengeraspelt und erschachert hat, daß ihm etliche Heller im Beutel kützeln, muß sich im Narrenkleid auf die neue Mode tragen, und wen ein Glücksfall als mannhaft und ehrlich erwiesen, der glaubt rittermäßig, gleich einer Adelsperson aufziehen zu müssen.

Solchem Narrenvolk mag ich mich nicht gleichstellen, obzwar meine Abkunft und Auferziehung sich mit der eines Fürsten wohl vergleichen läßt. Etliche Unterschiede sollen billig vor gering angeschlagen sein.

Mein Knän (dann also nennet man die Väter im Spessart) hatte seinen Palast sowohl als ein anderer, ja, kein König vermöchte ihn mit eigenen Händen besser zu bauen. Der war mit Lehm gemalet und anstatt des unfruchtbaren Schiefers, kalten Bleies und roten Kupfers mit Stroh bedeckt, darauf das edel Getreid wächst. Des Schlosses Mauern ließ mein Knän nicht mit gemeinem Feldstein und liederlich gebackenen Ziegeln aufbauen, sondern aus festem, hundertjährigem Eichenholz, auf dem — so man der Eichelmast gedenkt — Bratwürst und fette Schunken wachsen. Wo ist ein Monarch, der ihm dergleichen nachtut! Zimmer, Säl und Gemächer hatte er vom Rauch ganz erschwarzen lassen, nur weil das die beständigste Farbe der Welt ist und solche Tünche auch mehr Zeit braucht, als ein Maler zu seinen trefflichsten Kunststücken erheischet. Die

Tapezereien bestunden in dem zärtesten Gewebe, das auf dem Erdboden gesponnen wird, unzählig kleine Weberinnen hatten sie mit ihren zierlichen Beinen gewirkt. Dem Sankt Nit-Glas waren die Fenster geweiht, und edler als das beste und durchsichtigste Glas von Murano verhüllete sie Leinwand, an der des Baurn und der Weiber redliche Mühsal hängt. Seinem Adel nach beliebet es meinem Knän zu glauben, daß alles was durch viel Müh zuweg gebracht würde, auch schätzbar und desto köstlicher sei, was aber köstlich, das wäre dem Adel am anständigsten. Pagen, Lakaien und Stallknecht stellten Schaf, Böck und Säu und jedes ging fein ordentlich in seiner natürlichen Livrei. Sie warteten mir täglich auf, bis ich sie von der Weid heimtrieb. Rüst- und Harnischkammer war mit Pflügen, Kärsten, Äxten, Hauen, Schaufeln, Mist- und Heugabeln genugsam versehen und mein Vater übte sich täglich in den Waffen. Ochsenanspannen war sein hauptmannschaftliches Kommando, Mistausführen sein Fortifikationswesen, Ackern sein Feldzug, Stallausmisten seine adelige Kurzweil und sein Turnierspiel. Damit rannte er die ganze Weltkugel, soweit er immer reichen konnte, an und jagte ihr zu allen Erntezeiten eine gute Beute ab. Dieses alles setze ich hintan und überhebe mich dessen gar nicht, damit niemand Ursache habe, mich mit den andern neuen Nobilisten auszulachen. Um geliebter Kürze willen aber dozier ich vor diesmal nichts Ausführliches von meines Vaters Geschlecht, Stamm und Namen. Meines Knäns Schloß stand an einem sehr lustigen Ort im Spessart erbaut, allwo die Wölfe einander gute Nacht geben.

Und rittermäßig wie das ganze Hauswesen war meine Auferziehung. Mit zehn Lebensjahren hatte ich die Prinzipien in obgemeldeten adeligen Übungen vollauf begriffen. Mein Knän war vielleicht eines viel zu hohen Geistes und folgte dahero dem gewöhnlichen Brauch, darnach, wer vornehm ist, sich billig um Schulpossen nicht viel bekümmert, weil er seine Leute hat, die derlei Plackschmeißerei abwarten. Ich konnte nicht über fünf zählen, solches aber gar wohl. Sonst war ich ein trefflicher Musikus auf der Sackpfeifen. Und was Gottesgelahrtheit anlangt, glich keiner mir in der ganzen Christenwelt: ich kannte weder Gott noch Menschen, weder Himmel noch Hölle, nicht Engel noch Teufel, wußte nichts von Gutem und Bösem, wie unsere ersten Eltern im Paradies, die in ihrer Unschuld nichts von Krankheit, Tod und Sterben, desto weniger von der Auferstehung gewußt haben. Also auch ich. Und gleichermaßen war ich wohlbewandert in Medizin, Juristerei und sonst den Künsten und Wissenschaften allen. Ich war vollkommen, dann mir war unmüglich zu wissen, daß ich so gar nichts wußte. O wahrhaft edeles Leben!

Das ander Kapitel

Sonach begabete mich mein Knän mit der herrlichsten Würde nicht allein seiner Hofhaltung, sondern der ganzen Welt: mit dem Hirtenamt. Ich mußte die Säu, Ziegen und seine ganze Schafherde hüten, weiden und vermittels meiner Sackpfeifen vor dem Wolf beschützen. Damals glich ich wohl dem David, nur hatte ich an seiner Harfen Statt den Dudelsack. Kein schlimmer Anfang und ein gutes Omen! Von der Welt Anbeginn seind jeweils hohe Personen Hirten gewesen, wie wir von Abel, Abraham, Isaak, Jakob und seinen Söhnen und Moise selbst in der hl. Schrift lesen, da er zuvor seines Schwähers Schafe hüten mußte, eh er Heerführer und Gesetzgeber von ganz Israel ward. Ja, möchte mir jemand vorwerfen, das waren Heilige und keine spessarter Baurenbuben, die von Gott nichts wußten. Dawider muß ich gestehen: Was hat meine damalige Unschuld dessen zu entgelten? Also aber redet Philo der Jud in seiner Lebensbeschreibung Moisis vortrefflich: Das Hirtenamt ist Vorbereitung und Anfang zum Regiment, gleichwie Kriegskünst und Waffenhandwerk auf der Jagd geübt und angeführt werden. — Solches alles muß mein Knän wohl verstanden haben und hat mir also keine geringe Hoffnung zu künftiger Herrlichkeit gemacht.

Allein ich kannte den Wolf ebensowenig als meine eigene Unwissenheit, derowegen war mein Vater in seiner Instruktion desto fleißiger:

»Bub, bis flissig! Los die Schof nit ze wit umanander laffen! Un spill wacker uff der Sackpfiffa, daß der Wolf nit komm und Schada dau! Dann he is a solcher veirboinigter

Schelm und Dieb, der Menscha und Vieha frißt. Un wann dau awer fahrlässi bist, so will eich dir da Buckel arauma!«

Ich antwortete mit gleicher Holdseligkeit: »Knäno, sag mir aa, wei der Wolf seihet? Eich huun noch kan Wolf gesien.«

»Ah, dau grober Eselkopp,« repliziert er hinwider, »dau bleiwest dein Lewelang a Narr! Gait meich Wunner, was aus dir wera wird. Bist schun su a grusser Dölpel und weist noch neit, was der Wolf für a veirfeussiger Schelm is!«

Er gab mir noch mehr Unterweisungen und ward zuletzt unwillig, maßen er mit einem Gebrümmel fortging, weil er sich bedünken ließ, mein grober Verstand könnte seine subtilen Unterweisungen nicht fassen.

Da fing ich an mit der Sackpfeife so gut Geschirr zu machen, daß man den Kroten im Krautgarten mit meinen Schalmeien hätte vergeben mögen. Daneben sang ich, daß die Mutter oft gesagt, sie besorge, die Hühner werden dermaleins von dem Gesang sterben. Demnach ich mich vor dem Wolf sicher genug zu sein bedünkte.

Das dritte Kapitel

Sang also auf ein Zeit ein Lied, das ich von meiner Mutter
selbst gelernet hatte:

Du sehr verachter Baurenstand
Bist doch der beste in dem Land,
Kein Mann dich gnugsam preisen kann,
Wann er dich nur recht siehet an.

Es ist fast alles unter dir,
Ja was die Erde bringt herfür,
Wovon ernähret wird das Land,
Geht dir anfänglich durch die Hand.

Der Kaiser, den uns Gott gegeben,
Uns zu beschützen, muß doch leben
Von deiner Hand, auch der Soldat,
Der dir doch zufügt manchen Schad.

Die Erde wär ganz wild durchaus,
Wann du auf ihr nicht hieltest Haus.
Ganz traurig auf der Welt es stünd,
Wann man kein Bauersmann mehr fünd.

Vom bitterbößen Podagram
Hört man nicht, daß an Bauren kam,
Das doch den Adel bringt in Not
Und manchen Reichen gar in Tod.

Der Hoffart bist du sehr gefeit,
Absonderlich zu dieser Zeit.

Und daß sie auch nicht sei dein Herr,
So gibt dir Gott des Kreuzes mehr.

Ja der Soldaten böser Brauch
Dient gleichwohl dir zum Besten auch,
Daß Hochmut dich nicht nehme ein
Sagt er: dein Hab und Gut ist mein.

Bis hieher und nicht weiter kam ich mit meinem Gesang, dann ich ward im Augenblick samt meiner Schafherde von einem Trupp Reuter umgeben, die im Walde verirrt gewesen und durch meine Musik und Geschrei waren zurecht gebracht worden.

Hoho, dachte ich, dies seind die rechten Kauz! Die vierbeinig Schelmen und Diebe, davon mein Knän sagte! Dann ich sahe Roß und Mann vor eine einzige Kreatur an und vermeinete nicht anders, als es müßten Wölfe sein. Da erdappte mich einer beim Flügel, schleuderte mich so ungestüm auf ein leer Baurenpferd, daß ich auf der andern Seite wieder herab und auf meine liebe Sackpfeife fiel, die so jämmerlich aufschrie, als wollet sie aller Welt Erbarmen bewegen. Half nichts, ich mußte wieder zu Pferd. Am meisten verdroß mich, daß die Reuter vorgaben, ich hätte dem Dudelsack im Fallen weh getan, darum er so ketzerlich geschrieen hätte. Meine Mähre trabet stetig dahin und mir kams seltsam für, daß ich nicht also auch in einen eisernen Kerl verwandlet wurde.

Sintemalen keiner von denen Reutern ein Schaf hinwegfraß, gedachte ich, sie seien da, mir die Schafe helfen heimzutreiben, dann geradewegs eileten sie auf meines Knäns Hof zu. Derowegen sahe ich mich fleißig um, ob er und meine Mutter uns nicht bald entgegengehen und uns willkommenheißen wollten. Aber vergebens, mein Knän und die Mutter samt unserm Ursele hatten die Hintertür getroffen und wollten dieser Gäste nicht erwarten.

Kurz zuvor wußte ich nichts andres, als daß mein Knän, die Mutter, ich und das übrige Hausgesind allein auf der Erden seien. Nun aber lernte ich meinen Herrgott im Himmel kennen. Ich erfuhr gar bald darnach die Herkunft der Menschen in diese Welt und daß sie wieder heraus müssen.

Ja, ich war nur in Gestalt Mensch, mit Namen ein Christenkind, im übrigen eine Bestia. Gott, der allmächtige, sahe meine Unschuld mit barmherzigen Augen an und wählet aus seinen tausenderlei Wegen diesen, mich zu beidem: zu seiner und meiner Erkanntnus zu bringen.

Vorerst stelleten die Reuter ihre Pferde ein, hernach hatte jeglicher seine sonderliche Verrichtung, und jede war lauter Untergang und Verderben. Dann obzwar etliche anfingen zu metzgen, zu sieden und zu braten, als sollte ein lustig Bankett gehalten werden, so waren hingegen andere, die durchstürmten das Haus unten und oben, ja das heimlich Gemach war nicht sicher, gleichsam ob wäre das gölden Fließ darin verborgen. Andere packten Tuch, Kleidung und Hausrat zusammen, als wollten sie einen Krempelmarkt anrichten. Was sie aber nicht mitzunehmen gedachten, ward zerschlagen. Etliche durchstachen Heu und Stroh mit ihren Degen, andere schütteten die Federn aus den Bettzüchen und füllten hingegen Speck, Fleisch und sonstiges Gerät hinein, als seie alsdann besser darauf zu schlafen. Sie schlugen Öfen und Fensterläden ein, gleich als hätten sie einen ewigen Sommer zu verkünden. Kupfer- und Zinngeschirr stampften sie zusammen und packten die gebogenen und verderbten Stücke. Bettladen, Tische, Stühle und Bänke verbrannten sie, da doch viel Klafter dürr Holz im Hof lag. Häfen und Schüsseln mußten entzwei. Unsere Magd ward im Stall dermaßen traktiert, daß sie nicht mehr daraus gehen konnte. Den Knecht legten sie gebunden auf die Erde, steckten ein Sperrholz in sein Maul und schütteten ihm einen Melkkübel voll Jauche in Leib. Das nannten sie den schwedischen Trunk. Zwangen ihn so, etliche von denen Reutern anderwärts zu führen, allda sie Menschen und Viehe hinwegnahmen und in unsern Hof brachten. Auch mein Knän, meine Mutter und unser Ursele waren darunter.

Da schraubten sie die Stein von den Pistolenhähnen ab und anstatt deren die Baurendaumen auf, folterten die armen Schelme, als wollten sie Hexen brennen, maßen sie auch einen von den gefangenen Bauren in Backofen steckten und mit Feuer hinter ihm her waren, unangesehen er noch nichts bekannt hatte. Einem andern schlangen sie ein Seil um den Schädel und drehten es mit einem Holzbengel zusammen, daß ihm Blut zu Mund und Ohren heraussprang. In summa, es hatte jeder seine eigene Erfindung die Bauren zu peinigen.

Mein Knän war meinem damaligen Bedünken nach der Glücklichste, ohn Zweifel darum, weil er der Hausvater war. Sie satzten ihn zu einem Feuer, banden ihn, daß er weder Hände noch Füße regen konnte, rieben seine Sohlen mit feuchtem Salz, das ihm unser alte Geiß wieder ablecken und dadurch also kützlen mußte, daß er vor Lachen hätte zerbersten mögen. (Ich hab Gesellschaft halber vom Herzen mitgelacht.) In solchem Gelächter bekannte er seine Schuldigkeit und öffnete seinen verborgenen Schatz, der von Geld, Perlen und Kleinodien reicher war, als man hinter dem Bauren hätte suchen mögen.

Von den gefangenen Weibern, Mägden und Töchtern vermag ich sonderlich nichts zu sagen, doch weiß ich wohl, daß man hin und wieder in den Winkeln erbärmlich schreien hörte. Schätze, es sei der Mutter und dem Ursele nicht besser gegangen als den andern.

Unter all dem Elend wandte ich den Braten am Spieß und

half die Pferde tränken, dadurch ich zu unserer Magd in den Stall kam. Die sahe wunderwerklich zerstrobelt aus, ich kannte sie kaum und sie sprach zu mir mit kränklicher Stimme:

»O Bub, lauf weg, sonst nehmen dich die Reuter mit! Guck, daß du davonkommst! Du siehest wohl, wie es so übel ...«

Mehres konnte sie nicht sagen.

Das vierte Kapitel

Wohin aber? Dazu war mein Verstand viel zu gering, einen Vorschlag zu tun; doch ist es mir so weit gelungen, daß ich gegen Abend in Wald bin entlaufen. Wo nun aber weiter hinaus? — Die stockfinstre Nacht bedeuchte meinem finstern Verstand nicht schwarz genug, dahero verbarg ich mich in ein dickes Gesträuch. Da konnte ich das Geschrei der getrillten Bauren vernehmen. Allein ich hörete auch der Nachtigallen lieblichen Gesang, unbekümmert um alle Menschennot. Darum so legte ich mich auch ohn alle Sorg auf ein Ohr und entschlief.

Als der Morgenstern im Osten herfürflackerte, sahe ich meines Knäns Haus in voller Flamme stehen, und ich schlich näher, jemand vom Hof anzutreffen. Gleich ward ich von fünf Reutern erblickt und angeschrieen:

»Jung, kom heröfer oder skall mi de Tüfel halen, ich schiete dik, dat di de Dampf tom Hals utgat!«

Ich hielt stockstill, das Maul offen. Sie konnten wegen eines Morastes nicht zu mir gelangen, was sie ohn Zweifel rechtschaffen vexierte. Lösete einer den Karabiner auf mich, von welchem urplötzlichem Feuer und unversehenlichem Krach, den mir ein Echo durch vielfältige Verdoppelung grausamer machte, ich dermaßen erschröckt ward, daß ich alsobald zur Erde niederfiel. Ich regete vor Angst keine Ader mehr. Die Reuter ritten ihres Wegs und ließen mich ohn Zweifel vor tot liegen. So hatte ich jedoch den ganzen Tag das Herz nicht, mich aufzurichten.

Als mich aber die Nacht wieder ergriff, stund ich auf und

wanderte, bis ich im Walde von ferne einen faulen Baum schimmern sahe, kehrete in neuer Forcht derowegen spornstreichs um und lief so lang, bis ich wieder einen gleichen Baum erblickte, davon ich gleichfalls floh. Also trieben mich die gefäuleten Bäum einer zum andern, bis mir zuletzt der liebe Tag zu Hilfe kam. Aber mein Herz stak voll Angst und Jammer, die Schenkel voll Müdigkeit, der Magen knurrte, das Maul lechzete, närrische Einbildungen erfüllten mein Hirn und schwerer Schlaf meine Augen. Ich ging dannoch fürder, wußte aber nicht wohin: je weiter, je tiefer von den Menschen hinweg in die Wildnus. Ein unvernünftig Tier hätt besser aus und ein gewußt. Doch war ich noch so witzig, als mich abermal die Nacht ereilte, daß ich in einen hohlen Baum kroch, darin zu schlafen. —

Kaum war ich aber dargesunken, hörte ich eine Stimme:

»O große Liebe, du mein einziger Trost! Meine Hoffnung, du mein Reichtum, o mein Gott!«

Ganz unverständlich wallte die Stimme weiter, vor deren Seltsamkeit ich mich entsatzte. Allein es klang herfür, daß Hunger und Durst gestillet werden sollten, also riet mir mein ohnerträglich Verlangen, mich auch zu Gast zu laden; fasset ein Herz und kroch hinzu. Da wurde ich eines großen Mannes gewahr, in langen, schwarzgrauen Haaren, die ganz verworren auf den Achseln lagen. Er hatte einen wilden Bart, sein Angesicht war zwar bleich, gelb und mager, aber ziemlich lieblich. Der lange Rock starrte von tausend aufeinander gesetzten Flicken. Um Hals und Leib trug er eine schwere eiserne Kette gebunden wie St. Wilhelmus. Ich fing an zu zittern wie ein nasser Hund. Was meine Angst noch mehrete, war ein Krucifix an sechs Schuhe lang, so er an seine Brust druckte. Ich konnte mich nicht anders entsinnen: ohn Zweifel, das war der Wolf!

In solcher Angst wischte ich mit meiner Sackpfeifen

herfür, ich bließ zu, stimmte an, ließ mich gewaltig hören,
diesen greulichen Wolf zu vertreiben. Über solch gählinger
und ungewöhnlicher Musik an einem so wilden Ort der
Einsiedel anfänglich nicht wenig stutzte, ohn Zweifel
vermeinend, der Teufel wollte ihn wie St. Antonio tribulieren
und seine Andacht stören. Ich retirieret in den Baum, er
aber ging mich an, den Feind des Menschengeschlechts
genugsam auszuhöhnen:

»Ha, du bist ein Gesell darzu, die Heiligen ohn göttliche
Verhängnus...«

Ich hab mehrers nit verstanden. Vor Grausen und
Schröcken sank ich in Ohnmacht nieder.

Das fünfte Kapitel

Was gestalten mir wieder zu mir selbst verholfen worden, weiß ich nicht. Als ich mich erholet lag mein Kopf in des Alten Schoß und vorn war meine Juppe geöffnet. Da ich den Einsiedel so nahe bei mir sahe, fing ich ein solch grausam Geschrei an, als ob er mir das Herz hätte aus dem Leibe reißen wollen. Er aber sagte:

»Mein Sohn, schweig, ich tue dir nichts.«

Je mehr er mich aber tröstete und mir liebkoste, je mehr ich schrie:

»Du frißt mich! Du frißt mich! Du bist der Wolf und willst mich fressen!«

»Eija wohl nein, mein Sohn. Sei zufrieden, ich friß dich nicht!«

Dies Gefecht währete lang. Endlich ließ ich mich soweit weisen, mit ihm in die Hütte zu gehen. Da war Armut Hofmeisterin, Hunger Koch, Mangel Küchenmeister. Mein Magen aber ward mit Gemüs und einem Trunk Wasser gelabet und mein verwirrt Gemüt durch tröstliche Freundlichkeit wieder aufgerichtet. Der Schlaf befing mich zusehends und der Einsiedel ließ mir sein Lager, obgleich nur einer darin liegen konnte.

Um Mitternacht erwachte ich und hörte den Alten singen:

Komm, Trost der Nacht, o Nachtigall,
Laß deine Stimm mit Freudenschall
Aufs lieblichste erklingen.

Komm, komm, und lob den Schöpfer dein,
Weil andre Vöglein schlafen sein
Und nicht mehr mögen singen.
    Laß dein Stimmlein
    Laut erschallen, dann vor allen
    Kannst du loben
Gott im Himmel hoch dort oben!

Obschon ist hin der Sonnenschein,
Und wir im Finstern müssen sein,
So können wir doch singen
Von Gottes Güt und seiner Macht,
Weil uns kann hindern keine Nacht,
Sein Lob zu vollenbringen.
    Drum dein Stimmlein
    Laß erschallen, dann vor allen
    Kannst du loben
Gott im Himmel hoch dort oben.

Echo, der wilde Widerhall,
Will sein bei diesem Freudenschall
Und lässet sich auch hören,
Verweist uns alle Müdigkeit,
Der wir ergeben allezeit,
Lehrt uns den Schlaf betören.
    Drum dein Stimmlein
    Laß erschallen, dann vor allen
    Kannst du loben
Gott im Himmel hoch dort oben.

Die Sterne, so am Himmel stehn,
Sich lassen zum Lob Gottes sehn
Und Ehre ihm beweisen.
Die Eul auch, die nicht singen kann,
Zeigt doch mit ihrem Heulen an,
Daß sie Gott auch tu preisen.

Drum dein Stimmlein
Laß erschallen, dann vor allen
Kannst du loben
Gott im Himmel hoch dort oben.

Nur her, mein liebes Vögelein,
Wir wollen nicht die Fäulsten sein
Und schlafend liegen bleiben.
Vielmehr bis daß die Morgenröt
Erfreuet diese Wälder öd,
In Gottes Lob vertreiben.
Laß dein Stimmlein
Laut erschallen, dann vor allen
Kannst du loben
Gott im Himmel hoch dort oben.

Unter währendem diesem Gesang bedünkte mich wahrhaftig, daß Nachtigall sowohl als Eule und Echo eingestimmet hätten. Als wann ich je der Melodei des Morgensterns auf meiner Sackpfeifen gefolget wär, also trieb es mich, den Alten zu begleiten, da mir diese Harmonie so lieblich schiene — doch ich entschlief.

Bei hohem Tag stund der Einsiedel vor mir und sagte:

»Auf, Kleiner und iß! Ich will dir alsdann den Weg weisen, daß du noch vor Nacht in das nächste Dorf und wieder zu den Leuten kommest.«

Ich fragte ihn: »Was für Dinger? Dorf und Leut?«

»Behüte Gott, weißt du nicht was Dorf und Leute seind? Bist du närrisch oder gescheit?«

»Nein,« sagte ich, »ich bin meines Knäns Bub.«

Darauf fielen unsere Reden und Gegenreden:

»Wie heißt du?« — »Bub.« — »Wie hat dich Vater und Mutter gerufen?« — »Ich weiß von kein Vater und Mutter

nicht.« — »Wer hat dir das Hemd geben?« — »Ei, mein
Meuder.« — »Wie hieße dich dann dein Meuder?« — »Bub,
Schelm, ungeschickter Dölpel, Galgenvogel.« — »Wer ist
deiner Meuder Mann?« — »Niemand.« — »Bei wem hat sie
des Nachts geschlafen?« — »Bei meinem Knän.« — »Wie
heißt der?« — »Knän.« — »Wie hat ihn deine Meuder
gerufen?« — »Knän, auch Meister.« — »Niemalen anders?«
— »Ja.« — »Wie dann?« — »Rülp, grober Bengel, volle Sau.«
— »Du bist wohl ein unwissender Tropf!« — »Ei, kennst du
einen andern Namen?« — »Und was weißt du von unserm
Herrgott?« — »Den kenn ich wohl.« — »Also, wie kennst
du ihn?« — »Ja, der ist daheim an unserer Stubentür
gestanden auf dem Gesims. Mein Meuder hat ihn von der
Kirchweih heimgebracht und hingekleibt.« — »Ach, daß
Gott walte! Weißt du anders nicht? Bist du nie in die Kirche
gangen?« — »Ei ja wohl! Ich kann wacker klettern und hab
als einen ganzen Wams voll Kirschen gebrockt.«

»Ach gütiger Gott, nun erkenne ich erst, was vor eine
große Gnade und Wohltat es ist, wem du deine Erkanntnus
mitteilest, und wie gar nichts ein Mensch sei, dem du solche
nicht gibest. Wüßte ich nur, wo deine Eltern wohneten, so
wollte ich dich gern hinbringen und sie lehren, wie sie
Kinder erziehen sollten.«

»Unser Haus ist verbrannt. Mein Meuder und der Knän,
also auch unser Ursele seind hinweggeloffen und
wiederkommen und unser Magd ist krank im Stall gelegen.«

»Wie ist das geschehen?«

»Ha, es sind so eiserne Männer kommen, die auf Ochsen
ohn Hörn gesessen seind, haben Schaf, Küh' und Säu
gestochen. Da bin ich auch weggeloffen und darnach hat
das Haus gebrannt.«

»Wo war dann dein Knän?«

»Sie haben ihn angebunden und unser alte Geiß hat ihm

die Füß geleckt, da hat mein Knän lachen müssen und hat denselben eisernen Männern viel Weißpfennig geben, groß und klein, hübsche gelbe und sonst glitzerechte Dinger und Schnüre voll weißer Küglein. Darauf hat unser Ann gesagt, ich soll auch weglaufen, sonst nehmen mich die Krieger mit.«

»Wo hinaus willst du?«

»Ich weiß Weger nit und will bei dir bleiben.«

»So geh und iß,« sagte der Einsiedel.

Das war unser discurs, unter welchem mich der Alte oft mit allertiefstem Seufzen anschauete. Weiß nicht, ob es aus Mitleiden geschahe oder aus Ursach, die ich erst etliche Jahr hernach erfuhr.

Das sechste Kapitel

Ich futterte nach Notdurft, sonach mich der Einsiedel fortgehen hieß. Da suchte ich meine allerzartesten Worte herfür, daß er mich bei sich behielte, bis er beschloß meine verdrüßliche Gegenwart zu leiden, darum daß er mich unterrichtete.

Ich hielt mich wohl, und er fand Gefallen an mir, da ich begierig seine Unterweisungen hörete und die wachsweiche, und zwar noch glatte Tafel meines Herzens seine Worte zu fassen sich geschickt erwies.

Er lernete mir vom Fall Luzifers und wie unsere ersten Eltern aus dem Paradies verstoßen wurden, unterwies mich im Gesetz Moisis und den zehn Geboten, kam also auf das Leben, Sterben und die Auferstehung unseres Heilands, zuletzt beschloß er mit dem jüngsten Tag. Sein Leben und sein Reden waren mir eine immerwährende Predigt und ich gewann solche Liebe zu seinem Unterricht, daß ich des Nachts nicht davor schlafen konnte. So lernte ich auch beten. Da ich aber in purer Einfalt verblieben, hat mich der Einsiedel, weil weder er noch ich meinen rechten Namen gewußt, SIMPLICIUS benannt.

Wir baueten vor mich eine Hütte gleich der seinen von Holz, Reisern und Erde, fast formiert wie der Musketierer im Feld ihre Zelten, oder besser zu sagen, wie die Bauren ihre Rubenlöcher decken, kaum daß ich aufrecht darin sitzen konnte, so nieder. Mein Bett war von dürrem Laub und Gras, ebensogroß als die Hütte selbst.

Als ich das erste Mal den Einsiedel in der Bibel lesen sahe, konnte ich mir nicht einbilden, mit wem er doch ein solch heimlich und, meinem Bedünken nach, sehr ernstlich Gespräch haben müßte; ich sahe wohl die Bewegung seiner Lippen, hingegen aber niemand, der mit ihm redete, und merkte doch an seinen Augen, daß ers mit etwas in selbigem Buch zu tun hatte. Ich gab Achtung auf das Buch, und nachdem er solches beigelegt, machte ich mich darhinter, schlugs auf und bekam im ersten Griff das erste Kapitel des Hiobs und die davor stehende Figur, so ein feiner Holzschnitt und schön illuminieret war, in die Augen. Ich fragte dieselbigen Bilder seltsame Sachen, weil mir aber keine Antwort widerfahren wollte, ward ich ungeduldig und sagte eben, als der Einsiedel hinter mich schlich:

»Ihr kleine Hudler, habet ihr dann keine Mäuler mehr? Habet ihr nicht allererst mit meinem Vater lang genug schwätzen können? Ich sehe wohl, daß ihr auch dem armen Knän da seine Schafe heim treibet und das Haus angezündet habet. Halt! Halt! Ich will das Feuer noch wohl löschen!«

Damit stund ich auf, Wasser zu holen.

»Wohin, Simplici?«

»Ei Vater, da sind auch Krieger, die haben Schafe und wollen sie wegtreiben. Sie habens dem armen Mann da genommen, mit dem du erst geredet hast. So brennet sein Haus auch schon lichterlohe und wird verbrennen, wann ich nicht bald lösche.«

Und ich zeigte mit dem Finger, was ich sahe.

»Bleib nur, es ist noch keine Gefahr.«

»Bist du dann blind? Wehre du, daß sie die Schafe nicht forttreiben, so will ich Wasser holen!«

»Ei, diese Bilder leben nicht, sie seind nur gemacht, uns vorlängst geschehene Dinge vor Augen zu stellen.«

»Du hast ja erst mit ihnen geredet, warum sollten sie
dann nicht leben?«

Der Einsiedel mußte wider Willen und Gewohnheit
lachen.

»Liebes Kind, die Bilder können nicht reden, was aber ihr
Tun und Wesen sei, kann ich aus diesen schwarzen Zeichen
sehen. Das nennt man Lesen.«

Ich antwortete: »Wäre ich ein Mensch wie du, so müßte
ich auch aus denen schwarzen Zeilen sehen können, was du
kannst. Wie soll ich mich in dein Gespräch mit ihnen
richten?«

»Wohlan, mein Sohn, ich will dich lehren.«

Demnach schrieb er mir ein Alphabet auf einer birkenen
Rinden nach dem Druck formiert, und ich lernte
buchstabieren, folgends lesen, endlich besser schreiben, als
der Einsiedel selber konnte, weil ich alles dem Druck
nachmalete. —

Unsere Speise war allerhand Gewächs, Ruben, Kraut,
Bohnen, Erbsen, und wir verschmäheten auch nicht
Buchecker, wilde Äpfel, Birn und Kirschen, ja, die Eicheln
machte uns der Hunger oft angenehm. Brotfladen buken
wir in heißer Aschen aus gestoßenem Welschkorn. Im
Winter fingen wir Vögel an Sprinkeln und Stricken, im
Frühling bescherete uns Gott Junge aus den Nestern. Wir
behalfen uns mit Schnecken und Fröschen, so war uns auch
mit Reusen und Anglen das Fischen und Krebsen nicht zu
wider, welches alles unser grob Gemüs hinunterconvoieren
mußte. Wir hatten auf ein Zeit ein junges wildes
Schweinlein gefangen, welches wir, in einen Pferch
versperret, mit Eicheln und Eckern auferzogen, gemästet
und endlich verzehret, weil mein Einsiedel wußte, daß
solches keine Sünde sein konnte, wann man genießet, was
Gott dem ganzen menschlichen Geschlecht zu diesem End

erschaffen. Von Gewürz brauchten wir nichts, dann wir dörften die Lust zum Trunk nicht erwecken. Die Notdurft an Salz gab uns ein Pfarrer, der ungefähr drei Meilwegs von uns wohnete.

Des Hausrates war genug vorhanden: Schaufel, Haue, Axt, Beil und ein eiserner Kochhafen. Das wir von obgemeldtem Pfarrer entlehnet hatten. Jeder besaß ein stumpfes Messer zu eigen. Wir bedorften weder Schüssel noch Teller, Löffel, Gabel, Kessel, Pfannen, Rost und Bratspieß. Unser Hafen war Schüssel zugleich, unsere Hände Gabeln und Löffel. Wollten wir trinken, so hingen wir das Maul hinein, wie Gideons Kriegsleute. Von allerhand Gewand, Wolle, Seiden, Baumwolle und Leinen, alles zu Betten, Tischen und Tapezereien, hatten wir nichts, als wir auf dem Leibe trugen, weil wir genug zu haben schätzten, wann wir uns vor Regen und Frost beschützen könnten. Wir hielten keine gewisse Regul oder Ordnung, außerhalb an Sonn- und Feiertägen, an welchen wir schon um Mitternacht hinzugehen anfingen, damit wir noch frühe genug, ohn männliches Vermerken, in des obgemeldten Pfarrherrn Kirche kommen und dem Gottesdienst abwarten konnten.

Ich lernete in solchem hartem Leben Hunger, Durst, Hitze, Kälte und große Arbeit überstehen und zuvorderst Gott erkennen und wie man ihm rechtschaffen dienen sollte, welches das vornehmste war. Zwar wollte mich mein getreuer Einsiedel ein Mehrers nicht wissen lassen, dann er hielte davor, es sei einem Christen genug, zu seinem Ziel und Zweck zu gelangen. Dahero es gekommen, obzwar ich mein Christentum wohl verstand und die deutsche Sprache so schön redete, als wann sie die Orthographia selbst ausspräche, daß ich dannoch der Einfältigste verblieb, gestalten ich, wie ich den Wald verlassen, ein solch elender Tropf in der Welt war, daß man keinen Hund mit mir aus dem Ofen hätte locken können.

━━━━━

Das siebente Kapitel

Zwei Jahre ungefähr hatte ich zugebracht und das harte eremitische Leben kaum gewohnet, als mein bester Freund auf Erden seine Haue nahm, mir aber die Schaufel gab und mich an der Hand in unsern Garten führete.

»Nun, Simplici, liebes Kind, dieweil gottlob die Zeit vorhanden, daß ich aus der Welt scheiden, die Schuld der Natur bezahlen und dich in dieser Welt hinter mir verlassen soll, so habe ich dich auf dem angetretenen Weg der Tugend stärken und dir einzige Lehren zum Unterricht geben wollen, wie du dein irdisch Leben anstellen solltest, damit du gewürdigt werdest das Angesicht Gottes in jenem Leben ewiglich zu schauen, zumalen ich deines Lebens künftige Begegnüsse beiläufig sehe und wohl weiß, daß du in dieser Einöde nicht lange verharren wirst.«

Diese Worte setzten meine Augen ins Wasser, wie hiebevor des Feindes Erfindung die Stadt Villingen, und sie waren mir so unerträglich, daß ich sie nicht ertragen konnte.

»Herzliebster Vater, willst du mich allein in diesem wilden Wald verlassen?«

Mehrers vermochte ich nicht heraus zu bringen, dann meines Herzens Qual ward aus überfließender Liebe, die ich zu meinem Vater trug, also heftig, daß ich gleichsam wie tot zu seinen Füßen niedersank. Er hingegen richtete mich auf, tröstete mich, so gut es Zeit und Gelegenheit zuließ, und verwiese mich gleichsam fragend:

»Willst du der Ordnung des Allerhöchsten widerstreben?

Was unterstehst du dich, meinem schwachen Leib, der nach Ruhe lechzet, aufzubürden? Ach nein, mein Sohn, laß mich fahren!«

Und er riete mir getreulich: »Anstatt deines unnützen Geschreies folge meinen letzten Worten, welche seind, daß du dich je länger je mehr selbst erkennen sollst. Dann daß die meisten Menschen verdammt werden, ist Ursache, daß sie nicht gewußt haben, was sie gewesen und was sie werden müssen. Und hüt dich jederzeit vor böser Gesellschaft, dann derselben Schädlichkeit ist unaussprechlich. Bleib standhaft vor allen Dingen. Wer verharret bis ans Ende, der wird selig. So du aber aus menschlicher Schwachheit fällst, dann stehe durch rechtschaffene Buße geschwind wieder auf.«

Nachdem mir der sorgfältige, fromme Mann solches vorgehalten, hat er mit seiner Haue angefangen, sein eigenes Grab zu machen. Ich half, so gut ich konnte, wie er mir befahl.

»Mein lieber und wahrer, einziger Sohn, wann meine Seele an ihren Ort gegangen ist, so leiste meinem Leib deine Schuldigkeit und die letzte Ehre. Scharre mich mit dieser Erde wieder zu, die wir anjetzo aus der Grube graben.«

Darauf nahm er mich in seine Arme und druckte mich küssend viel härter an seine Brust, als einem Mann, wie er zu sein schiene, hätte müglich sein können.

»Liebes Kind, ich befehle dich in Gottes Schutz.«

Ich hingegen konnte nichts anders als klagen und heulen, ich hing mich an seine Büßerketten und vermeinte ihn damit zu halten.

Er aber sagte: »Laß mich, daß ich sehe, ob mir das Grab lang genug sei.«

Legte demnach die Kette ab samt dem Oberrock und begab

sich in das Grab wie einer, der sich sonst schlafen legen will.

»Ach großer Gott, nun nimm wieder hin die Seele, die du mir gegeben!«

Hierauf beschloß er seine Lippen und Augen sänftiglich. Ich aber stund da wie ein Stockfisch etlich Stunden, dieweil ich ihn öfters in dergleichen Verzuckungen gesehen. Da sich aber mein allerliebster Einsiedel nicht mehr aufrichten wollte, stieg ich zu ihm ins Grab und fing an ihn zu schütteln, zu küssen und zu liebeln. Aber da war kein Leben mehr.

Nachdem ich lang mit jämmerlichem Geschrei hin und her geloffen, begann ich ihn zuzuscharren. Und wann ich kaum sein Angesicht bedeckt hatte, stieg ich wieder hinunter, entblößte es wieder, damit ichs noch einmal sehen und küssen konnte.

▬▬▬

Das achte Kapitel

Über etliche Tage verfügte ich mich zu obgemeldtem Pfarrer und begehrte Rat von ihm. Unangesehen er mir nun stark widerraten, länger im Walde zu verbleiben, bin ich doch tapfer in meines Vorgängers Fußstapfen getreten, maßen ich den ganzen Sommer tät, was ein frommer Einsiedel tun soll. Aber gleichwie die Zeit alles ändert, so verringerte sich auch nach und nach mein Leid, und die scharfe Winterkälte löschte die innerliche Hitze meines steifen Vorsatzes zugleich aus. Jemehr ich anfing zu wanken, je träger ward ich in meinem Gebet und ich ließ mich die Begierde überherrschen, die Welt auch zu beschauen. Demnach gedachte ich wieder zu dem Pfarrer zu gehen und machte mich seinem Dorf zu, fand es aber in voller Flamme stehen, dann es eben eine Partei Reuter ausgeplündert und angezündet hatte. Die Bauren waren teils niedergemacht, viel verjaget und etliche gefangen, darunter auch der Pfarrer war. Die Reuter ruckten eben wegfertig aus und führten den Pfarrer an einem Strick daher. Unterschiedliche schrieen: Schieß den Schelmen nieder! Andre wollten Geld von ihm. Er hub die Hände auf und bat um des jüngsten Gerichtes willen um Verschonung und Barmherzigkeit. Aber einer ritte ihn übern Haufen und versetzte ihm gleich eins an Kopf, davon er alle vier von sich streckte.

Indem kam ein solcher Schwarm bewehrter Bauren aus dem Wald, als ob man in ein Wespennest gestochen hätte. Die fingen an so gräulich zu schreien, so grimmig drein zu setzen und drauf zu schießen, daß mir alle Haar zu Berg stunden, weil ich noch niemals bei dergleichen Kirchweih gewesen, dann die spessarter Bauren lassen sich fürwahr so wenig als andre auf ihrem Mist foppen. Davon rissen die Reuter aus und schlugen ihre ganze Beute in den Wind.

Diese Kurzweil benahm mir beinahe die Lust, die Welt zu beschauen, dann meine Wildnus mir anmutiger erschiene. Der Pfarrer lag ganz matt, schwach und kraftlos, doch hielt er mir vor, daß er nun selbst auf den Bettel geraten wäre, so hätte ich mich seiner Hilfleistung nichts zu getrösten. Zog demnach ganz traurig gegen den Wald, gedachte die Wildnus nimmer zu verlassen und ob es nicht möglich wäre, daß ich ohn Salz leben und also aller Menschen entbehren könnte. Mich zu bestärken zog ich meines Einsiedels hinterlassen hären Hemd an und hing seine Ketten über.

Den andern Tag als ich bei meiner Hütte saß und zugleich neben dem Gebet gelbe Ruben zu meines Leibes Unterhaltung briet, umringten mich an fünfzig Musketierer. Zwar sie ob meiner Person Seltsamkeit erstauneten, so durchstürmten sie doch meine Hütte, suchten, was da nicht zu finden war, und warfen die Bücher durcheinander, weil sie ihnen nichts taugten. Endlich sahen sie, als sie mich besser betrachteten, an meinen Federn, was vor einen schlechten Vogel sie gefangen hatten, und konnten leicht ihre Rechnung machen; doch verwunderten sie sich über mein hartes Leben. Ja, der Offizierer ehrte mich und begehrte gleichsam bittend, ich wolle ihm den Weg aus dem Wald weisen. Ich widerte mich nicht und führte sie am nächsten Weg dem Dorf zu.

Ehe wir aber vor den Wald kamen, sahen wir ungefähr zehn Bauren, deren ein Teil mit Feuerrohren bewehrt, die übrigen aber beschäftigt waren, etwas einzugraben. Die Musketierer schrieen: Halt! Halt! Jene aber antworteten mit den Rohren. Wie sie jedoch sahen, daß sie übermannet waren, gingen sie schnell durch. Die müden Soldaten konnten keinen ereilen, huben aber an auszugraben. Sie hatten wenig Streich getan, da hörten sie eine Stimme von unten herauf:

»O, ihr Erzbösewichter, vermeinet ihr wohl, daß der Himmel euer unchristliche Grausamkeit und Bubenstücke ungestraft hingehen lassen werde? Nein, eure Unmenschlichkeit soll vergolten werden.«

Hierüber sahen die Soldaten einander an, weil sie nicht wußten, was sie tun sollten. Etliche vermeinten, sie hätten ein Gespenst. Ich gedachte, es träume mir. Ihr Offizier hieß sie tapfer zu graben.

Sie kamen auf ein Faß, schlugens auf und fanden einen Kerl darin, der weder Nasen noch Ohren mehr hatte, gleichwohl noch lebte. Sobald er sich ein wenig ermunterte, erzählte er: Ihrer sechs seines Regiments, so auf Fourage gewesen, seien von den Bauren ergriffen worden. Sie hätten hintereinander stehen müssen, davon die ersten Fünf von einer Kugel tot geschossen worden seien, ihn aber, den letzten, habe die Kugel nicht mehr erlanget. Da hätten sie ihm Nase und Ohren abgeschnitten, zuvor aber ihn gezwungen, daß er ihrer fünfen (salva venia) den Hintern lecken müssen. Da er sich so gar geschmähet gesehen, hätte er ihnen die allerunnützesten Worte gegeben, der Hoffnung, es würde ihm etwan einer aus Ungeduld eine Kugel schenken, aber vergebens. Nachdem er sie so erbittert, hätten sie ihn in gegenwärtig Faß gesteckt und also lebendig begraben, sprechend: Weil er des Todes so eifrig begehre, wollten sie ihm zum Possen hierin nicht willfahren.

Indem kam eine andre Partei Soldaten den Wald herauf, sie hatten obgedachte Bauren angetroffen, fünf davon gefangen, die andern erschossen. Unter den gefangenen waren vier, denen der übel zugerichtete Reuter zuvor so schandlich hatte zu Willen sein müssen. Als nun beide

Parteien erkannten einerlei Kriegsvolk zu sein, traten sie zusammen.

Da sollte man sein blaues Wunder gesehen haben, wie die Bauren getrillt wurden. Etliche wollten sie zwar in der ersten Furi totschießen, andere aber sagten: »Nein, man muß die leichtfertigen Vögel zuvor rechtschaffen quälen und ihnen eintränken, was sie diesem Reuter zu tun geheißen.« Dahingegen sagte ein anderer: »Dieser Kerl ist nichts wert, dann wäre er kein Bernheuter gewesen, so hätte er allen redlichen Soldaten zu Spott solch schändliche Arbeit nicht verrichtet, sondern wäre tausendmal lieber gestorben.« Endlich ward beschlossen, daß ein jeder von den sauber gemachten Bauren an zehn Soldaten wett mache, was er von dem Reuter empfangen, und darzu sagen sollte: ‚Hiermit lösche ich wieder aus und wische ab die Schande, die sich die Soldaten einbilden empfangen zu haben, als uns ein Bernheuter tat, wie ich ihnen tue.‘

Darauf schritten sie zur Sache, aber die Bauren waren so halsstarrig, daß sie weder durch Verheißung des Lebens noch durch Marter dazu gezwungen werden konnten.

Einer führete den fünften Bauren, an dem der Reuter nicht schandbar geworden war, etwas beiseits und sagte zu ihm: »Wann du Gott und seine Heiligen verläugnen wilt, werde ich dich dahin laufen lassen, wohin du begehrest.« Der Bauer antwortete, er hätte sein Lebtag nichts auf Heilige gehalten und auch geringe Kundschaft mit Gott selbst gehabt. Schwur darauf solenniter, daß er Gott nicht kenne. Hierauf jagte ihm der Soldat eine Kugel an die Stirn, welche aber so viel effektuiert, als wann die an einen stählernen Berg gangen wäre. Also zuckte er seine Plempe und rief:

»Holla, bist du solch ein Schelm! Ich habe versprochen, dich laufen zu lassen, wohin du begehrest, so schicke ich dich nun ins höllische Reich, weil du nicht in den Himmel wilt!«

Und spaltete ihm damit den Kopf bis an die Zähne.

Indessen banden die andern Soldaten die vier übrigen Bauren mit Händen und Füßen an einen umgefallenen Baum so artlich, daß sie ihre Posteriora gerad in die Höhe kehrten. Nachdem sie den Bauren die Hosen abgezogen, nahmen sie etliche Klafter Lunten, machten Knöpfe daran und fidelten die armen Schelme also bis Haut und Fleisch ganz von dem Bein hinweg war. Mich aber ließen sie nach meiner Hütte gehen.

Da ich wieder heim kam, befand ich, daß mein Feuerzeug und ganzer Hausrat samt allem Vorrat an armseligen Speisen, die ich im Garten erzogen und auf den künftigen Winter vor mein Maul gesparet hatte, mir einander fort war. — Wo nun hinaus?

Überdas lagen mir die Sachen, so ich denselben Tag gehöret und gesehen, ohn Unterlaß im Sinn. Ich dachte nicht sowohl meiner Erhaltung nach als der Antipathia, die sich zwischen Soldaten und Bauren enthält. Ich meinte, es müßten ohnfehlbar zweierlei Menschen in der Welt sein, wilde und zahme, weil sie einander so grausam verfolgten.

Das neunte Kapitel

In solchen Gedanken entschlief ich vor Unmut und Kälte mit einem hungrigen Magen.

Da dünkte mich, als wenn sich alle Bäume gähling veränderten. Auf jedem Gipfel saß ein Kavalier und anstatt der Blätter trugen die Äste allerhand Kerle. Von solchen hatten etliche lange Spieße, andere Musketen, kurz Gewehr, Partisanen, Fähnlein, auch Trommeln und Pfeifen, lustig anzusehen und fein gradweis auseinandergeteilet. Die Wurzel aber war von ungültigen Leuten, als Handwerkern, Taglöhnern, mehrenteils Bauren und dergleichen bestanden, welche nichts desto weniger dem Baum seine Kraft verliehen und erneureten; ja, sie ersetzten den Mangel der abgefallenen Blätter aus den Ihrigen zum eigenen noch größeren Verderben. Benebens seufzten sie über diejenigen, so auf dem Baume saßen, dann die ganze Last des Baums lag auf ihnen und drückte sie dermaßen, daß ihnen das Geld aus dem Beutel herfürging. So es aber nicht herfürwollte, striegelten sie die Commissarii mit Besen, die man militarische Execution nennet, daß ihnen die Seufzer aus dem Herzen, die Tränen aus den Augen, das Blut aus den Nägeln und das Mark aus den Beinen herausging.

Also mußten sich die Wurzeln dieser Bäume in lauter Mühseligkeit, diejenigen aber auf den untersten Ästen in größerer Arbeit und Ungemach gedulden und durchbringen. Doch waren diese jeweils lustiger, aber auch trotzig, mehrenteils gottlos und jederzeit eine schwere, unerträgliche Last der Wurzel.

Hunger und Durst, auch Hitz und Kält,
Arbeit und Armut, wie es fällt,
Gewalttat, Ungerechtigkeit
Treiben die Landsknecht allezeit.

Schlemmen und dämmen, Hunger und Durst, huren und buben, raßlen und spielen, morden und gemordet werden, tribulieren und wieder getrillet werden, jagen und gejagt werden, plündern und geplündert werden, förchten und wieder geförchtet werden, Jammer anstellen und wieder jämmerlich leiden, in summa nur verderben, beschädigen und verderbt, beschädigt werden, das war ihr ganzes Tun und Wesen. Und nicht Winter und Sommer, nicht Regen noch Wind, Berg noch Tal, weder Morast, Gruben, Meer, Mauer, Feuer noch Wälle, weder Vater noch Mutter, weder Gefahr ihrer Leiber, Seelen und Gewissen, ja, nicht Verlust des Lebens noch des Himmels verhinderte sie daran. Sie weberten in ihren Werken emsig fort, bis sie endlich in Schlachten, Belägerungen, Stürmen, Feldzügen und den Quartieren selbsten umkamen, verdarben und krepierten. Etliche wenige, die in ihrem Alter, wann sie nicht wacker geschunden und gestohlen hatten, Bettler und Landstürzer abgaben.

Zunächst darüber saßen alte Hühnerfänger, die sich etliche Jahre mit höchster Gefahr auf den untersten Ästen gehalten hatten, sie sahen etwas reputierlicher aus. Darüber befanden sich noch höhere, die Wammesklopfer, weil sie die untersten zu kommandieren hatten. Sie fegten den Pikenieren mit Prügeln und Höllenpotzmarter Rücken und Kopf und gaben den Musketierern Baumöl.

Darüber hatte des Baumes Stamm einen Absatz, ein glatt Stück ohne Äste mit seltsamen Seifen der Mißgunst geschmieret. Kein Kerl, er sei dann vom Adel, konnte da hinaufsteigen, dann der Stamm war glätter poliert als ein stählerner Spiegel.

Und darüber saßen die mit den Fähnlein, Junge, denen ihre Vettern hinaufgeholfen, Alte, so auf der silbernen Leiter, die man Schmiralia nennet, oder mangels anderer hinaufgestiegen waren. Je höher, desto besser saßen sie.

Wann ein Commissarius daherkam und eine Wanne voll Geld über den Baum abschüttete, solchen zu erquicken, ließen sie den Untersten soviel wie nichts zukommen. Dahero pflegten von den Untersten mehr Hungers zu sterben, als ihrer vom Feind umkamen. So war ein unaufhörliches Gekrappel und Aufklettern an diesem Baum. Die Untersten hofften der Oberen Fall, geriet es einem unter zehentausend, so stund er im verdrüßlichen Alter, daß er besser hinter den Ofen taugte, Äpfel zu braten, als im Feld vor dem Feind zu liegen. Man nahm dahero anstatt der alten Soldaten viel lieber Plackschmeißer, Kammerdiener, arme Edelleute, irgends Vettern und Schmarotzer und Hungerleider, die denen, so etwas meritiert, das Brot vorm Maul abschnitten und Fähnrich wurden.

Dieses verdroß einen Feldwaibel so sehr, daß er trefflich anfing zu schmälen. Aber Adelhold sagte:

»Graue Bärte schlagen den Feind nicht, man könnte sonst eine Herde Böcke zu solchem Geschäft dingen. Sage mir, du alter Krachwadel, ob nicht edelgeborene Offizierer von der Soldateska besser respektieret werden, dann die, so zuvor gemeine Knechte gewesen? Ist einem Baurenbuben, der seinem Vater vom Pfluge entlaufen, besser zu trauen? Ein rechtschaffener Edelmann, eh er seinem Geschlecht durch Untreue, Feldflucht oder sonst dergleichen einen Schandfleck anhinge, eh würde er ehrlich sterben. Und wann schon einer von euch ein guter Soldat ist, der Pulver riechen und in allen Begebenheiten treffliche Anschläge geben kann, so ist er darum nicht gleich tüchtig andere zu

kommandieren. Wenn man den Baur über den Edelmann
setzte und also strack zu Herren machte, es stünde nach
dem gemeinen Sprichwort nicht fein:

Es ist kein Schwert, das schärfer schiert,
Als wann der Baur zum Herren wird.

Hingegen aber ist ein junger Hund zum jagen viel
freudiger als ein alter Löw.«

Der Feldwaibel antwortete: »Welcher Narr wollte dann
dienen, wann er nicht hoffen darf, um seine Treue belohnt
zu werden? Der Teufel hole solchen Krieg! Dann gilt es
gleich, ob sich einer wohl hält oder nicht. Ich habe von
unserm alten Obristen vielmals gehöret, daß er keinen
Soldaten begehre, der sich nicht festiglich einbilde, durch
Wohlverhalten ein General zu werden.

Die Lampe leucht' dir fein, doch mußt du sie auch laben
Mit fett Olivensaft, die Flamm sonst bald verlischt.
Getreuer Dienst durch Lohn gemehrt wird und erfrischt.
Soldatentapferkeit will Unterhaltung haben.

Ich sehe wohl, die Türen zu Würde und Amt werden uns
durch den Adel verschlossen gehalten. Man setzet den Adel,
wann er aus der Schalen gekrochen, gleich an solche Örter,
da wir uns nimmermehr keine Gedanken hin machen
dörfen, wanngleich wir mehr getan haben, als mancher
Nobilist, den man jetzo für einen Obristen vorstellet. Also
veraltet manch wackerer Soldat unter seiner Muskete, der
billiger ein Regiment meritierte.«

Ich wollte dem alten Esel nicht mehr zuhören, der oft die
armen Soldaten prügelte wie die Hunde.

Ich wandte mich wieder gegen die Bäume. Das ganze
Land stund deren voll und ich sahe, wie sie sich bewegten
und zusammenstießen. Da prasselten die Kerl haufenweise

herunter, augenblicklich frisch und tot. Und mich bedauchte alle Bäume wären nur einer, auf dessen Gipfel saße der Kriegsgott Mars und bedeckte mit des Baumes Ästen ganz Europam.

Da hob sich ein scharfer Nordwind. Unter gewaltigem Gerassel und Zertrümmerung des Baums höret ich eine Stimme:

Die Steineich, durch den Wind getrieben und verletzet,
Ihr eigen Äst abbricht, sich ins Verderben setzet:
Durch innerlichen Krieg und brüderlichen Streit
Wird alles umgekehrt und folget lauter Leid.

Und ich ward aus dem Schlaf erweckt und sahe mich nur allein in meiner Hütte.

Dahero fing ich wieder an zu bedenken, was ich immermehr beginnen sollte. Nichts war mir übrig als noch etliche Bücher, welche hin- und hergestreut und durch einander geworfen lagen. Als ich solche mit weinenden Augen auflase, fand ich ungefähr ein Brieflein, das mein Einsiedel bei seinem Leben noch geschrieben hatte.

‚Lieber Simplici, wenn du dies Brieflein findest, so gehe alsbald aus dem Wald und errette dich und den Pfarrer aus gegenwärtigen Nöten. Bedenke und tue ohn Unterlaß nach meinen letzten Reden, so wirst du bestehen mögen. Vale!'

Ich küßte das Brieflein und das Grab des Einsiedels zu viel tausend Malen und machte mich auf den Weg, Menschen zu suchen. Den dritten Tag kam ich nach Gelnhausen auf ein Feld, das lag überall voller Garben, welche die Bauren, weil sie nach der namhaften Schlacht vor Nördlingen verjagt worden, nicht hatten einführen können. Da genosse ich gleichsam eines hochzeitlichen Mahles und sättigte mich mit ausgeriebenem Weizen.

Das zehent Kapitel

Da es tagete, begab ich mich zum nächsten nach Gelnhausen und fand das Tor offen, zum Teil verbrannt, halber noch mit Mist verschanzt. Ich konnte keines lebendigen Menschen gewahr werden. Die Gassen hin und her lagen mit Toten überstreut, deren etliche ganz, etliche aber bis aufs Hemd ausgezogen waren. Dieser jämmerliche Anblick war mir ein erschröcklich Spectacul. Kaum zween Steinwürfe weit kam ich in die Stadt, als ich mich derselben schon sattgesehen hatte. Derowegen kehrete ich wieder um, ging durch die Aue nebenhin und kam vor die herrliche Festung Hanau. Aber mich erdappten von deren erster Wacht gleich zween Musketierer, die mich in ihre Corps de Garde führten.

Meine Kleidung und Gebärden waren genugsam verwunderlich, widerwärtig und durchaus seltsam: Meine Haare waren in dritthalb Jahren weder auf griechisch, deutsch, noch französisch abgeschnitten, gekampelt, noch gekräuselt oder gebüfft worden, sondern sie stunden in ihrer natürlichen Verwirrung noch mit mehr als jährigem Staub anstatt des Puders durchstreut. Ich sahe darunter mit meinem bleichen Angesicht herfür, wie eine Schleiereule, die auf eine Maus spannet. Und weil meine Haare von Natur kraus waren, hatte es das Ansehen, als wann ich einen Turban aufgehabt hätte. Der übrige Habit stimmte mit der Hauptzier überein. Ich trug meines Einsiedels tausendfältig geflickten Rock und darüber das hären Hemd wie ein Schulterkleid, weil ich die Ärmel an Strumpfs Statt brauchte und dieselben zu solchem End herabgetrennt hatte. Der ganze Leib war mit eisernen Ketten hinten und vorn, fein kreuzweis, wie man St. Wilhelmum zu malen pfleget, umgürtet, so daß ich fast denen glich, so von den Türken gefangen und vor ihre Freunde zu betteln im Land umziehen. Meine Füße schlurften in Holzschuhen und waren krebsrot, als wann ich ein Paar Strümpfe auf spanisch Leibfarb angehabt oder die Haut mit Fernambuc gefärbt hätte. Ein Gaukler oder Marktschreier vermochte mich wohl als einen Samojeden oder Grünländer dargeben, so daß er manchen Narren angetroffen hätte, der einen Kreuzer an mir versehen konnte. Obzwar ich nach meinem magern und ausgehungerten Anblick keinem Frauenzimmer oder irgendeines großen Herrn Hofhaltung entlaufen sein mochte, so ward ich jedoch unter der Wacht streng examiniert. Und gleichwie sich die Soldaten an mir vergafften, also betrachtet ich hingegen ihres Offizierers tollen Aufzug, dem ich Red und Antwort geben mußte. Ich wußte nicht, ob er Sie oder Er wäre, dann er trug Haare und Bart auf französisch: zu beiden Seiten hatte er lange Zöpfe wie Pferdeschwänze und sein Bart war so elend zugerichtet und verstümpelt, daß zwischen Maul und Nase nur noch etliche wenige Haare kurz davongekommen. Nicht weniger satzten mich seine weiten Hosen des Geschlechtes halber in nicht geringe Zweifel, als welche mir vielmehr einen Weiberrock dann ein Paar Mannshosen vorstelleten. Gewißlich ist es ein Weib, gedachte ich, dann eine ehrlicher Mann wird seinen Bart wohl nimmermehr so jämmerlich verketzern lassen. Endlich hielt ich ihn für einen Mann und Weib zugleich.

Dieser weibische Mann ließ mich überall besuchen, fand aber nichts bei mir als ein Büchlein von Birkenrinden, darin ich meine täglichen Gebete geschrieben und auch meines frommen Einsiedels Zettlein, so er mir zum Valete hinterlassen, liegen hatte. Solches nahm er mir. Ich fiel vor ihm nieder, fasste ihn um beide Knie und sagte:

»Mein lieber Hermaphrodit, laß mir doch mein Gebetbüchlein!«

»Du Narr,« antwortete er, »wer Teufel hat dir gesagt, daß ich Hermann heiß!«

Befahl darauf zweien Soldaten mich mitsamt dem Büchlein, dann der Geck konnte nicht lesen, zum Gubernator zu bringen. Und jedermann lief zu, als wenn ein Meerwunder zur Schau geführet würde.

Der Gubernator fragte mich, wo ich herkäme. Ich antwortete: »Ich weiß es nicht.« Er fragte weiter: »Wo willst du dann hin?« Meine Antwort war: »Ich weiß es nicht.« — »Was Teufel weißt du dann? Was ist deine Hantierung?« Ich kunnt nur sagen: »Ich weiß es nicht.« — »Wo bist du zuhaus?« Als ich nun wiederum antwortete, ich wüßte es nicht, veränderte er seine Mienen, weiß nicht, ob es aus Zorn oder Verwunderung geschahe. Dieweil aber jedermann das Böse zu argwöhnen pfleget, zumal auch der Feind nahe war, der in voriger Nacht Gelnhausen eingenommen und ein Regiment Dragoner darin zu Schanden gemacht hatte, hielt mich der Gubernator für einen Kundschafter. Die Wachtsoldaten gaben Bericht, daß anders nichts bei mir wäre gefunden worden, als gegenwärtiges Büchlein, darin er alsbald ein paar Zeilen las und fragte, wer mir das Büchlein gegeben hätte. Ich antwortete, es wäre von Anfang mein Eigen und von mir selbst gemacht und überschrieben.

»Warum eben auf birkenen Rinden?«

»Weil sich die Rinden von andern Bäumen nicht darzu schicken.«

»Du Flegel, ich frage, warum du nicht auf Papier geschrieben hast.«

»Wir haben keins mehr im Wald gehabt.«

»Wo, in welchem Wald?«

Ich antwortete wieder auf meinem alten Schrot, ich wüßte es nicht. Da wandte sich der Gubernator zu etlichen Offizierern, die ihm eben aufwarteten: »Entweder ist dieser ein Erzschelm oder gar ein Narr.« Und indem er redete, blätterte er in meinem Büchlein so stark herum, daß des Einsiedel Briefchen herausfallen mußte. Solches ließ er aufheben, ich aber entfärbte mich darüber, weil ichs vor meinen höchsten Schatz und Heiligtum hielt, daher der Gubernator noch größeren Argwohn schöpfte. Er las den Brief und sagte: »Ich kenne einmal diese Hand und weiß, daß sie von einem wohlbekannten Kriegsoffizier ist geschrieben worden, ich kann mich aber nicht entsinnen von welchem.«

So kam ihm auch der Inhalt seltsam und unverständlich vor.

»Dies ist ohn Zweifel,« erkläret er, »eine abgeredte Sprache, die sonst niemand verstehet. Wie heißt du?«

»Simplicius.«

»Ja, ja, du bist eben der rechte Kauz. Fort, daß man ihn alsobald an Hand und Fuß in Eisen schließe!«

Also wanderten die beiden Soldaten mit mir nach meiner neuen Herberge, dem Stockhaus, und überantworteten mich dem Gewaltiger, der mich mit Ketten an Händen und Füßen zierete, gleichsam als hätte ich nicht genug an mir getragen.

Dieser Willkomm war der Welt noch zu lieblich, dann es kamen Henker und Steckenknechte mit erschröcklichen Folterungsinstrumenten, die meinen elenden Zustand allererst grausam machten.

»Ach Gott,« sagte ich zu mir, »wie geschiehet dir so recht! O, du unglückseliger Simplici! Dahin bringet dich deine

Undankbarkeit: Siehe Gott hatte dich kaum zu seiner Erkanntnus und in seine Dienste gebracht, so laufst du hingegen aus seinen Diensten. O blinder Ploch, du hast dieselben verlassen, deinen schändlichen Begierden genug zu tun und die Welt zu sehen! Jetzt fahre hin und empfahe den Lohn deiner gehabten eitelen Gedanken und vermessenen Torheit!«

Indessen näherten wir uns dem Diebsturm, und als die Not am größten, da war die Hilfe Gottes am nähesten: dann als ich mit den Schergen samt einer großen Menge vorm Gefängnus stund, zu warten bis es aufgemachet, wollte mein Pfarrer (dann er lag zunächst dabei auch im Arrest) sehen, was da vorhanden wäre. Er sahe mich und rief überlaut: »O Simplici, bist du es!«

Da hub ich beide Hände auf und schrie: »O Vater! O Vater!«

Er fragte mich, was ich getan hätte. Ich antwortete, ich wüßte es nicht. Als er aber den Umstand vernahm, bat er, man wollte mit mir inhalten, bis er meine Beschaffenheit dem Herrn Gubernator berichtet hätte, dann solches würde verhüten, daß er sich an uns beiden vergreife.

━━━

Das elfte Kapitel

Es wurde erlaubt, und über eine halbe Stunde ward ich
auch geholt und in die Gesindestube gesetzet, allwo sich
schon zween Schneider, ein Schuster mit Schuhen, ein
Kaufmann mit Hüten und Strümpfen und ein anderer mit
allerhand Gewand eingestellt hatten, damit ich ehist
gekleidet würde. Folgends erschien ein Feldscherer mit
scharfer Lauge und wohlriechender Seife und eben als dieser
seine Kunst an mir üben wollte, kam ein anderer Befehl,
welcher mich greulich erschreckte: Ich sollte meinen Habit
wieder anziehen. War aber nicht böß gemeint, dann es kam
ein Maler mit seinen Werkzeugen daher, nämlich mit Minien
und Zinober zu meinen Augenlidern, mit Lack, Endig und
Lasur zu meinen Korallenlippen, mit Auripigmentum,
Rausch-schütt und Bleigelb zu meinen weißen Zähnen, die
ich vor Hunger bleckte, mit Kienruß, Kohlschwärz und
Umbra zu meinen blonden Haaren, mit Bleiweiß zu meinen
gräßlichen Augen und mit sonst vielerlei Farben zu meinem
wetterfarbigen Rock, auch hatte er eine ganze Hand voll
Pensel. Dieser fing an, mich zu beschauen, abzureißen, zu
untermalen, seinen Kopf über die Seite zu hängen, um seine
Arbeit gegen meine Gestalt genau zu betrachten, und
änderte so lange, bis er endlich ein natürliches Muster
entworfen hatte, wie Simplicius eins war. Alsdann dorfte
allererst der Feldscherer über mich herwischen, derselbe
zwackte mir den Kopf und richtete wohl anderthalb Stund
an meinen Haaren, folgends schnitt er sie ab auf die
damalige Mode, dann ich hatte Haar übrig. Nachgehends
satzte er mich in ein Badstüblein und säuberte meinen

ausgehungerten Leib von mehr als drei- und vierjähriger
Unlust. Kaum war er fertig, da brachte man mir ein weißes
Hemd, Schuhe und Strümpfe samt einem Überschlag und
Kragen, auch Hut und Feder. Die Hosen waren gar schön
ausgemacht und überall mit Galaunen verbrämt. Die
Schneider arbeiteten noch auf die Eil am Wams. Der Koch
stellte sich mit einem kräftigen Süpplein ein und die Kellerin
mit einem Trunk. Da saß mein Herr Simplicius wie ein junger
Graf zum besten accommodiert. Ich glaube schwerlich, daß ich
mein Lebtag ein einzig Mal eine größere Wollust empfunden
als eben damals. Mein Waldkleid samt Ketten und allem
Zugehör ward in die Kunstkammer zu andern raren Sachen
und Antiquitäten getan, daneben mein Bildnus.

Nach dem Nachtessen ward ich in ein Bette geleget,
dergleichen ich nie gekannt. Aber mein Bauch knurrte und
murrte die ganze Nacht hindurch, daß ich nicht schlafen
konnte, weil er entweder nicht wußte, was gut war, oder
weil er sich über die anmütigen, neuen Speisen
verwunderte. Ich blieb aber liegen, bis die liebe Sonne
wieder leuchtete.

Denselben Morgen gab mir der Gubernator einen
Leibschützen, der mich zu meinem Pfarrer brachte. In
dessen Museo satzten wir uns und er ließ mich vernehmen:

»Lieber Simplici, der Einsiedel, den du im Walde angetroffen
und bis zu seinem Tode Gesellschaft geleistet hast, ist nicht
allein des hießigen Gouverneurs Schwager, sondern auch im
Krieg sein Beförderer und wertester Freund gewesen, wie
dem Gubernator mir zu erzählen beliebet. Ihm ist von
Jugend auf weder an Tapferkeit noch an Gottseligkeit
niemals nichts abgegangen, welche beiden Tugenden man
zwar selten bei einander zu finden pflegt. Sein geistlicher
Sinn und widerwärtige Begegnüsse hemmten endlich den
Lauf seiner weltlichen Glückseligkeit, daß er Adel und
ansehnliche Güter verschmähete und hintan setzte und sein

Dichten und Trachten fortan nur nach einem erbärmlichen, eremitischen Leben gerichtet war. — Ich will dir aber auch nicht verhalten, wie er in den Spessart zu solchem Einsiedlerleben gekommen sei.

Die zweite Nacht hernach, als die blutige Schlacht von Höchst verloren worden, kam er einzig und allein vor meinen Pfarrhof, als ich eben mit meinem Weib und Kindern gegen den Morgen entschlafen war, weil wir wegen des Lärmens im Land, beides: der Flüchtigen und Nachjagenden, die vorige und auch selbige halbe Nacht durch und durch gewachet hatten. Er klopfte erst sittig an, folgends ungestüm genug, bis er mich und mein schlaftrunkenes Gesind erweckte. Nach wenig Wortwechseln, welches beiderseits gar bescheiden fiel, ward ihm die Tür geöffnet, und ich sahe den Kavalier vom Pferde steigen. Sein kostbarlich Kleid war ebenso sehr mit seiner Feinde Blut besprengt als mit Gold und Silber verbrämt. Er besänftigte Forcht und Schrecken, indem er seinen bloßen Degen einsteckte, und ich sprach ihn seiner schönen Person und des herrlichen Ansehens halber vor den Mansfelder selbst an. Er aber sagte, er sei denselben vor diesmal nur in der Unglückseligkeit nicht allein zu vergleichen, sondern auch vorzuziehen. Drei Dinge beklagte er: Seine verlorene, hochschwangere Gemahlin, die verlorene Schlacht und, daß er nicht vor das Evangelium sein Leben zu lassen das Glück gehabt hätte. Ich wollte ihn trösten, sahe aber bald, daß seine Großmütigkeit keines Trostes bedurfte. Er begehrte ein Soldatenbett von frischem Stroh.

Das erste am folgenden Morgen war, daß er mir sein Pferd schenkte und sein Gold samt etlichen köstlichen Ringen unter meine Frau, Kinder und Gesinde austeilete. Ich trug Bedenken, so große Verehrung anzunehmen. Er aber sagte, er wollte mich vor Gefahr des Argwohns mit seiner eigenen Handschrift versichern, ja er begehrte sogar sein Hemd, geschweige seine Kleider aus meinem Pfarrhof nicht zu tragen. Ich wehrete mit Händen und Füßen, was ich konnte, weil solches Vorhaben zumal nach dem Papsttum schmäcke (dann er eröffnete unumwunden, ein Eremit zu werden) mit Erinnerung, daß er dem Evangelio mehr mit seinem Degen würde dienen können. Aber vergeblich. Ich mußte ihn mit denjenigen Büchern und Hausrat montieren, die du bei ihm gefunden, und er ließ sich einen Rock aus der wollenen Decke machen, darunter er dieselbe Nacht auf dem Stroh geschlafen. So mußte ich auch meine Wagenketten mit ihm um eine göldene, daran er seiner Liebsten Conterfait trug vertauschen.

Nachdem nun neulich die Schlacht vor Nördlingen verloren, habe ich mich hierher in Sicherheit geflehnet, weil ich ohn das schon meine besten Sachen hier hatte. Als mir die baren Geldmittel aufgehen wollten, nahm ich drei Ringe und obgemeldte göldene Kette mit samt dem anhangenden Conterfait und trugs zum Juden, solches zu versilbern. Der hat es aber der Köstlichkeit und schönen Arbeit wegen dem Gubernator käuflich angetragen, welcher das Wappen, maßen ein Petschierring darunter war, und das Conterfait erkannt, nach mir geschickt und mich befragt hat. Ich wiese des Einsiedlers Handschrift oder Übergabsbrief auf und erzählte, wie er gelebet und gestorben. Er wollte solches nicht glauben, sondern kündete mir den Arrest an, bis er die Wahrheit am Orte ergründet und dich hierher gebracht hätte. Da ist mir nun durch dich, indem du mich erkannt, insonderheit aber durch das Brieflein, so in deinem Gebetbuch gefunden ward, ein trefflichs Zeugnis gegeben worden. Als will er dir und mir wegen seines Schwagers selig Gutes tun, du darfst dich jetzt nur resolviern, was du wilt, daß er dir tun soll.«

Ich antwortete, es gälte mir gleich.

Der Pfarrer zögerte mich auf seinem Losament bis zehn

Uhr, eh er mit mir zum Gubernator ging, damit er bei demselben zu mittags Gast sein könne. Dann es war damals Hanau blockiert und eine solche klemme Zeit bei dem gemeinen Mann, bevor aber den Flüchtlingen in selbiger Festung, daß auch etliche, die sich etwas einbildeten, die angefrorenen Rubschälen auf den Gassen, so die Reichen etwa hinwarfen, aufzuheben nicht verschmäheten. Es glückte dem Pfarrer auch sowohl, daß er neben dem Gubernator selbst über der Tafel zu sitzen kam. Ich aber wartete auf mit einem Teller in der Hand, wie mich der Hofmeister anwiese, in welches ich mich zu schicken wußte wie ein Esel ins Schachspiel. Aber der Pfarrer ersatzte allein mit seiner Zunge, was die Ungeschicklichkeit meines Leibes nicht vermochte. Er erzählte meine Auferziehung in der Wildnus und wie ich dahero wohl vor entschuldigt zu halten, meine Treue, die ich dem Einsiedel erwiesen und unser hartes Leben, weiters daß der Einsiedel all seine Freude an mir gehabt, weil ich seiner Liebsten von Angesicht so ähnlich sei. Er rühmte meine Beständigkeit und unveränderlichen Willen. In summa er konnte nicht genugsam aussprechen, wie der Einsiedel mich ihm mit ernstlicher Inbrünstigkeit kurz vor seinem Tod rekommendieret.

Dies kützelte mich dermaßen in Ohren, daß mich bedünkte, ich hätte schon Ergötzlichkeit genug vor alles empfangen, das ich je bei dem Einsiedel ausgestanden. Der Gubernator fragte, ob sein seliger Schwager nicht gewußt hätte, daß er derzeit in Hanau kommandiere. »Freilich,« antwortete der Pfarrer, »ich habe es ihm selbst gesagt. Er hat es aber zwar mit einem fröhlichen Gesicht und kleinem Lächlen, jedannoch so kaltsinnig angehört, daß ich mich über des Mannes Beständigkeit und festen Vorsatz verwundern muß.«

Dem Gubernator, der sonst kein weichherzig

Weibergemüt hatte, stunden die Augen voll Wasser, da er
sagte:

»Hätte ich gewußt, daß er noch im Leben, so wollte ich
ihn auch wider Willen haben holen lassen, damit ich ihm
seine Guttaten hätte erwidern können. Als will ich anstatt
seiner seinen Simplicium versorgen. Ach, der redliche Kavalier
hat wohl Ursache gehabt, seine schwangere Gemahlin zu
beklagen, dann sie ist von einer Partei kaiserlicher Reuter im
Spessart gefangen worden. Ich habe einen Trompeter zum
Gegenteil geschickt, meine Schwester zu ranzionieren, habe
aber nichts erfahren, als daß meine Schwester denen Reutern
im Spessart verloren gegangen sei, da sie von etlichen
Bauren zertrennt worden.«

Ich ward also des Gubernators Page und ein solcher Kerl,
den die Leute, sonderlich die Bauren, bereits Herr Jung
nannten.

Das zwölfte Kapitel

Damals war bei mir nichts schätzbarliches als ein rein Gewissen. Ich kannte von den Lastern nichts anderes, als daß ich sie etwan nennen gehört oder davon gelesen hatte, und wann ich deren eines wirklich begehen sahe, wars mir eine erschröckliche und seltene Sache. Herr Gott, wie wunderte ich mich anfänglich, wann ich das Gesetz und Evangelium samt den getreuen Warnungen Christi betrachtete und hingegen derjenigen Werke ansahe, die sich vor seine Jünger und Nachfolger ausgaben! Ich fand eitel Heuchelei und unzählbare Torheiten bei allen Weltmenschen, daß ich verzweifelte, ob ich Christen vor mir hätte oder nicht. Also hatte ich wohl tausenderlei Grillen und seltsame Gedanken in meinem Gemüt und geriet in schwere Anfechtung wegen des Befehles Christi: Richtet nicht, so werdet ihr auch nicht gerichtet.

Nächst der Hoffart und dem Geiz samt deren ehrbaren Anhängen waren Fressen und Saufen, Huren und Buben bei den Vermüglichen eine tägliche Übung. Aus ihrer Gottlosigkeit und dem heiligen Willen Gottes machten sie nur einen Scherz. Zum Exempel hörete ich einsmals einen Ehebrecher, der seiner Tat noch gerühmet sein wollte: »Es tuts dem geduldigen Hanrei genug, daß er meinetwegen ein Paar Hörner trägt. Ich habs mehr dem Mann zu Leid als der Frau zu Lieb getan, damit ich mich an ihm rächen möchte.«

»O, kahle Rache,« antwortete ein ehrbar Gemüt, »dadurch man sein eigen Gewissen beflecket und den schändlichen Namen eines Ehebrechers überkommt!«

»Was Ehebrecher,« antwortete der mit Gelächter, »ich bin darum kein Ehebrecher, wannschon ich diese Ehe ein wenig gebogen habe. Dies seind Ehebrecher, wovon das sechst Gebot saget, daß keiner einem andern in Garten steigen und die Kirschen eher brechen solle als der Eigentumsherr.«

Und er nannte nach seinem Teufelskatechismo den gütigen Gott einen Ehebrecher, weil er Mann und Weib durch den Tod von einander trennet.

Ich sagte, wiewohl er ein Offizierer war, aus übrigem Eifer und Verdruß zu ihm: »Meinst du nicht, daß du dich mit diesen gottlosen Worten mehr versündigest, als mit dem Ehebruch selbst?«

Er aber antwortete: »Du Mauskopf, soll ich dir ein paar Ohrfeigen geben?«

Und ich vermerkte bald, daß jeder Weltmensch einen besonderen Nebengott hatte, ja, etliche hatten wohl mehr als die alten und neuen Heiden selbsten. Einige hatten den ihren in den Geldkisten, andere in der Reputation, noch andere in ihrem Kopf, so ihnen Gott ein gesund Gehirn verliehen, also daß sie einzige Künste und Wissenschaften zu fassen geschickt waren. Auch gab es viel, deren Gott ihr eigener Bauch war, welchem sie täglich zu allen Mahlzeiten opferten, und wann solcher sich unwillig erzeigte, so machten die elenden Menschen einen Gott aus dem Medico und suchten ihres Leibes Aufenthalt in der Apotheke, aus welcher sie zwar öfters zum Tod befördert wurden. Manche Narren machten Göttinnen aus glatten Metzen, sie nannten sie mit andern Namen und beteten sie Tag und Nacht an mit tausend Seufzen und Liedern. Hingegen waren Weibsbilder, die hatten ihre eigene Schönheit vor ihren Gott aufgeworfen. Sie brachten ihr Opfer mit Schminke, Salben, Wassern, Pulvern und sonst Schmiersel genug. Ich sahe Leute, die wohlgelegene Häuser vor Götter hielten, und ich kannte einen Kerl, der konnte in etlichen Jahren vor dem Tabackhandel nicht recht schlafen, weil er demselben sein Herz, Sinne und Gedanken geschenkt hatte. Aber der Phantast starb und fuhr dahin wie der Tabakrauch selbst. Ein anderer Gesell, als bei einer Gesellschaft erzählet ward, wie jeder sich in dem greulichen Hunger und teueren Zeiten ernährt und durchgebracht, sagte mit deutschen Worten: Die Schnecken und Frösche seien sein Herrgott gewesen.

Ich kam einsmals mit einem vornehmen Herrn in eine Kunstkammer, darin schöne Raritäten waren. Unter den Gemälden gefiel mir nichts besser als ein Ecce-Homo wegen seiner erbärmlichen Darstellung, mit welcher es die Anschauenden gleichsam zum Mitleiden verzuckte. Darneben hing eine papierene Karte, in China gemalt, darauf stunden der Chineser Götter in ihrer Majestät sitzend, deren teils wie die Teufel gestaltet waren. Der Herr im Haus fragte mich, welches Stück in seiner Kunstkammer mir am besten gefiele. Ich deutete auf besagtes Ecce-Homo. Er aber sagte ich irre mich, der Chineser Gemält wäre rarer und dahero auch köstlicher, er wolle es nicht um zehen solcher Ecce-Homo manglen. Ich antwortete: »Herr ist Euer Herz wie Euer Mund?« Er sagte: »Ich versehe michs.« Darauf ich: »So ist auch Eures Herzens Gott derjenige, dessen Conterfait Ihr mit dem Mund bekennet, das Köstlichste zu sein.« »Phantast,« rief er, »ich aestimiere die Rarität!«

So sehr wurden nun diese Abgötter nicht geehret, als hingegen die wahre Göttliche Majestät verachtet. Christus spricht: ‚Liebet eure Feinde, segnet die euch fluchen, tut wohl denen, die euch hassen, bittet für die, so euch beleidigen und verfolgen, aufdaß ihr Kinder seid eures Vaters im Himmel. Dann so ihr liebet, die euch lieben, was werdet ihr für einen Lohn haben? Tun solches nicht auch die Zöllner? Und so ihr euch nur zu eueren Brüdern freundlich zeiget, was tut ihr Sonderlichs? Tun nicht die Zöllner also auch?'

Aber ich fand nicht allein niemand, der diesem Befehl Christi nachzukommen begehrte, sondern jeder tät gerade das Widerspiel.

Es hieß: viel Schwäger, viel Knebelspieße. Und nirgends fand ich mehr Neid, Haß, Mißgunst, Hader und Zank als zwischen Brüdern und Schwestern und andern angeborenen Freunden, sonderlich wann ihnen ein Erbe zu teilen zugefallen. Wo die größte Liebe und Treue sein sollte, fand ich höchste Untreue und den gewaltigsten Haß. Herren schunden ihre getreuen Diener, und solche wurden an ihren frommen Herren zu Schelmen. Den continuierlichen Zank vermerkte ich zwischen vielen Eheleuten. Mancher Tyrann hielt sein ehrlich Weib ärger als einen Hund, und manch lose Vettel ihren frommen Mann vor einen Narren und Esel. Die Handelsleute und Handwerker rannten mit dem Judenspieß gleichsam um die Wette und sogen durch allerhand Fünde und Vorteil dem Baursmann seinen sauren Schweiß ab. Hingegen waren teils Bauren so gottlos, andere Leute, wann die nicht rechtschaffen genug mit Boßheit durchtrieben waren, oder wohl gar ihren Herren selbst, unter Schein der Einfalt zu begaunern.

Ich sahe einsmals einen Soldaten einem andern eine dichte Maulschelle geben und bildete mir ein, der Geschlagene würde den andern Backen auch darbieten. Aber ich irrte, dann der Beleidigte zog vom Leder und versatzte dem Täter eins vor den Kopf.

Ich sagte: »Ach Freund, was machst du!«

Er antwortete: »Da wäre einer ein Bernheuter! Ich will mich, schlag mich der Donner und hol mich der Teufel, selbst rächen oder das Leben nicht haben! Hei, müßte doch einer ein Schelm sein, der sich so coujonieren ließe!«

Das Lärmen zwischen den zweien Duellanten vergrößerte

sich, weilen beiderseits Beiständer auch in die Haare kamen. Da bliebs bei geringen Kinderschwüren nicht. Die heiligen Sakramente mußten nicht nur siebenfach, sondern auch mit hunderttausenden soviel Tonnen, Galeeren und Stadtgräben voll heraus, also daß mir alle Haare zu Berg stunden.

Zum allerschröcklichsten kam es mir vor, wann ich etliche Großsprecher sich ihrer Boßheit, Sünden, Schande und Laster rühmen hörte. Da vernahm ich zu unterschiedlichen Zeiten:

»Potz Blut, wie haben wir gestern gesoffen! Ich habe mich in einem Tag wohl dreimal vollgesoffen und eben soviel Mal gekotzt!«

»Potz Stern, wie haben wir die Bauren, die Schelmen, tribuliert!«

»Potz Strahl, wie haben wir Beuten gemacht!«

»Potz hundert Gift, wie haben wir einen Spaß mit den Weibern und Mägden gehabt!«

»Ich habe ihn darniedergehauen, als wenn ihn der Hagel hätte darnieder geschlagen.«

»Ich habe ihn geschossen, daß er das Weiße über sich kehrte.«

»Ich habe ihn so artlich über den Tölpel geworfen, daß ihn der Teufel hätte holen mögen. — Ich habe ihm den Stein gestoßen, daß er den Hals hätte brechen mögen.«

In Gottes Namen sündigten sie, was wohl zu erbarmen ist: »Wir wollen in Gottesnamen auf Partei, plündern, niedermachen, in Brand stecken.«

Wann ich so etwas hörete und sahe und, wie meine Gewohnheit war, mit der Hl. Schrift hervorwischte, so hielten mich die Leute vor einen Narren und ich ward ausgelachet, daß ich endlich auch unwillig wurde und mir vorsatzte, gar zu schweigen.

Als ich demnach vermeinete, ich hätte Ursach zu zweifeln, ob ich unter Christen wäre oder nicht, ging ich zu dem Pfarrer mit der Bitte, er wolle mir doch aus dem Traum helfen. Der Pfarrer antwortete: »Freilich sind sie Christen und wollte ich dir nicht raten, daß du sie anderst nennen solltest. Dessen verwundere dich nicht. Wann die Apostel selbst anjetzo auferstehen und in die Welt kommen sollten, sie würden jeder männiglich vor Narren gehalten sein. Was du siehest und hörest ist eine allgemeine Sache und nur Kinderspiel dagegen, was sonsten so heimlich, als offentlich und mit Gewalt wider Gott und den Menschen vorgeht. Laß dich das nicht ärgern. Du wirst wenig Christen finden, wie dein Einsiedel einer gewesen ist.«

Indem führet man etliche Gefangene über den Platz und wir beschaueten sie auch. Da vernahm ich eine neue Mode einander zu grüßen und zu bewillkommnen, dann einer unserer Guarnison kannte einen Gefangenen. Zu dem ging er, gab ihm die Hand und druckete sie vor lauter Freude und Treuherzigkeit, dabei er sagte: »Daß dich der Hagel erschlage, lebst du noch, Bruder? Potz Fickerment, wie führt uns der Teufel hier zusammen! Ich habe, schlag mich der Donner vorlängst gemeinet, du wärest gehängt worden!«

Darauf antwortete der andere: »Potz Blitz Bruder, bist dus oder bist dus nicht? Daß dich der Teufel hole, wie bist du hierher gekommen? Ich hätte mein Lebtag nicht vermeinct, daß ich dich wieder antreffen würde, sondern habe gedacht, der Teufel hätte dich vorlängst hingeführet!«

Und als sie von einander gingen, sagte einer zum andern:

»Strick zu, Strick zu, morgen kommen wir vielleicht zusammen, dann wollen wir brav mit einander saufen!«

Ich verwunderte mich und ging, dem Gubernator aufzuwarten, dann ich hatte gewisse Zeiten Erlaubnus, die

Stadt zu beschauen, weil mein Herr von meiner Einfalt
Wind hatte und gedachte, solche würde sich legen, wann
ich herumterminierte und von andern gehobelt und gerülpt
würde.

Das dreizehnte
Kapitel

Meines Herren Gunst mehrete sich täglich, weil ich nicht allein seiner Schwester je länger, je gleicher sahe, sondern auch ihm selbsten, indem die guten Speisen und faulen Täge mich glatthärig machten. Wer etwas mit dem Gubernator zu tun hatte, erzeigte sich mir günstig, und sonderlich mochte mich der Secretarius wohl leiden, indem mir derselbe rechnen lernen mußte.

Er war erst von den Studien gekommen und stak noch voller Schulpossen, die ihm zu Zeiten ein Ansehen gaben, als wann er einen Sparren zu viel oder zu wenig gehabt hätte. Er überredete mich oft, schwarz sei weiß und weiß sei schwarz, dahero kam es, daß ich ihm in der Erste alles und aufs letzte gar nichts mehr glaubte.

Einsmals tadelte ich sein schmierig Tintenfaß, er aber antwortete solches sei sein bestes Stück in der ganzen Kanzlei, dann daraus lange er hervor, was er begehre, die schönsten Dukaten, Kleider und in summa, was er vermöchte, hätte er nach und nach herausgefischt. Ich wollte das von einem so kleinen, verächtlichen Ding nicht glauben. Hingegen sagte er, solches Vermöge der spiritus papyri (also nannte er die Tinte) und das Tintenfaß würde darum Faß genannt, weil es große Dinge fasse.

»Wie soll mans herausbringen, sintemal man kaum zween Finger hineinstecken kann?«

Er antwortete, er hätte einen Arm im Kopf, der solche

Arbeit verrichten müsse und verhoffe sich bald auch eine schöne, reiche Jungfrau herauszulangen. Wann er Glück hätte, so getraue er auch ein eigen Land und Leute heraus zu bringen.

Ich mußte mich über diese künstlichen Griffe verwundern und fragte, ob noch mehr Leute solche Kunst könnten.

»Freilich, alle Kanzler, Doktoren, Secretarii, Prokuratoren oder Advokaten, Commissarii, Notarii, Kauf- und Handelsherren, so, wann sie nur fleißig fischen, zu reichen Herren daraus werden.«

Ich meinte so seien die Bauren und andere arbeitsame Leute nicht witzig, daß sie im Schweiß ihres Angesichtes ihr Brot essen und diese Kunst nicht auch lernen. Er aber sagte: »Etliche wissen der Kunst Nutzen nicht, dahero begehren sie solche auch nicht zu lernen; etliche wolltens gern, mangeln aber des Arms im Kopfe oder anderer Mittel; etliche lernen die Kunst und haben Arms genug, wissen aber die Griffe nicht, so die Kunst erfordert, wenn man dadurch will reich werden; andere wissen und können alles, was dazu gehöret, sie wohnen aber in der Fehlhalde und haben keine Gelegenheit wie ich, die Kunst zu üben.«

Als wir dergestalt vom Tintenfaß diskurierten, kam mir das Titularbuch ungefähr in die Hände, darin fand ich mehr Torheiten, als mir bisher noch nie vor Augen gekommen.

Ich rief: »Alles sind ja Adamskinder und eines Gemächts miteinander, Staub und Aschen, woher kommt ein so großer Unterschied? Allerheiligst, Unüberwindlichst, Durchleuchtigst! Sind das nicht göttliche Eigenschaften? *Der* ist gnädig, der ander gestreng und was tut das Geboren dabei? *Die* heißen Hoch-, Wohl-, Vor-Großgeachte! Was ist das vor ein närrisch Wort: Vorsichtig! Wem stehen dann die Augen hinten im Kopf? Es ist viel rühmlicher, wann einer freundlich tituliert wird. Item wann das Wort Edel an sich

selbsten hochschätzbare Tugenden bedeutet, warum es bei
Fürsten und Grafen zwischen hoch und geboren setzen?
Und Wohlgeboren ist eine Lüge, solches möchte eines jeden
Barons Mutter bezeugen, wann man sie fragte, wie es ihr bei
der Entbindung ergangen sei.«

Der Secretarius und ich lacheten gar sehr. Indem entrann
mir ein so grausamer Leibsdunst, daß beide ich und der
Secretarius darüber erschraken.

»Trolle dich, du Sau,« sagte er, »zu den andern Säuen im
Stall, mit denen, du Rülp, besser zustimmen, als mit
ehrlichen Leuten konversieren kannst!«

Und also hatte ich den guten Handel in der Schreibstube,
dem gemeinen Sprüchwort nach, auf einmal verkerbt.

Ich kam unschuldig in das Unglück, dann die
ungewöhnlichen Speisen und Arzneien, die mein
eingeschnurrtes Gedärm zurecht bringen sollten, erregten
viel garstige Wetter und Stürm in mir, maßen weder mein
Einsiedel noch mein Knän mich unterrichtet, daß es übel
getan sei, wann man dies Orts der Natur willfahre.

Mein Herr hatte nun einen ausgestochenen Essig zum
Pagen neben mir, dem schenkte ich mein Herz. Aber er
eiferte mit mir, wegen der großen Gunst, die mein Herr zu
mir trug. Er besorgte, ich möchte ihm vielleicht die Schuhe
gar austreten und sahe mich heimlich mit Mißgunst an. Er
sann auf Mittel, wie er mir den Stein stoßen möge und mich
zu Fall brächte. Ich aber vertraute ihm alle meine
Heimlichkeiten, so alle auf kindischer Einfalt und
Frömmigkeit bestunden.

Einsmals schwätzten wir im Bett vom Wahrsagen, und er
versprach mir solches umsonst zu lernen. Hieße mich darauf
den Kopf unter die Decke tun. Ich gehorchte fleißig und gab
auf die Ankunft des Wahrsagegeistes genaue Achtung. Potz
Glück! Desselben Einzug in meine Nase war so stark, daß

ich eilends unter der Decke herfürwischte.

»Was hast du,« fragte der Lehrmeister. Ich antwortete ihm. Da meinte er: »Du kannst also die Kunst des Wahrsagens am besten.«

Ich nahms vor keinen Schimpf, dann ich hatte damals noch keine Galle und begehrte allein zu wissen, wie ihm dies so stillschweigend gelungen sei. Er antwortete: »Du darfst nur das linke Bein lupfen und darneben heimlich sagen: je pete, je pete, je pete und mithin so stark gedruckt, als du kannst.«

»Es ist gut,« sagte ich, »man meinet sodann, die Hunde haben die Luft verfälscht. Ach, hätte ich doch diese Kunst heute in der Schreibstube gewußt!«

Das vierzehnte
Kapitel

Des andern Tags hatte mein Herr seinen Offizierern und andern guten Freunden eine fürstliche Gasterei angestellt, weil die Unsrigen das feste Haus Braunfels ohn Verlust eines einzigen Mannes genommen. Da mußte ich helfen Speisen auftragen, einschenken und mit einem Teller aufwarten.

Den ersten Tag ward mir ein großer, fetter Kalbskopf (von welchen man saget, daß sie kein Armer fressen dörfe) aufzutragen eingehändigt. Weil nun derselbig ziemlich mürb gesotten war, ließ er das eine Aug weit herauslappen, welches mir ein anmutiger und verführerischer Anblick war. Und da mich der frische Geruch von der Speckbrühe und aufgestreutem Ingwer zugleich anreizete, empfand ich einen solchen Appetit, daß mir das Maul ganz voll Wasser ward: in summa das Aug lachte meine Augen, meine Nase und meine Zunge zugleich an und bat gleichsam, ich wollte es doch meinem heißhungrigen Magen einverleiben. Ich ließ mir nicht lang den Rock zerreißen, sondern folgte den Begierden. Im Gang hub ich das Aug mit einem Löffel so meisterlich heraus und schickte es ohn Anstoß so geschwind an seinen Ort, daß es auch niemand inne ward, bis das Essen auf den Tisch kam und mich verriet. So mangelte eins von den allerbesten Gliedmaßen dem Kalbskopf. Mein Herr wollte fürwahr den Spott nicht haben, daß man ihm einen einäugigen Kalbskopf aufzustellen wagte. Der Koch mußte vor die Tafel und zuletzt kam das facit über den armen Simplicium heraus. Mein

Herr fragte mit einer schröcklichen Miene, wohin ich mit dem Kalbsaug gekommen wäre. Geschwind zuckte ich mit meinem Löffel aus dem Sack, gab dem Kalbskopf den andern Fang und wiese kurz und gut, was man wissen wollte, maßen ich das ander Aug in einem Hui verschlang.

»Par dieu,« sagte mein Herr, »dieser Akt schmäckt mir besser als zehn Kälber!«

Etliche Possenreißer, Fuchsschwänzer und Tischräte lobten meine kluge Erfindung, da ich beide Kalbsaugen zusammenlogiert, als eine Vorbedeutung künftiger Tapferkeit und unerschrockener Resolution. Also ich vor diesmal meiner verdieneten Strafe entging. Mein Herr aber sagte, ich sollte ihm nicht wieder so kommen.

Bei dieser Mahlzeit trat man ganz christlich zur Tafel und sprach das Tischgebet sehr still und andächtig. Solche Andacht kontinuierte, solang als man mit den ersten Speisen zu tun hatte, als wann man in einem Kapuziner-Convent gesessen hätte. Aber kaum hatte jeder drei- oder viermal »gesegnet Gott« gesagt, ward schon alles lauter. Je länger, je höher erhub sich nach und nach eines jeden Stimme ohnbeschreiblich.

Man brachte Gerichte, deswegen »Voressen« genannt, weil sie gewürzt und vor dem Trunk zu genießen verordnet waren, item Beiessen, weil sie bei dem Trunk nicht übel schmeckten, allerhand französischer Potagen und spanischer Ollapotriden zu geschweigen, welche durch tausendfältige Zubereitung und unzählbare Zusätze dermaßen verpfeffert, verdümmelt, vermummet, mixiert und zum Trunk gerüstet waren, daß sie nach ihrer natürlichen Substanz unerkenntlich blieben. Wer weiß, ob die Zauberin Circe andere Mittel gebraucht hat, des Ulisses Gefährten in Schweine zu verwandeln? Dann die Gäste fraßen die Gerichte wie Säue, darauf soffen sie wie Kühe, stellten sich dabei wie Esel und spien wie die Gerberhunde.

Den edlen Hochheimer, Bacheracher und Klingenberger gossen sie in kübelmäßigen Gläsern hinunter und brachten einander Trünke zu, die je länger, je größer wurden, als ob sie um die Wette miteinander stritten.

Bis dahin hatte jeder mit gutem Appetit das Geschirr geleert, nachdem aber Mägen und Köpfe voll und toll wurden, mußten bei einem Courage, beim andern Treuherzigkeit, seinem Freunde eins zuzubringen, beim dritten die deutsche Redlichkeit, ritterlich Bescheid zu tun, den Trunk fördern. Maßen aber solches der Länge nach auch nicht bestehen konnte, beschwur je einer den andern bei großer Herren, lieber Freunde oder bei der Liebsten Gesundheit den Wein maßweis in sich zu schütten, worüber manchem die Augen übergingen und der Angstschweiß ausbrach, doch mußte es gesoffen sein. Ja, man machte zuletzt mit Trommeln, Pfeifen und Saitenspiel ein Lärmen und schoß mit Stücken darzu, ohn Zweifel darum, dieweil der Wein die Mägen mit Gewalt einnehmen mußte.

Mein Pfarrer war auch bei dieser Gasterei. Ich trat zu ihm und sagte: »Warum tun die Leute so seltsam? Woher kommt es doch, daß sie so hin und her dorkeln? Mich dünkt schier, sie sein nicht recht witzig, sie haben sich alle sattgegessen und getrunken, daß sie schwören bei Teufelholen, wann sie mehr saufen könnten, und dannoch hören sie nicht auf sich auszuschoppen! Müssen sie es tun?«

Der Pfarrer flüsterte mir zu: »Liebes Kind, Wein ein, Witz aus. Das ist noch nichts demgegenüber, was noch kommen soll.«

»Zerbersten dann ihre Bäuche nicht, wann sie immer so unmäßig einschieben? Können dann ihre Seelen, die Gottes Ebenbild sein, in solchen Mastschweinkörpern verharren?«

»Halts Maul,« antwortete der Pfarrer, »du dörftest sonst

greulich Pumpes kriegen. Hier ist keine Zeit zu predigen, ich wollt's sonst besser als du verrichten.«

Ich sahe ferner stillschweigend zu, wie man Speise und Trank mutwillig verderbte, unangesehen des armen Lazarus, den man damit hätte laben können in Gestalt vieler vertriebener Flüchtlinge, denen der Hunger aus den Augen heraus guckte und die vor unsern Türen verschmachteten.

Das fünfzehnte Kapitel

Als ich dergestalt mit einem Teller vor der Tafel aufwartete, und mein Gemüt von merklichen Gedanken geplagt ward, ließ mich auch mein Bauch nicht zufrieden. Er knurrte und murrte ohn Unterlaß. Ich gedachte dem ungeheuern Gerümpel abzuhelfen und mich dabei meiner neuerlernten Kunst zu bedienen. Lupfete also das Bein, druckte von allen Kräften, was ich konnte, und wollte heimlich meinen Spruch: je pete — sagen, aber das ungeheuere Gespann entwischte wider mein Verhoffen mit greulichem Bellen. Mir wars einsmals so bang, als wenn ich auf der Leiter am Galgen gestanden wäre und mir der Henker bereits den Strick hätte anlegen wollen. In solcher gählingen Angst verwirrt, wurde mein Maul in diesem urplötzlichen Lärmen rebellisch, und wo es heimlich brummeln sollte, entfuhr ihm desto grausamer mit erschröcklicher Stimme sein: je pete.

Hiedurch bekam ich Linderung, dagegen einen ungnädigen Herrn an meinem Gouverneur. Seine Gäste wurden über diesem unversehenen Knall fast wieder alle nüchtern, ich aber über die Futtertruhe gespannt und also gepeitscht, daß ich noch bis auf diese Stund daran gedenke. Solches waren die ersten Pastonaden, die ich kriegte.

Da brachte man Rauchtäfelein und Kerzen, und die Gäste suchten ihre Bisemknöpfe und Balsambüchslein, auch sogar ihren Schnupftabak hervor, aber die besten Aromata wollten schier nichts erklecken.

Wie dies nun überstanden, mußte ich wieder aufwarten wie zuvor. Mein Pfarrer war auch noch vorhanden und ward zum Trunk genötiget. Er aber wollte nicht recht daran und sagte, er möchte so viehisch nicht saufen. Hingegen erwiese ihm ein guter Zechbruder, daß er wie ein Viehe, sie aber, die andern, wie Menschen söffen.

»Dann eine Vieh säuft nur so viel, als ihm wohl schmäcket und den Durst löschet, weil es nicht weiß, was gut ist. Uns Menschen aber beliebt, daß wir uns den Trunk zu Nutz machen und den edlen Rebensaft einschleichen lassen.«

»Sehr wohl,« sagte der Pfarrer, »es gebühret mir aber das rechte Maß zu halten.«

»Wohl,« antwortete jener, »ein ehrlicher Mann hält Wort,« und ließ einen mäßigen Becher einschenken, denselben den Pfarrer zuzuzotteln. Der hingegen ging durch und ließ den Säufer mit seinem Eimer stehen.

Als der Pfarrer abgeschafft war, ging es drunter und drüber. Es ließe sich an, als wenn die Gasterei einzig Gelegenheit sein sollte, sich gegen einander mit Vollsaufen zu rächen, einander in Schande zu bringen oder sonst einen Possen zu reißen. Wann dergestalt einer expediert ward, daß er weder sitzen, gehen oder stehen mehr konnte, so hieß es: »Nun ist es wett! Du hast mirs hiebevor auch so gekocht. Jetzt ist dirs eingetränkt!« Welcher aber ausdauren und am besten saufen konnte, wußte sich dessen groß zu machen und dünkte sich kein geringer Kerl zu sein. Zuletzt dürmelten sie alle herum, als wann sie Bilsensamen genossen hätten. Einer sang, der ander weinete, einer lachte, der ander traurete, einer fluchte, der ander betete. Der schrie überlaut: Courage! — jener saß stille und friedlich. Einer wollte den Teufel mit Raufhändeln bannen, ein anderer schlief, der dritte plauderte, daß keiner ihm zuvorkommen konnte. Da erzählte einer von seiner lieblichen Buhlerei, der ander von seinen erschröcklichen Kriegstaten. Etliche redeten von der Kirchen und geistlichen Sachen, andere von Politik und Reichshändeln. Teils liefen hin und wieder und konnten nirgends bleiben, teils lagen und vermochten nicht den kleinsten Finger zu regen. Etliche fraßen wie die Trescher, als hätten sie acht Tage Hunger gelitten, andere wußten sich dessen zu entledigen, was sie den Tag eingeschlungen hatten. In summa meine Kunst, darum ich so greulich zerschlagen worden, nur ein Scherz dargegen zu rechnen war.

Endlich satzte es unten an der Tafel ernstliche Streithändel. Da warf man einander Gläser, Becher, Schüsseln und Teller an die Köpfe und schlug mit Fäusten, Stühlen, Stuhlbeinen und Degen, daß endlich der rote Saft über die Ohren lief. Aber mein Herr stillet den Handel.

Da nun wieder Friede worden, nahmen die Meistersäufer die Spielleute samt den Frauenzimmern und wanderten in ein ander Haus, dessen Saal auch einer andern Torheit gewidmet war. Mein Herr ging ihnen nach und ich folget ihm.

Ich sahe in dem Saal Männer, Weiber und ledige Personen so schnell untereinander herumhaspeln, daß es schier wimmelte. Sie hatten ein solch Getrappel und Gejöhl, daß ich vermeinte, sie wären all rasend worden, dann ich konnte nicht ersinnen, was sie doch mit diesem Wüten und Toben vorhaben möchten. Ihr Anblick kam mir grausam, förchterlich und schröcklich vor, daß ich mich entsatzte. Mein Gott, dachte ich, es hat sie gewißlich eine Unsinnigkeit befallen. Vielleicht möchten es auch höllische Geister sein, welche dem ganzen menschlichen Geschlecht durch solch Geläuf und Affenspiel spotteten. Als mein Herr in den Hausflur kam und zum Saal eingehen wollte, hörete die Wut eben auf, nur daß sie noch ein Buckens und Duckens mit den Köpfen und ein Kratzens und Schuhschleifens auf dem Boden machten, als wollten sie ihre Fußtapfen wieder austilgen. Am Schweiß, der ihnen über die Gesichter floß, und an ihrem Geschnäuf konnte ich abnehmen, daß sie sich stark zerarbeitet hatten.

Ich fragte dahero meinen Kameraden, der mir erst kürzlich wahrsagen gelernet, was solche Wut bedeute. Der berichtete mir, daß die Anwesenden vereinbart hätten, dem Saal den Boden mit Gewalt einzutreten. »Warum vermeinst du wohl, daß sie sich sonst so tapfer tummeln sollten,« sagte er zu mir. »Hast du nicht gesehen, wie sie die Fenster vor Kurzweile schon ausgeschlagen?«

»Herr Gott, so müssen wir mit zugrunde gehen und samt ihnen Hals und Bein brechen!«

»Ja,« sagte der Kamerad, »darauf ist's angesehen. Du wirst merken, wann sie sich in Todesgefahr begeben, daß jeder eine hübsche Frau und Jungfer erwischt, dann es pfleget denen Paaren, so also zusammenhaltend fallen, nicht bald wehe zu geschehen.«

Mich überfiel eine solche Todesangst, daß ich nicht wußte, wo ich bleiben sollte. Als aber die Musikanten sich noch darzu hören ließen und jeder eine bei der Hand erdappte, ward mirs nicht anderst, als wenn ich allbereits den Boden eingehen und mir und den andern die Hälse brechen sähe. Sie fingen an zu gumpen, daß der ganze Bau zitterte, weil man eben einen drollichten Gassenhauer aufmachte; ich vermeinte im Todesschröcken das Haus fiele urplötzlich ein. Derowegen erwischte ich in der allerhöchsten Not eine Dame von hohem Adel und vortrefflichen Tugenden, mit welcher mein Herr eben konversierte, unversehens beim Arm wie ein Bär und hielte sie wie eine Klette. Da sie aber zuckte, spielte ich den Desperat und fing aus Verzweiflung an zu schreien. Die Musikanten wurden gähling still, die

Tänzer und Tänzerinnen hörten auf und die ehrliche Dame, der ich am Arm hing, befand sich offendiert.

Darauf befahl mein Herr mich zu prügeln und hernach irgendhin einzusperren, weil ich denselben Tag schon mehr Possen gerissen hatte. Die Fourierschützen, so dies exequieren sollten, hatten Mitleiden mit mir, entübrigten mich derohalben der Stöße und sperrten mich unter eine Stiege in den Gänsstall.

Das andere Buch

Das erste Kapitel

Drei ganzer Stunden, bis das praeludium veneris oder der ehrlich Tanz geendet hatte, mußte ich im Gansstall sitzen bleiben, eh einer herzuschlich und an dem Riegel anfing zu rappeln. Ich lausterte scharf, der Kerl aber machte die Tür nicht allein auf, sondern wischte auch ebenso geschwind hinein, als ich gern heraußen gewesen wäre, und schleppte noch darzu ein Weibsbild an der Hand mit sich daher gleichwie beim Tanz. Weil ich aber vielen seltsamen Abenteuern an diesem Tag begegnet und mich darein ergeben hatte, fürderhin alles mit Geduld und Stillschweigen zu ertragen, als schmiegte ich mich zu der Tür mit Forcht und Zittern, das End erwartend. Gleich darauf erhub sich zwischen diesen beiden ein Gelispel, woraus ich entnahm, daß sich der eine Teil über den üblen Geruch des Ortes beklagte, hingegen der ander Teil hinwiederum tröstete: »Gewißlich, schöne Dame, mir ist, versichert, vom Herzen leid, daß uns, die Früchte der Liebe zu genießen, vom mißgünstigen Glück kein ehrlicher Ort gegönnet wird. Aber ich kann darneben beteuern, daß mir Ihre holdselige Gegenwart diesen verächtlichen Winkel anmutiger machet, als das lieblichste Paradeis selbsten.«

Hierauf hörete ich küssen und vermerkte seltsame Posturen, wußte aber nicht, was es bedeuten sollte, schwieg derowegen noch fürders so still wie eine Maus. Wie sich aber auch sonst ein possierlich Geräusch erhob und der Gansstall zu krachen anfing, da wußte ich, das sein zwei von denen wütenden Leuten, die den Boden helfen eintreten. In der Angst ums Leben und dem Tode zu entfliehen, wischte ich aus der Tür mit Mordiogeschrei, warf den Riegel zu und suchte das Haustor.

In meines Herren Quartier war alles still und schlafend, dahero dorfte ich mich der Schildwache, die vorm Haus stund, nicht nähern, und es war schon weit nach

Mitternacht. So fiel mir ein, ich sollte meine Zuflucht zu dem Pfarrer nehmen.

Dort kam ich so ungelegen, daß mich die Magd nur mit Unwillen einließ, ihr Herr aber, der nunmehr fast ausgeschlafen hatte, an dem Gekeife unser gewahr wurde. Er rief uns beide vor sich ans Bett und hieß mich niederlegen, da er sahe, daß ich vor Nachtfrost und Müdigkeit ganz erstarrt war. Ich erwarmet aber kaum, dann da es anfing zu tagen, so stund der Pfarrer schon vorm Bette, zu vernehmen, wie meine Händel beschaffen wären. Ich erzählte ihm alles und machte den Anfang bei der Kunst, die mich mein Kamerad gelehret, und wie sie übel geraten. Folgendes meldete ich, daß die Gäste, nachdem er hinweg gewesen, ganz unsinnig wären worden, maßen mein Kamerad mir berichtet, sie wollten dem Haus den Boden eintreten, item in was vor schröckliche Angst ich darüber geraten und auf was Weise ich mich vorm Untergang erretten gewollt, darüber aber in Gänsstall gesperret worden seie. Auch was ich in denselben von den zweien, so mich wieder erlöst, vernommen und welcher Gestalt ich sie wieder eingesperret hätte, berichtet ich dem Pfarrer.

»Simplici,« meinte er, »deine Sachen stehen lausig. Du hattest einen guten Handel, aber ich besorge, es sei verscherzt. Packe dich nur geschwind aus dem Bette und trolle dich aus dem Haus, damit ich nicht samt dir in deines Herren Ungnade komme, wann man dich bei mir findet.«

Also mußte ich zum ersten Mal erfahren, wie wohl einer bei männiglich daran ist, wann er seines Herren Gunst hat, und wie scheel einer angesehen wird, wann solche hinket.

In meines Herrn Quartier schlief alles noch steinhart bis auf den Koch und ein paar Mägde; diese putzten das Zimmer, darin man gestern gezecht, jener aber rüstete aus den Abschrötlein wieder ein Frühstück oder vielmehr einen Imbiß zu. Das Zimmer lag hin und wieder voller zerbrochener so Trink- als Fenstergläser, voll Unflat und großen Lachen von verschüttetem Wein und Bier, also daß der Boden einer Landkarten gleich sahe, darin man hat unterschiedliche Meere, Insuln und fußfeste Länder vor Augen stellen wollen. Es stank viel übler als in meinem Gänsstall. Derowegen machte ich mich in die Küchen, mit Forcht und Zittern erwartend, was das Glück, wann mein Herr ausgeschlafen hätte, ferners in mir würken wollte. Darneben betrachtete ich der Welt Torheit und Unsinnigkeit, so daß ich damals meines Einsiedlers dörftig und elend Leben vor glückselig schätzte und ihn und mich wieder in den früheren Stand wünschte.

Das ander Kapitel

Indessen mußten die Diener hin und wider laufen, die gestrigen Gäste zum Frühstück einzuholen, unter welchen der Pfarrer zeitlicher als alle andern erscheinen mußte, weil mein Herr fürderst meinetwegen mit ihm reden wollte, maßen man ihm berichtet, ich sei aus dem Gänsstall ausgebrochen, indem ich ein Loch hinter dem Riegel mit dem Messer geschnitten.

Er fragte ihn ernstlich, ob er mich vor witzig oder vor närrisch hielte, ob ich so einfältig oder so boßhaftig sei, und erzählete ihm, wie unehrbarlich ich mich gehalten, was teils von seinen Gästen übel empfunden und aufgenommen werde, als wäre es ihnen zum Despekt mit Fleiß so angestellet worden, item, daß ich nun in der Küchen umgehe wie ein Junker, der nicht mehr aufwarten dörfe. Sein Lebtag sei ihm kein solcher Possen widerfahren, als ich ihm in Gegenwart so vieler ehrlicher Leute gerissen. Er wüßte nichts anders mit mir anzufangen, als daß er mich lasse abprügeln und wieder vor den Teufel hinjagen.

Derweilen sammelten sich die Gäste. Der Pfarrer aber antwortete, wann ihm der Gouverneur zuzuhören beliebte, so wolle er vom Simplicio eins und anders erzählen, daraus dessen Unschuld zu ersehen sei und alle ungleichen Gedanken benommen würden.

Inzwischen akkordierte der tolle Fähnrich aus dem Gänsstall mit mir in der Küchen, und brachte mich durch Drohworte und einen Taler dahin, daß ich versprach, reinen Mund zu halten.

Die Tafeln wurden gedeckt und mit Speisen und Leuten besetzt. Wermut-, Salbei-, Alant-, Quitten- und Zitronenwein mußte neben dem Hippokras den Säufern ihre Köpfe und Mägen wieder begütigen, dann sie waren schier alle des Teufels Märtyrer. Ihr erst Gespräch war von ihnen selbsten: wie sie gestern einander so brav vollgesoffen ... mit nichten! sie hätten allein gute »Räusche« gehabt, dann keiner säuft sich mehr voll, sintemal die »Räusche« aufgekommen sind. Als sie aber von ihren eigenen Torheiten zu reden und zu hören müde waren, mußte der arme Simplicius herhalten. Der Gouverneur selbst erinnerte den Pfarrer, die lustigen Sachen zu eröffnen.

Dieser bat zuvörderst, man wolle ihm nicht vor ungut halten, dafern er Wörter reden müßte, die seiner geistlichen Person übel vermerkt werden könnten. Fing darauf an zu erzählen, aus was natürlichen Ursachen ich dem Secretario merkliche Unlust in seiner Kanzlei angerichtet, wie ich sonach das Wahrsagen gelernet und solches schlimm erprobt, wie seltsam mir das Tanzen vorgekommen sei und wie ich darüber in den Gänsstall gelangt wäre. Solches brachte er in einer wohlanständigen Art vor, daß sich die Gäste trefflich zerlachen mußten. Aber von dem, was mir im Gänsstall begegnet, wollte er nichts sagen.

Hingegen fragte mich mein Herr, was ich vor so saubere Künste und Lehren meinem Kameraden gegeben hätte. Ich antwortete: »Nichts«. »So will ich dein Lehrgelt zahlen,« versprach mein Herr und ließ ihn darauf über eine Futtertruhe spannen und allerdings karbaitschen.

Er wollte mich ferner meiner Einfalt wegen stimmen, ihn und seinen Gästen mehr Lust zu machen, dann ich galt mit meinen närrischen Einfällen selbigen Tags über allen Musikanten. Und er fragte, warum ich die Stalltür erbrochen. Ich sagte: »Das mag jemand anders getan haben.« — »Wer?« — »Das darf ich niemand sagen.« Mein

Herr war aber ein geschwinder Kopf und sahe wohl, wie man mich Lausen müßte. »Wer hat dir solches verboten?« — »Der tolle Fähnrich da.«

Ich merket an jedermanns Gelächter, daß ich mich gewaltig verhauen haben mußte, und der tolle Fähnrich ward so rot wie eine glühende Kohlen.

Darauf gebot mein Herr zu reden und fragte: »Was hat der tolle Fähnrich bei dir im Gänsstall zu tun gehabt?« Ich antwortete: »Er brachte eine Jungfer mit hinein.«

Darüber erhub sich bei allen Anwesenden ein solch Gelächter, daß mich mein Herr nicht mehr hören, geschweige etwas weiters fragen konnte.

So brachten etliche mehr Possen auf die Bahn, sunderlich meine einfältigen Straf- und Mahnreden, daß man schier denselben Imbiß von nichts, als nur von mir zu reden und zu lachen hatte.

Und das verursachte einen allgemeinen Entschluß zu meinem Untergang: man sollte mich nur tapfer agieren, so würde ich mit der Zeit einen raren Narren abgeben, den man auch den größten Potentaten der Welt verehren und mit dem man die Sterbenden zum Lachen bringen könnte. —

Wie man nun also schlampampte und wieder gut Geschirr machen wollte, meldete die Wacht einen Commissarium an, der vor dem Tor sei. Das eingehändiget Schreiben besagte, er wäre von den schwedischen Kronräten abgeordnet, die Guarnison zu mustern und die Festung zu visitieren. Solches versalzte allen Spaß und das Freudengelag verlummerte wie ein Dudelsackzipfel, dem der Blast entgangen. Die Musikanten und Gäste zerstoben wie Tabakrauch, der nur den Geruch hinter sich läßt. Mein Herr trollete selbst mit dem Adjutanten, der den Schlüssel trug, samt einem Ausschuß von der Tagwacht und vielen

Windlichtern dem Tor zu, den Plackschmeißer, wie er ihn nannte, selbst einzulassen. Er wünschte, daß ihm der Teufel den Hals in tausend Stücke bräche, ehe er in die Festung käme.

Sobald er ihn aber eingelassen und auf der inneren Fallbrücke bewillkommnete, fehlte wenig oder gar nichts, daß er ihm nicht selbst den Steigbügel hielte, seine Devotion zu bezeugen, ja die Ehrerbietung war augenblicklich zwischen beiden so groß, daß der Commissarius abstieg und zu Fuß mit meinem Herrn gegen sein Losament schritt. Da wollte ein jeder zur linken Hand gehen und mehr dergleichen. Ach, gedachte ich, was vor ein Geist regiert die Menschen, indem er je einen durch den andern zum Narren machet!

Wir näherten also der Hauptwache und die Schildwacht rufte ihr Wer-da, wiewohl sie sahe, daß es mein Herr war. Dieser wollte nicht antworten, sondern dem andern die Ehre lassen, daher stellet sich die Schildwacht mit Wiederholung ihres Geschreis desto heftiger. Endlich antwortete der Commissarius: »Der Mann, ders Geld gibt.«

Wie wir bei der Schildwacht vorbeipassierten, und ich so hinten nachzog, hörete ich den Posten brummen: »Ein Mann ders Geld gibt! Verlogener Kund! Ein Schindhund, ders Geld nimmt, das bist! Daß dich der Hagel erschlüge, eh du wieder aus der Stadt kommst!«

Also meinete ich, der fremde Herr mit der sammeten Mutzen müßte ein Heiliger sein, weil nicht allein keine Flüche an ihm hafteten, sondern dieweil ihm auch seine Hasser alle Ehre, alles Liebe und alles Gute erwiesen. Er ward noch diese Nacht fürstlich traktieret, blind vollgesoffen und in ein herrlich Bette gelegt.

Folgenden Tags ging es bei der Musterung bunt über Eck her. Ich einfältiger Tropf war selbst geschickt genug, den

klugen Commissarium zu betrügen. Daß ich ihm zu klein vor
die Musketen erschiene, staffieret man mich mit einem
entlehnten Kleid und einer Trummel aus. Mein Herr ließ in
die Rolle meinen Namen einschreiben und nannte mich
Simplicius Simplicissimus.

Das dritte Kapitel

Als der Commissarius wieder weg war, ließ mich der Pfarrer heimlich zu sich in sein Losament kommen und sagte:

»O Simplici, deine Jugend dauert mich und deine Unglückseligkeit bewegt mich zum Mitleiden. Höre, mein Kind, dein Herr ist entschlossen, dich aller Vernunft zu berauben und dich zum Narren zu machen, maßen er bereits ein Kleid vor dich anfertigen läßt. Morgen mußt du in die Schule, darin du deine Vernunft verlernen sollst. Man wird dich ohn Zweifel so greulich trillen, daß du ein Phantast werden mußt, wenn anderst Gott und natürliche Mittel solches nicht verhindern. Um deines Einsiedlers Frömmigkeit und deiner eigenen Unschuld willen sei dir mit Rat und notwendigen guten Arzneien beigesprungen. Folge nun meiner Lehre: Nimm dieses Pulver ein, welches dir Hirn und Gedächtnus dermaßen stärken wird, daß du, unverletzt deines Verstandes, alles leicht überwinden magst. Auch schmiere dir mit diesem Balsam Schläfen, Wirbel und Genick samt den Naslöchern. Beides brauch auf den Abend, sintemal du keiner Stunde sicher sein wirst. Wann man dich in dieser verfluchten Kur haben wird, so achte und glaube nicht alles, stelle dich jedoch, als wenn du alles glaubtest. Wenn du aber das Narrenkleid anhaben wirst, so komme wieder zu mir, damit ich deiner mit fernerem Rat pflegen möge. Indessen will ich Gott bitten, daß er deinen Verstand und Gesundheit erhalten wolle.«

Wie der Pfarrer gesagt, also ging es: Im ersten Schlaf kamen vier Kerl in schröcklichen Teufelslarven, die sprungen herum wie Gaukler. Einer hatte einen glühenden

Hacken, der andere eine Fackel. Zween aber wischten über mich her, zogen mich aus dem Bette, tanzten mit mir hin und her, zwangen mir meine Kleider an Leib. Ich aber verführete ein jämmerliches Zetergeschrei und ließ die allerforchtsamsten Gebärden erscheinen. Hierauf verbanden sie mir den Kopf mit einem Handtuch und führeten mich unterschiedliche Umwege, viel Stiegen auf und ab und endlich in einen Keller, darin ein großes Feuer brannte. Sie banden das Handtuch ab und fingen an, mir mit spanischem Wein und Malvasier zuzutrinken. Ich stellet mich mit allem Fleiß, als wäre ich nun gestorben und im Abgrund der Hölle.

»Sauf zu! Willtu nicht ein guter Gesell sein, so mußt du in gegenwärtiges Feuer!«

Die armen Teufeln wollten ihre Sprache und Stimme verquanten, damit ich sie nicht kennen sollte, ich merkte aber gleich, daß es meines Herrn Fourierschützen waren. So trank ich mein Teil, sie aber soffen, weil derlei himmlischer Nectar selten an solche Gesellen kommt. Da michs aber Zeit zu sein bedünkte, stellete ich mich mit Hin- und Hertorkeln, wie ichs gesehen hatte, und wollte endlich gar nicht mehr saufen, sondern schlafen. Sie hingegen jagten und stießen mich mit ihren Hacken, die sie allezeit im Feuer liegen hatten, in allen Ecken des Kellers herum. Und wann ich in solcher Hatz niederfiel, so packten sie mich auf, als wann sie mich ins Feuer werfen wollten. Also ging mirs wie einem Falken, den man wacht. Ich hätte zwar Trunkenheit und Schlafes halber ausgedauert, aber sie lösten einander ab. Drei Täge und zwei Nächte habe ich in diesem raucherichten Keller zugebracht. Der Kopf fing mir an zu brausen und zu wüten, als ob er zerreißen wollte. Ich warf mich hin und stellet mich tot. Da legten sie mich in ein Leinlach und zerplotzten mich so unbarmherzig, daß mir alles Eingeweide samt der Seele hätte herausfahren mögen.

Wovon ich meiner Sinne beraubt ward und nicht weiß, was sie ferners mit mir gemacht haben.

Als ich zu mir selber kam befand ich mich in einem schönen Saal unter den Händen dreier alter Weiber, die vor eine treffliche Arznei wider die unsinnige Liebe hätten dienen mögen, so garstig waren sie. Ich erkannte wohl, daß die eine unsere Schüsselwäscherin, die andern zwo aber zweier Fourierschützen Weiber waren. Da stellete ich mich, als wann ich mich nicht zu regen vermöchte, wie mich dann in Wahrheit auch nicht tanzerte, als die ehrlichen Alten mich auszogen und mich wie ein klein Kindlein säuberten. Doch tät mir solches trefflich sanft. Sie bezeugten unter währender Arbeit große Geduld und Mitleiden, also daß ich ihnen beinahe offenbaret hätte, wie gut mein Handel noch stünde. Zum Glück gedachte ich: Nein, Simplici, vertraue keinem alten Weibe! — Da sie nun mit mir fertig waren, legten sie mich in ein köstlich Bette, darin ich ungewiegt entschlummerte. Meines Davorhaltens schliefe ich in einem Satz länger als vierundzwenzig Stunden. Da ich erwachte stunden zween schöne, geflügelte Knaben vorm Bette, welche mit weißen Hemden, taffeten Binden, Perlen, Kleinodien, göldenen Ketten und andern scheinbarlichen Sachen köstlich gezieret waren. Einer hatte ein vergöldtes Lavor voller Hippen, Zuckerbrot, Marzipan und anderm Konfekt, der ander aber einen göldnen Becher in Händen. Diese Engel wollten mich bereden, daß ich nunmehr im Himmel sei, weil ich das Fegfeuer so glücklich überstanden. Derohalben sollte ich nur begehren, was mein Herz wünsche. Mich quälte der Durst, mich verlangete nur nach einem Trunk, der mir auch mehr als gutwillig gereichet wurde. Es war aber kein Wein, sondern ein lieblicher Schlaftrunk.

Den andern Tag erwachte ich wiederum (dann sonst schliefe ich noch heute), befand mich aber nicht mehr im

Bette noch im vorigen Saal, sondern in meinem Gänskerker und überdas trug ich ein Kleid von Kalbsfellen, daran das rauhe Teil nach auswendig gekehrt war. Die Hosen waren auf polnisch oder schwäbisch, der Wams auf närrisch gemacht. Oben am Hals stund eine Kappe wie eine Mönchsgugel, die war mir über den Kopf gestreift und mit einem Paar großer Eselsohren gezieret. Ich mußte meines Unsterns selbst lachen, weil ich an Nest und Federn sahe, was ich vor ein Vogel sein sollte. Ich bedachte mich aufs beste und satzte mir vor, mich so närrisch zu stellen, als mir immer müglich sei, darneben mit Geduld zu verharren.

Das vierte Kapitel

Weil ich ein Narr sein sollte, der nicht so witzig ist, von sich selbst herauszugehen, achtet ich des Loches, das der tolle Fähnrich in die Tür geschnitten hatte, nicht, sondern blieb und stellte mich als ein hungrig Kalb, das sich nach der Mutter sehnet. Mein Geplärr ward auch bald von zween Soldaten gehöret, die darzu bestellt waren. Sie fragten mich, wer da sei. Ich antwortete: »Ihr Narren, höret ihr dann nicht, daß ein Kalb da ist?« Sie nahmen mich heraus und verwunderten sich wie neugeworbene Komödianten, die nicht wohl agieren können, daß ein Kalb rede. Sie beratschlagten, mich dem Gubernator zu verehren, der ihnen mehr schenken würde, als der Metzger vor mich bezahlt hätte. Sie fragten mich, wie demnach mein Handel stünde.

»Liederlich genug,« antwortete ich.

»Warum?«

»Darum, dieweil hier Brauch ist, redliche Kälber in Gänsstall zu sperren.«

Sie führten mich gegen des Gouverneurs Quartier zu und uns folgte eine große Schar Buben nach, die ebensowohl als ich, wie Kälber schrien.

Also ward ich dem Gouverneur präsentiert, als ob ich von denen Soldaten erst auf Partei erbeutet worden wäre. Er versprach mir die beste Sach. Ich sagte: »Wohl Herr, man muß mich aber in keinen Gänsstall sperren, dann wir Kälber können solches nicht erdulden, wann wir anders wachsen und zu einem Stück Hauptviehe werden sollen.«

Er vertröstete mich eines besseren und dünkte sich gar gescheit zu sein, daß er einen solchen visierlichen Narren aus mir gemachet hätte. Hingegen gedachte ich: Harre mein, lieber Herr, ich habe die Probe des Feuers überstanden.

Indem trieb ein geflüchteter Baur sein Viehe zur Tränke. Ich sahe es und eilete mit einem Kälbergeplärr den Kühen zu, so sich vor mir ärger entsatzten als vor einem Wolf, ja, sie wurden so schellig und zerstoben von einander, daß sie der Bauer am selbigen Ort nicht mehr zusammenbringen konnte. Im Hui war ein Haufen Volk darbei, das der Gaukelfuhre zusahe. Mein Herr lachte, daß er hätte zerbersten mögen, und meinte endlich: »Ein Narr macht ihrer hundert!« Ich aber gedachte, eben du bist derjenige, dem du jetzt wahrsagest.

Gleichwie mich nun jedermann von selbiger Zeit an das Kalb nannte, also nannte ich hingegen auch einen jeden mit einem besonderen Namen. In summa mich schätzte männiglich vor einen ohnweisen Toren und ich hielte jeglichen vor einen gescheiten Narren. Dieser Brauch ist meines Erachtens in der Welt noch üblich, maßen ein jeder mit seinem Witz zufrieden und sich einbildet, er sei der Gescheiteste unter allen.

Bei der Mittagsmahlzeit wartete ich auf wie zuvor, brachte aber daneben seltsame Sachen auf die Bahn, und, als ich essen sollte, konnte niemand menschliche Speise oder Trank in mich bringen. Ich wollte kurzum nur Gras haben, was zur selbigen winterlichen Zeit zu bekommen unmüglich war. So ließ mein Herr zweien kleinen Knaben frische Kalbfell überstreifen, diese satzte er zu mir und traktierte uns mit Wintersalat. Ich aber sahe so starr drein, als wann ich mich darüber verwunderte.

»Jawohl,« sagten sie, weil sie mich so kaltsinnig sahen,

»es ist nichts Neues, daß Kälber Fleisch, Fisch, Käse, Butter und anders fressen. Sie saufen auch zu Zeiten einen guten Rausch.«

Ich ließ mich desto ehender überreden, als ich hiebevor schon selbst gesehen, wie teils Menschen säuischer als Schweine, geiler als Böcke, neidiger als Hunde, unbändiger als Pferde, gröber als Esel, versoffener als Rinder, gefräßiger als Wölfe, närrischer als Affen und giftiger als Schlangen und Kroten waren, so dannoch allesamt menschlicher Nahrung genossen und nur durch die Gestalt von den Tieren unterschieden waren.

Gleichwie meine beiden Schmarotzer mit mir zehreten, also mußten sie auch mit mir zu Bette, wann mein Herr anders nicht zugeben wollte, daß ich im Kühestall schliefe. Der grundgütige Gott gab mir so viel Witz vor meinen Stand, als er einem jeden Menschen zu seiner Selbsterhaltung verleihet, dannenhero ich erkannte: Doktor hin, Doktor her, was bildet ihr euch ein, allein witzig zu sein und Hans in allen Gassen. Hinter den Bergen, da wohnen auch noch Leute.

Gegen Mittag so mußte ich auch in die Stube, weil adelig Frauenzimmer bei meinem Herren war, den neuen Narren zu hören und zu sehen. Ich erschiene und stund da wie ein Stummer. Dahero diejenige, so ich hiebevor beim Tanze erdappet hatte, Ursach nahm zu sagen, sie hätte gehört, daß dieses Kalb könne reden, nunmehr verspüre sie aber, daß es nicht wahr sei.

Ich antwortete: »So habe ich vermeint, die Affen können nicht reden, höre aber wohl, das dem auch nicht so sei.«

»Wie,« sagte mein Herr, »vermeinst du dann, diese Damen seien Affen?«

»Sein sie es nicht,« gab ich entgegen, »so werden sie es bald werden. Wer weiß wie es fällt, ich habe mich auch nicht versehen, ein Kalb zu werden, und bins doch.«

Da fragte mein Herr, woran ich sehe, daß diese Damen Affen werden sollten.

Ich antwortete: »Der Affe trägt seinen Hintern bloß, diese Jungfer allbereits ihre Brüstlein, dann andre Mägde pflegen sonst solche zu bedecken.«

»Schlimmer Vogel,« sagte mein Herr, »so redest du? Diese lassen billig sehen, was sehenswert ist, der Affe aber gehet aus Armut nackend. Geschwind bringe ein, was du gesündiget hast, oder man wird dich mit Hunden in den Gänsstall hetzen!«

Hierauf betrachtete ich die Dame so steif und lieblich, als hätte ich sie heuraten wollen. Endlich sagte ich: »Herr, ich sehe wohl der Diebsschneider ist an allem schuldig, er hat das Gewand, das oben um den Hals gehört, unten am Rock stehen lassen, darum schleift es so weit hinten nach. Man soll dem Hudler die Hand abhauen. Jungfer, schafft ihn ab, wann er Euch nicht so verschänden soll und sehet, daß ihr meiner Meuder, des Ursele und der Ann Schneider bekommt, die haben Röck gehabt, so nicht im Dreck geschlappt wie Eurer.«

Mein Herr fragte, ob dann meines Knäns Ann und Ursele schöner gewesen als diese Jungfer.

»Ach wohl nein,« sagte ich, »diese Jungfer hat ja Haare so gelb, als kleine Kindlein die Windlen zeichnen, und sie sein so hübsch zusammengerollt, als hätte sie auf jeder Seite ein paar Pfund Lichter oder ein Dutzend Bratwürst hangen. Wie hat sie so eine schöne glatte Stirn, weißer als ein Totenkopf, der viel Jahr lang im Wetter gehangen. Jammerschad ist, daß ihre zarte Haut durch den Puder bemackelt wird, als habe die Jungfer den Erbgrind, der solche Schuppen von sich werfe. Wie zwitzern doch ihre funkelnden Augen, vor Schwärze klärer als meines Knäns

Ofenloch. Und die zwei Reihen Zähne, so in ihrem Maul
stehen, schimmern so schön, als wann sie aus einem Stück
von einer weißen Rübe geschnitzelt wären worden. O
Wunderbild, ich glaube nicht, daß es einem wehe tut, so du
einen damit beißest! Wie ist ihr Hals schier so weiß, als eine
gestandene Sauermilch und ihre Brüstlein sein von gleicher
Farbe und ohn Zweifel so hart, als eine Geißmämm, die von
übriger Milch strotzet. Ach Herr, sehet ihre Hände und
Finger so subtil, so lang, so gelenk, so geschmeidig und so
geschickt, damit sie einem in den Sack greifen können, wann
sie fischen wollen. Aber was soll dieses gegen ihren ganzen
Leib, den ich zwar nicht sehen kann. Ist er nicht so zart, so
schmal und anmutig, als wann sie acht ganzer Wochen die
schnelle Katharina gehabt hätte?«

Hierüber erhub sich eine solch Gelächter, daß man mich
nicht mehr hören, noch ich mehr reden konnte. Ging hiemit
durch wie ein Holländer und ließ mich, solang mirs gefiel,
von andern vexieren.

Das fünfte Kapitel

Bei allen Mahlzeiten ließ ich mich tapfer gebrauchen, dann ich hatte mir vorgesatzt, alle Torheiten zu bereden und alle Eitelkeiten zu bestrafen. Ich rupfte ihre Laster, und wer sichs nicht gefallen ließe, ward noch darzu ausgelacht.

Der erste, der mir mit Vernunft begegnen wollte, war der Secretarius, dann ich denselben einen Titulschmied nannte und ihn fragte, wie man der Menschen ersten Vater tituliert hätte.

»Du redest wie ein Kalb, maßen nach unseren ersten Eltern Leute gelebt, die durch seltene Tugenden und gute Künste sich und ihr Geschlecht dergestalt geadelt haben, daß sie übers Gestirn zu den Göttern erhoben worden. Wärest du ein Mensch, so hättest du die Historien gelesen und verstündest auch den Unterscheid, sintemalen du aber ein Kalb und keiner menschlichen Ehre würdig noch fähig, so redest du wie ein dummes Kalb und gönnest ihnen den Ehrentitul nicht.«

»Ich bin«, antwortete ich, »sowohl ein Mensch gewesen als du und habe bei meinem Einsiedel auch ziemlich viel gelesen. Sage mir, was sein vor herrliche Taten begangen und Künst erfunden, die genugsam seien, ein ganzes Geschlecht von etlich hundert Jahr nach Absterben des Helden und Künstlers zu adlen? Ist nicht beides: des Helden Stärke und des Künstlers Weisheit mit hinweggestorben? So aber der Eltern Qualitäten auf die Kinder überkommen, halt ich davor, daß dein Vater ein Stockfisch und deine Mutter eine Schneegans gewesen.«

»Ha,« rief der , »wann es damit wohl ausgericht sein wird, wann wir einander schänden, so könnte ich dir vorwerfen, daß dein Knän ein grober spessarter Bauer gewesen, und daß du dich noch mehr verringert habest, indem du zum unvernünftigen Kalb geworden bist.«

»Da recht! Das ist, was ich behaupten will, daß der Eltern Tugenden nicht allerweg auf die Kinder vererbt werden, und dahero die Kinder ihrer Eltern Tugendtitul auch nicht allerweg würdig sein. Mir zwar ist es keine Schande, daß ich ein Kalb bin worden, dieweil ich in solchem Falle dem großmächtigen König Nabuchodonosor nachzufolgen die Ehre habe.«

»Nun gesetzt, aber nicht zugestanden, du habest recht, so mußt du doch gestehen, daß diejenigen alles Lobs wert sein, die sich selbst durch Tugend edel machen. Wann aber — so folget, daß man die Kinder der Eltern wegen billig ehre, dann der Apfel fällt nicht weit vom Stamm. Wer wollte in Alexandri Magni Nachkömmlingen, wann anders noch einzige vorhanden wären, ihres alten Ur-Ahnherren herzhafte Tapferkeit nicht rühmen? Hat er nicht vor dem dreißigsten Jahr die Welt bezwungen, hat er nicht in einer Schlacht mit den Indiern, da er von den Seinigen verlassen war, aus Zorn Blut geschwitzet? War er nicht von lauter Feuerflammen umgeben, daß die Barbaren vor ihm flohen? Bezeugt nicht Quintus Curtius, daß sein Atem wie Balsam, der Schweiß wie Bisem, sein toter Leib aber nach köstlicher Spezerei roch? — Da könnte ich auch den Julium Cäsarem und Pompeium anführen, deren der eine fünfzigmal in offener Feldschlacht gestritten und 1152000 Mann erlegt und totgeschlagen hat, der ander aber hat neben 940 den Meerräubern abgenommenen Schiffen vom Alpengebürg an bis in das äußerste Hispanien 876 Städte und Flecken eingenommen und überwunden. Ist nicht von dem Lucio Siccio Dentato, welcher Zunftmeister in Rom war, zu sagen, daß er in 110 Feldschlachten gestanden und achtmal diejenigen überwunden hat, die ihn herausgefordert, und daß er 45 Wundmäler an seinem Leib zeigen konnte. Mit neun Obrist Feldherren ist er in ihren Triumphen in Rom eingezogen. Wo bleibet der starke Herkules, Theseus und andre, deren unsterbliches Lob zu beschreiben unmüglich.

Ich will aber die Waffen fahren lassen und mich zu den Künsten wenden. Was findet sich für Geschicklichkeit am Zeuxis, welcher mit seinen Schildereien die Vögel in der Luft betrog, item am Apelles, der eine Venus so natürlich, so ausbündig und mit allen Lineamenten so subtil und zart dahermalete, daß sich die Junggesellen darein verliebten. Plutarchus schreibet, daß Archimedes ein großes Schiff mit Kaufmannswaren über den Markt von Syrakus nur mit einer Hand, an einem einzigen Seil vermöge seiner Schrauben daher gezogen, welches 200 deinesgleichen Kälber nicht hätten zu tun vermocht. Sollten diese Meister nicht mit einem besonderen Ehrentitul begabt sein? Und welcher die edle und der ganzen Welt höchst nutzbare Kunst der Buchdruckerei erfunden, wer wollte den nicht preisen? Zwar ist wenig daran gelegen, ob du grobes Kalb solches in deinem unvernünftigen Ochsengehirn fassest oder nicht! Es geht dir eben wie jenem Hund, der auf einem Haufen Heu lag und solches dem Ochsen auch nicht gönnte, weil er es selbst nicht genießen konnte.«

Da ich mich so gehetzt sahe, satzte ich dagegen: »Die herrlichen Heldentaten wären höchlich zu rühmen, wann sie nicht mit anderer Menschen Untergang und Schaden vollbracht wären worden. Was ist das aber vor ein Lob, welches mit so vielem unschuldig vergossenem Menschenblut besudelt, und was vor ein Adel, der mit so vieler tausend anderer Menschen Verderben erobert und zuwegen gebracht worden? Und die Künste, was seinds anders als lauter Vanitäten und Torheiten, dienen zum Geiz, zur Wollust, zur Üppigkeit. So könnte man der Druckerei und Schriften auch wohl entbehren, dann der Heilige saget: Die ganze Welt ist Buchs genug, die Wunder des Schöpfers zu betrachten und die göttliche Allmacht zu erkennen.«

Mein Herr wollte auch mit mir scherzen und sagte: »Ich merke wohl, weil du nicht edel zu werden getrauest, verachtest du des Adels Ehrentitul.« Ich antwortete: »Wann schon ich in dieser Stund an deine Ehrenstell treten sollte, ich wollte sie doch nicht annehmen.« Mein Herr lachte. »Das glaub ich, dann dem Ochsen gehöret Haberstroh. Ich meinesteils acht es für kein Geringes, wann mich das Glück über andere erhebet.« Ich seufzte und sagte: »Ach, armselige Glückseligkeit! Herr, du bist der allerelendeste Mensch in ganz Hanau.«

»Wieso, wieso, du Kalb!«

»Wann du nicht weißt oder empfindest, mit wieviel Sorgen und Unruhe du als Gubernator beladen bist, so verblendet dich allzu große Begierde der Ehre. Zwar hast du zu befehlen und wer dir unter Augen kommt, muß dir gehorsamen, aber bist du nicht ihrer aller Knecht? Schaue, du bist jetzt rund umher mit Feinden umgeben und die Konservation dieser Festung liegt dir auf dem Hals. Bedörfte es nicht öfters, daß du selber wie ein gemeiner Knecht Schildwacht stündest? Du mußt um Geld, Munition, Proviant und, daß dein Volk im Posten erscheine, bedacht sein und das ganze Land durch stetiges Exequieren und Tribulieren in Kontribution erhalten. Schickest du die Deinigen zu solchem End hinaus, so ist Rauben, Plündern, Stehlen, Brennen und Morden ihre beste Arbeit. Sie haben erst neulich Orb geplündert, Braunfels eingenommen und Staden in Asche gelegt. Davon haben sie sich zwar Beuten, du dir aber eine schwere Verantwortung vor Gott gemacht. Und wirst du nicht Ehr und Reichtum in der Welt lassen und nichts mit dir nehmen als die Sünde, dadurch du selbige erworben hast? Du verschwendest der Armen Schweiß und Blut, die jetzt gar verderben und Hungers sterben. Und dafern anders etwas versäumet wird, das zur Erhaltung deiner Völker und der Festung hätte observiert werden sollen, so kostet es deinen Kopf. Sterbe ich jung, so bin ich der Mühseligkeit eines Zugochsens überhoben, dir aber stellet man auf tausendfältige Weise nach und dein ganzes Leben ist Sorge und Schlafbrechen, dann du mußt Freunde und Feinde förchten umb deiner Reputation und deines Kommandos willen. Ich geschweige, daß dich täglich deine brennenden Begierden quälen, wie du dir einen noch größeren Namen und Ruhm zu machen, höher in Kriegsämtern zu steigen, größeren Reichtum zu sammeln, dem Feind eine Tücke zu beweisen, einen oder den andern Ort zu überrumpeln, in summa fast alles tun solltest, was andere Leute schädigt, deine Seele verderbt und der göttlichen Majestät mißfällt. Du aber lässest dich von deinen Fuchsschwänzern verwöhnen, daß du dich selbst nicht mehr erkennst und den gefährlichen Weg nicht siehest. Sie hetzen und jagen dich zu anderer Leute Schaden, ihrem Beutel zu nutz.«

»Du Bernheuter, wer lernet dich so predigen?«

»Sage ich nicht wahr, daß du von deinen Ohrenbläsern und Daumendrehern dergestalt verderbt seiest, daß dir bereits nicht mehr zu helfen ist? Aber auch du entgehst dem Tadel nicht. Hast du nicht Exempel genug an hohen Personen, so vor der Zeit gelebet? Die Lacedämonier schalten an ihrem Lycurgo, daß er allezeit gesenkten Hauptes daherging, die Römer verargeten dem Scipioni das Schnarchen und es dünkte sie häßlich zu sein, daß sich Pompeius nur mit einem Finger kratzte. Des Julii Cäsaris spotteten sie, weil er den Gürtel nicht artig und lustig antrug. Die Uticenser verleumdeten ihren Catonem, weil es zu gierig auf beiden Backen aß. Die Karthager redeten dem

Hannibali übel nach, weil er immerzu mit der Brust aufgedeckt und bloß daherging. Herr, ich tausche mit keinem, der vielleicht neben zwölf Fuchsschwänzern und Schmarotzern tausend so heimliche als öffentliche Feinde hat. Ich sehe wohl, wie sauer du dirs mußt werden lassen und wieviel Beschwerden du trägst. Und was wird endlich dein Lohn sein? Sage mir, lieber Herr, was hast du davon? Wann dus nicht weißt, so laß dirs von dem griechischen Demosthenes sagen, den die Athener des Landes verwiesen und ins Elend gejagt haben. Dem Sokrati ist mit Gift vergeben worden. Hannibal hat elendiglich, in der Welt landflüchtig herumschweifen müssen. Lykurg ward gesteiniget. Solo wurde verbrannt, nachdem ihm ein Aug ausgestochen ward. Darum behalte du dein Kommando samt seinem Lohn. Dann wann alles wohl mit dir abgehet, so bringst du aufs wenigste ein böses Gewissen davon.«

Das sechste Kapitel

Und währendem meinem Diskurs sahe mich jedermann verwundert an. Mein Herr aber sagte:

»Ich weiß nicht, was ich an dir habe. Du bedünkest mich vor ein Kalb viel zu verständig zu sein. Ich vermeine schier, du seiest unter deiner Kalbshaut mit einer Schalkshaut überzogen.«

Ich stellete mich zornig und rief: »Vermeinet ihr Menschen dann wohl, wir Tiere seien gar Narren? Das dörft ihr euch wohl nicht einbilden. Ältere Tiere möchten euch anderst aufschneiden, so sie reden könnten als ich. Saget mir doch, wer die wilden Waldtauben, Häher, Amseln und Rebhühner gelehret hat sich mit Lorbeerblättern zu purgieren und die Turteltäublein und Hühner mit St. Peterskraut? Wer lehret Hunde und Katzen das betaute Gras fressen, wann sie ihren vollen Bauch reinigen wollen? Wer den angeschossenen Hirsch seine Zuflucht zur wilden Poley nehmen? Wer hat das Wieselin unterrichtet, daß es Raute gebrauchen solle, wann es mit der Feldmaus oder irgendeiner Schlange kämpfen will? Wer gibt den wilden Schweinen Efeu und den Bären Alraun vor Arznei zu erkennen? Wer unterweiset die Schwalbe, daß sie ihrer Jungen blöde Augen mit dem Chelidonio arzneien soll? Wer instruieret die Schlange, daß sie Fenchel esse, wann sie ihre Haut abstreifen will? Schier dorfte ich sagen, daß ihr eure Künste und Wissenschaften von uns Tieren erlernet habt. Aber ihr freßt und sauft euch krank und tot, das tun wir Tiere nicht. Ein Löw oder Wolf, wann er zu fett werden will, so fastet er, bis er frisch und gesund wird. Wer aber sagt den Sommervögeln, wann sie im

Frühjahr zu uns kommen, Junge hecken und im Herbste wieder von dannen in warme Länder ziehen sollen? Leihet ihr Menschen ihnen vielleicht eueren Kalender oder Seekompaß? Beschauet die mühsame Spinne, deren Geweb beinahe ein Wunderwerk ist. Sehet ob ihr auch einen einzigen Knopf in aller ihrer Arbeit finden möget. Welcher Jäger hat sie gelehrt, das Wildpret zu belaustern? Die alten Philosophi haben solches ernstlich erwogen und sich nicht geschämet zu fragen und zu disputieren, ob die Tiere nicht auch Verstand hätten. Gehet hin zu den Immen und sehet, wie sie Wachs und Honig machen, und alsdann saget mir euer Meinung wieder.«

Hierauf fielen unterschiedliche Urteile über mich. Der Secretarius hielt davor, ich sei närrisch, weil ich mich selbsten vor ein unvernünftig Tier schätze, maßen diejenigen, so einen Sparen zu viel oder zu wenig hätten und sich jedoch weise zu sein dünkten, die aller artlichsten und visierlichsten Narren wären. Andere sagten, wann man mir die Imagination benehme, daß ich ein Kalb sei, so würde ich vor vernünftig und witzig gelten müssen.

Mein Herr sagte: »Er ist ein Narr, weil er jedem ungescheut die Wahrheit sagt, hingegen stehen seine klugen Diskursen keinem Narren zu.«

Solches redeten sie auf latein, damit ich's nicht verstehen sollte.

Der tolle Fähnrich aber schloß: »Wat wolts met deesem Kerl sin, hei hett den Tüfel in Liff, hei ist beseeten. De Tüfel, de kühret ut jehme!«

Dahero nahm mein Herr Ursache, mich zu fragen, sintemal ich dann nunmehr zu einem Kalb worden wäre, ob ich noch wie vor diesem, gleich andern Menschen zu beten pflege und in Himmel zu kommen getraue.

»Freilich,« antwortete ich, »ich habe ja meine unsterbliche

menschliche Seele noch, die wird ja, wie du leicht gedenken kannst, nicht in die Hölle begehren, vornehmlich weil mir's schon einmal so übel darin ergangen. Ich bin verändert wie vordem Nabuchodonosor und dörfte ich noch wohl zu einer Zeit wieder zu einem Menschen werden.«

»Das wünsche ich dir,« sagte mein Herr mit einem ziemlichen Seufzen. Daraus ich leichtlich schließen konnte, daß ihm eine Reue ankommen. »Aber laß hören, wie pflegst du zu beten?«

Darauf kniete ich nieder, hub Augen und Hände auf gut einsiedlerisch zum Himmel, und weilen mich meines Herren Reue mit Trost berührte, konnte ich mich der Tränen nicht enthalten. Betete also mit größter Andacht das Vaterunser und bat weiters vor meine Freunde und Feinde und, daß mich Gott in dieser Zeitlichkeit also leben lasse, daß ich der ewigen Seligkeit würdig werde. Mein Einsiedel hatte mich ein solches Gebet mit andächtig concipierten Worten gelehret. Hievon etliche weichherzige Zuseher auch beinahe zu weinen anfingen, ja meinem Herren selbst stunden die Augen voll Wasser.

Alsbald schickte mein Herr zum Pfarrer, dem erzählte er alles, daß er besorge, es gehe nicht recht mit mir zu, und daß vielleicht der Teufel mit unter der Decke läge. Der Pfarrer aber, dem meine Beschaffenheit am besten bekannt war, meinte, man sollte solches bedacht haben, eh man mich zum Narren zu machen unterstanden hätte, Menschen seien Ebenbilder Gottes, mit welchen nicht wie mit Bestien zu scherzen sei. Doch glaube er nicht an ein Spiel des Bösen, dieweil ich jederzeit inbrünstig zu Gott bete. Sollte aber solches wider Verhoffen zugelassen werden, so hätte man es bei Gott schwer zu verantworten, maßen es keine schwerere Sünde gibt, als einen Menschen der Vernunft zu berauben. Er wisse aber, daß ich auch hiebevor Witz genug gehabt, mich aber in diese Welt nicht habe schicken können. Hätte man sich ein wenig geduldet, so würde ich mich mit der Zeit besser angelassen haben. »Wann man ihm nur die Einbildung nehmen kann, daß er nicht mehr glaubet, er sei ein Kalb! Ich habe selbsten einen kranken Baur in meiner Pfarr gehabt, der klagte mir, daß er auf vier Ohm Wasser im Leib hätte, ich sollet ihn aufschneiden oder ihn in Rauch hängen lassen, damit dasselbe herauströckne. Darauf sprach ich ihm zu und überredete ihn, es könne das Wasser auf eine andere Weise von ihm gebracht werden. Nahm demnach einen Weinhahn, daran ich einen Darm steckte, das ander End des Darms band ich an das Spuntloch eines Wasserzubers. Darauf stellet ich mich, als wann ich ihm den Hahn in den Bauch steckte, welchen er überall mit Lumpen umwickelt hatte, damit er nicht zerspringen sollte. Ich ließ das Wasser durch den Hahn hinweglaufen, darüber sich der Tropf herzlich erfreuete. Er tät nach solcher Verrichtung die Lumpen von sich und kam in wenigen Tagen wieder allerdings zurecht. Also kann dem guten Simplicio auch wieder geholfen werden.«

»Dieses alles glaube ich wohl,« sagte mein Herr, »allein es liegt mir an, daß er zuvor so unwissend gewesen, nun aber ein jeder sein Reden vor ein Orakul oder Warnung Gottes halten muß.«

»Herr,« sagte der Pfarrer, »dieses kann natürlicher Weise wohl sein, doch weiß ich, daß er belesen ist, maßen er sowohl als sein Einsiedel alle meine Bücher durchgangen hat. Obgleich er nun seiner eigenen Person vergißt, kann er dannoch hervorbringen, was er hiebevor ins Gehirn gefaßt hat.«

Also satzte der Pfarrer den Gubernator zwischen Forcht und Hoffnung, das brachte mir gute Tage und ihm einen Zutritt bei meinem Herrn, so daß er ihn endlich bei der Guarnison zum Kaplan machte.

Von dieser Zeit besaß ich meines Herrn Gnade, Gunst und Liebe vollkömmlich, nichts manglete mir zu meinem besseren Glück, als daß ich an einem Kalbskleid zu viel und an Jahren noch zu wenig hatte. So wollte mich der Pfarrer auch noch nicht witzig haben, weil ihm solches noch nicht Zeit und seinem Nutzen verträglich zu sein bedünkte.

Demnach aber mein Herr sahe, daß ich Lust zur Musik hatte, ließ er mich solche lernen und verdingte mich zugleich einem vortrefflichen Lautenisten, dessen Kunst ich in Bälde ziemlich begriff und ihn um soviel übertraf, weil ich besser singen konnte. Also dienet ich meinem Herrn zur Lust, Kurzweile, Ergetzung und Verwunderung. Alle Offizierer erzeugten mir ihren geneigten Willen, die reichsten Bürger verehreten mich, Hausgesind und Soldaten wollten mir wohl. Einer schenkte mir hier, der andere dort, daß ich sie nicht verfuchsschwänzen sollte. Ich brachte ziemlich Geld zu Wege, welches ich mehrenteils dem Pfarrer zusteckte. Ich wuchs auf wie ein Narr in Zwiebelland und meine Leibskräfte nahmen handgreiflich zu. Man sahe mir in Bälde an, daß ich nicht mehr im Wald mit Wasser, Eicheln, Bucheckern, Wurzeln und Kräutern mortifizierte, sondern daß mir bei guten Bissen der rheinische Wein und das hanauische Doppelbier wohl zuschlug. Mein Herr gedachte mich nach beendeter Belagerung dem Kardinal Richelieu oder Herzog Bernhard von Weimar zu schenken, dann ohn daß er hoffte, einen großen Dank mit mir zu verdienen, gab er auch vor, daß mein Anblick ihm schier unmöglich länger zu ertragen, weil ich seiner Schwester je länger, je ähnlicher wurde und dies im Narrenhabit.

Der Pfarrer widerriet, dann er hielt davor, die Zeit wäre gekommen, in welcher er ein Mirakul tun und mich vernünftig machen wollte. Es sollten andere Knaben in gleichen Kalbsfellen und mit denselben Zeremonien von einer Person in Gestalt eines Arztes, Propheten oder

Landfahrers aus Tieren zu Menschen gemacht werden. Der Gouverneur ließ sich solchen Vorschlag belieben, mir aber communicierte der Pfarrer, was er mit meinem Herrn abgeredet hätte.

Aber das neidische Glück wollte mich so leichtlich nicht meines Narrenkleides erledigen. Indem die Komödia noch in Händen der Schneider und Gerber lag, terminierte ich mit etlichen andern Knaben vor der Festung auf dem Eise herum, da überfiel uns eine Partei Kroaten; die satzten uns auf gestohlene Baurenpferd und führeten uns davon.

Das siebente Kapitel

Obzwar nun die Hanauer gleich Lärm schlugen, sich zu Pferd heraus ließen, so mochten sie doch denen Kroaten nichts abgewinnen. Diese leichte Ware ging sehr vorteilhaftig durch und nahm ihren Weg auf Büdingen zu, allwo sie fütterten und den Bürgern daselbst die gefangenen hanauischen reichen Söhnlein wieder zu lösen gaben, auch ihre gestohlenen Pferde und andere Beute verkauften. Von dannen brachen sie wieder auf und gingen schnell durch den Büdinger Wald auf Stift Fulda zu. Sie nahmen unterwegs mit, was sie fortbringen konnten, das Rauben und Plündern hinderte sie an ihrem schleunigen Fortzug im geringsten nichts, dann sie konntens machen wie der Teufel, maßen wir noch denselben Abend im Stift Hirschfeld, allwo sie ihr Quartier hatten, mit einer großen Beute ankamen. Das ward alles partiert, ich aber fiel dem Obristen Corpes zu.

Bei diesem Herrn kam mir alles widerwärtig und fast spanisch vor. Die hanauischen Schleckerbissen hatten sich in schwarzes Brot und mager Rindfleisch verändert, Wein und Bier war mir zu Wasser geworden, so schlief ich bei den Pferden. Anstatt Lautenschlagen mußte ich zu Zeiten gleich andern Jungen untern Tisch kriechen, wie ein Hund heulen und mich von Sporen stechen lassen. Vor das hanauische Herumterminieren mußte ich Pferde striegeln. Mein Herr hatte kein Weib, keinen Pagen, keinen Kammerdiener, keinen Koch, hingegen aber einen Haufen Reutknechte und Jungen. Er schämete sich nicht, sein Roß zu satteln und ihm Futter fürzuschütten. Er schlief auf der bloßen Erde und bedeckte sich mit seinem Pelzrock, daher sahe man oft die

Müllerflöhe auf seinen Kleidern herumwandern, deren er sich im geringsten nicht schämete, sondern noch darzu lachte, wann ihm jemand einen herablas. Er trug kurze Haupthaar und einen Schweizerbart, welcher ihm wohl zustatten kam, weil er zuweilen selbst auf Kundschaft ging. Von den Seinen und andern, die ihn kannten, ward er geliebt, geehrt und geförchtet.

Dies Leben schmäckte mir ganz nicht, dann wir waren niemals ruhig. Mit den Burschen konnte ich nicht reden, mußte mich stoßen, plagen, schlagen und jagen lassen. Die größte Kurzweil, die mein Obrister mit mir hatte, war, daß ich ihm auf deutsch singen und eins vorblasen mußte. Ich kriegte alsdann so dichte Ohrfeigen, daß der rote Saft hernach ging. Zuletzt lernte ich das Kochen und meines Herrn Gewehr sauber halten, darauf er viel hielt. Das schlug mir so vortrefflich zu, daß ich endlich seine Gunst erwarb, maßen er mir ein neues Narrenkleid aus Kalbsfellen mit viel größeren Eselsohren machen ließ. Ich trachtete Tag und Nacht, wie ich mit guter Manier wieder ausreißen möchte, vornehmlich weil ich den Frühling wieder erlanget hatte.

Derhalben nahm ich mich an, die Schaf- und Kühkutteln, deren es voll um unser Quartier lag, fern hinweg zu schleifen, damit sie keinen so üblen Geruch machten. Solches ließ sich der Obrist gefallen. Zuletzt aber blieb ich gar aus und entwischte in den nächsten Wald.

⊢———⊣

Das achte Kapitel

Allein ich war wenig Stunden von den Kroaten hinweg, so erhascheten mich etliche Schnapphahnen, die mein närrisch Kleid in der finstern Nacht nicht sahen und mich durch zween von ihnen an einen gewissen Ort im Walde führen ließen. Als wir dort waren, wollte der eine Kerl kurzum Geld von mir und legte Handschuh und Feuerrohr nieder, um mich zu visitieren. Sobald er aber mein haarigs Kleid und die langen Eselsohren an meiner Kappe begriff, davon helle Funken stoben, fuhr er vor Schröck ineinander. Solches merkte ich gleich, derowegen striegelte ich mein Kleid, daß es schimmerte, als wann ich inwendig voller brennenden Schwefels gestocken wäre. Ich schrie ihn mit schröcklicher Stimme an: »Ich bin der Teufel und will dir und deinem Gesellen die Hälse abdrähen!«

Da rannten alle beide durch Stöcke und Stauden, als wann sie das höllische Feuer gejaget hätte. Ich aber lachte unterdessen förchterlich, daß es im ganzen Wald erschallete.

Als ich mich abwegs machen wollte, strauchelte ich über das Feuerrohr und da ich weiterschritte, stieß ich auch an einen Knappsack, daran unten eine Patronentasche, mit Pulver, Blei und Zugehör wohlversehen, hing. Das nahm ich alles an mich, weil ich mit dem Geschoß umzugehen bei den Kroaten wohl gelernet hatte, und verbarg mich unweit davon in einem dicken Busch.

Sobald der Tag anbrach kam die ganze Partei auf vorbenannten Platz und suchte das verloren Feuerrohr samt Knappsack. Ich aber hielt mich stiller als eine Maus.

»Pfui, ihr feige Tropfen,« sagte einer, »daß ihr euch von einem einigen Kerl erschröcken, verjagen und das Gewehr abnehmen lasset!«

Jedoch der eine schwur, der Teufel solle ihn holen, wann es nicht der Teufel selbst gewesen sei, er hätte die Hörner und seine rauhe Haut wohl begriffen. Der Anführer antwortete: »Was meinest du wohl, daß der Teufel mit deinem Ranzen und Feuerrohr machen wollte. Ich dörfte meinen Hals verwetten, wo nicht der Kerl beide Stücke mit sich genommen!«

Diesem hielt ein andrer Widerpart und sagte: es könne wohl auch sein, daß seither etlich Bauren dagewesen wären.

Zuletzt glaubten sie den grausamen Flüchen der beiden, so meine funkelnde Haut gesehen hatten, daß es der Teufel gewesen sei, und nahmen ihren Weg weiters.

Ich aber machte den Ranzen auf zu frühstücken und langte mit dem ersten Griff einen Säckel heraus, in welchen dreihundert und etliche sechzig Dukaten waren. Viel mehr erfreuete mich aber, daß ich den Sack mit Proviant wohl gefüllet befand. Also zehrete ich bei einem lustigen Brünnlein fröhlich zu morgen.

Solang mein Proviant währete, blieb ich im Wald, als aber mein Ranzen leer worden, jagte mich der Hunger in die Baurenhäuser. Da kroch ich bei Nacht in Keller und Küchen, nahm, was ich fand, und schleppte es mit mir dahin, wo es am allerwildesten war. Noch stund der Sommer im Anfang und ich konnte mit meinem Rohr Feuer machen.

Unter währendem diesem Herumschweifen haben mich unterschiedliche Baursleute angetroffen, die seind aber allezeit vor mir geflohen. Also ward ruchbar, der böse Feind wandere wahrhaftig in selbiger Gegend umher. Derowegen mußte ich sorgen, der Proviant möchte mir ausgehen. Ich

wollte wieder Wurzeln und Kreuter essen, deren war ich
aber nicht mehr gewohnt.

Einsmals hörete ich zween Holzheuer. Ich ging dem
Schlag nach, und als ich sie sahe, nahm ich eine Handvoll
Dukaten, schlich nahe zu ihnen, zeigte ihnen das
anziehende Geld und sagte: »Ihr Herren, wann ihr meiner
wartet, so will ich euch die Handvoll Gold schenken.«

Aber sobald sie mich und das Gold sahen, gaben sie
Fersengeld und ließen Schlegel und Keil samt ihrem Käs-
und Brotsack liegen. Den nahm ich, verschlug mich in den
Wald und verzweifelte schier, wieder einmal unter Menschen
zu kommen.

Nach langem Hin- und Hersinnen gedachte ich meinen
Schatz zu sichern, derowegen machte ich mir aus meinen
Eselsohren zwei Armbinden, gesellete darein meine
hanauischen zu den schnapphahnischen Dukaten und
arrestiert die Armbänder oberhalb den Ellbogen um meine
Arme. Sodann fuhr ich den Bauren wieder ein und holte
von ihrem Vorrat, was ich bedurfte und erschnappen
konnte, jedoch so, daß ich niemals wieder an denselbigen
Ort kam.

Als ich zu Ende Mai wieder in einen Baurenhof
geschlichen war, kam ich in die Küche, merkte aber bald,
daß noch Leute auf waren. Blieb demnach mausstill sitzen
und wartete. Unterdessen nahm ich einen Spalt gewahr, den
das Küchenschälterlein hatte. Ich schlich hinzu und sahe
anstatt des Lichts eine schweflichte, blaue Flamme auf der
Bank stehen, bei welcher sie Stecken, Besen, Gabeln, Stühl
und Bänke schmierten und nach einander damit zum
Fenster hinaus flogen. Ich wunderte mich schröcklich und
empfand großes Grauen, weil ich aber größerer
Schröcklichkeiten gewohnt war, verfügte ich mich, nachdem
sie alle abgefahren, in die Stube und bedachte, wo ich etwas

finden sollte. Satzte mich in solchen Gedanken auf eine Bank rittlings nieder. Ich war aber kaum aufgesessen, da fuhr ich samt der Bank gleichsam augenblicklich zum Fenster hinaus und ließ meinen Ranzen und Feuerrohr vor den Schmierlohn und die künstliche Salben dahinter.

Ich kam in einem Nu zu einer großen Schar Volkes, diese tanzten einen wunderlichen Tanz, dergleichen ich mein Lebtag nie gesehen. Sie hatten sich bei den Händen gefaßt und viel Ring ineinander gemacht mit zusammengekehrten Rücken, also, daß sie die Angesichter hinauswarts kehrten. Ein Ring tanzte um den andern links, der ander rechts herum und würblete dermaßen, daß ich nicht sehen konnte, was sie in der Mitte stehen hatten. Gleich seltsam war die Musik, welche eine wunderliche Harmoniam abgab. Meine Bank hatte mich bei den Spielleuten niedergelassen. Die hatten anstatt Flöten, Zwerchpfeifen und Schalmeien nichts anderes als Nattern, Vipern und Blindschleichen, darauf sie lustig daherpfiffen. Etliche geigten auf Roßköpfen, andere schlugen Harfe auf einem Kühgerippe, wie solche auf dem Wasen liegen. Einer hatte eine Hündin am Arm, deren leierte er am Schwanz und fingerte an den Dütten. Darunter trompeteten die Teufel durch die Nase, daß es im ganzen Wald erschallete. Wie der Tanz bald aus war, fing die ganze höllische Gesellschaft an zu rasen, zu rufen, zu rauschen, zu brausen, zu wüten und zu toben, als ob sie alle toll wären.

In diesem Lärmen kam ein Kerl auf mich dar und hatte eine ungeheuere Krote unterm Arm, der waren die Därme ausgezogen und wieder zum Maul hineingeschoppt.

»Sieh hin, Simplici, ich weiß du bist ein guter Lautenist, laß doch ein Stückgen hören!«

Ich erschrak, daß ich schier umfiel, weil mich der Kerl mit meinem Namen nannte. Ich sahe ihn mit seiner Krot steif an und er zog seinen Nase aus und ein. Endlich stieß er mir

vor die Brust, daß ich bald davon erstickte, derowegen rief
ich überlaut zu Gott. Im Hui war es stockfinster und mir so
förchterlich ums Herz, daß ich zu Boden fiel und wohl
hundert Kreuz vor mich machte.

Das neunte Kapitel

Demnach es etliche, und zwar vornehme, gelehrte Leute gibt, die nicht glauben, daß Hexen und Unholden sein, als zweifele ich nicht, es werden sich etliche finden, die sagen, Simplicius schneide hier mit dem großen Messer auf. Mit denen begehre ich nicht zu fechten, dann weil Aufschneiden jetziger Zeit fast das gemeinste Handwerk ist, als kann ich nicht leugnen, daß ichs nicht auch könnte.

Welche aber der Hexen Ausfahren leugnen, die sollen sich erinnern, daß Simon, der Zauberer, welcher vom bösen Geist in die Luft erhoben ward, auf St. Petri Gebet wieder heruntergefallen. Weiters Nicolaus Remigius, ein gelehrter und verständiger Mann, so im Herzogtum Lothringen nicht nur ein halbes Dutzend Hexen hat verbrennen lassen, erzählet von Johann von Hembach, daß ihn seine Mutter, die Hexe war, im sechzehnten Jahr seines Alters mit auf ihre Versammlung genommen. Majolus setzet zwei Exempel: von einem Knecht, so sich an seine Frau gehängt, und von einem Ehebrecher, so der Ehebrecherin Büchsen genommen, sich mit deren Salbe geschmiert und also beide zu der Zauberer Zusammenkunft kommen sein. So ist auch mehr als genugsam bekannt, was Gestalt teils Weiber und ledige Dirnen in Böhmen ihre Beischläfer des Nachts einen weiten Weg auf Böcken zu sich holen lassen. Was Torquemadus in seinem Hexamerone erzählet, mag bei ihm gelesen werden. Wie Doktor Faust neben noch andern mehr, die gleichwohl keine Zauberer waren, durch die Luft gefahren, ist aus seiner Histori genugsam bekannt.

Mag einer nun meine Geschicht glauben oder nicht, es gilt

mir gleich, doch wer's nicht glauben will, der mag einen andern Weg erfinden, auf welchen ich aus dem Stift Hirschfeld oder Fulda in so kurzer Zeit ins Erzstift Magdeburg marschiert sei.

Ich fange meine Histori wieder an und versichere den Leser, daß ich auf dem Bauch liegen blieb, bis es allerdings heller Tag war, weil ich nicht das Herz hatte, mich aufzurichten. Etliche Fouragierer weckten mich auf und nahmen mich in das Läger vor Magdeburg, allda ich einem Obristen zu Fuß zu teil ward. Dem erzählte ich alles haarklein und wie ich von denen Kroaten entloffen wäre; von meinen Dukaten schwieg ich still. Indessen sammlete sich ein Haufen Volks um mich, dann ein Narr macht tausend Narren. Unter denselben war einer, so das vorige Jahr zu Hanau gefangen gewesen. »Hoho,« rief er, »dies ist des Kommandanten Kalb zu Hanau!« Der Obrist fragte ihn, der Kerl aber wußte nichts, als daß ich wohl auf der Laute schlagen könnte, item daß mich die Kroaten von des Obrist Corpes Regiment hinweggenommen hätten. Hierauf schickte die Obristin zu einer andern Obristin, die auf der Lauten spielen konnte, und ließ um ihre Lauten bitten. Solche ward mir präsentiert mit Befehl, ich solle mich hören lassen. Ich aber meinte, daß mein leerer Bauch nicht wohl mit dem dicken, wie die Laute einen hatte, zusammenstimmen würde. Also bekam ich ziemlich zu kröpfen und zugleich einen guten Trunk Zerbster Bier. Sodann ließ ich beides, die Lauten und meine Stimme hören. Darunter redete ich allerlei, so daß ich mit geringer Mühe die Leute dahin brachte, daß sie glaubten, ich wäre von derjenigen Qualität, die meine Kleidung vorstellete. Der Obrist fragte mich, wo ich weiters hinwollte, und da ich antwortete, daß es mir gleich sei, so machte er mich zu seinem Hofjunker. Er wollte auch wissen, wo meine Eselsohren wären.

»Ja, wann du wüßtest, wo sie wären,« sagte ich, »so

würden sie dir nicht übel anstehen.«

Ich ward in kurzer Zeit bei den meisten hohen Offizierern sowohl im kur-sächsischen als im kaiserlichen Läger bekannt, sonderlich bei den Frauenzimmern, welche meine Kappe, Ärmel und gestutzten Ohren überall mit seidenen Banden zierten. Was mir aber an Geld geschenkt ward, das verspendierte ich in Hamburger und Zerbster Bier an gute Gesellen. Überall, wo ich nur hinkam, hatte ich genug zu schmarotzen.

Als meinem Obristen aber eine eigene Laute vor mich überkam, dann er gedachte ewig an mir zu haben, da dorft ich nicht mehr in den beiden Lägern so hin und wieder schwärmen, sondern er stellete mir einen Hofmeister dar, der mich beobachten und dem ich hingegen gehorsamen sollte. Dieser war ein Mann nach meinem Herzen, still, verständig, wohlgelehrt, von guter Konversation und was das gröbste gewesen, überaus gottesförchtig. Er war vordem eines vornehmen Fürsten Rat und Beamter, aber von den Schwedischen bis in Grund ruiniert worden. Er ließ sich bei diesem Obristen vor einen Stallmeister gebrauchen, indem sein einziger Sohn unter der kur-sächsischen Armee vor einen Musterschreiber dienete.

In der ersten Woche schon kam er mir hinter die Briefe und erkannte, daß ich kein solcher Narr war, wie ich mich stellete, wie er dann vom ersten Tag an aus meinem Angesicht ein anders geurteilet hatte, weil er sich wohl auf Physiognomiam verstund.

Ich erwachte einsmals um Mitternacht und machte über mein Leben und seltsame Begegnüssen allerlei Gedanken, kniet neben den Bette nieder und erzählte danksagungsweise alle Guttaten, die mir mein lieber Gott erwiesen, und alle Gefahren, daraus er mich errettet. Weil mein Hofmeister mehr alt als jung war und die ganze Nacht nicht durchgehend schlafen konnte, hörete er alles, tät aber, als wenn er schliefe und redete nicht mit mir im Zelt hievon, weil es zu dünne Wände hatte; wollte auch meiner Unschuld versichert sein.

Bei einer Gelegenheit fand er mich einsmals nach Wunsch an einem einsamen Ort und sagte:

»Lieber, guter Freund, ich weiß, daß du kein Narr bist, wie du dich stellest, zumalen auch in diesem elenden Stand nicht zu leben begehrest. Ich will womüglich mit Rat und Tat bedacht sein, wie dir etwan zu helfen sein möchte, so du zu mir, als einem ehrlichen Mann, dein Vertrauen setzen willst.«

Hierauf fiel ich ihm um den Hals und erzeugete mich vor übriger Freude nicht anders, als wann er ein Prophet gewesen wäre, mich von meiner Narrenkappe zu erlösen. Nachdem wir auf die Erde gesessen, erzählete ich ihm mein ganzes Leben. Er beschauete meine Hände und verwunderte sich über beides: die verwichenen und künftigen seltsamen Zufälle, so er aus meinen Händen las. Widerriet mir durchaus, daß ich mein Narrenkleid ablegen sollte, dann er vermittelst Chiromantia sehe, daß mir mein Fatum ein Gefängnis androhe unter Leibes- und Lebensgefahr. Er wollte mein treuer Freund und Vater bleiben.

Demnach stunden wir auf und kamen auf den Spielplatz, da man mit Würfeln turnieret und alle Schwüre mit hundert und tausend Galeeren, Rennschifflein, Tonnen und Städtgräben voll herausfluchte. Der Platz war ungefähr so groß als der Alte Markt zu Köln, überall mit Mänteln überstreut und mit Tischen bestellt, die alle von Spielern umgeben waren. Jede Gesellschaft hatte drei viereckichte Schelmenbeiner, denen sie ihr Glück vertraueten. So hatte auch jeder Mantel oder Tisch einen Schunderer, dessen Amt war zu sehen, daß kein Unrecht geschähe. Die liehen auch

Mäntel, Tische und Würfel her und erschnappten gewöhnlich das meiste Geld, doch blieb es ihnen nicht, dann sie verspieltens gemeiniglich wieder oder bekams der Feldscherer, weil ihnen die Köpfe oft gewaltig geflickt wurden.

Alle vermeineten zu gewinnen, als hätten sie aus einer fremden Tasche gesetzt, weil aber etlich trafen, etlich fehlten, so donnerten und flucheten auch etlich und betrogen und wurden gesäbelt; war ein Gelächter und Zähneaufeinanderbeißen. Etliche begehrten redliche Würfel, andere führten unvermerkt falsche ein, die wieder andere hinwegwurfen, mit den Zähnen zerbissen und darüber aus Zorn den Schunderern die Mäntel zerrissen. Unter den falschen Würfeln befanden sich Niederländer, die man schleifend rollen mußte, sie hatten spitze Rücken, drauf sie Fünfer und Sechser trugen. Andere waren oberländisch, denen mußte man die bayrische Höhe geben, wenn man sie werfen wollte. Etliche waren aus Hirschhorn, oben leicht und unten schwer, andre mit Quecksilber oder Blei, aber andere mit zerschnittenen Haaren, Schwämmen, Spreu und Kohlen gefüttert. Etliche hatten spitze Ecken, andern waren solche glatt hinweggeschliffen. Teils waren lange Kolben, teils sahen sie aus wie Schildkrotten. Mit solchen Schelmbeinern zwackten, laureten, stahlen sie einander ihr Geld ab.

Mein Hofmeister sagte: »Dieses ist der allerärgste und abscheulichste Ort im ganzen Läger. Wann einer nur den Fuß hierher setzet, so hat er das zehende Gebot übertreten: du sollst deines nächsten Gut nicht begehren. So du aber spielest und gewinnst, sonderlich durch Betrug und falsche Würfel, so übertrittst du das siebend und achte Gebot. Ja, es kann kommen, daß du auch zum Mörder wirst aus äußerster Not und Desperation. Ein jeder auf diesem Platze ist in Gefahr, sein Geld und auch sein Leib, Leben und gar seiner Seelen Seligkeit zu verlieren.«

Ich fragte: »Liebster Herr, warum lassens dann die Vorgesetzten zu?«

Er antwortete: »Ich will nicht sagen darum, dieweil teils Offizierer selbst mitmachen, sondern es geschiehet, weils die Soldaten nicht mehr lassen wollen, ja, auch nicht lassen können. Dann wer sich dem Spielen einmal ergeben, der wird nach und nach, er gewinne oder verspiele, so verpicht darauf, daß er's weniger lassen kann als den natürlichen Schlaf. Man siehet etliche die ganze Nacht durch und durch raßlen und vor das beste Essen und Trinken hineinspielen und sollten sie auch ohn Hemd davongehen. Es ist zu unterschiedlichen Malen bei Leib- und Lebensstrafe verboten und auf Befehl der Generalität durch Rumormeister, Profosen, Henker und Steckenknechte mit gewaffneter Hand offentlich und mit Gewalt verwehret worden, aber das half alles nichts. Also daß man, der Heimlichkeit zu wehren, das Spielen wieder offentlich erlauben und gar diesen eigenen Platz darzu widmen mußte, damit die Hauptwacht bei der Hand wäre. Ich versichere dich, Simplici, daß ich willens bin, von dieser Materi ein ganz Buch zu schreiben, sobald ich wieder bei den Meinigen zur Ruhe komme. Da will ich den Verlust der edlen Zeit beschreiben, die man mit Spielen unnütz verbringet, nicht weniger will ich die grausamen Flüche, mit welchen man Gott lästert, und die Scheltworte erzählen, mit denen einer den andern antastet, viel schröckliche Exempel und Historien einbringen, die sich bei, mit und in dem Spielen zutragen. Und will nicht vergessen der Duell und Totschläge, des Geizes, Zorns, Neides, Eifers, der Falschheit, des Betrugs und Diebstahls und beides: der Würfel- und Kartenspieler unsinnige Torheiten mit ihren lebendigen Farben abmalen und vor Augen stellen, daß jeder Leser ein solch Abscheuen vor dem Spielen gewinnen soll, als wann

er Säumilch gesoffen hätte, welche man den Spielsüchtigen
wider solche ihre Krankheit unwissend eingibt.«

Das zehent Kapitel

Mein Hofmeister ward mir je länger, je holder und ich hingegen wieder ihm, doch hielten wir unsere Verträulichkeit sehr geheim. Ich agierte zwar den Narren, brachte aber keine grobe Zotten und Büffelpossen vor, so daß meine Gaben zwar vielfältig genug, aber jedoch mehr sinnreich als närrisch fielen.

So gab mir auch meines Herren Schreiber, ein arger Gast und durchtriebener Schalk, viel Materi an die Hand, dadurch ich auf dem Wege, den die Narren zu wandeln pflegen, unterhalten ward, indem mich der Speivogel zu Torheiten überredete, die ich dann nicht allein vor mich selbsten glaubte, sondern auch anderen mitteilte.

Als ich ihn einsmals fragte, was unseres Regiments Kaplan vor einer sei, sagte er:

»Er ist der Herr Dicis-et-non-facis, das ist auf deutsch soviel als ein Kerl, der andern Leuten Weiber gibet und selbst keine nimmt. Er ist den Dieben spinnefeind, weil sie nicht sagen, was sie tun, er aber hingegen saget, was er nicht tut. Hingegen sein die Diebe ihm auch nicht gar so hold, weil sie gemeiniglich gehenkt werden, wann sie mit ihm in Umgang kommen.«

Da ich nachgehends den guten ehrlichen Pater so nannte, ward er ausgelacht, ich aber selber gebaumölt.

Ferner überredete er mich, es kämen von den Soldaten keine tapferen Helden in den Himmel, sondern bloß einfältige Tropfen, Bernheuter und dergleichen, die sich an ihrem Sold genügen ließen; auch keine politischen Alamode-Kavaliers und galante Dames, sondern nur geduldige Job, Siemänner, langweilige Mönche, melancholische Pfaffen, Betschwestern und allerhand Auswürflinge, die der Welt weder zu sieden noch zu braten taugen. Er überredete mich auch, daß man zu Zeiten mit göldenen Kugeln schieße und je kostbarer solche wären, je größeren Schaden pflegten sie zu tun. Ja, man führet wohl eh ganze Kriegsheere mitsamt der Artollerei, Munition und Bagage in göldenen Ketten gefangen daher. Weiters beschwatzete er mich von den Weibern, daß mehr als der halbe Teil Hosen trügen, obschon man sie nicht sähe, und daß vielen ihrer Männer Hörner auf den Köpfen gaukelten, als solche ehmals Aktäon getragen, obschon die Weiber keine Dianen wären. Welches ich ihm alles glaubte, so ein dummer Narr war ich.

Hingegen brachte mich mein Hofmeister in Kundschaft seines Sohns, der, wie hiebevor gemeldet, bei der kursächsischen Armee ein Musterschreiber war. Den mochte mein Obrister gern leiden und war bedacht, ihn von seinem Kapitän loszuhandeln und zu seinem Regimentssekretär zu machen. Mit ihm, welcher wie sein Vater Ulrich Herzbruder hieß, machte ich Freundschaft, so daß wir ewige Brüderschaft zusammen schwuren, kraft deren wir einander in Glück und Unglück, in Liebe und Leid nimmermehr verlassen wollten. Nichts lag uns härter an, als wie wir meines Narrenkleides mit Ehren loswerden und einander rechtschaffen dienen könnten. Allein der alte Herzbruder verwarnte uns: Wann ich in kurzer Zeit meinen Stand ändere, daß mir solches ein schweres Gefängnis und Leib- und Lebensgefahr gebären würde. Und gleicherweise prognostizierte er sich selbst und seinem Sohn einen großen bevorstehenden Spott.

Kurz nachher merkte ich, daß meines Obristen Schreiber meinen neuen Bruder schröcklich neidete, weil er vor ihm zu der Sekretariatsstelle erhoben werden wollte. Ich sahe, wie er zu Zeiten griesgramete, wie ihn die Mißgunst bedrängte und er in schweren Gedanken allezeit seufzete, wann der den alten oder den jungen Herzbruder ansahe. Ich kommunizierte meinem Bruder beides aus getreuer Affektion und tragender Schuldigkeit, damit er sich vor dem Judas vorsehe. —

Weil es nun Gebrauch im Krieg ist, daß man alte versuchte Soldaten zu Profosen machet, so hatten wir bei uns einen abgefeumten Erzvogel und Kernbösewicht, der mehr als vonnöten erfahren war. Ein rechter Schwarzkünstler, Siebdreher und Teufelsbanner, war er und von sich selbsten nicht allein so fest als Stahl, sondern ein solcher Geselle, der andere fest machen und noch darzu ganze Esquadronen Reuter ins Feld stellen konnte. So gab es Leute, die gern mit diesem Wendenschimpf umgingen, sonderlich Olivier unser Schreiber, um so mehr, als sich dessen Neid gegen den jungen Herzbruder vermehrete.

Eben damals ward meine Obristin mit einem jungen Sohn erfreuet und die Taufsuppe fast fürstlich dargereicht. Der junge Herzbruder war aufzuwarten ersuchet worden und weil er sich aus Höflichkeit einstellte, schiene solches dem Olivier die erwünschte Gelegenheit. Dann, als nun alles vorüber war, manglete meines Obristen großer vergöldter Becher, welcher noch vorhanden gewesen, da alle fremden Gäste schon hinweg waren. Hierauf ward der Profos geholt, in der Sache Rat zu schaffen und das Werk so einzurichten, daß nur dem Obristen kund wurde, wer der Dieb war, weil noch Offizierer von seinem Regiment vorhanden, die er nicht gern zu Schanden machen wollte, wann sich vielleicht einer davon versehen hätte.

Weil sich nun jeder unschuldig wußte, so kamen wir alle lustig in des Obristen Zelt. Als der Zauberer aber etliche Worte gemurmelt hatte, sprangen dem einen von uns hier, dem andern dort ein, zwei, drei, auch mehr Hündlein aus den Hosensäcken, Ärmeln, Stiefeln, Hosenschlitzen, diese wusselten behend im Zelt hin und wieder herum, daß es ein recht lustig Spektakul war. Mir aber wurden meine kroatischen Kälberhosen, so voller junge Hunde gegaukelt, daß ich solche ausziehen, und weil mein Hemd vorlängst im Walde am Leib verfaulet war, nackend dastehen mußte. Zuletzt sprang den jungen Herzbruder ein Hündlein mit göldenem Halsband aus dem Hosenschlitz und das verschlang alle andern Hündlein, ward aber selbsten je länger, je kleiner, das Halsband nur desto größer, bis es sich endlich gar in des Obristen Tischbecher verwandelte.

Da sagte der Obrist zu meinem Herzbruder:

»Siehe, du undankbarer Gast, ich habe dich zu meinem Secretario des morgenden Tages machen wollen. Nun aber hast du mit diesen Diebsstücken verdient, daß ich dich noch heut aufhängen ließe. Das auch unfehlbar geschehen sollte, wann ich deinen ehrlichen, alten Vater nicht verschonete. Geschwind, pack dich aus meinem Läger!«

Mein junger Herzbruder ward nicht gehört. Indem er fortging, ward dem guten alten Herzbruder ganz ohnmächtig, daß man genug an ihm zu laben und der Obrist selbst an ihm zu trösten hatte.

Sobald des jungen Herzbruders Kapitän diese Geschichte erfuhr, nahm er ihm die Musterschreiberstelle und lud ihm eine Picke auf, von welcher Zeit an er bei männiglich so verachtet ward, daß er sich oft den Tod wünschete. Sein Vater aber bekümmerte sich dergestalt, daß er in eine schwere Krankheit fiel und sich auf das Sterben gefaßt machte. Demnach er sich ohndas prognostizieret, daß er den 26. Julii Leib- und Lebensgefahr ausstehen müsse, verlangte er von dem Obristen, daß sein Sohn noch einmal zu ihm kommen dörfte. Ich ward der dritte Mitgesell ihres Leides.

Da sahe ich, daß der Sohn keiner Entschuldigung bedörftig gegen seinen Vater, der als weiser, tiefsinniger Mann unschwer ermaß, daß Olivier seinem Sohn hatte das Bad durch den Profosen zurichten lassen. Aber was vermochte er gegen den Zauberer! Überdies versahe er sich des Todes und wußte doch nicht geruhiglich zu sterben, weil er seinen Sohn in solcher Schande hinter sich lassen sollte. Es war, versichert, dieser beiden Jammer so erbärmlich anzuschauen, daß ich vom Herzen weinen mußte. Zuletzt beschlossen sie, Gott ihre Sache in Geduld heimzustellen und auf Mittel zu gedenken, wie sich der junge Herzbruder von seiner Kompagnia loswürken und anderwärts sein Glück suchen könnte. Da mangelte es aber am Gelde und ich gedachte meiner gespickten Eselsohren, fragte derowegen, wieviel sie zu ihrer Notdurft haben mußten. Der junge Herzbruder meinte, mit hundert Talern aus seinen Nöten zu kommen. Ich rief: »Hab' ein gut Herz, Bruder, ich will dir hundert Dukaten geben!« — »Bist du ein rechter Narr und scherzest in unserer äußersten Trübseligkeit?«

Ich streifete mein Wams ab und melkete aus dem einen Eselsohr hundert Dukaten, das Übrige behielt ich und sagte: »Hiemit will ich deinem kranken Vater aufwarten.«

Da fielen sie mir um den Hals, küßten mich und wußten vor Freuden nicht, was sie taten, wollten mir auch eine Handschrift zustellen, daß sie mich um diese Summam samt dem Interesse hinwiederum mit großem Dank befriedigen wollten, so ich aber nicht annahm, sondern mich in ihre beständige Freundschaft befahl.

Hierauf wollte der junge Herzbruder verschwören, sich an dem Olivier zu rächen oder darum zu sterben. Aber sein Vater verbot ihm solches und versicherte ihn, daß derjenige, der den Olivier totschlüge, wiederum vom Simplicio den Rest kriegen werde. »Doch,« sagte er, »ich bin dessen wohl vergewissert, daß ihr beide einander nicht umbringen

werdet, weil keiner von euch durch Waffen umkommen
soll.«

Der junge Herzbruder entledigte sich mit dreißig Talern,
daß ihm sein Kapitän einen ehrlichen Abschied gab,
verfügte sich mit dem übrigen Geld und guter Gelegenheit
nach Hamburg, montierte sich allda mit zwei Pferden und
ließ sich unter der schwedischen Armee vor einen Freireuter
gebrauchen.

Das elfte Kapitel

Keiner schickte sich besser, dem alten Herzbruder abzuwarten, als ich, so ward mir auch solches Amt von dem Obristen aufgetragen. Es besserte sich von Tag zu Tag mit ihm, also daß er noch vor dem 26. Julii fast wieder überall zu völliger Gesundheit gelangte. Doch wollte er sich noch inhalten und krank stellen, bis vermeldter Tag, vor welchem er sich merklich entsatzte, vorbei wäre.

Indessen besuchten ihn allerhand Offizierer von beiden Armeen, die ihr künftig Glück von ihm wissen wollten, dann weil er ein guter Mathematicus und Nativitätensteller, benebens auch ein vortrefflicher Physiognomist und Chiromanticus war, ging seine Aussag selten fehl. Er nannte sogar den Tag, an welchem die Schlacht vor Wittstock nachgehends geschahe, sintemal ihm viel zukamen, denen um dieselbige Zeit, einen gewalttätigen Tod zu erleiden, angedroht war.

Dem falschen Olivier, der sich gar däppisch bei ihm zu machen wußte, sagte er ausdrücklich, daß er eines gewalttätigen Todes sterben müsse, und daß ich seinen Tod rächen werde, weswegen mich Olivier folgender Zeit hochhielt. Auch mein zukünftiges Leben erzählete er mir, welches ich aber wenig achtete.

Als nun der 26. Julii eingetreten war, vermahnete er mich und einen Fourierschützen, den mir der Obrist auf sein Begehren denselben Tag zugegeben hatte, ganz treulich, wir sollten niemand zu ihm ins Zelt lassen. Er lag allein darin und betete. Da es aber Nachmittag ward, kam ein Leutenant aus dem Reuterläger dahergeritten, welcher nach des Obristen Stallmeister fragte. Er ward zu uns und gleich darauf wieder von uns abgewiesen. Er wollte sich aber nicht abweisen lassen, sondern bat den Fourierschützen mit untergemischten Verheißungen, ihn vor den Stallmeister zu lassen, als mit welchem er noch diesen Abend notwendig reden müßte. Weil aber solches auch nicht helfen wollte, fing er an zu fluchen, mit Donner und Hagel dreinzukollern und zu sagen, er sei schon so vielmal dem Stallmeister zu Gefallen geritten und hätte ihn noch niemals daheim angetroffen, so er nun jetzt einmal vorhanden sei, so sollte er abermal die Ehre nicht haben, nur ein einzig Wort mit ihm zu reden? Stieg darauf ab, ließ sich nicht verwehren, das Zelt selbst aufzuknüpfen, worüber ich ihm in die Hand biß und eine dichte Maulschelle davor bekam.

Sobald er meinen Alten sahe, sagte er:

»Der Herr sei gebeten, mir zu verzeihen, daß ich die Frechheit gebrauche, ein Wort mit ihm zu reden.«

»Wohl,« antwortete der Stallmeister, »was beliebt dann dem Herrn?«

»Nichts anders,« sagte der Leutenant, »als daß ich den Herrn bitten wollte, ob er sich ließe belieben, mir meine Nativität zu stellen.«

Der Stallmeister entgegnete: »Ich will verhoffen, mein hochgeehrter Herr werde mir vergeben, daß ich demselben vor diesmal meiner Krankheit halber nicht willfahren kann. Weil diese Arbeit viel Rechnens brauchet, wirds mein blöder Kopf jetzo nicht verrichten können. Wann er sich aber bis morgen zu gedulden beliebet, will ich ihm verhoffentlich genugsame Satisfaction tun.«

»Herr,« sagte hierauf der Leutenant, »Er sage mir nur etwas dieweil aus der Hand.«

»Mein Herr,« antwortete der alte Herzbruder, »dieselbe
Kunst ist gar mißlich und betrüglich, derowegen bitte ich,
der Herr wolle mich damit soweit verschonen, ich will
morgen hergegen alles gern tun, was der Herr von mir
begehret.«

Der Leutenant wollte sich doch nicht abweisen lassen,
sondern trat meinem Vater vors Bette, streckte ihm die Hand
dar und sagte:

»Herr, ich bitte nur um ein paar Worte, meines Lebens
Ende betreffend mit Versicherung, wann solches etwas Böses
sein sollte, daß ich des Herren Rede als eine Warnung von
Gott annehmen will, um mich desto besser vorzusehen.
Darum bitte ich um Gottes willen, der Herr wolle mir die
Wahrheit nicht verschweigen!«

Der redliche Alte antwortete ihm hierauf kurz und sagte:
»Nun wohlan, so sehe sich der Herr dann wohl vor, damit
er nicht in dieser Stunde noch aufgehängt werde.«

»Was, du alter Schelm,« schrie der Leutenant, »solltest du
einen Kavalier solche Worte vorhalten dörfen!« Zog damit
vom Leder und stach meinen lieben alten Herzbruder im
Bette zu Tode.

Ich und der Fourierschütz riefen alsbald Lärmen und
Mordio, also daß alles dem Gewehr zulief. Der Leutenant
aber machte sich unverweilet auf seinen Schnellfuß und
wäre auch ohn Zweifel entritten, wann nicht eben
persönlich der Kurfürst von Sachsen mit vielen Pferden
vorbei gekommen wäre und ihn hätte einholen lassen. Als
derselbe den Handel vernahm, wandte er sich zu dem von
Hatzfeld, als unserm General, und sagte nichts andres als
dieses:

»Das wäre eine schlechte Disciplin in einem kaiserlichen
Läger, wann auch ein Kranker im Bette vor den Mördern
seines Lebens nicht sicher sein sollte!«

Das war ein scharfer Sentenz und genugsam, den Leutenant um das Leben zu bringen, gestalt ihn unser General alsbald an seinem allerbesten Hals aufhängen ließ.

Aus dieser wahrhaftigen Histori ist zu sehen, daß nicht sogleich alle Wahrsagungen zu verwerfen sein, wie etliche Gecken tun, die gar nichts glauben können. Allein ich habe oft gewünscht und wünsche es noch, daß mein lieber alter Herzbruder zu mir geschwiegen hätte. Dann der Mensch kann sein vorausgesetztes Ziel schwerlich überschreiten, also auch ich die unglücklichen Fälle, so er mir angezeiget, habe niemals umgehen können. Was half mir, daß der alte Herzbruder hoch und teuer schwur, ich wäre von edlen Eltern geboren und erzogen worden, da ich doch von niemand anders wußte, als von meinen Knän und meiner Meuder! Item was halfs dem Wallenstein, Herzog von Friedland, daß ihm profezeit ward, er werde gleichsam mit Saitenspiel zum König gekrönt werden. Weiß man nicht, wie er zu Eger ist eingewieget worden?

Das zwölfte Kapitel

Meine beiden Herzbrüder hatte ich verloren, das ganze Läger vor Magdeburg war mir verleidet, ich ward meines Standes so müd und satt, als wann ich's mit lauter eisernen Kochkesseln gefressen hätte.

Olivier, der Secretarius, welcher nach des alten Herzbruders Tod mein Hofmeister geworden war, erlaubte mir oft mit den Knechten auf Fourage zu reuten. Als wir nun einsmals in ein großes Dorf kamen, darin etliche den Reutern zuständige Bagage logierte, und jeder hin und wider in die Häuser ging, zu suchen, was etwan mitzunehmen wäre, stahl ich mich auch hinweg und suchte, ob ich nicht ein altes Baurenkleid finden möchte. Aber ich mußte mit einem Weiberkleid vorlieb nehmen, zog es an und warf den Narrenhabit in ein Secret. In diesem Aufzuge ging ich über die Gasse etlichen Offizierschweibern entgegen und machte enge Schrittlein. Ich war aber kaum außer Dach, da mich etliche Fouragierer sahen und besser springen lehrten. Sie schrieen: Halt! Halt! — ich lief zu den obgemeldten Offiziererinnen, vor denselben fiel ich auf die Knie und bat, meine Jungfernschaft vor diesen geilen Buben zu schützen. Da ward ich von einer Rittmeisterin vor eine Magd angenommen, bei welcher ich mich auch beholfen, bis Magdeburg von den unseren eingenommen ward.

Die Rittmeisterin war kein Kind mehr, wiewohl sie noch jung war, und vernarrete sich dermaßen in meinen glatten Spiegel und geraden Leib, daß sie mir endlich nach lang gehabter Mühe und vergeblicher, umschweifender Weitläufigkeit nur allzu deutsch zu verstehen gab, wo sie

der Schuh am meisten drucke. Ich aber, damals noch viel zu
gewissenhaft, tät, als wann ichs nicht merkte und ließ keine
anderen Anreizungen erscheinen, als solche daraus man
eine fromme Jungfer urteilen mochte. Der Rittmeister und
sein Knecht lagen an derselben Kränke wie die Rittmeisterin,
dahero befahl er seinem Weibe, sie sollte mich besser kleiden,
damit sie sich meines garstigen Baurenkittels nicht schämen
dörfte. Sie tät mehr, als ihr befohlen war, und putzte mich
heraus wie eine franzsche Poppe, welches das Feuer bei allen
dreien noch mehr schürete. Ja, es ward endlich bei ihnen so
groß, daß Herr und Knecht eifrigst von mir begehreten, was
ich ihnen nit leisten konnte und der Frau selbst mit einer
schönen Manier verweigerte. Und weil die Rittmeisterin
mich noch endlich zu überwinden verhoffte, verlegte sie
dem Manne alle Pässe und liefe ihm alle Ränke ab, also daß
er vermeinete, er müsse toll und töricht darüber werden.
Einsmals stund der Knecht vor dem Wagen, darin ich alle
Nacht schlafen mußte, klagte mir seine Liebe mit heißen
Tränen und bat andächtig um Gnade und Barmherzigkeit.
Ich aber erzeigte mich härter als Stein und gab ihm zu
verstehen, daß ich meine Keuschheit bis in Ehstand
bewahren wollte. Da er mir die Ehe wohl tausendmal anbot,
und ich ihm stets versicherte, daß es unmöglich sei,
verzweifelte er endlich gar, dann er zog den Degen aus,
satzte die Spitze an die Brust, den Knopf an den Wagen und
tät nicht anders, als wann er sich jetzt erstechen wollte. Ich
sprach ihm zu und gab ihm Vertröstung auf morgen frühe.
So ward er content und ging schlafen, ich aber wachte desto
länger. Und ich befand, daß meine Sache mit der Zeit nicht
gut tun würde. Die Rittmeisterin ward je länger, je importuner
mit ihren Reizungen, der Rittmeister verwegener mit seinen
Zumutungen, der Knecht verzweifelter in seiner Liebe. Ich
mußte oft meiner Frau bei hellem Tage Flöhe fangen, nur
darum, daß ich ihre Alabasterbrüstlein sehen und ihren
zarten Leib genug betasten sollte, welches mir, weil ich auch

Fleisch und Blut hatte, zu ertragen stets schwerer fallen wollte. Ließ mich die Frau zufrieden, so quälete mich der Rittmeister, und wann ich von diesen beiden Ruhe haben sollte, so peinigte mich der Knecht. Also kam mich das Weiberkleid zu tragen viel sauerer an, als meine Narrenkappe. Ich steckte würklich in derjenigen Gefängnus, auch Leib- und Lebensgefahr, als mein alter Herzbruder wahrgesaget hatte. Was sollte ich tun? Ich beschloß endlich, mich dem Knecht zu offenbaren, sobald es Tag würde, dann ich dachte, seine Liebesregungen werden sich alsdann legen.

Mein Hans ließ es gleich nach Mitternacht tagen, sein Jawort zu holen, und fing an am Wagen zu rappeln, als ich eben am allerstärksten schlief. Er rief etwas zu laut: »Sabina, Sabina, ah, mein Schatz, stehet auf und haltet mir Euer Versprechen!« Also weckte er den Rittmeister eher als mich, weil der sein Zelt am Wagen stehen hatte. Ihm ward vor Eifersucht grün und gelb vor den Augen, doch kam er nicht heraus, sondern stund nur auf zu sehen, wie der Handel liefe. Zuletzt weckte mich der Knecht. Ich schalt ihn, er aber nötigte mich mit seiner Importunität, aus dem Wagen zu kommen, oder ihn einzulassen. Wie ich nun mit meinen aufgestreiften Ärmeln herabstieg, ward mein Hans durch meine weißen Arme so heftig inflammieret, daß er mich mit Küssen anfiel. Solches vermochte der Rittmeister nicht zu erdulden, sondern sprang mit bloßem Degen aus dem Zelt, meinem armen Liebhaber den Fang zu geben, aber der ging durch und vergaß das Wiederkommen.

»Du Bluthur, ich will dich lernen ...« mehrers konnte der Rittmeister vor Zorn nicht sagen, sondern schlug auf mich zu, als wann er unsinnig wäre. Ich fing an zu schreien, darum mußte er aufhören, damit er keinen Alarm erregte, dann beide Armeen, die sächsische und die kaiserliche, lagen damals gegeneinander, weil sich die schwedische unter dem Panier näherte.

Als es nun Tag worden, gab mich mein Herr den Reuterjungen preis, eben als beide Armeen aufbrachen. Das war nun ein Schwarm von Lumpengesind, und dahero die Hatz desto größer und erschröcklicher. Sie eileten mit mir einem Busch zu, ihre viehischen Begierden zu sättigen, wie dann diese Teufelskinder im Brauch haben, wann ihnen ein Weibsbild dergestalt übergeben wird. So folgten ihnen auch sonst viel Bursche nach, die dem elenden Spaß zusahen, unter welchen auch mein Hans war. Der ließ mich nicht aus den Augen. Er wollte mich mit Gewalt erretten, und sollte es seinen Kopf kosten. Er bekam Beiständer, weil er sagte, ich sei seine versprochene Braut. Solches war den Reuterjungen, die ein besser Recht auf mich zu haben vermeineten, allerdings ungelegen. Da fing man an Stöße auszuteilen, der Zulauf ward je länger, je größer, ihr Geschrei lockte den Rumormeister herzu, welcher eben ankam, als sie mir die Kleider vom Leibe gerissen und gesehen hatten, daß ich kein Weibsbild war. Seine Gegenwart machte alles stockstill, weil er mehr geförchtet ward als der Teufel selbst. Er informierte sich der Sache kurz und nahm mich gefangen, weil es ein ungewöhnlich und fast argwöhnisch Ding war, daß sich ein Mannsbild in Weiberkleidern sollte finden lassen.

Ich ward zum General-Auditor geführt, der fing an mich zu examinieren. Da erzählete ich meine Händel, wie sie waren, es ward mir aber nicht geglaubt. Auch konnte der General-Auditor nicht wissen, ob er einen Narren oder einen ausgestochenen Bösewicht vor sich hatte. Frage und Antwort fiel so artlich und der Handel an sich selbst war seltsam.

Er hieß mich, eine Feder nehmen und schreiben, ob etwa meine Handschrift bekannt oder doch so beschaffen wäre, daß man etwas daraus abnehmen möchte. Ich ergriff Papier und Feder geschicklich und fragte, was ich schreiben sollte. Der General-Auditor, der vielleicht unwillig war, weil das

Examen sich verzog, antwortete.

»Hei, schreib: deine Mutter, die Hur!«

Ich satzte ihm diese Worte hin, und sie machten meinen
Handel nur desto schlimmer, dann der General-Auditor
glaubte jetzt erst, daß ich ein rechter Vogel sei. Er fragte den
Profosen, ob man mich visitiert, der Profos antwortete:
nein, dann mich der Rumormeister gleichsam nackend
eingebracht hätte. Aber ach, das half nichts, der Profos
mußte mich besuchen und fand meine beiden Eselsohren mit
den Dukaten.

Da hieß es: was bedörfen wir ferner Zeugnus; dieser
Verräter hat ohn Zweifel ein groß Schelmstück zu
verrichten. Warum sollte sich sonst ein Gescheiter in ein
Narrenkleid oder ein Mannsbild in Weiberkittel verstellen,
zu was End wäre er sonst mit einem so ansehnlichen Stück
Geld versehen? Saget er nicht selbst, er habe bei dem
Gubernator zu Hanau, dem allerverschlagensten Soldaten
in der Welt, lernen auf der Lauten schlagen? Was mag er
sonst bei denselben Spitzköpfen vor listige Praktiken
gesehen haben! Der nächste Weg ist, daß man ihn auf die
Folter bringe!

Wie mir damals zu Mut gewesen, kann sich ein jeder
leicht einbilden.

Aber eh man diesen strengen Prozeß mit mir ins Werk
satzte, gerieten die Schweden den Unsrigen in die Haare.
Gleich anfänglich kämpften die Armeen um den Vortel und
gleich darauf um das schwere Geschütz, dessen die Unsrigen
stracks verlustig wurden.

Unser Profos hielt zwar ziemlich weit mit seinen Leuten
und den Gefangenen hinter der Battaglia, gleichwohl waren
wir unserer Brigade so nahe, daß wir jeden von hinterwärts
an den Kleidern erkennen konnten. Und als eine
schwedische Eskadron auf die unsrige traf, waren wir

sowohl als die Fechtenden selbst in Todesgefahr, dann in einem Augenblick flog die Luft so häufig voller singender Kugeln über uns her, daß es das Ansehen hatte, als ob die Salve uns zu Gefallen wäre gegeben worden. Davon duckten sich die Forchtsamen, als ob sie sich in sich selbst hätten verbergen wollen, diejenigen aber, so Courage hatten und mehr bei dergleichen Scherz gewesen, ließen solche unverblichen über sich hinstreichen. Im Treffen selbst suchte jeder seinem Tode mit Niedermachung des Nächsten, der ihm aufstieß, vor zu kommen. Das gräuliche Schießen, das Gekläpper der Harnische, das Krachen der Piken, das Geschrei beider: der Verwundeten und Angreifenden machten neben den Trompeten, Trommeln und Pfeifen eine erschröckliche Musik. Da sahe man nichts als einen dicken Rauch und Staub, welcher schien, als wolle er die Abscheulichkeit der Verwundeten und Toten bedecken. In demselben hörete man ein jämmerliches Wehklagen der Sterbenden und ein lustiges Geschrei derjenigen, die noch voller Mut staken. Die Pferde selbst hatten das Ansehen, als wenn sie zur Verteidigung ihrer Herren je länger, je frischer würden, so hitzig zeigten sie sich in dieser Schuldigkeit. Deren sahe man etliche unter ihren Herren tot darniederfallen, voller Wunden, die sie unverschuldet in getreuem Dienste empfangen hatten, andere fielen auf ihre Reuter und wurden so von ihnen getragen, die sie bei Lebzeiten hatten tragen müssen, wiederum andere, nachdem sie ihrer herzhaften Last, die sie kommandiert hatte, entladen worden, ließen die Menschen in ihrer Wut und Raserei, rissen aus und suchten im weiten Feld ihre einstige Freiheit.

Die Erde, die sonst alle Toten deckt, war damals selbst mit Toten überstreut. Köpfe und Leiber lagen getrennt, etlichen hing in grausamer und jämmerlicher Weise das Ingeweid heraus, andern war der Kopf zerschmettert und das Hirn zerspritzt. Da sahe man die entseelten Leiber ihres eigenen Geblüts beraubet und hingegen Lebendige mit fremdem Blute begossen. Da lagen abgeschossene Arme, an welchen sich die Finger noch regten, gleichsam als ob sie wieder in das Gedräng wollten, hingegen rissen Kerle aus, die noch keinen Tropfen Blut vergossen hatten. Dort lagen abgelöste Schenkel, die, obwohl der Bürde ihres Körpers entladen, dennoch viel schwerer geworden waren. Da sahe man verstümmelte Soldaten um Beförderung ihres Todes, hingegen andere um Quartier und Verschonung ihres Lebens bitten. *Summa summarum* da war nichts anderes als ein elender, jämmerlicher Anblick.

Die schwedischen Sieger trieben die Unsrigen, um sie mit ihrer schnellen Verfolgung vollends zu zerstreuen. Mein Herr Profos ergriff die Flucht und nötigte uns, samt ihm durchzugehen. Da jagte der junge Herzbruder daher mit noch fünf Pferden und grüßte ihn mit einer Pistole:

»Siehe da, du alter Hund, ist es noch Zeit junge Hündlein zu machen? Ich will dir deine Mühe bezahlen!«

Aber der Schuß beschädigte den Profosen so wenig wie einen stählernen Ambos.

»Oho, bist du der Haare,« rief mein Herzbruder, »ich will nicht vergeblich dir zu Gefallen herkommen sein. Du mußt sterben und wäre dir deine Seele angewachsen!«

Er befahl darauf einen Musketierer von des Profosen eigener Wacht, ihn mit der Axt niederzuschlagen.

Ich aber ward erkannt, meiner Ketten und Bande entlediget und auf ein Pferd gesatzt, das mein Herzbruder durch einen Knecht in Sicherheit führen ließ.

Das dreizehnte Kapitel

Demnach die sieghaften Überwinder ihre Beuten teilten und ihre Toten begruben, ermanglete mein Herzbruder, der durch Begierde der Ehre und Beute sich hatte so weit verhauen, daß er gefangen ward. So erbte mich sein Rittmeister, bei welchem ich mich vor einen Reuterjungen mußte gebrauchen lassen.

Gleich hernach ward er zum Obrist-Leutenant befördert, ich aber schlug ihm in den Quartieren die Lauten, im Marschieren mußte ich ihm den Küraß nachtragen, welches mir eine beschwerliche Sache war. Dann obzwar diese Waffen vor feindlichen Püffen schützen, so befand ich an ihnen ein Widerspiel, indem unter ihrem Schutz auf meinem Leibe eine Armada oder Heerhauf ausgebrütet ward, die ihren freien Paß und Tummelplatz behaupteten, sintemal ich mit meinen Händen nicht unter den Harnisch konnte, einen kleinen Streif unter sie zu tun. Ich hatte weder Zeit noch Gelegenheit, sie durch Feuer, Wasser oder Gift (maßen ich wohl wußte was Backöfen und Quecksilber vermöchten) auszurotten und mußte mich mit ihnen schleppen, meinen Leib und Blut zum besten geben. Endlich erfand ich eine Kunst, daß ich einen Pelzfleck um den Ladestecken der Pistole wickelte, wenn ich dann mit dieser Lausangel unter den Harnisch fuhr, fischte ich sie dutzendweis aus ihrem Vorteil, es mochte aber wenig erklecken.

Einsmals ward mein Obrist-Leutenant kommandiert eine Cavalcada mit einer starken Partei in Westfalen zu tun, und

wäre er so stark an Reutern gewesen, als ich an Läusen, so
hätte er die ganze Welt erschröckt, so aber mußte er
behutsam gehen. Ich war damals mit meiner Einquartierung
auf höchste kommen und ich getraute meine Pein nicht
länger zu gedulden. Als teils die Reuter fütterten, teils
schliefen und teils Schildwacht hielten, ging ich abseits
unter einen Baum, meinen Feinden eine Schlacht zu liefern.
Zu solchem End zog ich den Harnisch aus, unangesehen
andre einen anziehen, wann sie fechten wollen, und fing ein
solches Würgen und Morden an, daß mir gleich beide
Schwerter an den Daumen vom Blut troffen. So oft mir
dieses Rencontre zu Gedächtnus kommt, beißt mich die Haut
noch allenthalben. Ich dachte zwar, ich sollte nicht so wider
mein Geblüt wüten, vornehmlich wider so getreue Diener,
die sich mit einem hängen und radbrechen ließen, aber ich
fuhr mit meiner Tyrannei unbarmherzig fort, daß ich nicht
gewahrte, wie die Kaiserlichen meinen Obrist-Leutenant
chargierten, bis sie endlich auch an mich kamen, meine Läus
entsatzten und mich selbst gefangen nahmen. Sie scheueten
meine Mannheit gar nicht, mit der ich kurz zuvor viel
Tausend erlegt und den Titul des Schneiders »Sieben auf
einen Streich« überstiegen hatte. Mich kriegte ein Dragoner,
und ich mit ihm meinen sechsten Herrn, weil ich sein Jung
sein mußte.

Unsere Wirtin wollte nicht, daß ich sie und ihr ganzes
Haus mit meinen Völkern besetzte, so machte sie ihnen den
Prozeß kurz und gut, steckte meine Lumpen in Backofen
und brannte sie so sauber aus wie eine alte Tabakpfeife.

Hingegen bekam ich ein neues Kreuz auf den Hals, weil
mein Herr einer von denjenigen war, die in Himmel zu
kommen sich getrauen. Er ließ sich glatt am Sold genügen
und betrübte im übrigen kein Kind. Seine ganze Prosperität
bestund in dem, was er mit Wachen verdienete und von
seiner wochentlichen Löhnung erkargete. Ich und sein

Pferd mußten ihm sparen helfen. Davon kams, daß ich den trockenen Pumpernickel gewaltig beißen und mich, wanns wohl ging, mit Dünnbier behelfen mußte. Wollte ich aber besser futtern, so mußte ich stehlen, aber mit ausdrücklicher Bescheidenheit, daß er nichts davon innewurde. Seinethalben hätte man weder Galgen, Esel, Henker, Steckenknechte noch Feldscherer bedörft, auch keinen Marketender noch Trommelschlager, die den Zapfenstreich tun müssen. Sein ganzes Tun war fern von Fressen, Saufen, Spielen und allen Duellen, ward er aber auf Convoi, Partei oder sonst einen Anschlag kommandiert, so schlenderte er mit dahin, wie ein alt Weib am Stecken.

Ich hatte mich keines Kleides bei ihm zu getrösten, weil er selbst zerflickt daherging. Sein Pferd war vor Hunger so hinfällig, daß sich weder Schwede noch Hesse vor seinem dauerhaften Nachjagen zu förchten hatten. Dieses alles bewegte seinen Hauptmann, ihn ins sogenannte Paradeis, einem Frauenkloster, auf Salvaguardi zu legen. Dort sollte er sich begrasen und wieder montieren. Auch hatten die Nonnen um einen frommen und stillen Kerl gebeten.

»Potz Glück, Simprecht,« sagte er, dann er konnte meinen Namen nicht behalten, »kommen wir gar in das Paradeis! Wie wollen wir fressen!« Und wir fanden, was wir begehrten, daß ich in Kürze wieder einen glatten Balg bekam. Dann da satzte es das fetteste Bier, die besten westfälischen Schunken und Knackwürste, wohlgeschmack und sehr delikat Rindfleisch, das man aus dem Salzwasser kochte und kalt zu essen pflegte. Da lernte ich das schwarze Brot fingersdick mit gesalzener Butter schmieren und mit Käs belegen, damit es desto besser rutschte, und wann ich so über einen Hammelskolben kam, der mit Knoblauch gespickt war, und eine gute Kanne Bier darneben stehen hatte, so erquickte ich Leib und Seele und vergaß meines ausgestandenen Leides.

Das Glück wollte es wieder wettspielen, da mich ehebevor das Unglück haufenweis überfallen hatte: dann als mich mein Herr nach Soest schickte, seine Bagage vollends zu holen, fand ich unterwegs einen Pack mit etlichen Ellen Scharlach, samt einem Sammetfutter. Das vertauschte ich zu Soest bei einem Tuchhändler um gemein, grünwullen Tuch zu einem Kleid samt Ausstaffierung mit dem Geding, mir das Kleid machen zu lassen. Ich gab ihm auch die silbernen Knöpf und Galaunen vor ein Hemd und ein Paar neuer Schuhe. Also kehrete ich nagelneu herausgeputzt wieder ins Paradeis zu meinem Herrn zurück, der gewaltig kollerte, daß ich ihm den Fund nicht zugebracht, und der Filz schamet sich wohl auch, daß sein Junge besser gekleidet war als er selbst. Derowegen ritt er nach Soest, borgte Geld auf seinen wochentlichen Salvaguardi-Sold und montierte sich damit aufs beste.

Von dieser Zeit an hatten wir das allerfäulste Leben. Das Kloster war auch von den Hessen, unserm Gegenteil, mit einem Musketier salvaguadiert, derselb war seines Handwerks ein Kürschner und dahero nicht allein ein Meistersänger, sondern auch ein trefflicher Fechter. Damit er seine Kunst nicht vergäße, übte er sich täglich mit mir in allen Gewehren, wovon ich so fix ward, daß ich mich nicht scheuete ihm Bescheid zu tun, wann er wollte.

Das Stift vermochte eine eigene Wildbahn und hielt einen eigenen Jäger. Weil ich nun grün gekleidet war, gesellete ich mich zu ihm und lernete ihm denselben Herbst und Winter seine Künste ab. Solcher Ursachen halber nannte mich jedermann »dat Jäjerken«. Mir wurden alle Wege und Stege bekannt, was ich mir hernach trefflich zu nutz machte. Bei üblem Wetter las ich allerhand Bücher, die mir der Klosterverwalter liehe, und da die Klosterfrauen gewahr wurden, daß ich neben meiner guten Stimme auch auf der Laute und etwas wenigs auf dem Instrument schlagen konnte, weil ich zudem eine ziemliche Leibsproportion und schönes Gesicht hatte, hielten sie alle meine Sitten, Wesen, Tun und Lassen vor adelig und ich mußte unversehens ein sehr beliebter Junker sein.

Da ward mein Herr abgelöst, was ihn auf das gute Leben so übel bekam, daß er darüber erkrankte, und weil starkes Fieber darzu schlug, zumalen noch die alten Mucken, die er sein Lebtag im Kriege aufgefangen, hinzukamen, machte ers kurz und ward in drei Wochen hernach begraben. Ich machte ihm die Grabschrift:

Der Schmalhans lieget hier, ein tapferer Soldat,
Der all sein Lebetag kein Blut vergossen hat.

Ich war damals ein frischer, aufgeschossener Jüngling, der seinen Mann stellen konnte, also ward mir von meinem Hauptmann das Erbe des Dragoners angeboten, wann ich mich an meines toten Herren Statt anwerben lassen wollte. Das nahm ich desto lieber an, weil mir bekannt, daß meines Herren alte Hosen mit ziemlichen Dukaten gespickt waren.

Allein dem Kommandanten zu Soest mangelte ein Kerl, wie ich ihm einer zu sein dünkte, so unterstund er sich, mich noch zu bekommen, maßen er meine Jugend vorwandte, und mich vor keinen Mann passieren lassen wollte. Er schickte nach mir und sagte:

»Hör, Jägerken, du sollt mein Diener sein und meine Pferde warten.«

»Herr, wir sind nicht vor einander. Ich hätte lieber einen Herrn, in dessen Diensten die Pferde auf mich warten. Ich will Soldat bleiben.«

»Dein Bart ist noch viel zu klein.«

»O nein, ich getraue einen Mann zu bestehen, der achtzig Jahre alt ist. Der Bart schlägt keinen Mann, sonst würden die Böcke hoch aestimieret werden.«

»Wann die Courage so gut ist, als das Maulleder, so will ich dich passieren lassen.«

»Das kann in der nächsten Occasion probiert werden,« gab ich zu verstehen. Und er ließ mich bleiben.

Hierauf anatomierte ich meines Dragoners Hosen, schaffte mir aus deren Eingeweid noch ein gut Pferd und das beste Gewehr und ließ mich von neuem grün kleiden, weil mir der Name Jäger beliebte. Also ritt ich mit meinem Jungen selbander daher wie ein Edelmann und dünkte mich fürwahr keine Sau zu sein. Ich war so kühn, meinen Hut mit einem tollen Federbusch zu zieren wie ein Offizier, daher bekam ich bald Neider und Mißgönner, und es satzte empfindliche Worte, endlich gar Ohrfeigen. Ich hatte aber kaum einem oder dreien gewiesen, was ich im Paradies von dem Kürschner gelernt hatte, da ließ mich nicht allein jedermann zufrieden, sondern suchte auch meine Freundschaft.

Auf Partei warf ich mich wohl herfür, daß ich in kurzer Zeit bei Freund und Feind bekannt und so berühmt ward, daß beide Teile viel von mir hielten. Allermaßen mir die gefährlichsten Anschläge zu verrichten und ganze Parteien zu kommandieren anvertraut wurden, griff ich bald zu wie ein Böhme und, wann ich etwas namhaftes erschnappte, gab ich meinen Offizierern so reich Part davon, daß ich selbig Handwerk auch an verbotenen Orten treiben dorfte, weil mir überall durchgeholfen ward.

Der General Graf von Götz hatte in Westfalen drei feindliche Guarnisonen übriggelassen zu Dorsten, Lippstadt und Coesfeld, denen war ich gewaltig molest, dann ich lag ihnen bald hier, bald dort schier täglich vor den Toren, und weil ich überall glücklich durchkam, hielten die Leute von mir, ich könnte mich unsichtbar machen und wäre so fest wie Stahl. Davon ward ich geförchtet wie die Pestilenz.

Zuletzt kam es dahin: wo nur ein Ort in Kontribution zu setzen war, mußte ich solches verrichten, wodurch mein Beutel so groß ward als mein Name. Meine Offizierer und Kameraden liebten ihren Jäger, die vornehmsten Parteigänger vom Gegenteil entsatzten sich und den Landmann hielt ich durch Forcht und Liebe auf meiner Seiten, dann ich wußte meine Widerwärtigen zu strafen und die, so mir nur den geringsten Dienst täten, reichlich zu belohnen, allermaßen ich beinahe die Hälfte meiner Beuten verspendierte oder auf Kundschaft auslegte. Derhalben entging mir keine Partei, kein Convoi, noch eine Reis' aus des Gegenteils Posten, alsdann ich ihr Vorhaben durchkreuzte und allen Anschlägen mit Glück begegnete. Darneben erzeigte ich mich gegen meine Gefangenen überaus diskret, sodaß sie mich oft mehr kosteten als die Beute wert war, sonderlich unterließ ichs nicht, denen Offizierern, obschon ich sie nicht kannte, ohn Verletzung meiner Pflicht und Herrendienste eine Courtoisie zu tun.

Durch solch ein Verhalten wäre ich zeitlich zum Offizier befördert worden, wann meine Jugend es nicht verhindert hätte. Wer in solchem Alter ein Fähnlein wollte, mußte ein Guter von Adel sein, zudem mein Hauptmann an mir mehr als eine melkende Kuhe verloren hätte. Also brachte ichs allein zum Gefreiten. Ich spekulierte Tag und Nacht, wie ich etwas anstellen möchte, mich noch größer zu machen und konnte vor solchem närrischen Nachsinnen oft nicht schlafen.

Das vierzehnte Kapitel

Ich muß ein Stücklein noch erzählen, das mir begegnet, eh ich wieder von meinen Dragonern kam.

Mein Hauptmann ward mit etlichen fünfzig Mann zu Fuß nach Recklinghausen kommandiert, einen Anschlag auf eine reiche Karawane zu machen. Wir mußten uns in den Büschen heimlich halten, so nahm ein jeder auf acht Tag Proviant zu sich. Demnach aber die Kaufleut, denen wir aufpaßten, die bestimmte Zeit nicht ankamen, ging uns das Brot aus, dahero uns der Hunger gewaltig preßte, dann wir dorften nichts rauben, wir hätten uns damit selbst verraten.

Mein Kamerad, ein lateinischer Handwerksgesell, der erst kürzlich der Schule entloffen, seufzete vergeblich nach den Gerstensuppen, die ihm hiebevor seine Eltern zum besten verordnet, er aber verschmähet und verlassen hatte. Und als er solcher Speisen gedachte, erinnerte er sich auch seines Schulsacks: »Ach Bruder,« sagte er, »wärs nicht eine Schande, wann ich nicht so viel Künste erstudiert haben sollte, mich jetzund zu füttern? Wann ich nur zum Pfaffen in jenes Dorf gehen dürfte, es sollte ein treffliches Convivium bei ihm setzen!«

Ich überlief die Worte ein wenig, ermaß unsern Zustand und machte einen Anschlag auf unsern Studenten hin. Der Hauptmann willigte ein.

So wechselte ich meine Kleider mit einem andern und zottelte mit meinem Studenten in weitem Umschweif, wiewohl das Dorf eine halbe Stunde vor uns lag, auf die Kirche zu. Das nächste Haus bei ihr erkannten wir vor des Pfarrers Wohnung, es stund an einer Mauer, die um den ganzen Pfarrhof ging. Mein Kamerad hatte seine abgeschabten Studentenkleidlein noch an, ich gab mich vor einen Malergesellen aus, dann ich dachte diese Kunst im Dorf nicht üben zu müssen. Der geistliche Herr war höflich, als ihm mein Gesell eine tiefe lateinische Reverenz gemacht und einen Haufen dahergelogen hatte, was Gestalt ihn die Soldaten auf der Reise ausgeplündert. Er bot dem Studenten ein Stück Brot und Butter nebst einem Trunk Bier an, ich aber stellete mich, als ob ich im Wirtshaus essen wollte und ihn alsdann anrufen, damit wir noch ein Stück Weges hinter sich legen konnten. Also ging ich, mich im Dorf umzusehen und hatte auch Glück, daß ich einen Baur antraf, der seinen Backofen zukleibte, darin er große Pumpernickel hatte, die vier und zwanzig Stunden sitzen und ausbacken sollten. Demnach wußte ich genug und machte es beim Wirte kurz.

Da ich auf den Pfarrhof kam, hatte mein Kamerad schon gekröpft und dem Pfarrer gesagt, daß ich Maler sei, willens meine Kunst in Holland zu perfectionieren. Der Pfarrer hieße mich sehr willkommen und bat mich, mit ihm in die Kirche zu gehen, da er mir etliche schadhafte Stück weisen wolle. Ich mußte folgen, er führte mich durch die Küche, und während er das Nachtschloß an der starken Eichentür aufmachte, die auf den Kirchhof ging — ominorum! — da sahe ich, daß der schwarze Himmel seiner Kuchelesse voller Lauten, Flöten und Geigen hing in Gestalt von Schinken, Knackwürsten und Speckseiten. Trostmütig blicket ich sie an, weil mich bedünkte, als lachten sie mir und ich erwog, wie ich sie dem obgemeldten Ofen voll Brot zugesellen möchte. Allein der Pfarrhof war ummauret, alle Fenster mit Eisengittern genugsam verwahrt und so lagen auch zween ungeheure Hunde im Hof, welche bei Nacht gewißlich nicht schlafen würden, wenn man dasjenige stehlen wollte, daran auch ihnen zu nagen gebühret.

Wie wir nun in die Kirche kamen, von den Gemälden allerhand diskurierten und mir der Pfarrer etliches auszubessern verdingen wollte, ich aber Ausflüchte suchte, meinte der Meßner: »Du Kerl, ich sehe dich eher vor einen verloffenen Soldatenjungen an, als vor einen Malergesellen!« Ich antwortete: »O du Kerl, gib mir geschwind Pensel und Farben, so will ich dir im Hui einen Narren gemalet haben, als du einer bist.«

Der Pfarrer machte ein Gelächter daraus und meinete, es gezieme sich nicht an einem so heiligen Ort, einander wahr zu sagen. Er ließ uns beiden noch einen Trunk langen und also dahin ziehen. Ich aber vergaß mein Herz bei den Knackwürsten.

Um Mitternacht kamen wir wieder ins Dorf und ich hatte sechs gute Kerle ausgelesen, darunter meinen munteren Knecht Spring-ins-Feld. In aller Stille huben wir das Brot aus dem Ofen, weil wir einen mithatten, der Hunde bannen konnte. Da wir nun bei dem Pfarrhof vorüberwollten, konnte ichs nicht übers Herz bringen, ohne Speck weiter zu passieren. Ich wußte aber keinen andern Eingang als den Kamin, der sollte vor diesmal meine Tür sein. Wir brachten Leiter und Seil aus einer Scheuer zuwege, ich stieg selbander mit Spring-ins-Feld aufs Dach, welches von Hohlziegeln doppelt belegt und zu meinem Vorhaben sehr bequem gebauet war. Meine langen Haar wicklete ich zu einem Büschel über dem Kopf zusammen und ließ mich mit einem End des Seils hinunter zu meinem geliebten Speck. Band also einen Schinken nach dem andern und eine Speckseite nach der andern an das Seil, was alles der andere fein ordentlich zum Dach hinaus fischete und weitergab.

Aber, potz Unstern, da ich allerdings Feierabend gemachet hatte, brach eine Stange, sodaß Simplicius hart hinunterfiele und das Seil riß, ehe mich meine Kameraden vom Boden brachten. Ich dachte, Jäger, nun mußt du eine Hatze ausstehen, in welcher dir selbst das Fell gewaltig zerrissen wird werden, dann der Pfarrer war erwacht und befahl seiner Köchin alsbald ein Licht anzuzünden. Sie kam im Hemd zu mir in die Kuchen, hatte den Rock über der Achsel hangen und stund so nahe neben mir, daß sie mich damit rührete. Sie griff nach einem Brand und hielt das Licht daran und fing an zu blasen. Ich aber blies viel stärker zu, davon das gute Mensch erschrak, daß sie Feuer und Licht fallen ließ und sich zu ihrem Herrn retirierte.

Ich bedachte mich und wehrete meine Kameraden, die mir zu verstehen gaben, daß sie das Haus aufstoßen wollten. Allein Spring-ins-Feld sollte oben bleiben, die andern an das Gewehr. Inzwischen schlug der Geistliche sich selber ein Licht an, seine Köchin aber erzählete ihm, daß ein gräulich Gespenst mit zween Köpfen, davor sie meinen Haarbüschel angesehen, in der Kuchen wäre. Das hörete ich, rieb mir derowegen mein Angesicht mit Asche, Ruß und Kohlen, daß ich ohn Zweifel keinem Engel mehr — wie hiebevor die Klosterfrauen sagten — gleich sahe und der Meßner mich wohl vor einen geschwinden Maler hätte passieren lassen. Ich fing an in der Kuchen schröcklich zu poltern und das Geschirr untereinander zu werfen. Den Kesselring hing ich an den Hals, den Feuerhaken behielt ich auf den Notfall.

Solches ließ sich der fromme Pfaffe nicht irren, dann er kam mit seiner Köchin prozessionsweis daher, welche zwei Wachslichter in den Händen und einen Weihwasserkessel am Arm trug, er selbsten war mit dem Chorrock bewaffnet samt den Stollen und hatte den Sprengel in der einen und ein Buch in der andern Hand. Aus demselben fing er an, mich zu exorcisieren, fragende: »Wer bist du und was willst du?« — »Ich bin der Teufel und will dir und deiner Köchin die Hälse umdrähen!«

Da fuhr er eifrig in seinem Exorcismo weiter fort und hielt mir vor, daß ich weder mit ihm noch mit seiner Köchin nichts zu schaffen hätte, hieß mich auch mit der allerhöchsten Beschwörung wieder hinfahren, wo ich herkommen wäre. Ich aber antwortete mit ganz förchterlicher Stimme, daß solches unmöglich sei, wannschon ich gern wollte. Indessen hatte Spring-ins-Feld, der ein abgefäumter Erzvogel war und kein Latein verstund, seine seltsamen Tausendhändel auf dem Dach, dann er hörete, daß ich mich vor den Teufel ausgab, und mich auch der Geistliche also hielt. Er wixte wie eine Eule, bellte wie ein Hund, wieherte wie ein Pferd, blökte wie ein Geißbock, schrie wie ein Esel und ließ sich bald durch den Kamin hinunter hören wie ein Haufen Katzen, die im Hornung rammeln, bald wie eine Henne, die legen wollte, dann dieser Kerl konnte aller Tiere Stimmen nachmachen. Solches ängstigte den Pfarrer und die Köchin auf das Höchste, ich aber machte mir ein Gewissen, daß ich mich vor den Teufel beschwören ließe.

Mitten in solchen Ängsten, die uns beiderseits umgaben, ward ich gewahr, daß das Nachtschloß an der Tür, die auf den Kirchhof ging, nicht eingeschlagen, sonder der Riegel nur vorgeschoben war. Ich schob ihn geschwind zurück und wischte hinaus.

Wir liefen in den Busch, weil wir im Dorf nichts mehr zu verrichten hatten. Dort erquickte sich die ganze Partei an dem, was von uns gestohlen worden, und bekam kein einziger den Klucksen darvon, so gesegnete Leute waren wir.

Also lagen wir noch zween Tage an selbigem Ort und erwarteten diejenigen, denen wir schon so lange aufgepaßt hatten. Wir verloren keinen einzigen Mann und bekamen dreißig Gefangene. Ich erhielt doppelt Part, das waren drei schöne Frießländer Hengst mit Kaufmannswaren beladen, was sie in Eil forttragen mochten. Wir retirierten uns mehrer Sicherheit halber auf Rehnen.

Daselbst gedachte ich wieder an den Pfaffen, dem ich den Speck gestohlen hatte, nahm einen Saphir, in einen göldenen Ring gefaßt, aus meiner Beute und schickte ihn von Rehnen aus durch einen gewissen Boten mit einem Brieflein an den Geistlichen.

»Wohlehrwürdiger usw. Wann ich dieser Tagen im Wald noch etwas zu leben gehabt hätte, so wäre kein Ursache gewesen Euer Wohlehrwürden ihren Speck zu stehlen, wobei Sie vermutlich sehr erschröckt worden. Ich bezeuge beim Höchsten, daß Sie solche Angst wider meinen Willen eingenommen, hoffe derowegen um Vergebung. Was den Speck anbelangt, schicke ich derohalben gegenwärtigen Ring mit Bitte, Euer Wohlehrwürden belieben damit Vorlieb zu nehmen. Versichere darneben, daß Dieselbe im übrigen auf alle Begebenheit einen dienstfertigen und getreuen Diener hat an dem, den dero Meßner vor keinen Maler hält, welcher sonst genannt wird

der
Jäger.«

Dem Bauren aber schickte die Partei aus gemeiner Beute sechzehen Reichstaler.

Von Rehnen gingen wir auf Münster und von dar auf Ham und heim nach Soest in unser Quartier, allwo ich nach einigen Tagen eine Antwort von dem Pfarrer empfing.

»Edler Jäger usw. Wann derjenige, dem Ihr den Speck gestohlen, hätte gewußt, daß Ihr ihm in teuflischer Gestalt erscheinen würdet, hätte er sich nicht so oft gewünscht, den landberufenen Jäger auch zu sehen. Gleichwie aber das

geborgte Fleisch und Brot viel zu teuer bezahlt worden, also
ist auch der eingenommene Schröcken desto leichter zu
verschmerzen, weil er von einer so berühmten Person ist
wider ihren Willen verursachet worden, deren hiemit
allerdings verziehen wird, mit Bitte, dieselbe wolle ein
andermal ohne Scheu zusprechen bei dem, der sich nicht
scheut, den Teufel zu beschwören.

Vale!«

Also machte ichs allerorten und überkam dadurch einen
großen Ruf.

Das dritte Buch

Das erste Kapitel

In Soest suchte ich Ruhm und Gunst in Handlungen, die sonst strafwürdig gewesen wären. Ich war ehrgeizig geworden, und meine Torheit ließ mich Leib- und Lebensgefahr vor gering anschlagen. Wann andere schliefen, hielten mich meine wunderlichen Grillen wach, und ich sann auf neue Fündgen und Listen. So erfand ich eine Gattung Schuhe, die man den Absatz zuvorderst anziehen konnte, deren ließe ich dreißig unterschiedliche Paar machen. Wann ich solche unter meine Burschen austeilete, war es unmöglich, uns aufzuspüren, dann wir trugen bald diese, bald unsere rechten Schuhe an den Füßen, und es sahe am Ziele aus, als wann zwo Parteien allda zusammengekommen wären und mit einander verschwunden seien. Ohndas verwirrete ich unsere Spur, so daß mich niemand hätte auskünden können. Ich lag oft allernächst bei denen vom Gegenteil, die mich in der Ferne suchten, und noch öfter etliche Meilwegs von dem Busch, den sie umstellten und durchstreiften. Also ließ ich auch an Scheid- und Kreuzwegen unversehens absteigen und den Pferden die Eisen das hinterst zu vörderst aufschlagen. Ganz zu geschweigen der gemeinen Vorteil, die man brauchet, wann man schwach auf Partei ist und doch vor stark aus der Spur judiziert werden will.

Wann ich nicht auf Partei dorfte, so ging ich sonst aus zu stehlen, und dann war kein Stall vor mir sicher. Rindviehe und Pferden wußte ich Stiefel und Schuhe anzulegen, bis ich sie auf eine gänge Straße brachte. Die großen fetten Schweinspersonen, die Faulheit halber nicht reisen mögen, wußte ich meisterlich fort zu bringen, wann sie schon grunzten und nicht daran wollten. Ich machte ihnen mit Mehl und Wasser einen wohlgesalzenen Brei, ließ solchen einen Badeschwamm in sich saufen, an welchen ich einen starken Bindfaden gebunden hatte. Ließ nachgehends diejenigen, um welche ich buhlete, den Schwamm voll Mus fressen und behielt die Schnur in der Hand, worauf sie ohne Wortwechsel geduldig mitgingen und mir die Zeche mit Schinken und Würsten bezahleten.

Was ich brachte, teilete ich sowohl den Offizierern als meinen Kameraden getreulich mit. Im übrigen dünkte ich mich viel zu gut darzu zu sein, daß ich die Armen bestehlen, Hühner fangen oder andere geringe Sachen hätte mausen sollen.

Dahero fing ich an nach und nach mit Fressen und Saufen ein epikuräisch Leben zu führen, weil ich meines Einsiedels Lehren vergessen und niemand hatte, der meine Jugend regierte. Meine Offizier schmarotzten bei mir und reizten mich viel mehr zu allen Lastern, wo sie mich hätten strafen und abmahnen sollen. So ward ich endlich gottlos und verrucht, daß mir kein Schelmstück zu groß schien, und zuletzt auch heimlich beneidet, beides: von Kameraden und Offizieren, da ich mir einen größeren Namen und Ansehen machte, als sie selbst hatten.

Während ich im Begriffe stund, mir einige Teufelslarven und darzugehörige Kleidungen mit Roß- und Ochsenfüßen machen zu lassen, vermittels deren ich Freund und Feind in Schröcken setzen könnte, bekam ich Zeitung, daß ein Kerl sich in Werle aufhielte, welcher ein trefflicher Parteigänger sei, sich grün kleiden lasse und hin und her auf dem Land, sonderlich bei unsern Kontribuenten, unter meinem Namen mit Weiberschänden und Plünderungen allerhand Exorbitantien verübe, maßen dahero gräuliche Klagen auf mich einkamen. Solches gedachte ich ihm nicht zu schenken, weit weniger zu leiden, daß er sich länger meines Namens bediene. Ich ließ ihn mit Wissen des Kommandanten in Soest auf Degen und Pistolen ins freie Feld zu Gast laden, nachdem er aber das Herz nicht hatte zu erscheinen, ließ ich mich vernehmen, daß ich mich an ihm revangieren wollte, so ich ihn auf Partei ertappte, werde er von mir als Feind traktiert werden. Darauf verbrannte ich in Soest vor meinem Quartier offentlich meine ganze grüne Kleidung, unangesehen, daß sie über hundert Dukaten wert war, und fluchte in solcher Wut noch darüber hin, daß der nächste, der mich mehr »Jäger« nenne, entweder mich ermorden oder von meinen Händen sterben müsse, und sollte es auch meinen Hals kosten. Ich wollte auch keine Partei mehr führen, ich hätte mich zuvor an meinem Widerpart zu Werle gerochen.

Dies erscholl gar bald in der Nachbarschaft, davon wurden die Parteien vom Gegenteil so kühn und sicher, daß sie schier täglich vor unsern Schlagbäumen lagen. Was mir aber gar zu unleidlich viel war, daß der Jäger von Werle noch immer fortfuhr sich vor mich auszugeben.

Indessen jedermann meinete, ich läge auf der Bernhaut, kündigte ich meines Gegenteils von Werle Tun und Lassen aus und machte meinen Anschlag darauf. Meine beiden Knechte, sonderlich Spring-ins-Feld, hatte ich nach und nach abgerichtet wie die Wachtelhunde. Davon schickte ich den einen nach Werle zu meinem Gegenteil. Der wandte vor, daß ich nunmehr anfinge zu leben, wie ein anderer Kujon und verschworen hätte nimmer auf Partei zu gehen, so hätte er nicht mehr bei mir bleiben mögen. Er wisse alle Wege und Stege im Lande und könne manchen Anschlag geben, gute Beute zu machen. Der einfältige Narr von Werle glaubte meinem Knecht und nahm ihn an. So bekam ich Wind, daß sie in einer bestimmten Nacht auf eine Schäferei zuhielten, etliche fette Hämmel zu holen. Ich bestach den Schäfer, daß er seine Hunde anbinden und die Ankömmlinge unverhindert in die Scheuer minieren lassen sollte, so wollte ich ihnen das Hammelfleisch schon gesegnen. Indessen paßte ich und Spring-ins-Feld mit einem andern Knecht auf, die ich hiebevor beide mit meinen

Teufelslarven und Kleidern wohl ausstaffieret.

Da nun der Jäger von Werle und sein Knecht ein Loch durch die Wand gegraben hatten, wollte der Jäger haben, daß der Knecht zum erstenmal hineinschliefe. Der aber sagte: »Ich sehe wohl, daß Ihr nicht mausen könnt, man muß zuvor visieren, ob Bläsi zu Hause sei oder nicht.«

Er zog hierauf seinen Degen und hing den Hut an die Spitze, stieß etliche Male durchs Loch. Als solches geschehen, kroch der Jäger als erster hinein, aber Spring-ins-Feld erwischte ihn gleich bei der Degenhand. Da hörete ich, daß sein anderer Gesell durchgehen wollte, und weil ich nicht wußte, welches der Jäger sei, eilete ich nach und ertappte ihn.

»Was Volks?« — »Kaiserisch.« — »Was Regiments, ich bin auch kaiserisch, ein Schelm, der seinen Herrn verleugnet!« — »Wir seind von den Dragonern von Soest,« sagte er, »Bruder, ich hoffe, Ihr werdet uns passieren lassen.« — »Wer seid Ihr dann aus Soest.« — »Mein Kamerad, den Ihr im Stall ertappet, ist der Jäger.« — »Schelmen seid ihr! Warum plündert ihr dann euer eigen Quartier, der Jäger von Soest ist so kein Narr, daß er sich in einem Schafstall fangen läßt!« — »Ach, von Wörle wollt ich sagen,« antwortete er mir.

Indem ich so disputierte, kam mein Knecht und Spring-ins-Feld mit meinem Gegenteil auch daher.

»Siehe da, du ehrlicher Vogel, kommen wir hier zusammen? Wann ich kaiserliche Waffen nicht respektierte, so wollte ich dir gleich eine Kugel durch den Kopf jagen. Ich bin der Jäger von Soest und du bist ein Schelm, bis du einen von gegenwärtigen Degen zu dir nimmst und den andern auf Soldatenmanier mit mir missest.«

Indem legte Spring-ins-Feld uns zwei gleiche Degen vor die Füße. Der arme Jäger erschrak so gewaltig, daß er seine Hosen verderbte, davon schier niemand bei ihm bleiben konnte. Er und sein Kamerad zitterten wie nasse Hunde, sie fielen auf die Knie und baten um Gnade. Aber Spring-ins-Feld kollerte wie aus einem hohlen Hafen heraus: »Du mußt einmal raufen, oder ich will dir den Hals brechen!« — »Ach, hochgeehrter Herr Teufel, ich bin nicht des Raufens halber herkommen! Der Herr Teufel überhebe mich dessen, so will ich hingegen tun, was du willst.«

Mein Knecht zwang ihm den Degen in die Hand, er zitterte aber so, daß er ihn nicht halten konnte. Der Schäfer kam herbei und stellte sich, als ob er von den beiden Teufeln nichts sähe, er fragte mich, was ich mit diesen beiden Kerlen lang in seiner Schäferei zu zanken hätte, ich sollte es an einem andern Ort ausmachen, dann unsere Händel gingen ihm nichts an. Er gäbe monatlich seine Konterbission und wolle in Frieden leben. Zu den beiden sagte er, warum sie sich von mir einzigem Kerl geheien ließen und mich nicht niederschlügen.

»Du Flegel,« rief ich, »sie haben dir deine Schafe stehlen wollen!«

Da sagte der Bauer: »So wollte ich, daß sie meinen Schafen müßten den Hintern lecken.« Damit ging er weg.

Ich drang auf das Fechten, mein armer Jäger aber konnte vor Forcht schier nicht mehr auf den Füßen stehen, also daß er mich daurete. Er und sein Kamerad brachten so bewegliche Worte vor, daß ich ihm endlich alles verziehe und vergab.

Aber Spring-ins-Feld war damit nicht zufrieden, er zwang den Jäger an dreien Schafen zu tun, was der Baur gewünscht hatte, und zerkratzte ihn mit seinen Teufelskrallen noch darzu so abscheulich im Gesicht, daß er aussahe, als ob er mit den Katzen gefressen hätte, mit welcher schlichten Rache ich mich zufrieden gab.

Der Jäger von Werle verschwand bald aus der Gegend,

weil er sich zu sehr schämte, dann sein Kamerad sprengte
aller Orten aus und beteuret es mit heftigen Flüchen, daß ich
wahrhaftig zween leibhaftiger Teufel hätte, die mir auf den
Dienst warteten. Darum ward ich noch mehr geförchtet,
hingegen aber desto weniger geliebet.

Das ander Kapitel

Solches wurde ich bald gewahr, daher stellete ich mein vorig gottlos Leben allerdings ab. Ich ging zwar auf Partei, zeigete mich aber gegen Freund und Feind so leutselig und diskret, daß alle, die mir unter die Hände kamen, ein anderes glaubten, als sie von mir gehöret hatten. Ich sammlete mir viel schöne Dukaten und Kleinodien, welche ich hin und wieder auf dem Lande in hohle Bäume verbarg, dann ich hatte mehr Feinde in der Stadt Soest und im Regiment, die mir und meinem Gelde nachstellten, als außerhalb und bei den feindlichen Guarnisonen.

Ich saß einsmals mit fünfundzwanzig Feuerröhren nicht weit von Dorsten und paßte einer Bedeckung mit etlichen Fuhrleuten auf, die nach Dorsten kommen sollte. Ich hielt selbst Schildwacht, weil wir dem Feinde nahe waren. Da sah ich einen Mann daherkommen, fein ehrbar gekleidet, der redete mit sich selbst und focht dabei seltsam mit den Händen.

»Ich will einmal die Welt strafen, es sei dann, mir wolle es das große Numen nicht zugeben!«

Woraus ich mutmaßete, er möcht etwan ein mächtiger Fürst sein, der so verkleideter Weise herumginge, seiner Untertanen Leben und Sitten zu erkunden. Ich dachte, ist dieser Mann vom Feind, so setzt es ein gutes Lösegeld, wo nicht, so willst du ihn aufs höflichste traktieren. Sprang derohalben hervor und präsentierte mein Gewehr mit aufgezogenem Hahnen.

»Der Herr wird belieben, vor mir hin in den Busch zu

gehen.«

Er antwortete sehr ernsthaftig: »Solcher Tractation ist meinesgleichen nicht gewohnt.«

Ich tummlete ihn höflich fort. »Der Herr wird sich vor diesmal in die Zeit schicken.«

Als die Schildwachen wieder besetzt waren, fragte ich ihn, wer er sei. Er antwortete großmütig, es würde mir wenig daran gelegen sein, wannschon ich es wüßte: Er sei auch ein großer Gott!

Ich gedachte, er mochte mich vielleicht kennen und etwan ein Edelmann von Soest sein und so sagen, um mich zu hetzen, weil man die Soester mit dem großen Gott und dem göldenen Fürtuch zu vexieren pfleget, ward aber bald in, daß ich anstatt eines Fürsten einen Phantasten gefangen hätte, der sich überstudieret und in der Poeterei gewaltig verstiegen, dann er gab sich vor den Gott Jupiter aus. Ich wünschte zwar, daß ich den Fang nicht getan, mußte den Narren aber wohl behalten. Mir ward ohn das die Zeit lang, so gedachte ich diesen Kerl zu stimmen.

»Nun dann, mein lieber Jove, wie kommt es doch, daß deine hohe Gottheit ihren himmlischen Thron verlässet und zu uns auf Erden steiget? Vergib mir, o Jupiter, meine Frage, die du vor fürwitzig halten möchtest, dann wir seind den himmlischen Göttern auch verwandt und eitel Sylvani, von den Faunis und Nymphis geboren, denen diese Heimlichkeit billig unverborgen bleiben sollte.«

»Ich schwöre beim Styx,« antwortete er, »daß du nichts erfahren solltest, wann du meinem Mundschenken Ganymed nicht so ähnlich sähest! Zu mir ist ein groß Geschrei über der Welt Laster durch die Wolken gedrungen, darüber ward in aller Götter Rat beschlossen, den Erdboden wieder mit Wasser auszutilgen. Weil ich aber dem Menschengeschlecht mit sonderbarer Gunst gewogen bin, vagiere ich jetzt herum, der Menschen Tun und Lassen selbst zu erkündigen. Obwohl ich alles ärger finde, als es vor mich gekommen, so will ich doch nicht alle Menschen zugleich und ohn Unterscheid ausrotten, sondern allein die Schuldigen.«

Ich verbiß das Lachen, so gut ich konnte.

»Ach Jupiter, deine Mühe und Arbeit wird besorglich allerdings umsonst sein. Schickest du zur Straf einen Krieg, so laufen alle verwegenen Buben mit, welche die friedliebenden, frommen Menschen nur quälen werden; schickest du eine Teuerung, so ists eine erwünschte Sache vor die Wucherer, weil alsdann denselben ihr Korn viel gilt; schickest du aber eine Sterben, so haben die Geizhälse und alle übrigen Menschen ein gewonnenes Spiel, indem sie hernach viel erben. Wirst derhalben die ganze Welt mit Butzen und Stiel ausrotten müssen.«

»Du redest von der Sache wie ein natürlicher Mensch,« antwortete Jupiter, »als ob du nicht wüßtest, daß es einem Gott möglich ist, die Bösen zu strafen, die Guten zu erhalten! Ich will einen deutschen Helden erwecken, der soll alles mit der Schärfe seines Schwertes vollenden.«

Ich meinte: »So muß ja ein solcher Held auch Soldaten haben, und wo man Soldaten braucht, da ist auch Krieg, und wo Krieg ist, da muß der Unschuldige sowohl als der Schuldige herhalten.«

»Ich will einen solchen Helden schicken, der keiner Soldaten bedarf und doch die ganze Welt reformieren soll. In seiner Geburtsstunde will ich ihm verleihen einen wohlgestalten und stärkeren Leib, als Herkules einen hatte, mit Fürsichtigkeit, Weisheit und Verstand überflüssig gezieret. Mercurius soll ihn mit unvergleichlich sinnreicher Vernunft begaben, Vulcan soll ihm ein Schwert schmieden, mit welchem er die ganze Welt bezwingen und alle

Gottlosen niedermachen wird, ohne fernere Hilfe eines einzigen Menschen. Eine jede große Stadt soll vor seiner Gegenwart erzittern, und eine jede Festung, die sonst unüberwindlich ist, wird er in der ersten Viertelstunde in seinem Gehorsam haben. Zuletzt wird er den größten Potentaten der Welt befehlen und die Regierung über Meer und Erden so löblich anstellen, daß beides: Götter und Menschen ein Wohlgefallen darob haben sollen.«

Ich sagte: »Wie kann die Niedermachung aller Gottlosen ohn Blutvergießen und das Kommando über die ganze weite Welt ohn sonderbare große Gewalt und starken Arm geschehen? O Jupiter, ich bekenne dir unverhohlen, daß ich diese Dinge weniger als ein sterblicher Mensch begreifen kann.«

»Weil du nicht weißt, was meines Helden Schwert vor eine seltene Kraft an sich haben wird. Wann er solche entblößet und nur einen Streich in die Luft tut, so kann er einer ganzen Armada, wenngleich sie hinter einem Berg stünde, auf einmal die Köpfe herunterhauen, sodaß die armen Teufel ohne Kopf daliegen müssen, eh sie einmal wissen wie ihnen geschehen. Er wird von einer Stadt zur andern ziehen und das halsstarrig und ungehorsam Volk, Mörder, Wucherer, Diebe, Schelme, Ehebrecher, Hurer und Buben ausrotten. Er wird jeder Stadt ihren Teil Landes, um sie her gelegen, im Frieden zu regieren übergeben. Von jeder Stadt durch ganz Deutschland wird er zween von den klügsten und gelehrtesten Männern zu sich nehmen, aus denselben ein Parlament machen, die Städte mit einander auf ewig vereinigen, die Leibeigenschaften samt allen Zöllen, Accisen, Zinsen, Gülten und Umgelten durch ganz Deutschland aufheben und solche Anstalten machen, daß man von keinem Frohnen, Wachen, Contribuieren, Geldgeben, Kriegen, noch einziger Beschwerung beim Volk mehr wissen wird. Alsdann werde ich mit dem ganzen Götterchor oftmals herunter zu den Deutschen steigen und die Musen von neuem darauf pflanzen. Ich will dann nur deutsch reden und mit einem Wort mich so gut deutsch erzeigen, daß ich ihnen auch endlich, wie vordem den Römern, die Beherrschung über die ganze Welt werde zukommen lasse.«

Ich sagte: »Höchster Jupiter, was werden aber Fürsten und Herren dazu sagen?«

Er antwortete: »Hierum wird sich mein Held wenig bekümmern. Er wird die Großen in drei Teile unterscheiden und diejenigen, so unexemplarisch und verrucht leben, gleich den Gemeinen strafen, denen andern aber wird er die Macht geben, im Land zu bleiben oder nicht. Wer bleibet und sein Vaterland liebet, der wird leben müssen wie andere gemeine Leute, die dritten aber, die ja Herren bleiben und immerzu herrschen wollen, wird er durch Ungarn und Italien in die Moldau, Wallachei, in Macedoniam, Thraciam, Griechenland, ja, über den Hellespontum in Asiam hineinführen, ihnen dieselbigen Länder gewinnen, alle Kriegsgurgeln in ganz Deutschland mitgeben und sie alldort zu lauter Königen machen. Alsdann wird er Konstantinopel in einem Tag einnehmen und allen Türken, die sich nicht bekehren, die Köpfe vor den Hintern legen. Daselbst wird er das römische Kaisertum wieder aufrichten und sich wieder nach Deutschland begeben und mit seinem Parlament eine Stadt mitten in Deutschland bauen, welche viel größer sein wird und goldreicher als Jerusalem zu Salomonis Zeiten, deren Wälle sich dem tirolischen Gebirg und ihre Wassergräben der Breite des Meeres zwischen Hispania und Afrika vergleichen sollen. Er wird einen Tempel darin bauen und eine Kunstkammer aufrichten, darin sich alle Raritäten der ganzen Welt versammeln.«

Ich fragte den Narren, was dann die christlichen Könige bei der Sache tun würden, und er antwortete:

»Die in England, Schweden und Dänemark werden, weil
sie deutschen Geblütes und Herkommens, die in Hispania,
Frankreich und Portugal, weil die alten Deutschen selbige
Länder hiebevor regieret haben, ihre Kronen, Königreiche
und inkorporierten Länder von der deutschen Nation aus
freien Stücken zu Lehen empfangen. Alsdann wird, wie zu
Augusti Zeiten, ein ewiger beständiger Friede zwischen allen
Völkern in der ganzen Welt sein.«

Das dritte Kapitel

Spring-ins-Feld hätte den Handel beinahe verderbet, weil er sagte: »Und alsdann wirds in Deutschland hergehen wie im Schlauraffenland, da es lauter Muskateller regnet und die Kreuzerpastetlein über Nacht wie die Pfifferlinge wachsen! Da werd ich mit beiden Backen fressen müssen wie ein Drescher, und Malvasier saufen, daß mir die Augen übergehen!«

Da sagte Jupiter zu mir: »Ich habe vermeint, ich sei bei lauter Waldgöttern, so sehe ich aber, daß ich den neidigen, dürren Tadler Momus und Zoilus angetroffen habe. Ja, man soll edle Perlen nicht vor die Säue werfen!«

Ich verbiß mein Lachen, so gut ich konnte, und sagte zu ihm: »Allergütigster Jove, du wirst ja eines groben Waldgottes Unbescheidenheit halber deinem andern Ganymede nicht verhalten, wie es weiter in Deutschland hergehen wird.«

»O nein, aber befiehl diesem säuischen Commentatori fürderhin seine Zunge im Zaum zu halten. — Höre, lieber Ganymed, es wird alsdann in Deutschland das Goldmachen so gewiß und so gemein werden als das Hafnerhandwerk, daß schier ein jeder Roßbub den Stein der Weisen wird umschleppen.«

»Wie aber wird Deutschland bei so unterschiedlichen Religionen einen langwierigen Frieden haben können? Werden die Pfaffen nicht die Ihrigen hetzen und des Glaubens wegen wiederum einen Krieg anspinnen?«

»Nein,« sagte Jupiter, »mein Held wird weislich zuvorkommen und alle Glauben vereinigen.«

»O Wunder! Das wäre ein groß Werk! Wie müßte das geschehen?«

»Das will ich dir herzlich gern offenbaren: Nachdem mein Held den Universal-Frieden der ganzen Welt verschafft, wird er geistliche und weltliche Vorsteher der unterschiedlichen Völker und Kirchen mit einem sehr beweglichen Sermon anreden und sie durch hochvernünftige Gründe und unwiderlegliche Argumenta dahin bringen, daß sie sich selbst eine allgemeine Vereinigung wünschen. Alsdann wird er die allergeistreichsten, gelehrtesten und frömmsten von allen Orten und Enden her aus allen Religionen zusammenbringen und ihnen auferlegen, daß sie sobald immer möglich die Streitigkeiten ernstlich beilegen und nachgehends mit rechter Einhelligkeit die wahre, heilige, christliche Religion gemäß der heiligen Schrift, der uralten Tradition und der probierten heiligen Väter Meinung schriftlich verfassen sollen. Wenn er aber merken sollte, daß sich einer oder der andere von Teufel einnehmen läßt, so wird er die ganze Versammlung wie in einem Conclave mit Hunger quälen, und wann sie nicht daran wollen, ein so hohes Werk zu befördern, so wird er ihnen allen vom Hängen predigen, daß sie eilands zur Sache schreiten und mit ihren halsstarrigen, falschen Meinungen, die Welt nicht mehr wie vor Alters foppen.

Nach erlangter Einigkeit wird er ein großes Jubelfest anstellen und der ganzen Welt diese geläuterte Religion publizieren. Welcher alsdann darwider glaubet, den wird er mit Schwefel und Pech martyrisieren oder einen solchen Ketzer mit Buxbaum bestecken und dem Teufel zum neuen Jahr schenken.

Jetzt weißt du, lieber Ganymed, alles was du zu wissen

begehrt hast.«

Ich dachte bei mir selbst, der Kerl dörfte vielleicht kein Narr sein, wie er sich stellet, sondern mirs kochen, wie ichs zu Hanau gemachet, um desto besser von uns zu kommen. Derowegen gedachte ich ihn zornig zu machen, weil man einen Narren am besten im Zorn erkennt, und wollte ihm vorhalten, wie alle Götter in der weiten Welt vor so verrucht, leichtfertig und stinkend als Diebe, Kuppler, Ehebrecher, Hanreien, Wüteriche, Mörder und unverschämte Hurenjäger verschrieen seien, daß man sie sonst nirgendshin als in des Augias Stall logieren wolle — da wurde mein Jupiter von einer seltsamen Unruhe ergriffen: Er zog in Gegenwart meiner und der ganzen Partei ohn einzige Scham seine Hosen herunter und stöberte die Flöhe daraus, welche ihn, wie man an seiner sprenklichten Haut wohl sahe, schröcklich tribulieret hatten.

»Schert euch fort, ihr kleinen Schinder,« sagte er, »ich schwöre euch beim Styx, das ihr in Ewigkeit nicht erhalten sollt, was ihr so sorgfältig sollicitiert!«

Ich fragte ihn, was er meine. Er antwortete, daß das Geschlecht der Flöhe, als sie vernommen, er sei auf Erden, ihre Gesandten zu ihm geschickt hätten, ihn zu komplimentieren. Sie hätten ihm darneben vorgebracht, daß sie aus ihrem Territorio, da man ihnen die Hundshäute zu bewohnen zugesichert, durch die Weiber vertrieben worden seien, gestalt manche ihr Schoßhündchen mit Bürsten, Kämmen, Seifen, Laugen und anderen mörderischen Dingen durchstreift hätten, so daß sie ihr Vaterland quittieren und andere Wohnungen hätten aufsuchen müssen. So sie aber den Weibern in die Pelze gerieten, würden solche verirrte, arme Tropfen übel tractieret, gefangen und nicht allein ermordet, sondern auch zuvor zwischen den Fingern elendiglich gemartert und zerrieben, daß es einen Stein erbarmen möchte.

»Ja,« sagte Jupiter ferner, »sie brachten mir die Sache so beweglich vor, daß ich Mitleiden mit ihnen haben mußte und also ihnen Hilfe zusagte, jedoch mit dem Vorbehalt, daß ich die Weiber zuvor auch hören möchte. Sie aber wandten vor, wann den Weibern erlaubet würde, Widerpart zu halten, so wüßten sie wohl, daß sie mit ihren giftigen Hundszungen entweder meine Frömmigkeit und Güte betäuben und die Flöhe überschreien oder aber durch ihre lieblichen Worte und Schönheit mich betören und zu einem falschen Urteil verleiten würden, mit fernerer Bitte, ich wolle sie ihrer untertänigsten Treue genießen lassen, welche sie auch allezeit erzeiget, indem sie doch jeweils am nächsten dabei gewesen und am besten gewußt hätten, was zwischen mir und der Io, Callisto, Europa, Semele und andern mehr vorgangen, hätten aber niemals nichts aus der Schule geschwätzt, noch meiner Ehefrau ein einzigs Wort gesaget, maßen sie sich einer solchen Verschwiegenheit beflissen, wie dann kein Mensch bis dato von ihnen etwas dergleichen erfahren hätte. Wann ich aber je zulassen wollte, daß die Weiber sie in ihrem Bann jagen, fangen und nach Weidmannsrecht metzeln dörften, so wäre ihre Bitte, zu gebieten, daß sie hinfort mit einem heroischen Tod hingerichtet und entweder mit einer Axt wie Ochsen niedergeschlagen oder wie ein Wildpret gefället würden, aber nicht mehr so schimpflich zwischen den Fingern zerquetscht und geradbrecht werden sollten, was allen ehrlichen Mannsbildern eine Schande wäre. Sonach erlaubte ich ihnen, bei mir einzukehren, damit ich ein Urteil darnach fassen könne, ob sie die Weiber allzuhützig tribulierten. Da fing das Lumpengesind an mich zu geheien, daß ich sie habe, wie ihr sehet, wieder abschaffen müssen.«

Wir dorften nicht rechtschaffen lachen, weil wir stillhalten mußten und weils der Phantast nicht gern hatte, wovon Spring-ins-Feld hätte zerbersten mögen. Da zeigte unsere

Hochwacht an, daß er in der Ferne etwas kommen sähe. Ich stieg hinauf und gewahrte die Fuhrleute, denen wir aufpaßten. Sie hatten dreißig Reuter zur Convoi bei sich, dahero ich mir die Rechnung leicht machen konnte, daß sie nicht durch den Wald, sondern übers freie Feld kommen würden, wiewohl es daselbst einen bösen Weg hatte.

Von unsrer Lägerstatt ging feldwärts eine Wasserrunze in einer Klämme hinunter. Deren Ausgang besatzte ich mit zwenzig Mann, nahm auch selbst meinen Stand bei ihnen, ließ aber Spring-ins-Feld zurück. Ich befahl meinen Burschen, wann der Convoi hinkomme, daß jeder seinen Mann gewiß nehmen sollte, und sagte auch jedem, wer Feuer geben und wer seinen Schuß im Rohr zum Vorrat zu behalten habe. Etliche verwunderten sich, ob ich wohl vermeine, daß die Reuter an einen Ort kommen werden, wo sie nichts zu tun hätten und dahin wohl hundert Jahr kein Baur gekommen sei. Aber ich brauchte keine Teufelskunst, sondern nur Spring-ins-Feld, dann als der Convoi, welcher ziemlich Ordnung hielt, recte gegen uns über vorbeipassieren wollte, fing Spring-ins-Feld so schröcklich an zu brüllen wie ein Ochs und zu wiehern wie ein Pferd, daß der ganze Wald widerhallte. Der Convoi hörets, gedachte Beute zu machen und etwas zu erschnappen, sie ritten sämtlich so geschwind und unordentlich in unsern Halt, als wann ein jeder der erste hätte sein wollen, die beste Schlappe zu holen. Gleich im ersten Willkommen wurden dreizehn Sättel geleeret und sonst noch etliche aus ihnen gequetscht. Hierauf schrie Spring-ins-Feld: »Jäger hierher!« — davon die Kerl noch mehr erschröckt und irre wurden. Ich bekam sie alle siebzehn und spannte vierundzwenzig Pferde aus. Doch hatten sich die Fuhrleute zu Pferd aus dem Staub gemacht. Wir packten auf, dorften uns aber nicht viel Zeit nehmen, die Wägen recht zu durchsuchen.

Mein Jupiter lief aus dem Wald und schrie uns nach, bis

ich ihn hinten aufsetzen ließ, dann er nicht besser reuten konnte als eine Nuß.

Also brachte ich meine Beute und Gefangenen den andern Morgen glücklich nach Soest und bekam mehr Ehre und Ruhm von dieser Partei, als zuvor nimmer. Jeder sagete: »Dies gibt wieder einen Johann de Werdt!« welches mich trefflich kützelte.

Das vierte Kapitel

Meines Jupiter konnte ich nicht los werden, dann der Kommandant begehrete ihn nicht, weil nichts an ihm zu rupfen war, sondern sagte, er wollte ihn mir schenken. Also bekam ich einen eigenen Narren und dorfte mir keinen kaufen. Kurz zuvor tribulierten mich die Läuse, und jetzt hatte ich den Gott der Flöhe in meiner Gewalt. Es war noch kein Jahr vergangen, da mir die Buben nachliefen, und jetzt vernarreten sich die Mägdlein aus Liebe gegen mich. Vor einem halben Jahr dienete ich einem schlechten Dragoner, jetzt nannten mich zween Knechte ihren Herrn. O wunderliche Welt, darinnen nichts Beständigeres ist als die Unbeständigkeit!

Damals zog der Graf von der Wahl als Obrister-Gubernator des westfälischen Kreises aus allen Guarnisonen einige Völker zusammen, eine Cavalcade durchs Stift Münster zu tun, vornehmlich aber zwo Kompagnien hessischer Reuter im Stift Paderborn auszuheben, die den Unsrigen daselbsten viel Dampfs antäten. Ich ward unter unsern Dragonern mitkommandiert. Und als sie einzige Truppen zum Ham gesammlet, gingen wir schnell vor und berannten gemeldter Reuter Quartier, ein schlecht verwahrtes Städtlein, ehe die Unsrigen kamen. Sie unterstunden durchzugehen, wir aber jagten sie wieder zurück in ihr Nest. Es ward ihnen angeboten, ohne Pferd und Gewehr, jedoch mit dem was der Gürtel beschließe zu passieren, sie aber wollten sich nicht darzu verstehen, sondern sich mit ihren Karabinern wie Musketierer wehren. Also kam es, daß ich noch dieselbe Nacht probieren mußte, was ich vor Glück im Stürmen hätte. Wir leerten die Gassen bald, weil niedergemacht ward, was sich im Gewehr befand, und weil sich die Bürger nicht hatten wehren wollen. Also ging es mit uns in die Häuser. Spring-ins-Feld sagte: »Wir müssen ein Haus vornehmen, vor welchem ein großer Haufen Mist liegt, dann darin sitzen reiche Kauzen.«

Darauf griffen wir ein solches an, Spring-ins-Feld visitierte den Stall, ich aber das Haus mit Abrede, daß jeder mit dem andern parten sollte. Also zündete jeder seinen Wachsstock an. Ich rief nach dem Hausvater, kriegte aber keine Antwort, geriet indessen in eine Kammer und fand dort nichts, als ein leer Bett und eine beschlossene Truhe. Die hämmerte ich auf in der Hoffnung, etwas Kostbares zu finden. Aber da ich den Deckel auftät, richtete sich ein kohlschwarzes Ding gegen mich auf, welches ich vor den Lucifer selbst ansahe.

Ich kann schwören, daß ich mein Lebtag nie so erschrocken bin, als eben damals, da ich diesen schwarzen Teufel so unversehens erblickte. »Daß dich der Donner schlag,« rief ich gleichwohl in solchem Schröcken und zuckte mein Äxtlein, hatte doch das Herz nicht, ihms in den Kopf zu hauen.

»Min leve Heer, ick bidde ju doer Gott, schinkt mi min Levend!«

Da hörete ich erst, daß es kein Teufel war, befahl ihm aus der Truhe zu steigen und er stand vor mir in seiner Schwärze, nackend wie ihn Gott geschaffen hatte, ein Mohr. Ich schnitt ein Stück von meinem Wachsstock, gabs ihm zu leuchten und er führete mich in ein Stüblein, da ich den Hausvater fand, der samt seinem Gesind dies lustige Spektakul ansahe und mit Zittern um Gnade bat. Er händigte mir eines Rittmeisters Bagage, darunter ein ziemlich wohlgespickt, verschlossen Felleisen war, ein, mit

Bericht, daß der Rittmeister und seine Leute bis auf gegenwärtigen Mohren sich zu wehren auf ihre Posten gegangen wären. Inzwischen hatte Spring-ins-Feld sechs schöne gesattelte Pferde im Stall erwischt.

Als hernach die Tore geöffnet, die Posten besetzt und unser General-Feldzeugmeister Herr Graf von der Wahl eingelassen ward, nahm er sein Logiment in ebendemselben Hause, darum mußten wir bei finsterer Nacht ein ander Quartier suchen. Wir fanden eines und brachten den Rest der Nacht mit Fressen und Saufen zu. Ich bekam vor mein Teil den Mohren, die zwei besten Pferde, darunter ein spanisches war, auf welchen ein Soldat sich gegen sein Gegenteil dorfte sehen lassen, mit den ich nachgehends nicht wenig prangte. Aus dem Felleisen aber kriegte ich unterschiedliche köstliche Ringe und in einer göldenen Kapsel mit Rubinen besetzt des Prinzen von Uranien Conterfait, kam also mit Pferden und allem über zwei hundert Dukaten. Vor den Mohren, der mich am aller saursten ankommen war, ward mir von General-Feldzeugmeister, als welchem ich ihn präsentierte, nicht mehr als zwei Dutzend Taler verehret.

Als wir demnach Recklinghausen zu kamen, nahm ich Erlaubnis, mit Spring-ins-Feld meinem Pfaffen zuzusprechen, mit dem ich mich lustig macht, da ich ihm erzählete, daß mir der Mohr den Schröcken, den er und seine Köchin neulich empfunden, wieder eingetränkt hätte. Ich verehrete ihm auch eine schöne schlagende Halsuhr zum freundlichen Valete.

Meine Hoffart vermehrete sich mit meinem Glück, daraus endlich nichts andres als mein Fall erfolgen konnte.

Ungefähr eine halbe Stunde von Rehnen kampierten wir und erhielten Erlaubnus, in demselben Städtlein etwas an unserm Gewehr flicken zu lassen. Unser Meinung war, sich einmal rechtschaffen miteinander lustig zu machen. Also kehreten wir im besten Wirtshaus ein und ließen Spielleute kommen, die uns Wein und Bier hinuntergeigen mußten. Da ging es in floribus her und blieb nichts unterwegen, was nur dem Geld wehe tun möchte. Ich stellete mich nicht anders als wie ein junger Prinz, der Land und Leute vermag und alle Jahre ein groß Geld zu verzehren hat. Dahero ward uns besser als einer Gesellschaft Reuter aufgewartet, die gleichfalls dort zehrete. Das verdroß sie und fingen an mit uns zu kipplen.

»Woher kommts, daß diese Stieglhupfer ihre Heller so weisen?« Dann sie hielten uns vor Musketierer, maßen kein Tier in der Welt ist, das einem Musketierer ähnlicher siehet, als ein Dragoner, und wann ein Dragoner vom Pferd fällt, so stehet ein Musketierer wieder auf.

Ein anderer Reuter meinete: »Jener Jüngling ist gewiß ein Strohjunker, dem seine Mutter etliche Milchpfennige geschicket, die er jetzo spendiert, damit ihm künftig irgendswo seine Kameraden aus dem Dreck oder etwan durch den Graben tragen sollen.«

Solches ward mir durch die Kellerin hinterbracht. Weil ichs aber nicht selbst gehört, konnte ich anders nichts darzu tun, als daß ich ein groß Bierglas mit Wein einschenken und solches auf Gesundheit aller rechtschaffenen Musketierer herumgehen, auch jedesmal solchen Alarm darzu machen ließ, daß keiner sein eigen Wort hören konnte. Das verdroß sie noch mehr, derowegen sagten sie offentlich:

»Was Teufels haben doch die Stiegelhüpfer vor ein Leben!«

Spring-ins-Feld antwortete: »Was gehts die Stiefelschmierer an?« — Das ging ihm hin, dann er sahe so gräßlich drein und machte so grausame und bedrohliche Mienen, daß sich keiner an ihm reiben dorfte.

Doch stieß es ihnen wieder auf, und zwar einem

ansehnlichen Kerl, der sagte: »Wann sich die Maurenhofierer auf ihrem Mist (er vermeinte, wir lägen in Guarnison stille) nicht so breit machen dörften, wo wollten sie sich sonst sehen lassen? Man weiß ja wohl, daß jeder in offener Feldschlacht unser Raub sein muß.«

Ich antwortete: »Wir nehmen Städt und Festungen ein und verwahren sie, dahingegen ihr Reuter auch vor dem geringsten Rattennest keinen Hund aus dem Ofen locken könnet. Warum sollten wir uns dann in den Städten nicht dörfen lustig machen?«

Der Reuter gab dawider: »Wer Meister im Felde ist, dem folgen die Festungen. Daß wir aber die Feldschlachten gewinnen müssen, folget aus dem, daß ich so drei Kinder, wie du eins bist, mitsamt ihren Musketen nicht allein nicht förchte, sondern ein Paar davon auf dem Hut stecken und den dritten erst fragen wollte, wo seiner noch mehr wären. Und säße ich bei dir, so wollte ich dem Junker zur Bestätigung ein paar Tachteln geben.«

Ich antwortete: »Ich vermein ein Paar so guter Pistolen zu haben als du, wiewohl ich kein Reuter, sondern nur ein Zwitter zwischen ihnen und den Musketierern bin. Schau, so hab ich Kind ein Herz, mit meiner Musketen allein einen solchen Prahler zu Pferd, wie du einer bist, gegen all sein Gewehr im freien Feld zu Fuß zu begegnen.«

»Ach, du Kujon,« rief der andere, »ich halte dich vor einen Schelmen, wann du nicht wie ein redlicher von Adel alsbald deinen Worten eine Kraft gibst.«

Hierauf warf ich ihm einen Handschuh zu.

Wir zahleten den Wirt und der Reuter machte Karabiner und Pistolen, ich aber meine Muskete fertig, und da er mit seinen Kameraden vor uns an den bestimmten Ort ritt, sagte er zu Spring-ins-Feld, er solle mir allgemach das Grab bestellen. Ich lachte hingegen, weil ich mich vorlängst

besonnen hatte, wie ich einem wohlmontierten Reuter
begegnen müßte, wann ich einmal zu Fuß mit meiner
Musketen allein im weiten Felde stünde.

Da wir nun an den Ort kamen, wo der Betteltanz
angehen sollte, hatte ich meine Musketen bereits mit zweien
Kugeln geladen, frisch Zündkraut aufgerührt und den
Deckel auf der Zündpfanne mit Unschlitt verschmiert, wie
vorsichtige Musketierer zu tun pflegen, wann sie Zündloch
und Pulver auf der Pfanne vor Regenwetter verwahren
wollen.

Eh wir nun aufeinander gingen, bedingten beiderseits die
Kameraden, daß wir uns im freien Felde angreifen und zu
solchem End der eine von Ost, der andre von West in ein
umzäuntes Feld eintreten sollten, dann möge jeder sein
Bestes gegen den andern tun. Keiner von den Parteien sollte
sich unterstehen, seinem Kameraden zu helfen, noch dessen
Tod oder Beschädigung zu rächen.

So gaben ich und mein Gegner einander die Hände und
verziehen je einer dem andern seinen Tod, unter welcher
allerunsinnigsten Torheit, die je ein vernünftiger Mensch
begehen kann, ein jeder hoffte seiner Gattung Soldaten das
Prae zu erhalten, gleichsam als ob des einen oder andern Teil
Ehre und Reputation an dem Ausgang unseres trefflichen
Beginnens gelegen gewesen wäre.

Ich trat mit doppelt brennender Lunte in angeregtes Feld,
stellte mich, als ob ich das alte Zündkraut im Gang
abschütte, ich täts aber nicht, sondern rührete nur
Zündpulver auf den Deckel meiner Pfannen, bließ ab und
paßte mit zween Fingern auf der Pfanne auf, wie bräuchlich
ist. Eh ich noch meinem Gegenteil, der mich wohl im
Gesicht hielt, das Weiße in Augen sehen konnte, schlug ich
auf ihn an und brannte mein falsch Zündkraut auf dem
Deckel vergeblich hinweg. Mein Gegner vermeinte, die

Muskete hätte mir versagt, und das Zündloch wäre mir verstopft, sprengte dahero mit einer Pistole in der Hand gar zu gierig recte auf mich dar. Aber eh er sichs versah, hatte ich die Pfanne offen und wieder angeschlagen, hieß ihn auch dergestalt willkommen, daß Knall und Fall eins war.

Ich retirierte mich hierauf zu meinen Kameraden, die mich gleichsam küssend empfingen. Die seinigen entledigten ihn aus den Steigbügeln und täten gegen ihn und uns wie redliche Kerle, maßen sie mir auch meinen Handschuh mit großem Lob wiederschickten.

Aber da ich meine Ehre am größten zu sein schätzte, kamen fünfundzwenzig Musketierer aus Rehnen, welche mich und meine Kameraden gefangen nahmen. Ich zwar ward alsbald in Ketten und Banden geschlossen und der Generalität überschickt, weil alle Duell bei Leib- und Lebensstrafe verboten waren.

Das fünfte Kapitel

Demnach unser General-Feldzeugmeister strenge Kriegsdisziplin zu halten pflegte, besorgte ich, meinen Kopf zu verlieren. Meine Hoffnung stund auf dem großen Ruf und Namen meiner Tapferkeit, so ich in blühender Jugend durch Wohlverhalten erworben, doch war ich ungewiß, weil dergleichen tägliche Händel erforderten ein Exemplum zu statuieren.

Die Unsrigen hatten damals ein festes Rattennest berannt, waren aber abgeschlagen, da der Feind wußte, daß wir kein grob Geschütz führten. Derowegen ruckte unser Graf von der Wahl mit dem ganzen Corpo vor besagten Ort, begehrete durch einen Trompeter abermal die Übergabe, drohete zu stürmen. Es erfolgte aber nichts als ein Schreiben:

»Hochwohlgeborener Graf etc. wissen dero hohen Vernunft nach, wie übelanständig, ja unverantwortlich es einem Soldaten fallen würde, wenn er einen so festen Ort dem Gegenteil ohn sonderbare Not einhändigte. Weswegen Eure Hochgräfliche Exzellenz mir dann hoffentlich nicht verdenken werden, wann ich mich befleißige zu verharren, bis die Waffen Eurer Exzellenz dem Orte zugesprochen. Kann aber meine Wenigkeit dero außerhalb Herrendiensten in ichtwas zu gehorsamen die Gelegenheit haben, so werde ich sein Eurer Exzellenz allerdienstwilligster Diener

N. N.«

Den Ort liegen zu lassen war nicht ratsam, zu stürmen ohn eine Presse hätte viel Blut gekostet und wäre doch noch mißlich gestanden, ob mans übermeistert hätte. Die Stücke

und alles Zugehör von Münster und Ham herzuholen, da
wäre viel Mühe, Zeit und Unkosten darauf geloffen. Indem
man bei Groß und Klein ratschlagte, fiel mir ein, ich sollte
mir diese Occasion zu Nutz machen, um mich zu erledigen.
Ich ließ meinen Obrist-Leutenant wissen, daß ich Anschläge
hätte, durch welche der Ort ohne Mühe und Unkosten zu
bekommen wäre, wann ich nur Pardon erlangen und wieder
auf freien Fuß gestellt werden könnte. Da lachten etliche:
wer hangt, der langt! Andere, die mich kannten, auch der
Obrist-Leutenant selbst glaubten mir, weswegen er sich in
eigener Person an den General-Feldzeugmeister wandte. Der
hatte hiebevor auch vom Jäger gehöret, ließ mich holen und
solange meiner Bande entledigen. Als er mich fragte, was
mein Anbringen wäre, antwortete ich:

»Gnädiger Herr etc., obzwar mein Verbrechen und Eurer
Exzellenz rechtmäßig Gebot und Verbot mir beide das Leben
absprechen, so heißet mich doch meine alleruntertänigste
Treue, die ich dero römischen kaiserlichen Majestät meinem
allergnädigsten Herrn bis in den Tod zu leisten schuldig
bin, dem Feind einen Abbruch zu tun und erstallerhöchst
gedachter römischer kaiserlicher Majestät Nutzen und
Kriegswaffen zu befördern ...«

Der Graf fiel mir in meine allerschönste Rede: »Hast du
mir nicht neulich den Mohren gebracht?«

»Ja, gnädiger Herr.«

»Wohl, dein Fleiß und Treue möchten vielleicht meritieren,
dir das Leben zu schenken. Was hast du aber vor einen
Anschlag?«

»Weil der Ort vor grobem Geschütz nicht bestehen kann,
so hält meine Wenigkeit davor, der Feind werde bald
accordieren, wann er nur eigentlich glaubte, daß wir Stücke
bei uns haben.«

»Das hätte mir wohl ein Narr gesagt,« fiel der Graf ein.

»Wer wird sie aber überreden, solches zu gläuben?«

»Ihre eigenen Augen. Ich habe ihre hohe Wacht mit meinem Perspektiv gesehen. Die kann man betrügen, wann man nur etliche Holzblöcke, den Brunnenrohren gleich, auf Wägen ladet, dieselben mit großem Gespann in das Feld führet und hiebevor ein Stückfundament aufwerfen lässet.«

»Mein liebes Bürschchen, es seind keine Kinder darin. Die werden die Stück auch hören wollen, und wann der Posse dann nicht angeht, so werden wir von aller Welt verspottet.«

»Gnädiger Herr, ich will schon Stücke in ihre Ohren lassen klingen, wann ich nur ein paar Doppelhacken und ein ziemlich groß Faß haben kann. Sollte man aber wider Verhoffen nur Spott daraus erlangen, so werde ich, der Erfinder, denselben mit meinem Leben aufheben.«

Obzwar nun der Graf nicht dran wollte, so persuadierte ihn jedoch mein Obrist-Leutenant dahin, daß er sagte, ich sei in dergleichen Sachen glückselig. Der Graf willigte endlich ein und meinte im Scherz zu ihm, die Ehre so er damit erwürbe, sollte ihm allein zustehen.

Also wurden drei Blöcke zuwegen gebracht und vor jeden vierundzwenzig Pferde gespannt, die führeten wir gegen Abend dem Feind ins Gesicht, dreien Doppelhacken gab ich zweifache Ladung, die ließ ich durch ein Stückfaß losgehen, gleich ob es drei Losungsschüsse hätten sein sollen. Das donnerte dermaßen, daß jedermann Stein und Bein geschworen hätte, es wären Quartierschlangen oder halbe Kartaunen. Unser General-Feldzeugmeister mußte der Gugelfuhre lachen und ließ dem Feind abermals einen Accord anbieten mit Anhang, wann sie sich nicht noch diesen Abend bequemen würden, daß es ihnen morgen nicht mehr so gut werden sollte.

Darauf wurden alsbald beiderseits Geißeln geschickt, der

Accord geschlossen und uns noch dieselbige Nacht ein Tor
der Stadt eingegeben. — Das kam mir trefflich gut, dann der
Graf schenkte mir nicht allein das Leben und ließ mich noch
selbige Nacht auf freien Fuß stellen, sondern er befahl dem
Obrist-Leutenant in meiner Gegenwart, daß er mir das erste
Fähnlein, so ledig würde, geben sollte. Das kam dem Obrist-
Leutenant ungelegen, dann er hatte der Vettern und
Schwäger so viel.

Ich fing an mich etwas reputierlicher zu halten als zuvor,
weil ich so stattliche Hoffnungen hatte, und gesellete mich
allgemach zu den Offizierern und jungen Edelleuten, die
eben auf dasjenige spanneten, was ich in Bälde zu kriegen
mir einbildete. Sie waren deswegen meine ärgsten Feinde
und stelleten sich doch als meine besten Freunde gegen
mich. So war mir der Obrist-Leutenant nicht gar grün, weil
er mich vor seinen Verwandten hätte befördern sollen. Mein
Hauptmann war mir abhold, dann ich mich an Pferden,
Kleidern und Gewehr viel prächtiger hielt als er. Also
hassete mich auch mein Leutenant wegen eines einzigen
Wortes halber, das ich neulich unbedachtsam hatte laufen
lassen. Wir waren miteinander in der letzten Cavalcada
kommandiert, eine gleichsam verlorene Wacht zu halten. Als
nun die Schildwacht an mir war, kroch der Leutenant auch
auf dem Bauch zu mir und sagete: »Schildwacht, merkst du
was?« Ich antwortete: »Ja, Herr Leutenant.« — »Was da!
Was da!« sagte er. — »Ich merke, daß sich der Herr förchtet.«
Von dieser Zeit an hatte ich keine Gunst mehr bei ihm, und
wo es am ungeheuersten war, ward ich zum ersten
hinkommandiert. Nicht weniger feindeten mich die
Feldwaibel an, weil ich ihnen allen vorgezogen ward. Was
aber gemeine Knechte waren, die fingen auch an in ihrer
Liebe und Freundschaft zu wanken, weil es das Ansehen
hatte, als ob ich sie verachte, indem ich mich nicht
sonderlich mehr zu ihnen, sondern zu den großen Hansen

gesellete. Ich lebte eben dahin wie ein Blinder in aller Sicherheit und ward je länger, je hoffärtiger.

Ich scheuete mich nicht einen Koller von sechzig Reichstalern, rote scharlachene Hosen und weiße atlassene Ärmel, überall mit Gold und Silber verbrämt, zu tragen, welche Tracht damals den höchsten Offizierern anstund. Ich war ein schröcklich junger Narr, daß ich den Hasen so laufen ließ, dann hätte ich mich anders gehalten und das Geld, das ich so unnützlich an den Leib hing, an gehörige Ort und Ende verschmieret, so hätte ich nicht allein das Fähnlein bald bekommen, sondern mir auch nicht so viel zu Feinden gemacht.

Nichts vexierte mich mehr, als daß ich mich nicht als Edelmann wußte, damit ich meinen Knecht und Jungen auch in meine Livrei hätte kleiden können. Und ich gedachte, alle Dinge hätten ihren Anfang — wann du ein Wappen hast, so hast du schon ein eigne Livrei, und wann du Fähnrich wirst, so mußt du ja ein Petschier haben, wannschon du kein Junker bist. Ich ließ mir also durch einen Comitem Palatinum ein Wappen geben. Das waren drei rote Larven in einem weißen Feld und auf dem Helm das Brustbild eines jungen Narren in kälbernem Habit mit ein Paar Eselsohren, vorn mit Schellen gezieret. Und dünket mich wahrlich schon jetzt keine Sau zu sein. So mich jemand damit hätte foppen wollen, so wären ihm ohn Zweifel Degen und ein Paar Pistolen präsentieret worden.

Wiewohl ich damals noch nichts nach dem Weibervolk fragte, so ging ich doch gleichwohl mit denen von Adel, wann sie irgends Jungfern besuchten, mich sehen zu lassen und mit meinen schönen Haaren, Kleidern und Federbüschen zu prangen. Ich muß gestehen, daß ich andern vorgezogen wurde, aber auch, daß verwöhnte Schleppsäcke mich einem wohlgeschnitzten hölzernen Bild verglichen, an welchem außer der Schönheit sonst weder

Kraft noch Saft wäre. Ich sagte, so man mich der holzböckischen Art und Ungeschicklichkeit halber anstach, daß mirs genug sei, wann ich noch zur Zeit meine Freude an einem blanken Degen und einer guten Muskete hätte. Die Frauenzimmer billigten auch solche Reden, da keiner war, der das Herz hatte, mich heraus zu fordern oder Ursach zu ein Paar Ohrfeigen oder sonst ziemlich empfindlichen Worten zu geben, zu denen ich mich bereit zeigte.

Das sechste Kapitel

Wann ich so durch die Gassen daherprangete und mein Pferd unter mir tanzte, da sagte das alberne Volk wohl: »Sehet, das ist der Jäger! Min God, wat vor en prave Kerl is nu dat!« Ich spitzte die Ohren gewaltig und ließ mirs gar sanft tun. Aber ich Narr hörete meine Mißgönner nicht, die mir ohn Zweifel wünschten, daß ich Hals und Bein bräche. Verständige Leute hielten mich gewißlich vor einen jungen Lappen, dessen Hoffart notwendig nicht lang dauern würde.

Meine Gewohnheit war, herum zu terminieren und alle Wege und Stege, alle Gräben, Moräste, Büsche und Wasser zu bereiten, um vor eine künftige Occasion des Orts Gelegenheit so offensive als defensive zu Nutz machen zu können. Einst ritt ich unweit der Stadt bei einem alten Gemäuer vorüber, darauf vor Zeiten ein Haus gestanden. Ich drang mit meinem Pferd in den Hof ein, zu sehen, ob man sich auch auf den Notfall zu Pferd darin salvieren könne. Als ich nun bei dem Keller, dessen Gemäuer noch rund umher aufrecht stund, vorüberreiten wollte, war mein Pferd, das sonst im geringsten nichts scheute, weder mit Liebe noch Leid dahin zu bringen. Ich stieg ab und führete es an der Hand die verfallene Kellersteigen hinunter, wovor es doch scheuete, damit ich mich ein andermal darnach richten könnte. Mit guten Worten und Streichen brachte ich es endlich so weit, indem ward ich gewahr, daß es vor Angst schwitzte und die Augen stets nach der Ecke des Kellers richtete, dahin es am allerwenigsten wollte, ob ich auch gleich nichts gewahrete. Ich stund mit Verwunderung, und wie mein Pferd je länger, desto ärger zitterte, da kam mich ein solches Grausen an, als ob man mich bei den Haaren aufzöge und einen Kübel voll kalt Wasser über mich abgösse. Mein Pferd stellete sich immer seltsamer, doch konnte ich nichts sehen, also daß ich mir nichts anders einbilden konnte, als ich müßte vielleicht mitsamt dem Pferd verzaubert sein. Derowegen wollte ich wieder zurück, aber mein Pferd folgte mir nicht. Dahero ward ich noch ängstlicher und so verwirrt, daß ich schier nicht wußte, was ich tät. Zuletzt nahm ich meine Pistole auf den Arm und band mein Pferd an eine Holderstockwurzel, der Meinung, aus dem Keller zu gehen und Leute zu suchen, die meinem Pferde heraushülfen. Indem fällt mir ein, ob nicht in dem Gemäuer vielleicht ein Schatz läge, dahero es so ungeheuer sein möchte. Ich sehe mich um, sonderlich nach der Ecke, dahin mein Pferd nicht wollte, und ward eines Stückes im Gemäuer gewahr, so groß als ein gemeiner Kammerladen, welches in Farbe und Arbeit dem andern Gemäuer nicht allerdings glich. Ich wollte hinzugehen, da sträubten sich alle meine Haare gen Berg und das bestärket mich in der Meinung, daß ein Schatz verborgen sein müsse.

Hundertmal lieber hätte ich Kugel gewechselt, als mich in solcher Angst befunden. Ich ward gequält und wußte doch nicht recht von wem, dann ich sahe oder hörte nichts. Ich wollte durchbrennen, vermochte aber die Stiegen nicht hinauf zu kommen, weil mich eine starke Luft aufhielt. Da lief mir die Katze wohl den Buckel hinauf! Zuletzt fiel mir ein, ich sollte meine Pistole lösen, damit mir die Bauren im Feld zuliefen. Ich war so erzörnt oder viel mehr desperat, da ich sonst kein Mittel noch Hoffnung sahe, aus diesen ungeheuern Wunderort zu kommen, daß ich mich gegen den Ort kehrete, wo ich die Ursache meiner seltsamen Begegnus vermeinete, und traf obgemeldtes Gemäuerstück mit zweien Kugeln so hart, daß es ein Loch gab, zwo Fäuste groß.

Als der Schuß geschehen, wieherte mein Pferd und spitzte die Ohren, was mich herzlich erquickte. Ich faßte einen frischen Mut und ging ohn Forcht zu dem Loch, da brach die Maur vollends ein. Ich fand einen reichen Schatz an Silber, Gold und Edelsteinen. Es waren aber sechs Dutzend altfränkische silberne Tischbecher, ein großer göldner Pokal, etliche Duplet, eine altfränkische göldene Kette, unterschiedliche Diamanten, Rubine, Saphire und Smaragde, alles in Ringe und Kleinodien gefasset, item ein ganz Lädlein voll großer Perlen, aber alle verdorben und abgestanden, dann ein verschimmelter lederener Sack mit achtzig von den ältesten Joachimsthalern aus feinem Silber, sodann 893 Goldstücke mit dem französischen Wappen und einem Adler. Dieses Geld, die Ringe und Kleinodien steckte ich in meine Hosensäcke, Stiefeln, Hosen und Pistolenhalftern und, weil ich keinen Sack bei mir hatte, schnitt ich meine Schabracke vom Sattel und füllete sie zwischen Zeug und Futter mit Silber- und Goldbechern, hing die gölden Kette um den Hals, saß fröhlich zu Pferd und wandte mich meinem Quartier zu. Wie ich aber aus dem Hof kam, rissen zween Bauren vor mir eilends aus, ich ereilete sie leichtlich, weil ich sechs Füße und ein eben Feld hatte und rief sie an. Da erzählten sie mir, daß sie vermeinet hätten, ich wäre das Gespenst, das in gegenwärtigem, ödem Edelhof wohne und Leute, die zu nahe kämen, elendiglich zu traktieren pflege. Aus Furcht vor dem Ungeheuer käme oft in vielen Jahren kein Mensch an diesen Ort. Die gemeine Sage ginge im Land, es wäre ein eiserner Trog voller Geldes darin, den ein schwarzer Hund hüte zusamt einer verfluchten Jungfer. Sollte aber ein fremder Edelmann, der weder seinen Vater noch seine Mutter kenne, ins Land kommen, so werde er die Jungfer erlösen, den eisernen Trog mit einem feurigen Schlüssel aufschließen und das verborgene Geld davonbringen. Derlei alberne Fabeln erzählten sie mir noch viel. Ich fragte, was sie dann beide da gewollt hätten. Sie sagten, sie hätten einen Schuß samt einem lauten Schrei gehöret, da seien sie zugeloffen. Sie wollten viel Dings von mir wissen, und ich hätte ihnen sattsam Bären aufbinden können, aber ich konnte schweigen und ritt meines Wegs in mein Quartier. —

Diejenigen, die wissen, was Geld ist, und dahero solches vor ihren Gott halten, haben dessen nicht geringe Ursach, dann ist jemand in der Welt, der des Geldes Kräfte und beinahe göttliche Tugenden erfahren hat, so bin es ich: Ich weiß wie einem zu Mut ist, der einen ziemlichen Vorrat hat, und wie der gesinnet sei, der keinen einzigen Heller vermag. Kräftiger als alles Edelgestein ist Geld, dann es vertreibet die Melancholei wie der Diamant, es machet Lust und Beliebung zu den Studiis wie der Smaragd, darum werden gemeiniglich mehr reicher als armer Leute Kinder Studenten; es nimmt hinweg Forchtsamkeit, machet den Menschen fröhlich und glückselig wie der Rubin; oft ist es dem Schlafe hinderlich, wie die Granate; hingegen hat es auch eine große Kraft, die Ruhe und den Schlaf zu befördern, wie der Hyazinth; es stärket das Herz und machet den Menschen freudig, sittsam, frisch und mild wie der Saphir und Amethyst; es vertreibet böse Träume, machet fröhlich, schärfet den Verstand und so man mit jemand zanket, machet es, daß man sieget wie der Sardonyx, vornehmlich wann man den Richter brav damit schmieret; es löschet die geile Begierden, weil man schöne Weiber um Geld kriegen kann. In Kürze, es ist nicht auszusprechen, was das liebe Geld vermag, wann man es nur richtig brauchen und anzulegen weiß.

Das meinige war seltsamer Natur, es machte mich hoffärtiger, es hinderte mir den Schlaf, es machte mich zu einem bekümmerten Rechenmeister, es machte mich geizig.

Einmal kam mirs in Sinn, ich sollte den Krieg quittieren,

mich irgends hinsetzen und mit einem schmutzigen Maul zum Fenster aussehen, dann gereuete mich aber wieder mein freies Soldatenleben und die Hoffnung, ein großer Hans zu werden. Oder verwünschete ich wiederum mein unvollkommen Alter und ich sagte zu mir selber, dann so nähmest du eine schöne, junge, reiche Frau und kauftest du irgendeinen adeligen Sitz und führtest ein geruhiges Leben. Allein ich war noch viel zu jung.

Damals hatte ich meinen Jupiter noch bei mir, der redete zu Zeiten sehr subtil und war etliche Wochen gar klug, hatte mich auch über alle Maßen lieb. Er warnete mich: »Liebster Sohn, schenkt euer Schindgeld, Gold und Silber hinweg!«

»Warum, mein lieber Jove?«

»Darum, damit Ihr Euch Freunde dadurch machet und Eurer unnützen Sorgen los werdet. Lasset die Schabhälse geizig sein. Haltet Euch, wie es einem jungen, wackeren Kerl zustehet!«

Ich dachte der Sache nach. Zuletzt verehrete ich dem Kommandanten ein paar silberner und vergöldter Duplet, meinem Hauptmann ein paar silberner Salzfässer, aber es wurde ihnen das Maul nach dem Übrigen nur wässeriger, weil es rare Antiquitäten waren. Meinem getreuen Spring-ins-Feld schenkte ich zwölf Reichstaler. Auch er riet mir, ich solle meinen Reichtum von mir tun, dann die Offizierer sähen nicht gern, daß der gemeine Mann mehr Geld hätte als sie. Auch wären etlich um Geldes halber heimlich ermordet worden. Es ginge um im ganzen Läger, und jeder mache den gefundenen Schatz größer, als er an sich selbst sei, er müsse oft hören, was unter den Burschen vor ein Gemürmel gehe. Er ließe Krieg Krieg sein, und setzte sich irgendwo in Sicherheit.

Ich sagte zu ihm: »Höre, Bruder, wie kann ich die

Hoffnung auf mein Fähnlein so leicht in den Wind schlagen!«

»Hol mich dieser und jener, wann du ein Fähnlein bekommst. So die andern sehen, daß ein Fähnlein ledig, möchten sie tausendmal eh dir den Hals brechen helfen. Lerne mich nur keine Karpfen kennen, mein Vater war ein Fischer!«

Ich erwog diese und meines Jupiters Reden und bedachte, daß ich keinen einzigen angeborenen Freund hätte, der sich meiner in Nöten annehmen, oder meinen Tod rächen würde. — Indem sich nun eben eine Gelegenheit präsentierte, daß ich mit hundert Dragonern, etlichen Kaufleuten und Güterwägen von Münster nach Köln convoieren mußte, packte ich meinen Schatz zusammen und übergab ihn einen von den vornehmsten Kaufleuten zu Köln gegen spezifizierte Handschrift aufzuheben. Meinen Jupiter brachte ich auch dahin, weil er in Köln ansehnliche Verwandte hatte, gegen die er meine Guttaten rühmete, daß sie mir viel Ehre erwiesen.

Das siebente Kapitel

Auf dem Zurückweg machte ich mir allerhand Gedanken, wie ich mich ins Künftige halten wollte, damit ich doch jedermanns Gunst erlangen möchte, dann Spring-ins-Feld hatte mir einen Floh ins Ohr gesetzt und mich zu glauben persuadieret, als ob mich jedermann neide. Ich verwunderte mich, daß alle Welt so falsch sei, mir lauter gute Wort gebe und mich doch nicht liebe. Derowegen gedachte ich mich anzustellen wie die andern und zu reden, was jedem gefiele, auch jedem mit Ehrerbietung zu begegnen, obschon es mir nicht ums Herz wäre. Vornehmlich aber merkte ich klar, daß meine eigene Hoffart mich mit den meisten Feinden beladen hatte, deswegen wollte ich mich fürder demütig stellen, obschon ichs nicht sei, mit den gemeinen Kerlen wieder unten und oben liegen, vor den Höheren aber den Hut in Händen tragen, mich der Kleiderpracht enthalten, bis ich etwan meinen Stand änderte. Ich hatte mir von meinem Kaufmann in Köln hundert Taler geben lassen, dieselben gedachte ich unterwegs dem Convoi halb zu verspendieren. Solcher Gestalt war ich entschlossen, mich zu ändern und auf diesem Weg schon den Anfang zu machen. Ich machte aber die Zeche ohn dem Wirt.

Da wir durch das bergische Land passieren wollten, lauerten uns an einem sehr vorteilhaften Ort 80 Feuerröhrer und 50 Reuter auf, eben als ich selbfünft mit einem Korporal geschickt ward voran zu reuten. Der Feind hielt sich still, als wir in seinen Halt kamen, ließ uns auch passieren, damit der Convoi nicht gewarnet würde, bis er auch in die Enge käme. Da wir den Hinterhalt merkten und umkehrten, gingen sie beiderseits los und fragten, ob wir Quartier wollten. Ich hatte mein bestes Roß unter mir, schwang mich herum auf eine kleine Ebene, zu sehen, ob da Ehre einzulegen sei, indessen hörete ich stracks an der Salve, welche die Unsrigen empfingen, was die Glocke geschlagen, trachtete derowegen nach der Flucht, aber ein Kornet hatte uns den Paß abgeschnitten. Indem ich mich durchhauen wollte, bot er mir, weil er mich vor einen Offizier ansahe, nochmals Quartier an, und ich besann mich, das Leben davon zu bringen.

Also präsentierte ich ihm den Degen. Er fragte mich, was ich vor einer sei, er sehe mich vor einen Edelmann und Offizier an. Da ich ihm antwortete, ich werde der Jäger von Soest genannt, sagte er: »Da hat Er gut Glück, daß Er uns nicht vor vier Wochen in die Hände geraten, dann zur selben Zeit hätte ich Ihm kein Quartier halten können, dieweil man Ihn bei uns vor einen offentlichen Zauberer gehalten hat.«

Dieser Kornet war ein tapferer, junger Kavalier, es freuete ihn trefflich, daß er die Ehre hatte, den berühmten Jäger gefangen zu haben, deswegen hielt er mir das versprochene Quartier sehr ehrlich und auf holländisch, deren Brauch ist, den gefangenen Feinden von dem, was der Gürtel beschleußt, nichts zu nehmen. Da es an ein Parten ging, sagete ich ihm heimlich, er sollte sehen, daß ihm mein Pferd, Sattel und Zeug zuteil würde, dann im Sattel dreißig Dukaten seien und das Pferd ohndas seinesgleichen schwerlich hätte. Davon ward mir der Kornet so hold, als ob ich sein leiblicher Bruder wäre, er saß auch gleich auf mein Pferd und ließ mich auf dem seinigen reuten.

Schweden und Hessen gingen noch am selbigen Abend in ihre unterschiedlichen Guarnisonen mit ihrer Beute und den Gefangenen. Mich und den Korporal samt noch dreien Dragonern behielt der Kornet und führet uns in eine

Festung, die nicht gar zwei Meilen von unserer Guarnison lag. Und weil ich hiebevor demselben Ort viel Dampfs angetan, war mein Name daselbst wohl bekannt, ich selber aber mehr geförcht als geliebt. Der Kornet schickte einen Reuter voran, dem Kommandanten zu verkünden, wie es abgeloffen und wen er gefangen brächte. Davon gab es ein Geläuf in der Stadt, das nit auszusagen, weil jeder den Jäger gern sehen wollte, und war nicht anders anzusehen, als ob ein großer Potentat seinen Einzug gehalten hätte.

Wir wurden zum Gewaltiger geführt, doch ward es dem Kornet erlaubt, uns zu gastieren, weil ich hiebevor meinen Gefangenen, darunter sich des Kornets Bruder befunden, auch solcher Gestalt diskret begegnet war. Da nun der Abend kam, fanden sich unterschiedlich Offizierer, sowohl Soldaten von Fortun, als geborenen Kavaliers ein, und ich ward, die Wahrheit zu bekennen, von ihnen überaus höflich traktiert. Ich machte mich so lustig, als ob ich nichts verloren gehabt, und ließ mich so vertreulich und offenherzig vernehmen, als ob ich nicht in Feindeshand, sondern bei meinen besten Freunden wäre. Dabei beflisse ich mich der Bescheidenheit, dann ich konnte mir leicht einbilden, daß dem Kommandanten mein Verhalten notifiziert würde.

Den andern Tag wurden wir Gefangenen von dem Regimentsschulzen examiniert. Sobald ich in den Saal trat, verwunderte er sich über meine Jugend und sagte: »Mein Kind, was hat dir der Schwede getan, daß du wider ihn kriegest?«

Das verdroß mich, antwortete derhalben: »Die schwedischen Krieger haben mir meine Schnellküglein und mein Steckenpferd genommen, die wollte ich gern wieder haben.«

Da ich ihn so bezahlete, schämten sich seine beisitzenden

Offizierer, maßen einer auf Latein sagte, er solle von ernstlichen Sachen mit mir reden, er hätte kein Kind vor sich, und ich merkte dabei, daß er Eusebius hieße. Darauf fragte er mich nach meinem Namen, und als ich ihn genannt, sagte er: »Es ist kein Teufel in der Hölle, der Simplicissimus heißet.«

Ich antwortete, so sei auch vermutlich keiner in der Höllen, der Eusebius hieße, was aber von den Offizierern nicht am besten aufgenommen ward, dann sie erinnerten mich, daß ich ihr Gefangener sei und nicht scherzenshalber wäre hergeholet worden.

Ich ward dieses Verweises wegen darum nicht rot, bat auch nicht um Verzeihung, sondern gab zurück, weil sie mich vor einen Soldaten gefangen hielten und nicht vor ein Kind wieder laufen lassen würden, so hätte ich mich nicht versehen, als ein Kind gefoppt zu werden. Wie man mich gefraget, so hätte ich geantwortet.

Darauf ward ich um mein Vaterland, Herkommen, Geburt examiniert, vornehmlich aber ob ich auf schwedischer Seite gedienet hätte, item wie es in Soest beschaffen. Ich antwortete auf alles behend, wegen Soest und selbiger Guarnison aber soviel, als ich zu verantworten getrauet.

Indessen erfuhr man zu Soest, wie es mit dem Convoi abgeloffen, derhalben kam gleich am andern Tag ein Trommelschläger, uns abzuholen. Dem wurden der Korporal und die andern drei ausgefolgt und ein Schreiben mitgegeben, das mir der Kommandant zu lesen überschickte.

»Monsieur etc. Auf Ihr Schreiben schicke ich gegen empfangene Ranzion den Korporal samt den übrigen drei Gefangenen. Was aber Simplicium, den Jäger, anbelanget, kann selbiger, weil er hiebevor auf dieser Seite gedienet, nicht hinübergelassen werden. — Kann ich aber dem Herren im übrigen außerhalb Herrenpflichten in etwas bedienet sein,

so hat derselbe in mir einen willigen Diener, als der ich
soweit bin und verbleibe dem Herren dienstwilliger

N. de S. A.«

Dieses Schreiben gefiel mir nicht halb und ich mußte mich
doch für die Mitteilung bedanken. Ich begehrete mit dem
Kommandanten zu reden, bekam aber zur Antwort, daß er
schon selbst nach mir schicken würde.

Das geschahe und mir widerfuhr das erste Mal die Ehre, an seiner Tafel zu sitzen. Solang man aß, ließ er mir mit dem Trunk zusprechen, gedachte aber weder klein noch groß von demjenigen, was er mit mir vorhatte. Demnach man abgegessen und nur ein ziemlicher Dummel aufgehängt war, sagte er: »Lieber Jäger, Ihr habet aus meinem Schreiben verstanden, unter was vor ein Prätext ich Euch hier behalte. Ich habe nichts vor, das wider Raison oder Kriegsbrauch wäre. Ihr habet selbst gestanden, daß Ihr hiebevor auf unserer Seite bei der Hauptarmee gedienet, werdet Euch derhalben resolvieren müssen, unter meinem Regiment Dienst zu nehmen. So will ich Euch mit der Zeit dergestalt accommodieren, dergleichen Ihr bei der kaiserlichen Armee nimmer hättet hoffen dörfen. Widrigen Falls ich Euch wieder demjenigen Obrist-Leutenant überschicke, welchen Euch die kaiserlichen Dragoner abgefangen haben.«

Ich antwortete: »Hochgeehrter Herr Obrister (dann damals war noch nicht Brauch, daß man Soldaten von Fortun »Ihr Gnaden« titulierte) ich hoffe, weil ich weder der Krone Schweden noch deren Konföderierten, viel weniger dem Obrist-Leutenant niemalen mit Eid verpflichtet, sondern nur ein Pferdejung gewesen, daß dannenhero ich nicht verbunden sei, schwedische Dienste anzunehmen und dadurch den Eid zu brechen, den ich dem römischen Kaiser geschworen, derowegen ich hochgeboren Herrn Obristen allergehorsamst bitte, er beliebe mich dieser Zumutung zu überheben.«

»Was, verachtet Ihr dann schwedische Dienste? Eh' ich Euch wieder nach Soest lasse, dem Gegenteil zu dienen, eh' will ich Euch einen andern Proceß weisen oder im Gefängnus verderben lassen.«

Ich erschrak zwar über diese Worte, gab mich aber doch nicht, sondern antwortete: Gott wolle mich vor solcher

Verachtung sowohl als vor dem Meineid behüten. Im übrigen stünde ich in untertäniger Hoffnung, der Herr Obrist würde mich seiner weitgerühmten Discretion nach, wie einen Soldaten traktieren.

»Ja,« sagte er, »ich wüßte wohl, wie ich Euch traktieren könnte. Aber bedenkt Euch besser.«

Darauf ward ich wieder ins Stockhaus geführet und jedermann kann unschwer erachten, daß ich dieselbige Nacht nicht viel geschlafen.

Den Morgen aber kamen etliche Offizierer mit dem Kornet unter Schein, mir die Zeit zu kürzen, in Wahrheit aber mir weis zu machen, als ob der Obrist gesinnet wäre, mir als einem Zauberer den Proceß machen zu lassen, sofern ich mich nicht anders bequemen würde. Wollten mich also erschröcken und sehen, was hinter mir stecke, weil ich mich aber meines guten Gewissens getröstete, nahm ich alles gar kaltsinnig an und redete nicht viel. Ich merkte wohl, daß es dem Obristen um nichts andres zu tun war, als daß er mich ungern in Soest sahe. Er konnte sich leicht einbilden, daß ich den Ort wohl nicht verlassen würde, weil ich meine Beförderung dort erhoffte, zwei schöne Pferde und sonst köstliche Sachen allda hatte.

Den folgenden Tag ließ er mich wieder zu sich kommen, und fragte, ob ich mich auf ein und anders resolviert hätte.

Ich antwortete: »Dies Herr Obrister, ist mein Entschluß, daß ich eh' sterben, als meineidig werden will. Wann aber mein hochgeboren Herr Obrister mich auf freien Fuß zu stellen und mit keinen Kriegsdiensten zu belegen belieben wird, so will ich dem Herrn Obristen mit Herz, Mund und Hand versprechen, in sechs Monaten keine Waffen wider Schwed- und Hessische zu tragen.«

Solches ließ er sich stracks gefallen, bot mir die Hand und schenkte mir zugleich die Ranzion, befahl auch dem Secretär,

daß er einen Revers in duplo aufsetze, den wir beide
unterschrieben. Ich reversierte neben obigem Punkte, nichts
Nachteiliges wider die Guarnison und ihren
Kommandanten praktizieren noch etwas zu Nachteil und
Schaden zu unternehmen, sondern deren Nutzen und
Frommen zu fördern und dieselbe defendieren zu helfen.

Hierauf behielt er mich wieder bei dem Mittagsimbiß und
tät mir mehr Ehre an, als ich von den Kaiserlichen mein
Lebtag hätte hoffen dörfen.

Das achte Kapitel

Ich hatte in Soest einen Knecht, der war mir über alle Maßen getreu, weil ich ihm viel Gutes tät. Dahero sattelte er meine Pferde und ritt dem Trommelschlager, der mich abholen sollte, ein gut Stück Weges von Soest entgegen. Er begegnete ihm mit den Gefangenen und hatte mein bestes Kleid aufgepackt, dann er vermeinete, ich wäre ausgezogen worden. Da er mich aber nicht sahe, sondern vernahm, daß ich bei dem Gegenteil Dienste anzunehmen aufgehalten werde, gab er den Pferden die Sporen und sagte: »Adieu Tampour und Ihr, Korporal, wo mein Herr ist, da will ich auch sein.«

Ging also durch und kam zu mir, eben als mich der Kommandant ledig gesprochen hatte und mir große Ehre antät. Der priese mich glücklich, wegen meines Knechtes Treue, verwunderte sich auch, daß ein so junger Kerl wie ich, so schöne Pferde vermögen und so wohl montiert sein sollte. Lobte auch das eine Pferd so trefflich, daß ich gleich merkte, er hätte mirs gerne abgekauft. Weil er es mir aber aus Discretion nicht feil machte, sagte ich, wann ich die Ehre begehren dörfte, daß ers von meinetwegen behalten wollte, so stünde es zu seinen Diensten. Er schlugs aber rund ab, dieweil ich einen ziemlichen Rausch hatte, und er die Nachrede scheute, daß er einem Trunkenen etwas abgeschwätzt, so dem vielleicht nüchtern reuen möchte, also daß er des edlen Pferdes gern gemangelt.

Des Morgens frühe anatomierte ich meinen Sattel und ließ mein bestes Pferd vor des Obristen Quartier bringen. Ich sagte ihm, er wolle belieben gegenwärtigen Soldatenklepper einen Platz unter den seinigen zu gönnen, indem mir mein Pferd allhier nichts nütz, und solches von mir als Zeichen dankbarer Erkanntnus vor empfangene Gnaden unschwer annehmen. Der Obrister bedankte sich mit großer Höflichkeit und sehr courtoisen Offerten, schickte mir auch denselbigen Nachmittag seinen Hofmeister mit einem gemästeten lebendigen Ochsen, zwei fetten Schweinen, einer Tonne Wein, vier Tonnen Bier, zwölf Fuder Brennholz, welches er mir vor mein neu Losament, das mir mein Knecht erkundet und ich auf ein Halbjahr bestellet hatte, bringen und sagen ließ, weil er sich leicht einbilden könnte, es sei im Anfang vor mich mit Viktualien schlecht bestellet, so schicke er mir zur Haussteuer eben einen Trunk, ein Stück Fleisch mitsamt dem Kochholz. Ich bedankte mich so höflich als ich konnte, verehrete dem Hofmeister zwo Dukaten und bat ihn, mich seinem Herrn bestens zu rekommendieren.

Ich gedachte mir aber auch durch meinen Knecht bei dem gemeinen Mann ein gutes Lob zu machen, damit man mich vor keinen kahlen Bernheuter hielte. Ließ derowegen in Gegenwart meines Hauswirtes meinen Knecht vor mich kommen, zu demselben sagte ich:

»Lieber Niklas, du hast mir mehr Treue erwiesen, als ein Herr seinem Knecht zumuten darf, nun aber, da ich selbst keinen Herren habe, daß ich etwas erobern könnte, dich zu belohnen, so gedenke ich keinen Knecht mehr zu halten. Ich gebe dir hiemit vor deinen Lohn das andere Pferd, samt Sattel-Zeug und Pistolen, mit Bitte, du wollest damit vorlieb nehmen und dir vor diesmal einen andern Herren suchen. Kann ich dir ins Künftige in etwas bedienet sein, so magst du jederzeit mich darum ersuchen.«

Hierauf küßte er mir die Hände und konnte vor Weinen schier nicht reden, wollte auch durchaus das Pferd nicht haben bis ich ihm versprochen, ihn wieder in Dienst zu nehmen, sobald ich jemand brauche.

Über diesem Abschied ward mein Hausvater so mitleidig, daß ihm auch die Augen übergingen. Und gleichwie mich mein Knecht bei der Soldateska, so erhub mich der Hausvater bei der Bürgerschaft mit großem Lob über alle schwangere Bauren. Der Kommandant aber hielt mich vor einen resoluten Kerl, daß er auch getraute Schlösser auf meine Parole zu bauen.

Ich glaube es ist kein Mensch in der Welt, der nicht einen Hasen im Busen habe, dann wir sind ja alle einerlei Gemächts und ich kann bei meinen Birnen wohl merken, wann andere zeitig sein. »Hui, Geck,« möcht mir da einer antworten, »wann du ein Narr bist, meinest du darum andre seien es auch?« — »Nein, das sage ich nicht, dann es wäre zuviel geredt, aber dies halte ich davor, daß einer den Narren besser verbirgt als der ander.« Es ist einer darum kein Narr, wann schon er närrische Einfälle hat, dann wir haben in der Jugend gemeiniglich alle dergleichen. Welcher aber seinen Narren hinausläßt, wird vor einen gehalten, weil teils etliche ihn gar nicht andere aber nur halb sehen lassen. Welche den ihren gar unterdrücken sein rechte Saurtöpfe. Ich halte vor die besten und verständigsten Leute, die den Ihren nach Zeit und Gelegenheit bisweilen ein wenig mit den Ohren fürragen und Atem schöpfen lassen, damit er nicht gar bei ihnen ersticke. Den Meinen ließ ich mir zu weit heraus, da ich mich in einem so freien Stand sahe, maßen ich einen Jungen annahm, den ich als Edelpagen kleidete, und zwar in die Farben Veigelbraun und Gelb. Derselbe mußte mir aufwarten, als wann ich ein Freiherr wäre.

Dies war die erste Torheit, die ich in der Stadt beging, sie ward aber von niemand getadelt. Die Welt ist der Narreteien so voll, daß sie keiner mehr achtet, noch selbige verlacht oder sich darüber verwundert; sie ist deren gewohnt.

Ich dingte mich und meinen Jungen bei meinem Hausvater in die Kost und gab ihm an Bezahlung auf Abschlag, was mir der Kommandant verehret hatte. Zum Getränk aber mußte mein Jung den Schlüssel haben, weil ich denen, die mich besuchten, gern davon mitteilete. Sintemalen ich weder Bürger noch Soldat war, hielt ich mich zu beiden Teilen und bekam dahero Kameraden genug, die ich ungetränkt nicht bei mir ließ.

Der Stadtorganist, zu dem ich Kundschaft erhielt, lehrete mich, wie ich komponieren sollte, item auf dem Instrument besser schlagen, als auch auf der Harfe; ohn das war ich auf der Lauten ein Meister. Wann ich dann satt hatte am Musicieren, ließ ich meinen Kürschner kommen, der mich im Paradeis in allen Gewehren unterwiesen, mit dem exerzierte ich mich, um noch perfecter zu werden. So erlangete ich auch beim Kommandanten, daß er mich von einem Constablen die Büchsenmeisterkunst und etwas mit dem Feuerwerk umzugehen lernte. Im übrigen hielt ich mich sehr still, also daß sich die Leute verwunderten, weil ich auch viel über den Büchern saß wie ein Student, da ich doch Raubens und Blutvergießens gewohnt gewesen.

Mein Hausvater war des Kommandanten Spürhund und mein Hüter, maßen ich merkte, daß er all mein Tun und Lassen demselben hinterbrachte. Doch ich gedachte des Kriegswesens kein einziges Mal, und wann man davon redete, tät ich, als ob ich niemals kein Soldat gewesen. Zwar wünschte ich, daß meine sechs Monate bald herum wären, es konnte aber niemand abnehmen, welchem Teil ich alsdann dienen wollte. Sooft ich dem Obristen aufwartete, behielt er mich bei seiner Tafel, da setzte es zuweilen solche Diskurse, dadurch mein Vorsatz ausgeholt werden sollte, ich antwortete aber jederzeit vorsichtig.

»Wie stehet es, Jäger, wollet Ihr noch nicht schwedisch werden? Gestern ist ein Fähnrich gestorben.«

»Herr Obrister, stehet doch einem Weib wohl an, wann sie nach ihres Mannes Tod nicht gleich wieder heuratet, warum sollte ich mich dann nicht sechs Monate gedulden?«

Kriegte gleichwohl des Obristen Gunst je länger, je mehr, so daß er mich in und außerhalb der Festung herumspatzieren, ja, endlich den Hasen, Feldhühnern und Vögeln nachstellen ließ. Darum leget ich mir ein schlicht Jägerkleid bei, in demselben strich ich des Nachts in das Soestische und holet meine verborgenen Schätze hin und wieder zusammen, schleppte solche in die Festung und ließ mich an, als ob ich ewig bei den Schweden wohnen wollte.

Da stieß einmal die Wahrsagerin von Soest zu mir, die mich erkannte. »Ich versichre dich, es war dein Glück,« sagte sie, »daß du gefangen worden. Einige Kerle, welche dir den Tod geschworen, weil du ihnen bist beim Frauenzimmer vorgezogen worden, hätten dich auf der Jagd erwürgt.«

Ich antwortete: »Wie kann jemand mit mir eifern, da ich doch dem Frauenzimmer nichts nachfrage?«

»Du wirst des Sinnes nicht bleiben, sonst wird dich das Frauenzimmer mit Spott und Schande zum Lande hinausjagen. Ich schwöre dir, daß sie dich nur gar zu lieb haben und daß dir solche übermachte Liebe zum Schaden gereichen wird, wann du dich nicht accommodierst.«

Ich fragte sie, wann sie ja so viel wüßte, so sollte sie mir davon sagen, wie es mit meinen Eltern stünde und ob ich sie mein Lebtag wieder zu sehen bekommen würde, sie sollte aber fein deutsch mit der Sprache heraus.

Darauf sagte sie, ich sollte alsdann nach den Eltern fragen, wann mir mein Pflegvater unversehens begegnen würde und führete meiner Säugeammen Tochter am Strick daher. — Lachte darauf überlaut und machte sich geschwind von mir.

Ich hatte damals ein schön Stück Geld und viel köstliche Ringe und Kleinodien beieinander. Solches schriee mich immerzu an, es wollte gar gern wieder unter die Leute. Ich folgte auch, dann weil ich ziemlich hoffärtig war, prangte ich mit meinem Gut und ließ solches meinen Wirt sehen, der bei den Leuten mehr daraus machte, als es war.

Mein Vorsatz, die Büchsenmeisterei und Fechtkunst in diesen sechs Monaten zu lernen, war gut und ich begriffs auch. Aber es war nicht genug, mich vor Müßiggang allerdings zu behüten, vornehmlich weil niemand war, der mir zu gebieten hatte. Ich saß zwar auch emsig über allerhand Büchern, aus denen ich viel Gutes lernete, es kamen mir aber auch teils unter die Hände, die mir wie dem Hund das Gras gesegnet wurden. Die unvergleichliche Arcadia, daraus ich die Wohlredenheit lernen wollte, war das erste Stück, das mich von den rechten Historien zu den Liebe-Büchern und von den wahrhaften Geschichten zu den Heldengedichten zog. Solcherlei Gattung brachte ich zuwege, wo ich konnte, und wann mir eins zuteil ward, hörete ich nicht auf, bis ichs durchgelesen und sollte Tag und Nacht darüber gesessen sein. Diese lerneten mich statt wohlreden mit der Leimstange laufen, doch war dieser Mangel damals vor mich keine Ursach zu klagen, dann wo meine Liebe hinfiel, erhielt ich ohn sonderbare Mühe, was ich begehrete, und ich brauchet nicht wie andere Buhler und Leimstängler voller phantastischer Gedanken, Begierden, heimlich Leiden, Zorn, Eifer, Rachgier, Weinen, Protzen und dergleichen tausendfältigen Torheiten stecken und mir vor Ungeduld den Tod zu wünschen.

Ich hatte Geld und ließ mich dasselbe nicht dauren, überdas eine gute Stimme, übete mich stetig auf allerhand Instrumenten, wiese die Geradheit meines Leibes, wann ich mit meinem Kürschner focht. So hatte ich auch einen trefflich glatten Spiegel und gewöhnte mich zu einer freundlichen Lieblichkeit, also daß mir das Frauenzimmer von selbst nachlief.

Um dieselbige Zeit fiel Martini ein, da fängt bei uns Deutschen das Fressen und Saufen an und währet teils bis in die Fastnacht. Da ward ich an unterschiedliche Örter, sowohl bei Offizierern als Bürgern, die Martinsgans verzehren zu helfen, eingeladen. Bei solchen Gelegenheiten kam ich mit den Frauenzimmern in Kundschaft. Meine Laute und Gesang, die zwangen eine jede mich anzuschauen, und wann sie mich also betrachteten, wußte ich zu meinen neuen Buhlenliedern, die ich selber machte, so anmutige Blicke und Gebärden hervorzubringen, daß sich manches hübsche Mägdlein darüber vernarrete und mir unversehens hold ward.

Und damit ich nicht vor einen Hungerleider gehalten wurde, stellete ich auch zwo Gastereien, die eine zwar vor die Offizierer und die andere vor die vornehmsten Bürger, an, dadurch ich mir bei beiden Teilen Gunst und einen Zutritt vermittelte, weil ich kostbar auftragen ließ. Es war mir aber alles nur um die lieben Jungfern zu tun. Und obgleich ich bei einer oder der andern nicht fand, was ich suchte, so ging ich gleichwohl allerweg zu ihnen als zu andern, daß alle glauben sollten, daß ich mich bei den andern auch nur Diskurs halber aufhielte. Ich hatte gerade sechs und sie hinwiederum mich, doch hatte keine mein Herz gar und mich allein.

Mein Jung, der ein Erzschelm war, hatte genug zu tun mit Kupplen und Buhlenbrieflein hin und wider tragen und wußte reinen Mund zu halten. Davon bekam er von den Schleppsäcken einen Haufen Favor, so mich aber am meisten kostete. Was mit Trommeln gewonnen wird, gehet mit Pfeifen dahin.

Ich hielt meine Sachen so geheim, daß mich kaum einer

vor einen Buhler halten konnte, ausgenommen der Pfarrer,
bei dem ich nicht mehr so viel geistliche Bücher entlehnte.

━━━━━

Das neunte Kapitel

Ich ging oft zum ältesten Pfarrer und brachte ich ihm ein Buch zurück, so diskutierete er von allerhand Sachen mit mir. Wir accomodierten uns so miteinander, daß einer den andern gern leiden mochte. Als nun nicht nur die Martinsgans hin und wider und alle Metzelsuppen sondern auch die heiligen Weihnachtsfeiertäge vorbei waren, verehrte ich ihm eine Flaschen voll Straßburger Branntewein zum Neuen Jahr, welchen er dem westfälischen Gebrauch nach mit Kandelzucker gern einläpperte. Darauf besuchete ich ihn und er machte mich zu ihm sitzen, lobte den Branntewein und kam nach einigem Hin und Wider auf obgemeldten Umstand, nämlich daß ich in geistlichen Dingen merklich nachlasse. Ich entschuldiget mich mit der edlen Musik und der Büchsenmeistereikunst. Er aber antwortete: »Ja, ja, das glaube ich gern. Aber Er versichere sich, daß ich mehr von Ihm weiß, als Er sich einbildet.«

Ich erschrak, da ich diese Worte hörete, und dachte, hat dir's St. Velten gesagt. Und weil er sahe, daß ich meine Farbe änderte, fuhr er ferner fort: »Der Herr ist frisch und jung, Er ist müßig und schön, Er lebet ohn Sorge und wie ich vernehme, in allem Überfluß, darum bitte und vermahne ich Ihn im Herrn, daß Er bedenken wolle, in was vor einem gefährlichen Stand Er sich befindet. Er hüte sich vor dem Tier, das Zöpfe hat, will Er anders Sein Glück und Heil beobachten. Der Herr möchte zwar bedenken, was geht's dem Pfaffen an — (ich gedachte, du hast es erraten) — oder was hat er mir zu befehlen! Herr, seid versichert, daß mir Euere, als meines Guttäters, zeitliche Wohlfahrt aus christlicher Liebe hoch angelegen ist. Ihr habet Talente, leget doch Euere Jugend und Euere Mittel, die Ihr hier unnütz verschwendet, zu ernsten Studien an, damit Ihr heut oder morgen beides: Gott und den Menschen und Euch selbst bedient sein könnet. Lasset das Kriegswesen, eh Ihr eine Schlappe davontraget, dann: Junge Soldaten, alte Bettler.«

Ich hörete die Sentenz mit großer Ungeduld, jedoch stellete ich mich viel anders, als mir ums Herz war, damit ich mein Lob, daß ich ein feiner Mensch wäre, nicht verliere, bedankte mich zumal auch sehr vor seine erwiesene Treuherzigkeit und versprach, mich auf sein Einraten zu bedenken. Allein ich war des Zaumes und der Sporen der Tugenden entwohnet und wollte nunmehr gekostete Liebe-Wollüste nicht mehr entbehren.

Jedoch so gar ersoffen in den Leidenschaften und so dumm war ich nicht, daß ich nicht gedacht hätte, jedermanns Freundschaft zu behalten, solange ich in der Festung zu bleiben willens war. Ich erkannte auch wohl, was es einem vor Unrat bringen konnte, wann er der Geistlichen Haß hätte, als welche Leute einen großen Kredit haben. Derowegen nahm ich meinen Kopf zwischen die Ohren und trat gleich den andern Tag wieder auf frischem Fuß zu obgedachten Pfarrer und log ihm mit gelehrten Worten einen solchen Haufen daher, was gestalten ich mich resolvieret hätte, ihm zu folgen, daß er sich sichtbarlich darüber freuete. Mir hätte seithero auch schon in Soest ein solcher englischer Ratgeber gemangelt, wann nur der Winter bald vorüber, daß ich fortreisen könnte. Bat ihn darneben, er wollte mir doch ferner mit gutem Rat beförderlich sein, auf welche Universität ich mich begeben sollte. Er antwortete, was ihn anbelange, so hätte er in Leyden studieret, mir aber wollte er nach Genf geraten haben, weil ich ein Hochdeutscher wäre.

»Jesus Maria,« rief ich, »Genf ist weiter von meiner

Heimat als Leyden!«

»Was vernehme ich,« sagte er hierauf mit großer Bestürzung, »ich höre wohl, der Herr ist ein Papist! O mein Gott, wie finde ich mich betrogen!«

»Wieso, wieso, Herr Pfarrer? Weil ich nicht nach Genf will?«

»O nein, weil Er Mariam anrufet!«

»Sollte es einem Christen nicht gebühren, die Mutter seines Erlösers zu nennen?«

»Das wohl, aber ich vermahne und bitte Ihn so hoch als ich kann, Er wolle Gott die Ehre geben und mir gestehen, welcher Religion Er beigetan sei, dann ich zweifle sehr, daß Er dem Evangelio glaube.«

»Der Herr Pfarrer höret ja wohl, daß ich ein Christ bin. Im übrigen gestehe ich, daß ich weder petrisch noch paulisch, sondern allein simpliciter glaube, was die zwölf Artikul des allgemeinen, heiligen, christlichen Glaubens in sich halten. Ich werde mich auch zu keinem Teil vollkommen verpflichten, bis mich einer durch genugsame Erweisung persuadieret zu glauben, daß er vor den andern die rechte, wahre und allein seligmachende Religion habe.«

»Jetzt glaube ich erst recht, daß Er ein kühnes Soldatenherz habe, sein Leben dran zu wagen, weil Er gleichsam ohn Religion und Gottesdienst auf den alten Kaiser hinein dahinleben und frevelhaftig seine Seligkeit in die Schanze schlagen darf. Mein Gott, wie kann ein sterblicher Mensch immermehr so keck sein!«

»Herr Pfarrer, es sagen alle von ihrer Religion, daß sie die rechte sei und deren Fundamente sowohl in Natur als in der heiligen Schrift sonnenklar am Tage liegen. Welchem soll ich aber glauben? Vermeinet der Herr, es sei so ein Gerings, wann ich einem Teil, den die andern alle lästern und einer falschen Lehre bezüchtigen, meiner Seelen Seligkeit anvertraue? Er sehe doch mit unparteiischen Augen, was Konrad Vetter und Johannes Nas wider Lutherum, und hingegen Luther und die Seinigen wider den Papst, sonderlich aber Spangenberg wider Franciscum, der etliche hundert Jahr vor einen heiligen und gottseligen Mann gegolten, in offenem Druck ausgehen lassen. Zu welchem Teil soll ich mich dann tun, wann je eins das ander ausschreiet, als sei kein gut Haar an ihm? Sollte mir wohl jemand raten, hineinzuplumpen wie eine Fliege in den heißen Brei? O nein, das wird der Herr Pfarrer verhoffentlich mit gutem Gewissen nicht tun können! Ich will lieber gar von der Straßen bleiben, als nur irr laufen. Zudem sein noch mehr Religionen, dann die in Europa, als die Armenier, Abessinier, Griechen, Gregorianer und dergleichen. Was ich vor eine davon annehme, so muß ich mit meinen Religionsgenossen den andern allen widersprechen.«

Darauf sagte er: »Der Herr steckt in großem Irrtum, aber ich hoffe zu Gott, er werde Ihm aus dem Schlamm helfen, zu welchem Ende ich Ihm dann unsere Confession ins Künftige dergestalt aus der heiligen Schrift bewähren will, daß sie auch wider die Pforten der Hölle bestehen sollte.«

Ich antwortete, dessen würde ich mit großem Verlangen gewärtig sein, gedachte aber bei mir selber, wann du mir nur nichts mehr von meinen Liebgen vorhältst, so bin ich mit deinem Glauben wohl zufrieden, und bis du mit deinen Beweistümern fertig bist, so bin ich vielleicht, wo der Pfeffer wächst.

Das zehent Kapitel

Gegen meinem Quartier über wohnete ein reformierter Obrist-Leutenant, der hatte eine überaus schöne Tochter, die sich ganz adelig trug. Ich hätte längst gern Kundschaft mit ihr gemachet, unangesehen, daß ich sie anfänglich allein zu lieben und auf ewig zu haben begehrete. Ich schenkte ihr manchen Gang und noch viel mehr liebreicher Blicke. Sie ward mir aber so fleißig verhütet, daß ich kein einzig Mal mit ihr reden konnte. So unverschämt dorfte ich auch nicht hineinplatzen, weil ich mit ihren Eltern keine Kundschaft hatte und mir der Ort vor einen Kerl von so geringem Herkommen, als mir das meinige bewußt war, viel zu hoch vorkam. Am allernächsten gelangte ich zu ihr, wann wir etwan in oder aus der Kirche gingen. Da nahm ich dann die Zeit so fleißig in Acht, mich ihr zu nähern, daß ich oft ein paar Seufzer anbrachte, was ich meisterlich konnte, obzwar sie alle aus falschem Herzen gingen. Hingegen nahm sie solche so kaltsinnig an, daß ich mir einbilden mußte, sie werde sich nicht so leicht wie eine Bürgerstochter verführen lassen. Indem wurden meine Begierden nach ihr nur desto heftiger.

Der Stern, den die Schüler zu Hl. Dreikönig umtragen, ist es gewesen, der mir in ihre Wohnung geleuchtet, da ihr Vater selbst nach mir schickte.

»Monsieur,« sagte er zu mir, »seine Neutralität zwischen Bürgern und Soldaten ist eine Ursache, daß ich Ihn habe zu mir bitten lassen. Ich will zwischen beiden Teilen eine Sache ins Werk richten, die eines unparteiischen Zeugen bedarf.«

Ich vermeinete, er hätte was Wundergroßes im Sinn, weil Schreibzeug und Papier auf dem Tisch lag, bot ihm derowegen mit sondern Komplimenten meine bereitwilligsten Dienste an, daß ich mirs nämlich vor eine große Ehre halten würde, wann ich so glücklich sei, ihm beliebige Dienste zu leisten. Es war aber nichts andres als ein Dreikönigsfest zu machen. Dabei sollte ich zusehen, daß es recht zuginge, wie die Ämter ohn Ansehung der Personen durch das Los ausgeteilet würden. Zu diesem Geschäft, bei welchem des Obristen Secretarius auch war, ließ der Obrist-Leutenant Wein und Konfekt bringen, weil er ein trefflicher Zechbruder und es ohn das nach dem Nachtessen war. Der Secretarius schrieb, ich las die Namen und die Jungfer zog die Zettel, ihre Eltern aber sahen zu. Sie beklagten sich über die langen Winternächte und gaben mir zu verstehen, daß ich, solche desto leichter zu passieren, wohl zu ihnen zu Licht kommen dörfte.

So fing ich wieder auf ein Neues an mit der Leimstangen zu laufen und am Narrenseil zu ziehen, also, daß sich beide: die Jungfrau und ihre Eltern einbilden mußten, ich hätte den Angel geschluckt, wiewohl mirs nicht halber Ernst war. Ich stellete Buhlenbrieflein an meine Liebste, eben als ob ich hundert Meilwegs von ihr gewohnet hätte oder in viel Jahren erst zu ihr könne. Zuletzt machte ich mich gar zutätig, weil mir meine Löffelei nicht sonderlich von den Eltern gewehret, sondern zugemutet ward, ich sollte ihre Tochter auf der Laute lernen schlagen. Da hatte ich nun meinen freien Zutritt bei Tag sowohl als wie hiebevor des Abends, also daß ich meinen gewöhnlichen Reimen:

Ich und meine Fledermaus
Fliegen nur bei Nachtzeit aus

änderte und ein frommes Liedlein machte, darin ich mein Glück lobte, weil es mir auf so manchen guten Abend auch

so freudereiche Tage verliehe, in denen ich in meiner
Liebsten Gegenwart meine Augen weiden und mein Herz
um etwas erquicken könnte, hingegen beklagte ich meine
Nächte. Ich sang es meiner Liebsten mit andächtigem
Seufzen und einer lustreizenden Melodei, dabei die Laute das
Ihre trefflich tät und gleichsam die Jungfer mit mir bat, sie
wollte doch cooperieren, daß mir die Nächte so glücklich als
die Täge bekommen möchten. Aber ich bekam ziemlich
abschlägige Antwort, dann sie war trefflich klug und
konnte mich auf meine Erfindungen gar höflich beschlagen.
Ich nahm mich gleichwohl in Acht, von der Verehelichung
zu schweigen, und wenn schon discursweis davon geredet
ward, stellete ich alle meine Worte auf Schrauben. Welches
meiner Jungfrau verheiratete Schwester bald merkte und
dahero mir und meinem Mägdlein alle Pässe verlegte, dann
sie sahe wohl, daß mich ihre Schwester von Herzen liebete
und daß die Sache in die Länge kein Guttun würde.

Es ist unnötig alle Torheiten meiner Löffelei umständlich
zu erzählen. Genug, zuletzt kam es dahin, daß ich erstlich
mein liebes Dingelgen zu küssen und endlich auch andre
Narrenpossen zu tun mich erkühnen dorfte. Und solchen
erwünschten Fortgang verfolgte ich mit allerhand
Reizungen, bis ich bei Nacht von meiner Liebsten
eingelassen ward und mich so hübsch zu ihr ins Bette fügte,
als wann ich zu ihr gehöret hätte.

Weil jedermann weiß, wie es bei derlei Kirchweih pfleget
gemeiniglich herzugehen, so dörfte sich wohl der Leser
einbilden, ich hätte etwas Ungebührliches begangen. Jawohl
nein! Dann alle meine Gedanken waren umsonst. Ich fand
einen solchen Widerstand, dergleichen ich nimmermehr bei
keinem Weibsbild anzutreffen gewähnet hätte, weil ihr
Absehen einzig und allein auf Ehre und Ehestand gerichtet
war. Wenngleich ich ihr solchen mit den allergrausamsten
Flüchen versprach, so wollte sie doch vor der Copulation

kurzum nichts geschehen lassen. Doch gönnete sie mir auf ihrem Bette neben ihr liegen zu bleiben, auf welchem ich auch ganz ermüdet vor Unmut sanft einschlummerte.

Ich ward aber gar ungestüm aufgeweckt. Dann morgens um vier Uhr stund der Obrist-Leutenant vorm Bette mit einer Pistole in der einen und einer Fackel in der andern Hand.

»Krabat,« schrie er überlaut seinem Diener zu, der auch mit einem bloßen Säbel bei ihm stund, »geschwind, Krabat, hole den Pfaffen!«

Wovon ich dann erwachte.

O weh, gedachte ich, du sollst gewiß zuvor beichten, eh er dir den Rest gibet! Es ward mir ganz grün und gelb vor den Augen und ich wußte nicht, ob ich sie recht auftun sollte oder nicht.

»Du leichtfertiger Geselle,« schrie er mich an, »soll ich dich finden, daß du mein Haus schändest! Tät ich dir unrecht, wenn ich dir und dieser Vettel den Hals bräche? Ach, du Bestia, wie kann ich mich doch nur enthalten, daß ich dir nicht das Herz aus dem Leib herausreiße und den Hunden vorwerfe!«

Dabei biß er die Zähne zusammen und verkehrte die Augen als wie ein unsinnig Tier.

Ich wußte nicht, was ich sollte, und meine liebe Beischläferin konnte nichts als weinen. Endlich, da ich mich ein wenig erholete, wollte ich etwas von unserer Unschuld vorbringen, er aber hieß mich das Maul halten. Indessen war seine Frau auch darzu gekommen, die fing eine nagelneue Predigt an, also daß ich wünschte, ich läge irgends in einer Dornhecke. Sie hätte auch in zweien Stunden nicht aufgehört, wann der Krabat mit dem Pfarrer nicht gekommen wäre.

Wohl hatte ich, eh dieser ankam, etlichmal aufzustehen unterstanden, aber der Obrist-Leutenant machte mich unter bedrohlichen Mienen liegen bleiben, also daß ich erfahren mußte, wie gar keine Courage ein Kerl hat, der auf einer bösen Tat ertappt wird, und wie einem Dieb ums Herz wird, den man erwischt, wann er eingebrochen, obgleich er noch nichts gestohlen hat. Ich gedenke der lieben Zeit, wann mir der Obrist-Leutenant samt zwei solchen Kroaten aufgestoßen wäre, daß ich sie alle drei zu jagen unterstanden. Aber jetzt lag ich da wie ein Bernheuter und hatte nicht das Herz nur das Maul, geschweige die Fäuste recht auf zu tun.

»Sehet, Herr Pfarrer das schöne Spektakul, zu welchen ich Euch zum Zeugen meiner Schande berufen muß.«

Und kaum hatte er diese Worte vorgebracht, so fing er wieder an zu wüten und das Tausendste ins Hundertste zu werfen, daß ich nichts anderes als vom Halsbrechen und Hände in meinem Blut waschen verstehen konnte. Er schaumete ums Maul wie ein Eber und stellete sich also, daß ich alle Augenblicke gedachte, jetzt jagt er dir eine Kugel durch den Kopf.

Der Pfarrer aber wehrete mit Händen und Füßen, daß kein Totschlag geschehe, so ihn hernach reuen möchte.

»Was? Herr Obrist-Leutenant, brauchet Euere hohe Vernunft und bedenkt das Sprüchwort, daß man zu geschehenen Dingen das beste reden soll. Dies schöne junge Paar, das seinesgleichen schwerlich im Lande hat, ist nicht das erste und nicht das letzte, so sich von den unüberwindlichen Kräften der Liebe hat meistern lassen. Dieser Fehler, da es anders ein Fehler zu nennen, den sie beide begangen, kann auch durch sie wieder leichtlich gebessert werden. Zwar lobe ichs nicht, sich auf diese Art zu verehelichen, aber gleichwohl hat dieses junge Paar hiedurch weder Galgen noch Rad verdient. Es ist auch keine Schande zu erwarten, wann der Herr Obrist-Leutenant seinen Consens zu beider Verehelichung geben und diese Ehe durch den gewöhnlichen Kirchgang öffentlich bestätigen lassen wird.«

»Was! Ich wollte sie ehe morgenden Tags beide zusammen binden und in der Lippe ertränken lassen! In diesem Augenblick müssen sie copuliert sein! Deswegen habe ich Euch holen lassen!«

Ich dachte, was willtu tun — es heißt: Vogel friß oder stirb. Zudem ist sie eine solche Jungfrau, deren du dich nicht schämen darfst. Doch schwur ich und bezeugte hoch und teuer, daß wir nichts Unehrliches miteinander zu schaffen gehabt hätten.

Hierauf wurden wir von gemeldtem Pfarrer im Bette sitzend zusammengegeben und, nachdem dies geschehen, aufzustehen und miteinander aus dem Haus zu gehen gemüßiget.

Unter der Tür sagte der Obrist-Leutenant zu mir und seiner Tochter, wir sollten uns in Ewigkeit vor seinen Augen nicht mehr sehen lassen. Ich aber, da ich den Degen an meiner Seite hatte, antwortete gleichsam im Scherz: »Ich weiß nicht, Herr Schwehrvater, warum Er alles so Widersinns anstellet! Wann andre neue Eheleute copuliert werden, so führen sie die nächsten Verwandten schlafen. Er aber jaget mich nach der Copulation nicht allein aus dem Bette, sondern auch aus dem Haus. Und anstatt des Glücks, das Er mir in Ehestand wünschen sollte, will Er mich nicht so glückselig wissen, meines Schwehers Angesicht zu sehen und Ihm zu dienen. Wahrlich, wann dieser Brauch aufkommen sollte, so würden die Verehelichungen wenig Freundschaft mehr in der Welt stiften!« —

Die Leute in meinem Losament verwunderten sich alle, da

ich diese Jungfrau mit mir heimbrachte, und noch viel mehr da sie sahen, daß ich so ungescheut mit ihr schlafen ging. Dann obzwar mir dieser Posse, so mir widerfahren, grandige Grillen in Kopf brachte, so war ich doch so närrisch nicht, meine Braut zu verschmähen. So hatte ich zwar die Liebste im Arm, hingegen aber tausenderlei Gedanken, wie ich meine Sache heben und legen wollte. Zuweilen vermeinete ich, es wäre mir der allergrößte Schimpf widerfahren, welchen ich ohn billige Rache mit Ehren nicht verschmerzen könnte, wann ich aber besann, daß solche Rache wider meinen Schwehrvater und also auch wider meine unschuldige, fromme Liebste laufen müßte, fielen alle meine Anschläge dahin. Ich schämete mich so sehr.

Endlich war mein Schluß, vor allen Dingen meines Schwehrvaters Freundschaft wieder zu gewinnen und mich im übrigen gegen jedermann an zu lassen, als ob mir nichts Übles widerfahren sei.

In solchen Gedanken ließ ich mir früh tagen und schickte am allerersten nach meinem Schwager, hielt ihm kurz vor, wie nahe ich ihm verwandt worden, und ersuchte ihn, er wolle seine Liebste kommen lassen, um etwas ausrichten zu helfen, damit ich den Leuten auch bei meiner Hochzeit zu essen geben könnte, er aber wolle belieben unsere Schwehr und Schwieger meinetwegen zu begütigen.

Ich verfügte mich zum Kommandanten, dem erzählte ich mit einer kurzweiligen und artlichen Manier, was ich und mein Schwehrvater vor eine neue Mode angefangen hätten, Hochzeit zu machen, welche Gattung so geschwind zugehe, daß ich in einer Stunde die Heiratsabrede, den Kirchgang und die Hochzeit auf einmal vollzogen. Weil nun mein Schwehrvater die Morgensuppe gesparet hätte, wäre ich bedacht, anstatt deren, ehrlichen Leuten von der Specksuppen mit zu teilen, zu der ich untertänig einlade. Der Kommandant wollte sich meines lustigen Vortrags schier zu Stücken lachen. Er fragte mich, wie es mit der Heurats-Notul beschaffen wäre, und wie viel mir mein Schwehrvater Füchse, deren der alte Schabhals viel hätte, zum Heiratgut gebe. Ich antwortete, daß unsere Heiratsabrede nur in einem Punkt bestünde, der laute, daß ich und seine Tochter sich in Ewigkeit vor seinen Augen nicht mehr sollten sehen lassen, dieweil aber weder Zeugen noch Notarien dabeigewesen, hoffte ich, es solle wieder revociert werden.

Mit solchen Schwänken, deren man an mir diesorts nicht gewohnt war, erhielt ich, daß der Kommandant samt meinem Schwehrvater, welchen er hiezu wohl persuadieren wollte, bei meiner Specksuppe zu erscheinen versprach. Er schickte auch gleich ein Faß Wein und einen Hirsch in meine Küchen. Ich aber ließ dergestalt zurichten, als ob ich Fürsten hätte tractieren wollen, brachte auch eine ansehnliche Gesellschaft zuwege, die sich nicht allein miteinander recht lustig machten, sondern auch vor allen Dingen meinen Schwehrvater und die Schwieger mit mir und meinem Weibe versöhneten, daß sie uns mehr Glückes wünschten, als sie uns die vorige Nacht fluchten. In der ganzen Stadt aber ward ausgesprengt, daß unsere Copulation mit Fleiß auf so fremde Art wäre angestellt worden, damit uns beiden kein Posse von bößen Leuten widerfahre. Mir war diese Hochzeit trefflich gesund, dann wann ich gemeinem Brauch nach über der Kanzel hätte abgeworfen werden sollen, so hätten sich besorglich Schleppsäcke gefunden, die mir ein verhinderliches Gewirr drein zu machen unterstanden.

Den andern Tag traktierte mein Schwehrvater meine Hochzeitsgäste, aber bei weitem nicht so wohl als ich. Da ward erst mit mir geredet, was ich vor eine Hantierung treiben und wie ich die Haushaltung anstellen wollte, und ich merkte, daß ich meine edle Freiheit verloren hatte.

Ich ließ mich dabei gar gehorsamlich an und begehrte zuvor meines lieben Schwehrvaters, als eines verständigen Kavaliers, Rat. Das lobte der Kommandant und sagte: »Dieweil Er ein junger, frischer Soldat ist, so wäre es eine große Torheit mitten in jetzigen Kriegsläuften ein anderes, als das Soldatenhandwerk zu treiben. Was mich anbelanget, so will ich Ihm ein Fähnlein geben, wann Er will.«

Mein Schweher und ich bedankten uns und ich schlugs nicht mehr aus. Wiese aber doch dem Kommandanten des Kaufmanns Handschrift, der meinen Schatz zu Köln in Verwahrung hatte. »Dieses«, sagte ich, »muß ich zuvor holen, ehe ich schwedische Dienste nehme, dann sollte man gewahr werden, daß ich dem Gegenteil diene, so werden sie mir zu Köln die Feige weisen und das Meinige behalten.«

Sie gaben mir beide recht, ward also zwischen uns dreien abgeredet, zugesaget und beschlossen, daß ich in wenig Tagen mich nach Köln begeben und nachgehends ein Fähnlein annehmen sollte.

Der Kommandant versahe sich auf den künftigen Frühling einer Belägerung und bewarb sich dahero um gute Soldaten, sintemal der Graf von Götz damalen mit vielen kaiserlichen Soldaten in Westfalen lag.

Das elfte Kapitel

Es schicket sich ein Ding auf mancherlei Weise. Des einen
Unstern kommt staffelweis und allgemach und einen andern
überfällt der seinige mit Haufen. Mein Unstern aber hatte
einen so süßen und angenehmen Anfang, daß ich mirs wohl
vor das höchste Glück rechnete.

Kaum über acht Tage hatte ich mit meinem lieben Weib im
Ehstand zugebracht, da ich in meinem Jägerkleid, mit einem
Feuerrohr auf der Achsel, von ihr und ihren Freunden
Abschied nahm. Ich schlich mich glücklich durch, weil mir
alle Wege bekannt waren, also daß mir keine Gefahr
unterwegs aufstieß, ja ich ward von keinem Menschen
gesehen, bis ich nachher bei Dütz, so gegen Köln über,
diesseits des Rheins lieget, vor den Schlagbaum kam.

In Köln kehrete ich bei meinem Jupiter ein, so damals
ganz klug war. Er sagte mir aber gleich, daß ich besorglich
leer Stroh dreschen würde, weil der Kaufmann, dem ich das
Meinige aufzuheben gegeben, Bankerott gespielet und
ausgerissen wäre. Zwar seien meine Sachen obrigkeitlich
verpetschiert und der Kaufmann citiert worden, aber man
zweifle sehr an seiner Wiederkunft. Bis nun die Sache
erörtert würde, könne viel Wasser den Rhein
hinunterlaufen.

Wie angenehm mir diese Botschaft kam, kann jeder leicht
ermessen. Ich fluchte ärger als ein Fuhrmann, aber was
halfs! Auch hatte ich über zehn Taler Zehrgeld nicht zu mir
genommen, daß ich also auch nicht so lang aushalten
konnte, als die Zeit erforderte. So mußte ich auch besorgen,

daß ich verkundschaft' würde, weil ich einer feindlichen Guarnison zugetan wäre. Unverrichteter Sache wollte ich aber nicht wieder zurück und das Meinige mutwillig dahinten lassen. So ward ich mit mir selber ein: Ich wollte mich in Köln aufhalten, bis die Sache erörtert würde, und die Ursache meines Ausbleibens meiner Liebsten berichten. Verfügte mich demnach zu einem Procurator, der ein Notarius war, und erzählete ihm mein Tun, bat ihn, mir um die Gebühr mit Rat und Tat beizuspringen. Ich wollte ihm neben dem Tax, wann er meine Sache beschleunigte, mit einer guten Verehrung begegnen. Er nahm mich gutwillig an, dann er an mir zu fischen hoffte, und dingte mich auch in die Kost. Darauf ging er des andern Tags mit mir zu denjenigen Herrn, welche die Bankerott-Sachen zu erörtern haben, gab die vidimierte Copie von des Kaufmanns Handschrift ein und legte das Original vor, worauf wir die Antwort bekamen, daß wir uns bis zur gänzlichen Erörterung gedulden müßten, weil nicht alle Sachen, davon die Handschrift sage, vorhanden wären.

Also versahe ich mich des Müßiggangs wieder auf eine Zeitlang. Mein Kostherr war, wie gehört, ein Notarius und Procurator, darneben hatte er ein halb Dutzend Kostgänger und hielt stets acht Pferde auf der Streu, welche er den Reisenden um Geld hinzuleihen pflegte, darbei hatte er einen deutschen und einen wällischen Knecht, die sich beides: zu Führen und zu Reiten gebrauchen ließen. Und weil keine Juden nach Köln kommen dörfen, konnte er mir allerlei Sachen desto besser wuchern.

Mein Notarius zehrete von seinen Kostgängern, doch seine Kostgänger nicht von ihm, er hätte sich und sein Hausgesind reichlich ernähren können, wanns der Schindhund nur darzu hätte angewendet. Aber er mästete uns auf schwedisch und hielt gewaltig zurück. Ich aß anfangs nicht mit seinen Kostgängern, sondern mit seinen

Kindern und Gesind, weil ich nicht viel Geld bei mir hatte. Da satzte es schmale Bißlein, so meinen Magen, der nunmehr zu den westfälischen Tractamenten gewöhnet war, ganz spanisch vorkamen. Kein gut Stück Fleisch kriegten wir auf den Tisch, sondern nur dasjenige, so acht Tage zuvor von der Studenten Tafel getragen, von denselben überall wohl benagt und nunmehr vor Alter so grau als Methusalem geworden war. Darüber machte dann die Kostfrau eine schwarze, sauere Brühe und überteufelts mit Pfeffer. Da wurden dann die Beiner so sauber geschleckt, daß man alsbald Schachsteine daraus hätte drehen können. Und doch waren sie dann noch nicht recht ausgenutzt, sondern sie kamen in einen hiezu verordneten Behalter, und wann unser Geizhals deren eine Quantität beisammen hatte, mußten sie erst kleingehackt und das übrige Fett bis auf das alleräußerste herausgesotten werden. Nicht weiß ich, wurden die Suppen daraus geschmälzt oder die Schuhe damit geschmieret. An den Fasttägen, deren mehr als genug einfielen und alle solenniter gehalten wurden, weil der Hausvater diesfalls gar gewissenhaft war, mußten wir uns mit stinkenden Bücklingen, versalzenen Polchen, faulen Stock- und andern abgestandenen Fischen herumbeißen, dann er kaufte alles der Wohlfeile nach und ließ sich die Mühe nicht dauren, zu solchem Ende selbst auf den Fischmarkt zu gehen und anzupacken, was die Fischer auszuschmeißen im Sinne hatten. Unser Brot war gemeiniglich schwarz und alt, der Trank aber ein dünn, saur Bier, das mir die Därme hätte zerschneiden mögen, und mußt doch gut abgelegen Märzbier heißen.

Von dem deutschen Knecht vernahm ich, daß es Sommerszeit noch schlimmer hergehe, dann da sei das Brot schimmlich, das Fleisch voller Würmer und ihre beste Speise wäre irgends zu Mittags ein paar Rettiche und auf den Abend eine Handvoll Salat. Ich fragte, warum er dann bei

dem Filz bleibe, da antwortete er mir, daß er die meiste Zeit
auf der Reise sei, und derhalben mehr auf der Reisenden
Trinkgelder als auf seinen Schimmel-Juden bedacht sein
müßte. Er getraue seinem Weib und Kindern nicht im Keller,
wie er sich selbsten den Tropfen Wein nicht gönne.

Einsmals brachte er sechs Pfund Sülzen oder
Rinderkutteln heim, das setzte er in seinen Speiskeller. Weil
zu seiner Kinder großem Glück das Tagfenster offen stund,
banden sie eine Eßgabel an einen Stecken und angelten
damit die Kuttelflecke heraus, welche sie also bald in großer
Eile verschlangen, dann sie waren gekocht. Darnach gaben
sie vor, die Katze hätte es getan, aber der Erbsenzähler
wollte es nicht glauben, fing derhalben die Katze, wog sie
und befand, daß sie mit Haut und Haar nicht so schwer
war, als seine Kutteln gewesen.

Weil er dann so gar unverschämt handelte, begehrte ich
an gemeldter Studenten Tafel zu essen, es koste was es wolle.
Dort ging es zwar etwas herrlicher her, ward mir aber wenig
damit geholfen, dann alle Speisen waren nur halb gar, was
meinem Kostherrn zwiefach zu baß kam, erstlich am Holz,
so er gesparet, und daß wir viel zurück ließen. Über das so
dünkte mich, er zählete uns alle Mundvoll in Hals hinein
und kratzte sich hintern Ohren, wann wir einmal recht
futterten. Sein Wein war gewässert, der Käs, den man am
Ende jeder Mahlzeit aufstellete, steinhart, die holländische
Butter aber dermaßen versalzen, daß keiner über ein Lot
davon auf einen Imbiß genießen konnte. Das Obst mußte
man wohl so lang auf- und abtragen, bis es mürbe und zum
essen tauglich war. Wann dann etwan ein oder der andere
darauf stichelte, so fing er einen erbärmlichen Hader mit
seinem Weibe an, daß wirs höreten, heimlich aber befahl er
ihr, sie solle nur bei der alten Geigen bleiben.

Einsmals brachte ihm einer seiner Klienten einen Hasen
zur Verehrung, den sahe ich in der Speiskammer hangen

und gedachte, wir würden einmal Wildpret essen. Aber der deutsche Knecht sagte, daß der Has uns nicht an den Zähnen brennen würde, ich sollte Nachmittags auf den Alten Markt gehen und sehen, ob er nicht dort zum Verkauf hinge. Darauf schnitt ich dem Hasen ein Stücklein vom Ohr. Als wir über dem Mittagsimbiß saßen, und unser Kostherr nicht bei uns war, erzählte ich, daß unser Geizhals einen Hasen zu verkaufen hätte, um den ich ihn zu betrügen gedächte, wann mir einer von ihnen folgen wollte. Jeder sagte ja, dann sie hätten unserm Wirt gern vorlängst einen Schabernack angetan.

Also verfügten wir uns den Nachmittag auf den Alten Markt, da unser Kostherr stund, um aufzupassen, was der Verkäufer lösete. Wir sahen ihn bei vornehmen Leuten, mit denen er discurierte.

Ich hatte nun einen Kerl angestellt, der ging zu dem Höcker, wo der Hase hing:

»Landsmann, der Has ist mein. Ich nehme ihn als mein gestohlen Gut auf Recht hinweg. Er ist mir heut Nacht von meinem Fenster hinweggefischet worden. Läßt du ihn nicht gutwillig folgen, so gehe ich auf deine Gefahr und Unrechts Kosten mit dir hin, wo du wilt.«

Der Unterhändler antwortete, er sollte sehen, was er zu tun hätte. Dort stünde ein vornehmer Herr, der ihm den Hasen zu verkaufen gegeben und ohn Zweifel nicht gestohlen habe.

Als nun die Zween so wortwechselten, bekamen sie gleich einen Umstand, so unser Geizhals stracks in Acht nahm und hörete, wieviel die Glocke schlug. Winkte derohalben dem Unterkäufer, daß er den Hasen folgen lassen sollte. Mein Kerl aber wußte den Umstehenden das Stück Ohr zu weisen und an dem Schnitte zu messen, daß ihm jedermann recht gab.

Indessen näherte ich mich auch von ungefähr mit meiner Gesellschaft, stund an dem Kerl, der den Hasen hatte und fing an mit ihm zu marken, und nachdem wir des Kaufs eins wurden, stellete ich den Hasen meinem Kostherrn zu mit Bitte, solchen mit sich heimzunehmen und auf unsern Tisch zurichten zu lassen, dem Kerl aber gab ich statt der Bezahlung ein Trinkgeld zu zwo Kannen Bier. Also mußte uns der Geizhals den Hasen wider Willen zukommen lassen und dorfte noch darzu nichts sagen. Dessen wir genug zu lachen hatten.

Das vierte Buch

Das erste Kapitel

Allzuscharf machet schartig und wenn man den Bogen überspannet, so muß er endlich zerbrechen. Der Posse, den ich meinem Kostherren mit dem Hasen riß, war mir nicht genug. Ich lehrete seine Kostgänger, wie sie die versalzene Butter wässern und dadurch das überflüssige Salz herausziehen, den harten Käs aber wie Parmesaner schaben und mit Wein anfeuchten sollten, was dem Geizhals lauter Stiche ins Herz waren. Ich zog durch meine Kunststücke über Tisch das Wasser aus dem Wein, und machte ein Lied, darin ich den Geizigen einer Sau vergliche, von der nichts Gutes zu hoffen sei, bis sie der Metzger tot auf dem Schragen hätte. Dafür bezahlete er mich mit folgender Untreue.

Die zween Jungen von Adel bekamen einen Wechsel und Befehl von ihren Eltern, sich nach Frankreich zu begeben und die Sprache zu lernen. Unseres Kostherren deutscher Knecht war anderwärts auf Reise und dem wälschen wollte er die Pferde nicht vertrauen. Er bat mich derowegen, ob ich ihm nicht den großen Dienst tun und beide Edelleute mit den Pferden nach Paris führen wollte, weil ohn das meine Sache in vier Wochen noch nicht erörtert werden könnte, indessen wollte er hingegen meine Geschäfte, wann ich ihm vollkommene Gewalt geben würde, so getreulich befördern, als ob ich selbst gegenwärtig wäre. Die von Adel ersuchten mich deswegen auch, und mein Fürwitz, Frankreich zu besehen, riet mir solches gleichfalls, weil ichs jetzt ohn sondere Unkosten tun konnte.

Also macht ich mich mit diesen Edelleuten anstatt eines Postillions auf den Weg, auf welchem mir nichts Merkwürdiges zuhanden stieß.

Da wir nach Paris kamen und bei unseres Kostherren Korrespondenten, von dem die Edelleute auch ihre Wechsel empfingen, einkehrten, ward ich den andern Tag nicht allein mit den Pferden arrestiert, sondern derjenige, so vorgab, mein Kostherr wäre ihm eine Summe Geldes schuldig, griffe mit Bewilligung des Viertels-Commissarii zu und versilberte die Pferde. Also saß ich da wie Matz von Dresden und wußte mir selber nicht zu helfen viel weniger zu raten, wie ich einen so weiten Weg wieder zurückkommen sollte.

Die von Adel bezeugeten ein groß Mitleiden mit mir und verehreten mich desto ehrlicher mit einem guten Trinkgeld, wollten mich auch nicht ehender von sich lassen, bis ich entweder einen guten Herrn oder eine Gelegenheit hätte wieder nach Deutschland zu kommen. Ich hielt mich etliche Tage in ihrem Losament, weil ich den einen, so etwas unpäßlich war, auswartete. Demnach ich mich so fein anließ, schenkte er mir sein Kleid, dann er sich auf die neue Mode kleiden ließ.

Als ich nun in Zweifel stund, was ich tun sollte, hörete mich einsmals der Medicus, so meinen kranken Junker kurieret, auf der Laute schlagen und ein deutsch Liedlein darein singen. Das gefiele ihm so wohl, daß er mir eine gute Bestallung anbot samt seinem Tisch, da ich mich zu ihm begeben und seine zween Söhne unterrichten wollte, dann er wußte schon besser, wie mein Handel stund, als ich selbst und, daß ich einen guten Herrn nicht ausschlagen würde. Ich verdingte mich aber nicht länger als von einem Vierteljahr zum andern.

Dieser Doktor redete so gut deutsch als ich und italienisch wie seine Muttersprache. Als ich nun die Letze mit meinen Edelleuten zehrte, war er auch dabei. Mir gingen üble Grillen im Kopf herum, dann da lag mir mein frischgenommen Weib, mein versprochen Fähnlein und mein Schatz in Köln im Sinn, von welchem allem ich mich so leichtfertig hinweg zu begeben hatte bereden lassen. Ich sagte auch über den Tisch: »Wer weiß, ob vielleicht unser

Kostherr mich nicht mit Fleiß hierher praktizieret, damit er das Meinige zu Köln erheben und behalten möge.«

Der Doktor meinte, das könne wohl sein, vornehmlich wann ich ein Kerl von geringem Herkommen sei.

»Nein,« antwortete der eine Edelmann, »wann er zu solchem Ende hierher geschickt worden ist, daß er hier bleiben solle, so ists darum geschehen, weil er ihm seines Geizes wegen soviel Drangsal antäte.«

Der Doktor sagte: »Es sei geschehen, aus was vor einer Ursache es wolle, so lasse ich wohl gelten, daß die Sache so angestellt worden, daß Er hier bleiben muß. Er lasse sich aber das nicht irren. Ich will Ihm schon wieder mit guter Gelegenheit nach Deutschland verhelfen. Er schreibe dem Notarius nur, daß er den Schatz wohl beachte, sonst werde er scharfe Rechenschaft geben müssen. Es gibet mir einen Argwohn, daß es ein angestellter Handel sei, weil derjenige, so sich vor den Creditor dargegeben, Eures Kostherren und seines hiesigen Korrespondenten sehr guter Freund ist.«

Monsigneur Canard, so hieß mein neuer Herr, erbot sich mir mit Rat und Tat beholfen zu sein, damit ich des Meinigen zu Köln nicht verlustig würde, dann er sahe wohl, daß ich traurig war. In seiner Wohnung begehrete er, ich sollte ihm erzählen, wie meine Sachen beschaffen wären. Ich gab mich vor einen armen deutschen Edelmann aus, der weder Vater noch Mutter, sondern nur etliche Verwandte in einer Festung hätte, darin schwedische Guarnison läge, welches ich vor meinem Kostherrn und denen von Adel verborgen hätte, damit sie das Meinige als ein Gut, so dem Feinde zuständig, nicht an sich zögen. Meine Meinung wäre, ich wollte dem Kommandanten der Festung schreiben, als unter dessen Regiment ich die Stelle eines Fähnrichs hätte, und ihm berichten, was gestalten ich hierher praktiziert worden, ihn auch bitten, sich des Meinigen habhaft zu machen und indessen meinen Freunden zuzustellen.

Canard befand mein Vorhaben ratsam und versprach mir die Schreiben an ihren Ort zu bestellen, und sollten sie gleich nach Mexiko oder China lauten.

Demnach schrieb ich an meine Liebste, an meinen Schwehervater und den Obristen de S. A., Kommandanten in L., an welchen ich auch das Copert richtete und ihm die übrigen beiden beischloß: Ich wollte mich mit ehisten wieder einstellen, dann ich nur die Mittel in die Hand kriegte, eine so weite Reise zu vollenden. Er und mein Schweher möchten vermittels der Militiae das Meinige zu bekommen unterstehen, eh Gras darüber wüchse. Darneben berichtete ich, wieviel es an Gold, Silber und Kleinodien sei. — Solche Briefe verfertigte ich in duplo, ein Teil bestellete Mons. Canard, den andern gab ich auf die Post, damit eins desto gewisser einliefe.

Also ward ich wieder fröhlich und ich instruierte meines Herrn zween Söhne desto leichter. Die wurden wie die Prinzen erzogen, dann weil Mons. Canard sehr reich als auch überaus hoffärtig war, wollte er sich sehen lassen. Welche Krankheit er von großen Herren an sich genommen, weil er täglich mit Fürsten umging und ihnen alles nachäffte.

Sein Haus war wie eines Grafen Hofhaltung, in welcher kein anderer Mangel erschien, als daß man ihn nicht auch einen gnädigen Herrn nannte. Einen Marquis, da ihn etwan einer besuchen kam, traktierte er nicht höher als seinesgleichen. So teilete er zwar auch geringen Leuten von seinen Arzeneien mit, nahm aber kein geringstes Geld von ihnen, sondern schenkte ihnen eher ihre Schuldigkeit, damit er einen großen Namen haben möchte.

Weil ich ziemlich curiös war und wußte, daß er mit meiner Person prangte, als weil ich auch stets in seinem Laboratorio ihm arzeneien half, davon ich einigermaßen vertraut mit ihm ward, fragte ich ihn einsmals, warum er sich nicht von seinem adeligen Sitz her schreibe, den er neulich nahend Paris um 20000 Kronen gekauft, item warum er lauter Doktores aus seinen Söhnen zu machen gedenke und sie so streng studieren lasse, ob nicht besser wäre, daß er ihnen, wie andern Kavaliers, irgend Ämter kaufe und sie also vollkommen in den adeligen Stand treten lasse, den sie durch den Landsitz schon namensweis erworben hätten.

»Nein,« sagte er, »wann ich zu einem Fürsten komme, so heißt es: Herr Doktor, setze Er sich nieder. Zum Edelmann aber wird gesagt: Wart auf!«

Ich sagte: »Weiß aber der Herr Doktor nicht, daß ein Arzt dreierlei Angesichter hat: Das erste eines Engels, wann ihn der Kranke ansichtig wird, das ander eines Gottes, wann er hilft, das dritte eines Teufels, wann man gesund ist und ihn wieder abschafft. Also währet solche Ehrung nicht länger, als solang dem Kranken der Wind im Leib herumgeht, höret das Rumpeln auf, so hat die Ehre ein Ende und heißt alsdann auch: Doktor, vor der Tür ist's dein! Der Edelmann kommt aber niemals von des Prinzen Seite. Auch hat der Herr Doktor neulich etwas von einem Fürsten in den Mund genommen und demselben seinen Geschmack abgewinnen müssen, da wollte ich lieber zehn Jahre stehen und aufwarten, als ich eines andern Kot versuchete und wanngleich man mich auf Rosen setzte.«

Er antwortete: »Das muß ich nicht tun, sondern tus gern. Wann der Fürst sieht, wie sauer michs ankommt, seinen Zustand recht zu erkunden, wird meine Verehrung desto größer. Und warum sollte ich dessen Kot nicht versuchen, der mir etlich hundert Dukaten dafür zum Lohn gibet? Ihr redet von der Sache wie ein Deutscher. Wann Ihr aber einer andern Nation wäret, so wollet ich sagen, Ihr hättet geredet wie ein Narr.«

Mit dieser Sentenz nahm ich vorlieb.

———

Das ander Kapitel

Mons. Canard hatte täglich viel Schmarotzer und hielt gleichsam eine freie Tafel. Einsmals besuchte ihn des Königs Zeremonienmeister und andere vornehme Personen vom Hof, denen er eine fürstliche Collation darreichte. Damit er nun denselben seinen allergeneigtesten Willen erzeugte und ihnen alle Lust machte, begehrete er, ich wolle ihm zu Ehren und der ansehnlichen Gesellschaft zu Gefallen ein deutsch Liedlein in meine Laute hören lassen. Ich folgte gern, weil ich eben in Laune war und befliß mich derhalben, das beste Geschirr zu machen.

Daran fanden die Anwesenden ein solch Ergötzen, daß der Zeremonienmeister sagte, es wäre immer schade, daß ich nicht die franzsche Sprache könnte, er wollte mich trefflich wohl beim König und der Königin anbringen.

Mein Herr besorgte, ich möchte ihm aus seinen Diensten entzuckt werden und antwortete, ich sei einer von Adel, der nicht lange in Frankreich zu verbleiben gedächte, würde mich demnach schwerlich vor einen Musikanten gebrauchen lassen.

Darauf sagte der Zeremonienmeister, daß er seine Tage nicht eine so seltene Schönheit, eine so klare Stimme und einen so künstlichen Lautenisten in einer Person gefunden. Es sollte ehist vorm König in Louvre eine Comoedia gespielet werden, wann er mich darzu gebrauchen könnte, so verhoffe er große Ehre mit mir einzulegen. Das hielt mir Mons. Canard vor, und ich antwortete, wann man mir sagete, was vor eine Person ich darstellen und was vor ein Lied ich in meine Laute singen sollte, so könnte ich ja beides: Melodeien und Lieder auswendig lernen, wannschon sie in franzscher Sprache wären. Als mich der Zeremonienmeister so willig sahe, mußte ich ihm versprechen den andern Tag in Louvre zu kommen, um zu probieren. Also stellete ich mich ein. Die Melodeien schlug ich gleich perfekt auf dem Instrument, weil ich das Tabulaturbuch vor mir hatte. Die franzschen Lieder, welche mir zugleich verdeutscht wurden, kamen mich gar nicht schwer an, also daß ichs eher konnte, als sichs jemand versahe.

Ich habe die Zeit meines Lebens keinen so angenehmen Tag gehabt, als mir derjenige war, an welchem die Comoedia gespielet ward. Mons. Canard gab mir etwas ein, meine Stimme desto klärer zu machen; da er aber meine Schönheit mit oleo talci erhöhen und meine halbkrausen Haare, die vor Schwärze glitzerten, verpudern wollte, fand er, daß er mich dadurch nur entstellet hätte.

Ich ward mit einem Lorbeerkranz gekrönt und in ein antiquisch meergrün Kleid angetan, in welchem man mir den ganzen Hals, den Oberteil der Brust, die Arme bis hinter die Ellenbogen und die Knie von den halben Schenkeln an bis auf die halben Waden nackend und bloß sehen konnte. Um solches schlug ich einen leibfarbenen taffeten Mantel, der sich mehr einem Feldzeichen vergliche. In solchem Kleid löffelte ich um meine Eurydice, rufte die Venus mit einem schönen Liedlein um Beistand an und brachte endlich meine Liebste davon. In welchem Akt ich mich trefflich zu stellen und meine Liebste mit Seufzen und spielenden Augen anzublicken wußte.

Nachdem ich aber meine Eurydice verloren, zog ich ein ganz schwarz Habit an, auf die vorige Mode gemacht, aus welchem meine weiße Haut hervorschien wie Schnee. In solchem beklagte ich meine verlorene Liebste und bildete mir die Sache so erbärmlich ein, daß mir mitten in meinen traurigen Liedern und Melodeien die Tränen herausruckten. Bis ich vor Plutonem und Proserpinam in die Hölle kam, stellete ich denselben in einem sehr beweglichen Liede die Liebe vor, so wir beide zusammen trügen, bat mit den allerandächtigsten Gebärden, und zwar alles in die Harfe singend, sie sollten mir die Eurydice wieder zukommen lassen, und bedankte, nachdem ich das Jawort erhalten, mit einem Liede, wußte dabei das Angesicht, samt Gebärden und Stimme so fröhlich zu verkehren, daß sich alle Anwesenden darüber verwunderten. Da ich aber meine Eurydice wieder unversehens verlor, fing ich an, auf einem Felsen sitzend, den Verlust mit erbärmlichsten Worten und einer traurigen Melodei zu beklagen und alle Kreaturen um Mitleiden anzurufen. Darauf stellten sich allerhand zahme und wilde Tiere, Berge, Bäume und dergleichen bei mir ein, also daß es in Wahrheit ein Ansehen hatte, als ob alles mit Zauberei übernatürlicher Weise wäre zugerichtet worden. Da ich aber zuletzt allen Weibern abgesagt und von den Bacchantinnen erwürget und ins Wasser geworfen ward, daß man nur meinen Kopf sahe, sollte mich ein erschröcklicher Drache benagen. Der Kerl aber so im Drachen stak, denselben zu regieren, konnte meinen Kopf nicht sehen und ließ das Drachenmaul neben dem meinigen grasen. Solches kam mir lächerlich vor, daß ich mir nicht abbrechen konnte, darüber zu schmollen, welches die Damen, so mich gar wohl betrachteten, in Acht nahmen.

Von dieser Comoedia bekam ich neben dem Lob nicht allein eine treffliche Verehrung, sondern auch einen andern Namen, indem mich forthin die Franzosen nicht anders als Beau Alman nannten. Es wurden noch mehr dergleichen Spiele und Ballett gehalten, in welchen ich mich gebrauchen ließ. Ich befand aber zuletzt, daß ich von den andern geneidet ward, weil ich die Augen der Zuseher, sonderlich der Weiber, gewaltig auf mich zog. Tät mich derowegen ab, maßen ich einsmals ziemlich Stöße kriegte, da ich als ein Herkules, gleichsam nackend in einer Löwenhaut, mit dem Flußgott Achelous um die Deianira kämpfte, da er mir's gröber machte, als in einem Spiel Gebrauch ist. —

Einsmals kam ein Lakai, der sprach meinen Mons. Canard an und brachte ihm ein Brieflein, eben als ich in seinem Laboratorio über alchimistischer Arbeit saß, dann ich hatte aus Lust bei meinem Doktor manchen chimischen Prozeß gefördert mit Resolvieren, Sublimieren, Kalcinieren, Digerieren und unzählig vielen andern Praktiken.

»Monsieur Beau Alman,« rief der Doktor, »das Schreiben betrifft Euch. Es schicket ein vornehmer Herr, Ihr wollet gleich zu ihm kommen, daß er Euch ansprechen könnte, ob Euch nicht beliebe, seinen Sohn auf der Laute zu informieren. Er bittet mit sehr courtoisen Versprechen, daß ich Euch zurede, Ihr wollet ihm diesen Gang nicht abschlagen.«

Ich antwortete: »Wann ich Euretwegen jemand dienen könnte, so will ich am Fleiße nicht sparen.«

Darauf sagte er, ich solle mich anders anziehen, indessen wolle er mir etwas zu essen machen, dann ich hätte einen ziemlich weiten Weg zu gehen.

Also putzte ich mich und verschluckte in Eil etwas von den Gerichten, sonderlich aber ein paar kleiner delikater Würstlein, welche mir zwar, als mich deuchte, ziemlich stark apothekerten. Ging demnach mit gedachtem Lakai durch seltsame Umwege eine Stunde lang, bis wir gegen Abend an eine Gartentür kamen, die nur zugelehnt war. Der Lakai stieß sie vollends auf und schlug sie hinter uns zu, führete mich nachgehends in ein Lusthaus, so in einer Ecke des Gartens stund. Nachdem wir einen ziemlich langen Gang passierten, klopfte er vor einer Tür, so von einer alten adeligen Dame stracks aufgemachet ward. Diese hieß mich in deutscher Sprache sehr höflich willkommen und zu ihr vollends hineintreten. Der Lakai aber, so kein Deutsch konnte, nahm mit tiefer Reverenz Abschied.

Die Alte führte mich bei der Hand vollends in das Zimmer, das rundumher mit köstlichen Tapeten behängt und sonsten auch schön gezieret war. Sie hieß mich niedersitzen, damit ich verschnaufen und zugleich vernehmen könnte, aus was Ursachen ich an diesen Ort geholet worden.

Ich folgte gern und satzte mich auf einen Sessel, den sie mir zum Feuer stellete, sie aber ließ sich neben mir auf einen andern nieder und sagte:

»Monsieur, wann Er etwas von den Kräften der Liebe weiß, daß nämlich solche die allertapfersten, stärksten und klügsten Männer überwältige und zu beherrschen pflege, so wird Er sich umso viel mehr desto weniger verwundern, wann dieselbe auch ein schwaches Weibsbild meistert. Er ist nicht der Laute halber, wie man Ihn und Mon. Canard überredet hat, von einem Herrn, aber wohl seiner übertrefflichen Schönheit halber von der allervortrefflichsten Dame in Paris hierher berufen worden. Sie versiehet sich allbereits des Todes, so sie nicht bald des Herren überirdische Gestalt zu beschauen und sich daran zu erquicken das Glück haben sollte. Derowegen hat sie mir befohlen, dem Herrn, als meinem Landsmann, solches anzuzeigen und ihn höher zu bitten als Venus ihren Adonis, daß er diesen Abend sich bei ihr einfinden und seine Schönheit genugsam von ihr betrachten lasse, welches er ihr hoffentlich als einer vornehmen Dame nicht abschlagen wird.«

Ich antwortete: »Madame, ich weiß nicht, was ich denken, viel weniger hierauf sagen soll. Ich erkenne mich nicht darnach beschaffen zu sein, daß eine Dame von so hoher Qualität nach meiner Wenigkeit verlangen sollte. Wann die

Dame, so mich zu sehen begehret, so vortrefflich und vornehm sei, als mir meine hochgeehrte Frau Landsmännin vorbringt, so hätte sie wohl bei früher Tageszeit nach mir schicken dörfen und mich nicht erst hierher an diesen einsamen Ort bei so spätem Abend berufen. Was habe ich in diesem Garten zu tun? Meine Landsmännin vergebe, wann ich als verlassener Fremder in die Forcht gerate, man wolle mich auch sonst hintergehen. Sollte ich aber merken, daß man mir so verräterisch mit bösen Tücken an den Leib wollte, würde ich vor meinem Tode den Degen zu gebrauchen wissen.«

»Sachte, sachte, mein hochgeehrter Herr Landsmann, Er lasse diese unmutigen Gedanken aus dem Sinn. Die Weibsbilder sind seltsam und vorsichtig in ihren Anschlägen, daß man sich nicht gleich anfangs so leicht darein schicken kann. Wann diejenige, die Ihn über alles liebet, gern hätte, daß Er Wissenschaft von ihrer Person haben sollte, so hätte sie Ihn freilich nicht erst hierher, sondern den geraden Weg zu sich kommen lassen. Dort liegt eine Kappe, die muß der Herr ohndas erst aufsetzen, wann Er zu ihr geführt wird, weil sie auch sogar nicht will, daß Er den Ort, geschweige, bei wem er gesteckt, wissen sollte. Bitte und ermahne demnach den Herrn so hoch als ich immer kann, Er zeige sich gegen diese Dame so, wie es ihre Hoheit als auch ihre gegen Ihn tragende unaussprechliche Liebe meritiert. Anders wolle Er gewärtig sein, daß sie mächtig genug sei, seinen Hochmut und Verachtung auch in diesem Augenblick zu strafen.«

Es ward allgemach finster und ich hatte allerhand Sorgen und forchtsame Gedanken, also daß ich wie ein geschnitzt Bild dasaß. Konnte mir wohl auch einbilden, daß ich diesem Ort so leicht nicht wieder entrinnen könnte. So willigte ich denn in alles, so man mir zumutete, und sagte der Alten: »Wenn ihm dann so ist, wie Sie vorgebracht, so vertraue ich meine Person Ihrer angeborenen deutschen Redlichkeit, der Hoffnung, sie werde nicht zulassen, daß einem unschuldigen Deutschen eine Untreue widerführe. Sie vollbringe also, was Ihr befohlen.«

»Ei, behüte Gott, Er wird mehr Ergötzen finden, als Er sich hat sein Tag niemals einbilden dörfen!«

Sie rief: Jean, Pierre! — alsobald traten diese in vollem, blanken Küraß, vom Scheitel bis auf die Fußsohle gewaffnet, mit einer Hellebarden und Pistolen in Händen, hinter einer Tapezerei herfür. Davon ich dergestalt erschrak, daß ich mich entfärbte. Die Alte ward solches lächelnd gewahr.

»Man muß sich nicht förchten, wenn man zum Frauenzimmer gehet.«

Sie befahl den beiden ihren Harnisch abzulegen, die Laterne zu nehmen und nur mit ihren Pistolen zu folgen. Demnach streifte sie mir die schwarze Sammetkappe über den Kopf und führete mich an der Hand durch seltsame Wege.

Ich spürte wohl, daß ich durch viel Türen und auch über einen gepflasterten Weg passierte. Endlich mußte ich etwan eine halbe Viertelstunde eine kleine steinerne Stiege steigen, da tät sich ein Türlein auf, von dannen kam ich über einen belegten Gang und mußte eine Wendelstiege hinauf, folgends etliche Staffeln wieder hinab, allda sich etwa sechs Schritte weiters eine Tür öffnete.

Als ich endlich durch solche kam, zog mir die Alte die Kappe wieder herunter. Da befand ich mich in einem Saal, der überaus zierlich aufgeputzt war. Die Wände waren mit schönen Gemälden, der Tresor mit Silbergeschirr und das Bette, so darin stund, mit Umhängen von göldenen Stücken gezieret. In der Mitten stund der Tisch, prächtig gedeckt, und bei dem Feuer befand sich eine Badewanne, die wohl hübsch war, aber meinem Bedünken nach schändete sie den ganzen Saal.

Die Alte sagte zu mir: »Nun willkommen, Herr Landsmann, kann Er noch sagen, daß man Ihn mit Verräterei hintergehe? Er lege nur allen Unmut ab und erzeige sich wie neulich auf dem Theatro, da er seine Eurydice wieder erhielt. Er wird hier, ich versichere, eine schönere antreffen, als Er dort eine verloren.«

Das dritte Kapitel

Ich merkte schon an diesen Worten, daß ich mich nicht nur an diesem Ort beschauen lassen, sondern noch gar was anderes tun sollte. Sagte derowegen zu der Alten:

»Es ist einem Durstigen wenig damit geholfen, wann er bei einem verbotenen Brunnen sitzt.«

Sie antwortete, man sei in Frankreich und also nicht so mißgünstig, daß man einem das Wasser verbiete, sonderlich, wo dessen ein Überfluß sei.

»Ja,« sagte ich, »Sie saget mir wohl davon, wann ich nicht schon verheiratet wäre.«

»Das sind Possen,« meinte das gottlose Weib, »man wird Euch solches nicht glauben, dann die verehelichten Kavaliers ziehen selten nach Frankreich. Und wenngleich dem so wäre, kann ich nicht glauben, daß der Herr so albern sei, eher Durst zu sterben, als aus einem fremden Brunnen zu trinken.«

Dies war unser Diskurs, dieweil mir eine adelige Jungfer, so das Feuer pflegte, Schuhe und Strümpfe auszog, die ich überall im Finstern besudelt hatte, wie dann Paris ohn das eine sehr kotige Stadt ist.

Gleich darauf kam Befehl, daß man mich noch vor dem Essen baden sollte, dann bemeldtes Jungfräulein ging ab und zu und brachte Badezeug, so alles nach Bisem und wohlriechender Seife duftete. Das leinen Gerät war von reinstem Kammertuch und mit teueren holländischen Spitzen besetzt.

Ich wollte mich schämen und vor der Alten nicht nackend sehen lassen, aber es half nichts, ich mußte dran und mich von ihr ausreiben lassen, das Jungfergen mußte eine Weile abtreten.

Nach dem Bad ward mir ein zartes Hemd gegeben und ein köstlicher Schlafpelz von veielblauem Taffet angelegt, samt ein Paar Strümpfen von gleicher Farbe. So war meine Schlafhaube samt den Pantoffeln mit Gold und Perlen gestickt, also daß ich nach dem Bad dort saß zu protzen wie der Herzkönig.

Indessen mir nun meine Alte das Haar trücknete und kämpelte trug mehrgemeldtes Jungfergen die Speisen auf, und nachdem der Tisch überstellet war, traten drei heroische Damen in den Saal, welche ihre Alabasterbrüstlein zwar ziemlich weit entblößt trugen, vor den Angesichtern aber ganz vermaskiert waren.

Sie dünkten mich alle drei vortrefflich schön zu sein, aber doch war eine viel schöner als die andern. Ich machte ihnen ganz stillschweigend einen Bückling und sie bedankten sich mit der gleichen Zeremonie, welches natürlich aussahe, als ob etliche Stumme beieinander seien. Sie satzten sich alle drei zugleich, daß ich nicht erraten konnte, welche die Vornehmste gewesen.

Der ersten Rede war, ob ich nicht französisch könnte. Meine Landsmännin sagte nein. Hierauf befahl ihr die andre, sie solle mir sagen, ich wollte belieben niederzusitzen. Dann bedeutete die Dritte der Alten, sie solle sich auch setzen. Woraus ich abermal nicht abnehmen konnte, welche die Vornehmste unter ihnen war.

Ich saß neben dem alten Gerippe und sie blickten mich alle drei sehr anmütig, lieb- und huldreich an, und ich dörfte schwören, daß sie viel hundert Seufzer gehen ließen.

Meine Alte fragte mich, welche ich unter den dreien vor

die Schönste hielte. Ich antwortete, daß einem die Wahl wehe tue. Hierüber fing sie an zu lachen, daß man alle vier Zähne sahe, die sie noch im Maul hatte, und sagte: »Warum das?«

»Soviel ich sehe, sein alle drei nit häßlich.«

Dieses ward die Alte gefragt und sie log darzu, ich hätte gesagt, einer jeden Mund wäre hunderttausend Mal Küssens wert, dann ich konnte ihre Mäuler unter den Masken wohl sehen. Ich stellete mich unter all diesem Diskurs über Tisch, als ob ich kein Wort französisch verstünde.

Weil es nun so still herging, machten wir desto früher Feierabend. Die Damen wünschten eine gute Nacht und gingen ihres Wegs, ich durfte aber das Geleite nicht weiter als bis an die Tür geben, so die Alte gleich nach ihnen zuriegelte.

Ich fragte, wo ich dann schlafen müßte. Sie sagte, ich müßte bei ihr in gegenwärtigem Bette vorlieb nehmen. Ich meinte das Bette wäre immerhin gut genug.

Indem wir so plauderten, zog eine schöne Dame den Bettvorhang etwas zurück und sagte der Alten, sie solle aufhören zu schwätzen und schlafen gehen. Stracks nahm ich ihr das Licht und wollte sehen, wer im Bette läge. Sie aber löschte solches aus.

»Herr, wann Ihm sein Kopf lieb ist, so unterstehe er sich dessen nicht, was Er im Sinne hat. Er sei versichert, da Er im Ernst sich bemühen wird, diese Dame wider ihren Willen zu sehen, daß Er nimmermehr lebendig von hinnen kommt.«

Damit ging sie durch und beschloß die Tür. Die Jungfer aber, so dem Feur gewartet, löschte es vollends aus und ging hinter einer Tapezerei durch eine verborgene Tür hinweg.

»Allez, monsieur Beau Aleman, geh slaff mein 'erz, gomm, rick su mir!«

Soviel hatte ihr die Alte Deutsch gelernet. Ich begab mich zum Bette, zu sehen, wie dann dem Ding zu helfen sein möchte, sobald ich aber hinzu kam, fiel sie mir um den Hals und bisse mir vor Hitze schier die unter Lefzen herab, ja, sie fing an das Hemd gleichsam zu zerreißen, zog mich also zu sich und stellete sich vor unsinniger Liebe also an, daß nicht auszusagen.

Sie konnte nichts anders Deutsch als: Rick su mir, mein 'erz! — das übrige gab sie sonst zu verstehen.

Ich dachte zwar heim an meine Liebste, aber was half es. Ich war leider ein Mensch und fand eine so wohlproportionierte Kreatur, daß ich ein Holzblock hätte sein müssen. —

Dergestalt brachte ich acht Täge an diesem Orte zu. Nach geendigter Zeit satzte man mich im Hof mit verbundenen Augen in eine zugemachte Kutsche zu meiner Alten, die mir unterwegs die Augen wieder aufband. Man führete mich in meines Herren Hof, und die Kutsche fuhr wieder schnell hinweg. Meine Verehrung waren zweihundert Dukaten, und da ich die Alte fragte, ob ich niemand kein Trinkgeld davon geben könnte, sagte sie, bei Leibe nicht!

Nachgehends bekam ich noch mehr dergleichen Kunden, welche es mir endlich so grob machten, daß ich der Narrenposse ganz überdrüssig ward.

Auch fing ich an und ging in mich selber, nicht zwar aus Gottseligkeit oder Trieb meines Gewissens, sondern aus Sorge, daß ich einmal auf solch einer Kirchweih erdappt und nach Verdienst bezahlt würde. An Geld und andern Sachen hatte ich so viel Verehrungen zusammen, daß mir Angst dabei ward und ich mich nicht mehr verwunderte, daß sich die Weibsbilder aus dieser viehischen Unfläterei ein Handwerk machen.

Derhalben trachtete ich wieder nach Deutschland zu kommen und das umso viel mehr, weil der Kommandant zu L. mir geschrieben hatte, daß er etliche kölnische Kaufleute bei den Köpfen gekriegt, die er nit aus den Händen lassen wollte, es seien ihm dann meine Sachen zuvor eingehändiget, item daß er mir das versprochene Fähnlein aufhalte und meiner noch im Frühling gewärtig sei, dann sonst müßte er die Stelle mit einem andern besetzen.

So schickte mir mein Weib auch ein Brieflein darbei, das voll liebreicher Bezeugung ihres großen Verlangens war. Hätte sie aber gewußt, wie ich so ehrbar gelebet, so sollte sie mir wohl einen andern Gruß hineingesetzt haben.

Ich konnte mir wohl einbilden, daß ich mit Monsignore Canards Einwilligung schwer hinweg käme, gedachte derhalben heimlich durch zu gehen. Und als ich einsmals etliche Offizierer von der weimarischen Armee antraf, gab ich mich ihnen als Fähnrich von des Obristen de S. A. Regiment zu erkennen mit Bitte, sie wollten mich in ihrer Gesellschaft als Reisegefährten mitnehmen, da ich meiner Geschäfte in Paris ledig sei. Also eröffneten sie mir den Tag ihres Aufbruches und nahmen mich willig mit. An Mons. Canard schrieb ich aber zurück und datierte zu Mastrich, damit er meinen sollte, ich wäre auf Köln gegangen, und nahm meinen Abschied mit Vermelden, daß mir unmöglich gewesen länger zu bleiben, weil ich seine aromatischen Würstlein nicht mehr hätte verdauen können.

Im zweiten Nachtläger von Paris aus ward mir wie einem, der den Rotlauf bekommt. Mein Kopf tät mir so grausam weh, daß mir unmöglich war aufzustehen. Ich lag in einem gar schlechten Dorf, darin ich keinen Medicum haben konnte, und was das ärgste war, so hatte ich auch niemand, der meiner wartete, dann die Offizierer reisten des Morgens früh ihres Weges fort gegen den Elsaß zu. Sie ließen mich als einen, der sie nichts anginge, gleichsam todkrank daliegen.

Doch hinterließen sie bei dem Schulzen, daß er mich als einen Kriegsoffizier, der dem König diene, beobachten sollte.

Also lag ich ein paar Tage dort, daß ich nichts von mir selber wußte, sondern wie ein Hirnschelliger fabelte. Man brachte den Pfaffen, derselbe konnte aber nichts Verständiges von mir vernehmen. Doch gedachte er auf Mittel, mir nach Vermögen zu Hilfe zu kommen, allermaßen er mir eine Ader öffnen, einen Schweißtrank eingeben und mich in ein warmes Bette legen ließ, zu schwitzen. Das bekam mir so wohl, daß ich mich in derselben Nacht wieder besann, wo ich war.

Am folgenden Tag fand mich der Pfaffe ganz desperat, dieweil mir nicht allein all mein Geld, es waren fünf hundert Dublonen, entführt war, sondern auch ich nicht anders vermeinte, als hätte ich salva venia die lieben Franzosenblatteren, weil sie mir billiger als die Dublonen gebühreten. Ich war auch über den ganzen Leib so voller Flecken als wie ein Tieger, konnte weder gehen, stehen, sitzen, liegen und war auch keine Geduld bei mir. Ja, ich stellete mich nicht anders, als ob ich ganz hätte verzweifeln wollen, daß also der gute Pfarrer genug an mir zu trösten hatte, weil mich der Schuh an zweien Orten so heftig druckte.

»Nach dem Geld fragte ich nichts, wann ich nur diese abscheuliche, verfluchte Krankheit nicht am Hals hätte oder wäre an Ort und Enden, da ich wieder kuriert werden könnte!«

»Ihr müßt Euch gedulden. Wie müßten erst die armen, kleinen Kinder tun, deren im hießigen Dorf über fünfzig daran krank liegen.«

Wie ich hörete, daß auch Kinder damit behaftet, war ich alsbald herzhafter, dann ich konnte ja leicht gedenken, daß selbige jene garstige Seuch nit kriegen würden, nahm

derowegen mein Felleisen zur Hand und suchte, was es
etwan noch vermöchte. Da war ohn das weiße Zeug nicht
Schätzbares drin, als eine Kapsel mit einer Damen
Conterfait, rund herum mit Rubinen besetzt, so mir eine zu
Paris verehret hatte. Ich nahm das Conterfait heraus und
stellete das übrige dem Pfarrer zu mit Bitte, solches in der
nächsten Stadt zu versilbern. Auch mein Klepper mußte
dran glauben. Damit reichte ich kärglich aus, bis die
Blattern anfingen zu dörren und mir besser ward.

Das vierte Kapitel

Womit einer sündiget, damit pflegt er auch gestraft zu werden. Die Kindsblattern richteten mich dergestalt zu, daß ich hinfüro vor den Weibsbildern gute Ruhe hatte. Ich kriegte Gruben im Gesicht, daß ich aussahe wie eine Scheurtenne, darauf man Erbsen gedroschen. Ja, ich ward so häßlich, daß sich mein schönes, krauses Haar, in welchem sich so manch Weibsbild verstrickt, meiner schämte und seine Heimat verließ, daß ich also notwendig eine Perücke tragen mußte. Meine liebliche Stimme ging als auch dahin, dann ich den Hals voller Blattern gehabt. Meine Augen, die man hiebevor niemalen ohne Liebesfeuer finden konnte, eine jede zu entzünden, sahen jetzt rot und triefend aus wie die eines achtzigjährigen Weibes. Über das alles war ich in fremden Landen, kannte weder Hund noch Menschen, verstund die Sprache kaum und hatte allbereits kein Geld.

Da fing ich erst an hinter sich zu denken und die herrliche Gelegenheit zu bejammern, die mir hiebevor zur Beförderung meiner Wohlfahrt angestanden, ich aber so liederlich hatte verstreichen lassen. Ich merkte, daß mein außergewöhnlich Kriegsglück und mein gefundener Schatz nur Ursache und Vorbereitung zu meinem Unglück gewesen. Da war kein Einsiedel mehr, der es treulich mit mir meinete, kein Pfarrer, der mir das Beste riete. Da mein Geld hin war, hieß es, ich sollte auch fort und meine Gelegenheit anderswo suchen. O schnelle, unglückselige Veränderung! Vor vier Wochen war ich ein Kerl, der die Fürsten zur Verwunderung bewegte, das Frauenzimmer entzuckte, dem

Volk als ein Meisterstück der Natur, ja, ein Engel vorkam, jetzt aber so unwert, daß mich die Hunde anpißten.

Der Wirt stieß mich aus dem Haus, da ich nicht bezahlen konnte, kein Werber wollte mich vor einen Soldaten annehmen, weil ich wie ein grintiger Kuckuck aussahe, arbeiten konnte ich nit, dann ich war noch zu matt und keiner Arbeit gewohnt. Mich tröstete allein, daß es gegen den Sommer ging und ich mich zur Not hinter einer Hecken behelfen konnte, weil mich niemand mehr im Hause litt. Mein stattlich Kleid und Leinenzeug wollte mir niemand abkaufen, weil jeder sorgte, ich möchte ihm auch eine Krankheit damit an den Hals hängen.

Ich nahms also auf den Buckel, den Degen in die Hand und den Weg unter die Füße, der mich in ein klein Städtlein trug, so gleich wohl über eine eigene Apotheke vermochte. In dieselbe ging ich und ließ mir eine Salbe zurichten, die mir die Blatternnarben im Gesicht vertreiben sollte. Ich gab ein schön, zart Hemd davor.

Es war ein Markt daselbst, und auf demselben befand sich ein Zahnbrecher, der trefflich Geld lösete, da er doch liederlich Ding den Leuten dafür anhing.

»Narr,« sagte ich zu mir selber, »was machst du, daß du nicht auch so einen Kram aufrichtest! Bist du so lang bei Mons. Canard gewesen und hast nicht so viel gelernt, einen einfältigen Baur zu betrügen und dein Maulfutter davon zu gewinnen? Da mußt du wohl ein elender Tropf sein.«

Ich mochte damals fressen wie ein Drescher, dann mein Magen war nicht zu ersättigen. Ich hatte aber nur noch einen einzigen göldenen Ring mit einem Diamant, der etwa zwenzig Kronen wert war. Den versilberte ich um zwölfe und resolvierte mich, ein Arzt zu werden. Kaufte die Materialia zu einem Theriak und richtete ihn zu für kleine Städt und Flecken. Vor die Bauren aber nahm ich ein Teil

Wacholderlatwerge, vermischte solches mit Eichenlaub, Weidenblättern und dergleichen herben Ingredienzien, alsdann machte ich auch aus Kräutern, Wurzeln, Blättern und etlichen Olitäten eine grüne Salbe zu allerhand Wunden, damit man wohl ein gedruckt Pferd hätte heilen können, item aus Galmei, Kieselsteinen, Krebsaugen, Schmirgel und Trippel ein Pulver, weiße Zähne damit zu machen, ferner ein blau Wasser aus Lauge, Kupfer, Ammoniak und Kampfer vor Mundfäule, Zähn- und Augenweh. Ich bekam auch einen Haufen blecherner und hölzerner Büchslein, Papier und Gläslein, meine Ware darein zu schmieren. Damit es auch ein Ansehen haben möchte, ließ ich mir einen französischen Zettel koncipieren und drucken, darin man sehen konnte, wozu ein und das ander gut war. Ich hatte kaum drei Kronen in die Apotheke und vor Geschirr angewendet und war in drei Tagen fertig. Also packte ich auf und nahm mir vor, von einem Dorf zum andern bis in das Elsaß hinein zu streichen und endlich zu meinem Weib zu finden.

Da ich das erste Mal mit meiner Quacksalberei vor eine Kirche kam und feil hatte, war die Losung gar schlecht, weil ich noch viel zu blöd war. Sahe demnach gleich, daß ichs anders angreifen müßte. Im Wirtshaus vernahm ich über Tisch vom Wirt, daß den Nachmittag allerhand Leute unter der Linden vor seinem Haus zusammenkommen würden, da dörfte ich wohl so etwas verkaufen, wann man nur an einer Probe vor Augen sähe, daß mein Theriak ausbündig gut wäre. Als ich dergestalt vernommen, woran es mangele, bekam ich ein halbes Trinkgläslein voll gutem Straßburger Branntewein und fing eine Art Kroten, so in den unsauberen Pfützen sitzen und singen, sind fast rotgelb unten am Bauch schwarz gescheckigt, gar unlustig anzusehen. Ein solche satzte ich in ein Schoppenglas mit Wasser und stellets neben meine Ware auf den Tisch unter der Linde. Wie sich nun die Leute versammleten und um mich herumstunden, vermeineten etliche, ich würde mit der Zange, so ich von dem Wirte aus der Kuchen entlehnet, die Zähn ausbrechen, ich aber fing an:

»Ihr Herren und gueti Freund, bin ich kein Brech-dir-die-Zahn-aus, allein hab ich gut Wasser vor die Aug, es mag all die Flüß aus die rote Aug ...«

»Ja,« antwortete einer, »man siehets an Euren Augen wohl, die sehen ja aus wie zween Irrwische!«

»Das ist wahr, wann ich aber der Wasser vor mich nicht hab, so wär ich wohl gar blind werd. Ich verkauf sonst das Wasser nit. Der Theriak und das Pulver vor die weiße Zähn und das Wundsalb will ich verkauf und der Wasser noch darzu schenk! Ich bin kein Schreier und Bescheiß-dir-die-Leut. Hab ich mein Theriak feil, wann ich sie hab probiert, und sie dir nit gefallt, so darfst du sie nit kauf ab.«

Indem ließ ich einen von meinem Umstand aus den Theriakbüchslein wählen, daraus tät ich etwan eine Erbse groß in meinen Branntewein, den die Leute vor Wasser ansahen, zerrieb den Theriak darin und kriegte mit der Zange die Krot zu fassen.

»Secht ihr, gueti Freund, wann dies giftig Wurm kann mein Theriak trink und sterbe nit, do ist der Ding nit nutz, dann kauf ihr nur nit ab.«

Hiemit steckte ich die arme Krote, welche im Wasser geboren und erzogen, in meinen Branntewein und hielt ihn mit einem Papier zu, daß die Krot nicht herausspringen konnte. Da fing sie dergestalt an darin zu wüten und zu zablen, ja viel ärger zu tun, als ob ichs auf glühend Kohlen geworfen hätte, und streckte endlich alle vier von sich.

Die Bauren sperrten Maul und Beutel auf, da war in ihrem Sinn kein besserer Theriak als der meinige, und ich hatte genug zu tun, den Plunder in die Zettel zu wickeln und Geld davor einzunehmen. Es kauften etliche drei-, vier-, fünf- und sechsfach, damit sie auf den Notfall mit so köstlicher Giftlatwerge versehen wären, ja, sie kauften auch vor ihre Freunde und Verwandten.

Ich machte mich noch dieselbe Nacht in ein anderes Dorf, weil ich besorgte, es möchte etwan auch ein Baur so kurios sein und eine Kroten in ein Wasser setzen, meinen Theriak zu probieren, und mir der Buckel geraumet werden.

Damit ich aber gleichwohl die Vortrefflichkeit meiner Giftlatwerge auf eine andere Manier erweisen könnte, machte ich mir aus Mehl, Safran und Gallus einen gelben Arsenicum und aus Mehl und Vitriol einen Mercurium Sublimatum. Wann ich die Probe tun wollte, hatte ich zwei gleiche Gläser mit frischem Wasser auf dem Tisch, davon das eine ziemlich stark mit Aqua Fort oder Spiritus Victril vermischt war. In dasselbe zerrührte ich ein wenig von meinem Theriak und schabte alsdann von meinen beiden Giften so viel, als genug war, hinein. Davon ward das eine Wasser, so keinen Theriak und also auch kein Aqua Fort hatte, so schwarz als Tinte, das andre blieb wegen des Scheidewassers wie es war.

»Ha,« sagten dann die Leute, »das ist fürwahr ein köstlicher Theriak um so ein gering Geld!«

Wann ich aber beide untereinander goß, so ward wieder alles klar. Davon zogen die guten Bauren ihre Beutel und ich kam glücklich an die deutsche Grenze.

Das fünfte Kapitel

Da ich durch Lothringen passierte ging mir meine Ware aus und also auch meine Gläslein. Demnach ich aber von einer Glashütte im fleckensteinischen Gebiet hörete, begab ich mich darauf zu, mich wieder zu montieren. Und indem ich Abwege suchte, weilen ich die Guarnisonen scheuete, ward ich ungefähr von einer Partei aus Philippsburg, die sich auf dem Schloß Wagelnburg aufhielt, gefangen. Der Baur, so mir den Weg zu weisen mitgegangen war, hatte den Kerln gesagt, ich sei ein Doctor, ward also wider des Teufels Dank vor einen Doctor nach Philippsburg geführet.

Ich scheuete mich gar nicht zu sagen, wer ich wäre, aber ich sollte ein Doctor sein. Ich schwor, daß ich unter die kaiserlichen Dragoner nach Soest gehörig, aber es hieß, der Kaiser brauche sowohl in Philippsburg als in Soest Soldaten, man würde mir bei ihnen Aufenthalt geben, wann mir dieser Vorschlag nicht schmecke, so möchte ich mit dem Stockhaus vorlieb nehmen.

Also kam ich vom Pferd auf den Esel und mußte wider Willen Musketierer sein. Das kam mir blutsauer an, weil der Schmalhans dort herrschte und das Kommißbrot schröcklich klein war. Und die Wahrheit zu bekennen, so ist es wohl eine elende Kreatur um einen Musketierer in einer Guarnison. Dann da ist keiner anders als ein Gefangener, der mit Wasser und Brot der Trübsal sein armseliges Leben verzögert. Ja, ein Gefangener hat es noch besser, dann er darf weder wachen, Runden gehen, noch Schildwacht stehen, sondern bleibt in seiner Ruhe liegen.

Etliche nahmen, und sollten es auch verloffene Huren gewesen sein, in solchem Elend keiner andern Ursache halber Weiber, als daß sie von solchen entweder durch Arbeiten als nähen, wäschen, spinnen oder krämpeln und schachern und gar stehlen ernähret würden. Da war eine Fähnrichin unter den Weibern, die hatte eine Gage wie ein Gefreiter. Eine andre war Hebamme und brachte dadurch sich selbsten und ihrem Mann manchen Schmauß zuwege. Eine andre konnte stärken und wäschen, andre verkauften Tobak und versahen die Kerle mit Pfeifen, andere handelten mit Branntewein und eine war eine Näherin. Es gab ihrer, die sich blöslich vom Felde ernähreten: im Winter gruben sie Schnecken, im Frühling ernteten sie Salat, im Sommer nahmen sie Vogelnester aus, im Herbste wußten sie sonst tausenderlei Schnabelweide zu kriegen. Solcher Gestalt nun meine Nahrung zu haben, war nicht vor mich, dann ich hatte schon ein Weib. Zur Arbeit auf der Schanze war ich zu faul, ein Handwerk hatte ich Tropf nie gelernet und einen Musikanten hatte man in dem Hungerland nicht vonnöten. Auf Partei zu gehen ward mir nicht vertraut. Etliche konnten besser mausen als Katzen, ich aber haßte solche Hantierung wie die Pest. In summa wo ich mich nur hinkehrete, da konnte ich nichts ergreifen, das meinen Magen hätte stillen mögen. »Du sollst ein Doctor sein,« sagten sie mir, »und kannst anders keine Kunst als Hunger leiden.«

Zuletzt war anderer Unglück mein Glück, dann nachdem ich etliche Gelbsüchtige und ein paar Fiebernde kurierte, die einen besonderen Glauben an mich gehabt haben müssen, ward mir erlaubt, vor die Festung zu gehen, meinem Vorwande nach Wurzeln und Kräuter zu meinen Arzneien zu sammeln. Da richtete ich hingegen den Hasen mit Stricken und fing die erste Nacht zween. Dieselben brachte ich dem Obristen und erhielt dadurch nicht allein einen

Taler zur Verehrung, sondern auch Erlaubnus, daß ich hinausdörfte, wann ich die Wacht nicht hätte. Als kam das Wasser wieder auf meine Mühle, maßen es das Ansehen hatte, als ob ich Hasen in meine Stricke bannen könnte, so viel fing ich in dem erödeten Land.

Ich ward unter meiner Muskete ein recht wilder Mensch. Keine Boßheit war mir zuviel, alle Gnaden und Wohltaten, die ich von Gott jemals empfangen, waren allerdings vergessen. Ich lebte auf den alten Kaiser hinein wie ein Viehe. Selten kam ich in die Kirche und gar nicht zur Beichte. Wo ich nur jemand berücken konnte, unterließ ichs nicht, so daß schier keiner ungeschimpft von mir kam. Davon kriegte ich oft dichte Stöße und noch öfter den Esel zu reuten, ja man bedrohete mich mit Galgen und Wippe, aber es half alles nichts. Ich trieb meine gottlose Weise fort, daß es das Ansehen hatte, als ob ich desperat spiele und mit Fleiß der Höllen zurenne. Und obgleich ich keine Übeltat beging, dadurch ich das Leben verwürkt hätte so war ich jedoch so ruchlos, daß man hat kaum einen wüsteren Menschen antreffen mögen.

Dies nahm unser Regimentskaplan in Acht, und weil er ein rechter frommer Seeleneiferer war, schickte er auf die österliche Zeit nach mir, zu vernehmen, warum ich mich nicht bei der Beichte und Communion eingestellet hätte. Ich traktierte ihn wie hiebevor den Pfarrer zu L., also daß der gute Herr nichts mit mir ausrichten konnte. Er verdonnerte mich zum Beschluß:

»Ach, du elender Mensch, ich habe vermeinet du irrest aus Unwissenheit, aber nun merke ich, daß du aus lauter Boßheit und gleichsam vorsätzlicher Weis zu sündigen fortfährest! Welcher Heiliger vermeinst du wohl, der ein Mitleiden mit deiner armen Seel und ihrer Verdammnus haben werde? Ich protestiere vor Gott und Welt, daß ich an deiner Verdammnus keine Schuld habe, weil ich getan habe und noch ferner unverdrossen tun wollte, was zur Beförderung deiner Seligkeit vonnöten wäre. Es wird aber besorglich künftig mehrers zu tun nicht obliegen, dann daß ich deinen Leib, wann ihn deine arme Seel in solchem verdammten Stand verläßt, an keinen geweihten Ort zu andern frommen abgestorbenen Christen begraben, sondern auf den Schindwasen zu den Kadavern des verreckten Viehes hinschleppen lasse, oder an denjenigen Ort, da man andere Gottvergessene und Verzweifelte hintut.«

Diese ernstliche Bedrohung fruchtete nichts. Ich schämete mich vorm Beichten.

O ich großer Narr! Oft erzählte ich meine Bubenstücke bei ganzen Gesellschaften und log noch darzu, aber jetzt, da ich einem einzigen Menschen anstatt Gottes meine Sünden demütig bekennen sollte, Vergebung zu empfangen, war ich ein verstockter Stummer.

Ich antwortete: »Ich dien vor einen Soldaten. Wann ich nun sterbe als ein Soldat, so wirds kein Wunder sein, wann ich als irgendein Gefallener auf freiem Feld, mich auch außerhalb des Kirchhofs behelfen werde.«

Also schied ich von dem seeleneifrigen Geistlichen, den ich wohl einsmals einen Hasen abgeschlagen hatte mit Vorwand, weil der Has an einem Strick gehangen und sich selbst ums Leben gebracht, daß sich dannenhero nicht gebühre, den Verzweifelten in ein geweiht Erdreich zu begraben.

Ich mußte wider meines Herzens Willen bleiben und Hunger leiden bis in den Sommer hinein. Da ward ich unverhofft von der Muskete befreit. Je mehr sich der Graf von Götz mit seiner Armee näherte, je mehrers näherte ich auch meine Erlösung.

Dann als selbiger zu Brucksal das Haupt-Quartier hatte, ward mein Herzbruder, dem ich im Läger zu Magdeburg getreulich geholfen, von der Generalität mit etlichen Verrichtungen in die Festung geschickt, allwo man ihm die größte Ehre antät. Ich stund eben vor des Obristen Quartier Schildwacht und erkannte ihn gleich im ersten Augenblick, obwohl er einen schwarzen sammtenen Rock antrug. Ich hatte aber nicht das Herz, ihn sogleich anzusprechen, dann ich mußte sorgen, er würde dem Weltlauf nach sich meiner schämen oder mich sonst nicht kennen wollen; ich war ein lausiger Musketierer.

Nachdem ich aber abgelöst ward, erkundigte ich mich bei dessen Dienern nach seinem Stand und Namen, damit ich versichert sei, hatte gleichwohl das Herz nicht, ihn anzureden, sondern schrieb ein Brieflein:

‚Monsieur etc. Wann meinem hochgeborenen Herrn beliebte, denjenigen, den er hiebevor durch seine Tapferkeit aus Eisen und Banden errettet, auch anjetzo durch sein vortrefflich Ansehen aus dem allerarmseligsten Stand von der Welt zu erlösen, wohin er als ein Ball des unbeständigen Glückes geraten — so würde Ihm solches nicht allein nicht schwer fallen, sondern Er würde auch vor einen ewigen Diener obligieren seinen ohn das getreu verbundenen, anjetzo aber allerelendesten und verlassenen

S. Simplicissimum.‘

Sobald er solches gelesen ließ er mich hineinkommen.

»Landsmann, wo ist der Kerl, der Euch das Schreiben gegeben hat?«

»Herr, er lieget in dieser Festung gefangen.«

»So gehet zu ihm und saget, ich wolle ihm davon helfen, und sollte er schon den Strick an den Hals kriegen.«

»Herr, es wird solcher Mühe nicht bedörfen, ich bin der Simplicius selber ...«

Er ließ mich nicht ausreden, sondern umfing mich
brüderlich. Und eh er mich fragte, wie ich in die Festung
und solche Dienstbarkeit geraten, schickte er seinen Diener
zum Juden, Pferd und Kleider vor mich zu kaufen. Indessen
erzählete ich ihm, wie mirs ergangen, sint sein Vater vor
Magdeburg gestorben. Und als er vernahm, daß ich der
Jäger von Soest gewesen, beklagte er, daß er solches nicht
eher gewußt hätte, dann er mir damals gar wohl zu einer
Kompagnie hätte verhelfen können.

Als nun der Jud mit einer ganzen Taglöhnerlast von
Kleidern daherkam, las er mir das Beste heraus und ließ
michs anziehen und nahm mich mit sich zum Obristen.

»Herr, ich habe in Seiner Guarnison gegenwärtigen Kerl
angetroffen, dem ich so hoch verobligiert bin, daß ich ihn in
so niedrigem Stand, wannschon seine Qualitäten keinen
besseren meritieren, nicht lassen kann. Bitte dahero den
Herrn Obristen, Er wolle mir den Gefallen erweisen und
zulassen, daß ich ihn mit mir nehme, um ihm bei der Armee
fort zu helfen.«

Der Obrist verkreuzigte sich vor Verwunderung, daß er
mich einmal loben hörte, und sagte: »Mein hochgeehrter
Herr vergebe mir, wann ich glaube, ihm beliebe nur zu
probieren, ob ich ihm auch so dienstwillig sei, als Er dessen
wohl wert ist. Was diesen Kerl anlanget, ist solcher
eigentlich nicht mir, sondern seinem Vorgeben nach unter
ein Regiment Dragoner gehörig, darneben ein so schlimmer
Gast, der meinem Profosen, sint er hier ist, mehr Arbeit
geben als sonst eine ganze Kompanei.«

Endete damit die Rede und wünschte mir Glück ins Feld.

Dies war meinem Herzbruder noch nicht genug, sondern
er bat den Obristen, mich an seine Tafel zu nehmen. Er täts
aber zu dem End, daß er den Obristen in meiner Gegenwart
erzählte, was er in Westfalen nur gesprächsweis von dem

Grafen von der Wahl und dem Kommandanten von Soest über mich gehöret hatte. Das strich er nun dergestalt heraus, daß alle Zuhörer mich vor einen guten Soldaten halten mußten. Dabei hielt ich mich so bescheiden, daß der Obrist und seine Leute nicht anders glauben konnten, als ich wäre mit andern Kleidern auch ein ganz anderer Mensch geworden.

Darauf erzählte er Obrist viel Bubenstücklein, die ich begangen: Wie ich Erbsen gesotten und obenauf mit Schmalz übergossen, sie vor eitel Schmalz zu verkaufen, item ganze Säck voll Sand vor Salz, indem ich die Säcke unten mit Sand und oben mit Salz gefüllet, wie ich dem einen hier, dem andern dort einen Bären aufgebunden und die Leute mit Pasquillen vexieret.

Ich gestund auch unverholen, daß ich willens gewesen, den Obristen mir allerhand Boßheiten dergestalt zu perturbieren und abzumatten, daß er mich endlich aus der Guarnison hätte schaffen müssen.

Nach beendetem Imbiß hatte der Jud kein Pferd, so meinem Herzbruder vor mich gefallen hätte. Endlich verehrete ihm der Obrist eins mit Sattel und Zeug aus seinem Stall, auf welches sich Herr Simplicius satzte und mit seinem Herzbruder zur Festung hinausritte.

Das sechste Kapitel

Also ward ich in Eil wieder ein Kerl, der einem braven Soldaten gleich sahe. Mein Herzbruder verschaffte mir noch ein Pferd samt einem Knecht und tat mich als Freireuter zum Neun-Eckischen Regiment. Ich tät aber denselben Sommer wenig Taten, als daß ich am Schwarzwald hin und wider etliche Kühe stehlen half und mir das Brißgäu und Elsaß ziemlich bekannt machte. Im übrigen hatte ich abermal wenig Stern. Mein Knecht samt dem Pferd ward von den Weimarischen gefangen, also mußte ich das ander desto härter strapazieren und endlich gar niederreuten.

So kam ich in den Orden der Merode-Brüder, dann mein Herzbruder gedachte mich zappeln zu lassen, bis ich mich besser vorzusehen lernete. So begehrte ich solches auch nicht, dann ich fand an meinen Consorten eine so angenehme Gesellschaft, daß ich mir bis in das Winterquartier keinen besseren Handel wünschte.

Ich muß nun ein wenig erzählen, was die Merode-Brüder vor Leute sind, dann ich habe bisher noch keinen Scribenten getroffen, der etwas von ihren Gebräuchen, Gewohnheiten, Rechten und Privilegien in seine Schriften einverleibt hätte, unangesehen es wohl wert ist, daß nicht allein die jetzigen Feldherren, sondern auch der Bauersmann wisse, was es vor eine Zunft sei.

Als der berühmte General Johann Graf von Merode einsmals ein neugeworben Regiment zur Armee brachte, waren die Kerl so schwacher baufälliger Natur, daß sie also das Marschieren und ander Ungemach, das ein Soldat im

Felde ausstehen muß, nicht erleiden konnten, derowegen
dann ihre Brigade zeitlich so schwach ward, daß sie kaum
die Fähnlein mehr bedecken konnte. Wo man einen oder
mehr Kranke und Lahme auf dem Markt, in Häusern und
hinter Zäunen und Hecken antraf und fragte: Wes
Regiments? — so war gemeiniglich die Antwort: von
Merode. Davon entsprang, daß man endlich alle diejenigen,
sie wären gleich krank oder gesund, verwundt oder nit,
wann sie nur außerhalb der Zugordnung daherzottelten
oder sonst nicht bei ihren Regimentern das Quartier im Feld
nahmen, Merode-Brüder nannte, welche Bursche man
zuvor Säusenger und Immenschneider genannt hatte, dann
sie sind die Brummser in den Immenstöcken, die, wann sie
ihren Stachel verloren haben, nicht mehr arbeiten noch
Honig machen, sondern nur fressen können. Wann ein
Reuter sein Pferd und ein Musketier seine Gesundheit
verleurt oder ihm Weib und Kind erkrankt und er zurück
bleiben will, so ists schon anderthalb Paar Merode-Brüder,
ein Gesindlein, so sich mit nichts besser als mit den
Zigeunern vergleichet, weil es denselben beides: an Sitten
und Gewohnheiten ähnlich ist. Da siehet man sie
haufenweis beieinander, wie Feldhühner im Winter, hinter
den Hecken, im Schatten oder an der Sonne um irgend ein
Feuer herumliegen, Tabak saufen und faulenzen, wann
unterdessen anderwärts ein rechtschaffener Soldat beim
Fähnlein Hitze, Durst, Hunger, Frost und allerhand Elend
überstehet. Da gehet eine Merodeschar auf die Mauserei,
wann indessen manch armer Soldat unter seinen Waffen
versinken möchte. Sie spolieren vor, neben und hinter der
Armee, alles was sie antreffen und nicht genießen können,
verderben sie, also daß die Regimenter, wann sie in die
Quartier oder Läger kommen, oft nicht einen guten Trunk
Wasser finden. Wann sie allen Ernstes angehalten werden,
bei der Bagage zu bleiben, so wird man oft sie stärker
finden, als die Armee selbst. Wann sie aber gesellenweis

marschieren, quartieren, kampieren und hausieren, so
haben sie keinen Wachtmeister, der sie kommandiert, keinen
Feldweibel oder Schergianten, der ihren Wams ausklopfet,
keinen Korporal, der sie wachen heißt, keinen Tampour, der
sie des Zapfenstreichs, der Schar- und Tagwacht erinnert
und in summa niemand, der sie anstatt des Adjutanten in
Schlachtordnung stellet oder anstatt des Fouriers einlogiert,
sondern leben vielmehr wie die Freiherren. Wann aber etwas
an Kommiß der Soldateska zukommt, so sind sie die ersten,
die ihr Teil holen, obgleich sie es nicht verdient. Hingegen
sind die Rumormeister und Generalgewaltiger ihre
allergrößte Pest, als welche ihnen zu Zeiten, wann sie es zu
bunt machen, eisernes Silbergeschirr an Händ und Füß
legen oder sie mit den Kragen zieren und sie an ihre
allerbesten Hälse anhängen lassen.

Sie wachen nicht, sie schanzen nicht, sie stürmen nicht
und kommen auch in keine Schlachtordnung und sie
ernähren sich doch. Der heilloseste Reuterjung, der nichts
tut als fouragieren, ist dem Feldherren nützer, als tausend
Merode-Brüder, die ein Handwerk daraus machen und ohn
Not auf der Bernhaut liegen. Sie werden vom Gegenteil
hinweggefangen und von den Bauren auf die Finger
geklopft. Dadurch wird die Armee gemindert und der Feind
gestärkt. Man sollte sie zusammenkuppeln wie die
Windhunde und sie in den Guarnisonen kriegen lernen
oder gar auf Galeeren schmieden, wann sie nicht auch zu
Fuß im Feld das Ihrige tun wollten, bis sie gleichwohl
wieder ein Pferd kriegen.

Ein solcher ehrbarer Bruder war ich damals auch und
verbliebs bis zu dem Tag vor der Wittenweyrer Schlacht, zu
welcher Zeit das Hauptquartier in Schuttern lag. Als ich
damals mit meinen Kameraden in das Geroldseckische ging,
Kühe und Ochsen zu stehlen, ward ich von den
Weimarischen gefangen, die uns viel besser zu traktieren

wußten, dann sie luden uns Musketen auf und stießen uns hin und wieder unter die Regimenter.

Weil ich nunmehr Weimarisch war, mußte ich Breisach belägern helfen, da wachte ich dann wie andere Musketierer Tag und Nacht und lernte trefflich schanzen. Im übrigen aber war es lausig bei mir bestellt, weil der Beutel leer, Wein, Bier und Fleisch eine Rarität, Äpfel und hart, schimmelig Brot (jedoch kümmerlich genug) mein bestes Wildpret.

Solches war mir sauer zu ertragen, Ursache: wann ich zurück an die egyptischen Fleischtöpfe, das ist an westfälische Schinken und Knackwürste zu L. gedachte. Ich sehnete mich niemalen mehr nach meinem Weib, als wann ich im Zelte lag und vor Frost halb erstarrt war. Da sagte ich dann oft zu mir selber: Hui, Simplici, meinest du auch wohl, es geschehe dir unrecht, wann dir einer wieder wett spielte, was du zu Paris begangen? — Und mit solchen Gedanken quälte ich mich wie ein anderer eifersüchtiger Hanrei, da ich doch meinem Weib nichts als Ehre und Tugend zutrauen konnte.

Zuletzt ward ich so ungeduldig, daß ich mich meinem Kapitain eröffnete. Schrieb auch auf der Post nach L. und erhielt durch den Obristen de S. A. und meinem Schwehrvater, daß sie durch ihre Schreiben bei dem Fürsten von Weimar einen Paß von meinem Kapitain zuwege brachten.

Ungefähr eine Woche oder vier vor Weihnachten marschierte ich mit einem guten Feuerrohr vom Läger ab und das Brißgäu hinunter der Meinung, auf selbiger Weihnachtsmesse zu Straßburg von meinem Schwehr ein Geldstück zu empfangen und mit Kaufleuten den Rhein hinunter zu fahren.

Als ich aber bei Endingen vorbeipassiert und zu einem Haus kam, geschah ein Schuß nach mir, so daß mir die

Kugel den Rand am Hut verletzte. Gleich darauf sprang ein starker, vierschrötiger Kerl aus dem Haus auf mich los und schrie, ich sollte das Gewehr ablegen. »Bei Gott, Landsmann, dir zu Gefallen nicht!« Und zog den Hahn über.

Er aber wischte mit einem Ding vom Leder, das mehr einem Henkersschwert als einem Degen glich.

Wie ich nun seinen Ernst spürte, schlug ich an und traf ihn dergestalt an die Stirn, daß er herumtaumelte und endlich zu Boden fiel. Das machte ich mir zu Nutz, rang ihm geschwind sein Schwert aus der Faust und wollts ihm in den Leib stoßen, da es aber nicht durchgehen wollte, sprang er unversehens auf, erwischte mich beim Haar und ich ihm auch, sein Schwert hatte ich schon weggeworfen.

Darauf fingen wir ein solch ernstlich Spiel miteinander an, so eines jeden verbitterte Stärk genugsam zu erkennen gab, und konnte doch keiner des andern Meister werden. Bald lag ich, bald er oben und im Hui kamen wir wieder auf die Füße, so aber nicht lang dauerte, weil ja einer des andern Tod suchte.

Das Blut, so mir häufig zu Hals und Mund herauslief, spie ich meinem Feind ins Gesicht, weil ers so hitzig begehrte. Das war mir gut, dann es hinderte ihn am sehen. Also zogen wir einander bei anderthalb Stund im Schnee herum, davon wurden wir so matt, daß allem Ansehen nach die Unkraft des einen der Müdigkeit des andern nicht Herr werden konnte. Meine Ringkunst kam mir damals wohl zustatten, dann mein Feind war viel stärker als ich und überdas eisenfest.

Endlich sagte er: »Bruder, höre auf, ich gebe mich dir zu eigen!«

Ich antwortete: »Hättest du mich passieren lassen.«

»Was hast du mehr, wanngleich ich sterbe?«

»Und du, wann du mich hättest niedergeschossen, sintemal ich keinen Heller bei mir habe.«

Darauf bat er um Verzeihung und ich ließ mich erweichen. Wir stunden auf und gaben einander die Hände, daß alles, was geschehen, vergessen sein sollte. Verwunderte sich einer über den andern, daß er seinen Meister gefunden, dann jener meinte, ich sei auch mit einer solchen Schelmenhaut überzogen wie er.

Ich ließ ihm dabei bleiben, damit er sich mit seinem Gewehr nicht noch einmal an mir reibe. Er hatte von meinem Schuß eine große Beule an der Stirn und ich hatte mich sehr verblutet.

Weil es gegen Abend war, ließ ich mich überreden und ging mit ihm, da er dann unterwegs oft mit Seufzen bezeugte, wie leid ihm sei, daß er mich beleidigt habe.

Das siebente Kapitel

Ein resoluter Soldat, der sich darein ergeben, sein Leben zu wagen, ist wohl ein dummes Vieh! Man hätte nicht einen von tausend Kerlen gefunden, der mit seinem Mörder an einen unbestimmten Ort zu Gast gegangen wäre. — Ich fragte ihn auf dem Weg, wes Volks er sei. Er sagte, daß er für sich selbst kriege. So wollte er auch meinen Namen wissen. Ich sagte: »Simplicius.« Da kehrte er sich um, dann ich ließ ihn vor mir gehen, und sahe mir steif ins Gesicht.

»Heißt du auch Simplicissimus?«

»Ja, es ist ein Schelm, der seinen Namen verleugnet. Wie heißest aber du?«

»Ach, Bruder, ich bin Olivier, den du vor Magdeburg hast gekannt.«

Warf damit sein Rohr von sich und fiel auf die Knie nieder, mich um Verzeihung zu bitten, sagend, daß er keinen besseren Freund in der Welt hätte als mich, weil ich seinen Tod nach des alten Herzbruder Profezeihung tapfer rächen sollte.

Da konnte ich mich wohl verwundern.

»Ich bin aus einem Secretario ein Waldfischer, du aber aus einem Narren ein tapferer Soldat geworden, und das ist wohl seltsam. Sei versichert, Bruder, unserer zehntausend hätten morgenden Tags Breisach entsetzt und zu Herren der ganzen Welt gemacht.«

Obzwar mir solche Prahlerei nicht gefiel, gab ich ihm doch recht, vornehmlich weil mir sein schelmisch Gemüt bekannt war.

Wir kamen in ein klein, abgelegen Taglöhnerhäuslein, in welchem ein Baur eben die Stube einhitzte. Zu dem sagte er: »Hast du etwas gekocht?« »Nein, ich hab den gebratenen Kalbsschlegel noch.« »Nun dann, so geh und lang her, was du hast und bring das Fäßlein Wein.«

»Bruder, du hast einen willigen Wirt,« meinte ich.

»Das dank dem Schelmen der Teufel! Ich ernähre ihn mit Weib und Kindern. Ich lasse ihm darzu alle Kleider, die ich erobere.«

Sodann berichtete Olivier, daß er diese Freibeuterei schon lang getrieben und sie ihm besser als Herrendienst zuschlage, er gedächte auch nicht früher aufzuhören, bis er seinen Beutel rechtschaffen gespickt hätte.

»Bruder, du lebest in einen gefährlichen Stand, wann du ergriffen wirst, wie meinest du wohl, daß man mit dir umginge?«

»Ha, ich höre, daß du noch der alte Simplicius bist! Ich weiß wohl, daß derjenige, so kegeln will, aufsetzen muß, aber die Herren von Nürnberg lassen keinen hängen, sie haben ihn dann.«

»Dannoch ist ein solch Leben, wie du es führest, das allerschändlichste der Welt, daß ich also nicht glaube, du begehrest darin zu sterben.«

»Was? Das schändlichste? Mein tapferer Simplici, ich versichere dich, daß die Räuberei das alleradeligste Exercitium ist, das man dieser Zeit auf der Welt haben kann! Sage mir, wieviel Königreiche und Fürstentümer sind nicht mit Gewalt geraubt und zuwege gebracht worden? Oder wo wird einem König oder Fürsten auf dem ganzen Erdboden vor übel genommen, wann er seiner Länder Gefälle geneußt, die doch gemeiniglich durch seiner Vorfahren verübte

Gewalt erworben worden? Was könnte doch adeliger genannt werden, als eben das Handwerk, dessen ich mich jetzt bediene? Willst du mir vorhalten, daß ihrer viel wegen Mordens, Raubens und Stehlens sein gerädert, gehängt und geköpft worden? Du wirst keine andern als arme und geringe Diebe haben hängen sehen, was auch billig ist, weil sie sich dieser vortrefflichen Übung haben unterfangen, die doch allein herzhaften Gemütern gebührt und vorbehalten ist. Wo hast du jemals eine vornehmere Standesperson durch die Justitia strafen sehen? Ja, was noch mehr ist, wird doch kein Wucherer gestraft, der diese Kunst heimlich treibet, und zwar unter dem Deckmantel der christlichen Liebe! Warum sollte ich strafbar sein, der ich solche offentlich auf gut alt-deutsch ohn einzige Bemäntelung und Gleißnerei übe? Mein lieber Simplici, du hast den Machiavellum noch nicht gelesen! Ich bin eines recht aufrichtigen Gemüts. Ich fecht und wage mein Leben darüber, wie die alten Helden. Weil ich mein Leben in Gefahr setze, so folgt unwidersprechlich, daß mirs billig und erlaubt sei, diese Kunst zu üben.«

Ich antwortete: »Gesetzt, Rauben und Stehlen sei dir erlaubt oder nicht, es ist dannoch wider die Natur, die nicht will, daß einer einem andern tun solle, was er nicht will, daß es ihm geschehe. Gott lässet kein Sünde ungestraft.«

Da sagte Olivier: »Es ist so, du bist noch Simplicius, der den Machiavellum nicht studiert hat. Könnte ich aber auf solche Art eine Monarchiam aufrichten, so wollte ich sehen, wer mir alsdann viel dawider predigte.«

Wir hätten noch mehr miteinander disputiert, weil aber der Baur mit dem Essen und Trinken kam, saßen wir zusammen und stilleten unsere Mägen, dessen ich dann trefflich hoch vonnöten hatte.

Unser Essen war weiß Brot und ein gebratener kalter

Kalbsschlegel, dabei hatten wir einen guten Trunk Wein und eine warme Stube.

»Gelt, Simplici, hier ist es besser als vor Breisach in den Laufgräben!«

»Das wohl, wann man solch ein Leben mit gewisser Sicherheit und besserer Ehre zu genießen hätte.«

Darüber lachte er überlaut.

»Mein lieber Simplici, ich sehe zwar, daß du deine Narrenkappe abgeleget, hingegen aber deinen närrischen Kopf noch behalten hast, der nit begreifen kann, was gut und bös ist.«

Ich gedachte, du mußt andere Worte hervorsuchen als bisher.

»Wo ist sein Tag je erhört,« sagte ich, »daß der Lehrjung das Handwerk besser versteht als der Lehrmeister. Bruder, hast du ein so edel, glückselig Leben, wie du vorgibst, so mache mich seiner teilhaftig, sintemal ich eines guten Glückes hoch vonnöten.«

»Sei versichert, Bruder,« antwortete Olivier, »daß ich dich so sehr liebe als mich selbsten, und daß mir die Beleidigung, die ich dir heut zugefügt, viel weher tut, als die Kugel, damit du mich an meine Stirn getroffen. Warum sollte ich dir dann etwas versagen können? Wann dirs beliebet, so bleib bei mir, ich will vor dich sorgen als wie vor mich. Damit du aber glaubest, so will ich dir die Ursache meiner Liebe sagen. — Der alte Herzbruder hat mir vor Magdeburg diese Worte geweissaget: ›Olivier, siehe unsern Narren an wie du wilt, so wird er dannoch durch seine Tapferkeit dich erschröcken und dir den größten Possen erweisen, der dir dein Lebtag je geschehen wird, weil du ihm darzu verursachet. Doch wird er dir dein Leben schenken, so in seinen Händen gestanden, und wird an den Ort kommen, da du erschlagen wirst, daselbst wird er glückselig deinen Tod rächen.' — Dieser Weissagung halber, lieber Simplici, bin ich bereit, dir mein Herz im Leib zu teilen, dann etlichs von den Worten des alten Herzbruder ist mit heutigem Tag erfüllet. Also zweifle ich nicht, daß das übrige von meinem Tod auch im wenigsten fehlschlagen werde. Aus solcher Rache nun, mein lieber Bruder, muß ich schließen, daß du mein getreuer Freund seiest. Da hast du nun die Concepta meines Herzens.«

Ich gedachte: traue dir der Teufel, ich nicht. Nehme ich Geld von dir auf den Weg, so möchtest du mich erst niedermachen, bleibe ich bei dir, so muß ich sorgen, mit dir gevierteilt zu werden. Satzte mir demnach vor, ich wollte ihm eine Nase drehen und bei ihm bleiben, bis ich mit Gelegenheit von ihm kommen könnte. Ich sagte ihm derhalben, so er mich leiden möchte, so wollte ich mich ein Tag oder acht bei ihm aufhalten, ob ich auf solche Art zu leben gewöhnen könnte. So sollte er beides: einen guten Soldaten und einen getreuen Freund an mir haben.

Hierauf satzte er mir mit dem Trunk zu, ich getraute aber auch nicht und stellete mich voll eh ichs war.

Am Morgen gegen Tag sagte Olivier: »Auf, Simplici, wir wollen in Gottes Namen hinaus und sehen, was etwan zu bekommen sein möchte.«

Ach Gott, dachte ich, soll ich dann nun in deinem hochheiligen Namen auf die Rauberei gehen und bin hiebevor nit so kühn gewesen, ohn Erstaunen zuzuhören, wann einer sagte: Komm Bruder, wir wollen in Gottes Namen ein Maß Wein miteinander saufen. O himmlischer Vater, wie habe ich mich verändert, ach, hemme meinen Lauf!

Mit dergleichen Gedanken folgete ich Olivier in ein Dorf, darin keine lebendige Kreatur war. Da stiegen wir des fernen Aussehens halber auf den Kirchturm. Dort hatte er zwei

Laib Brot, etliche Stücke gesotten Dörrfleisch und ein
Fäßlein voll Wein im Vorrat. Er sagte mir, daß er noch
etliche solcher Örter hätte, die mit Speis und Trank versehen
wären, damit, wann Bläsi an dem einen Ort nicht zu Haus
wäre, er ihn am andern finden könnte. Ich mußte zwar seine
Klugheit loben, gab ihm aber zu verstehen, daß es doch
nicht schön stünde, einen so heiligen Ort zu beflecken.

»Was beflecken? Die Kirchen, so sie reden könnten,
würden gestehen, daß sie meine Laster entgegen denen, so
hiebevor in ihnen begangen worden, noch vor ganz gering
aufnehmen müßten. Wie mancher und wie manche seit
Erbauung dieser Kirchen sein hereingetreten unter dem
Schein, Gott zu dienen, da sie doch nur hergekommen, ihre
neuen Kleider, ihre schöne Gestalt, ihre Würden und sonst
so etwas sehen zu lassen. Da kommt einer zur Kirche wie
ein Pfau und stellet sich vor den Altar, als ob er den
Heiligen die Füße abbeten wollte, dort steht einer in der
Ecke, zu seufzen wie der Zöllner im Tempel, welche Seufzer
aber nur zu seiner Liebsten gehen, in deren Angesicht er
seine Augen weidet, um derentwillen er sich auch
eingestellet. Ein anderer kommt vor oder, wanns wohlgerät,
in die Kirche mit einem Gebund Briefe, wie einer, der eine
Brandsteuer sammlet, seine Zinsleute zu mahnen. Hätte er
aber nicht gewußt, daß seine Schuldner zur Kirche kommen
müßten, so wäre er fein daheim über seinen Registern sitzen
geblieben. Meinest du nicht, es werden auch von
denenjenigen in die Kirche begraben, die Schwert, Galgen,
Feuer und Rad verdienet hätten? Mancher könnte seine
Buhlerei nicht zu Ende bringen, da ihm die Kirche nicht
beförderlich wäre. Ist etwas zu verkaufen oder zu verleihen,
so wird es an die Kirchtür geschlagen. Wann mancher
Wucherer die ganze Woche keine Zeit nimmt, seiner
Schinderei nachzusinnen, so sitzt er unter währendem
Gottesdienst in der Kirche und dichtet, wie der Judenspieß

zu führen sei. Da sitzen sie wohl hier und dort unter der Messe und Predigt, miteinander zu diskurieren und dann werden oft Sachen beratschlagt, deren man an Privatörtern nicht gedenken dörfte. Teils sitzen dort und schlafen, als ob sie es verdingt hätten. Etliche richten die Leut aus: Ach wie hat der Pfarrer diesen und jenen so artlich in seiner Predigt getroffen! Andere geben fleißig Achtung auf ihren Seelsorger, damit sie ihn, wann er nur im geringsten anstößt, durchziehen und tadeln möchten. Nicht allein in ihrem Leben beschmutzen die Menschen mit Lastern die Kirchen, sondern auch nach ihrem Tod mit Eitelkeit und Torheit. Du wirst an den Grabsteinen sehen, wie diejenigen noch prangen, die doch die Würmer schon längst gefressen. Siehest du dann in die Höhe der Kirche, so kommen dir mehr Schilde, Helme, Waffen, Degen, Fahnen, Stiefel, Sporen und dergleichen Ding ins Gesicht als in mancher Rüstkammer, dahero kein Wunder, daß sich die Bauren diesen Krieg über an etlichen Orten aus den Kirchen, wie aus Festungen um das Ihre gewehrt. — Ist es billig, daß mancher Reiche um ein Stück Geld in die Kirche begraben wird, hingegen der Arme außerhalb in einem Winkel verscharrt werden muß? Warum endlich sollte mir verboten sein, meine Nahrung vermittels eines Kirchtums zu suchen, da sich doch sonst so viel Menschen von der Kirche ernähren?«

Ich hätte Olivier gerne geantwortet, doch getrauete ich mich nicht nach meinem Herzen zu reden.

Er fragte mich, wie mirs ergangen, sint wir vor Magdeburg voneinder gekommen, weil ich aber wegen der Halsschmerzen gar zu unlustig, entschuldigte ich mich mit Bitte, er wollte mir doch zuvor seines Lebens Lauf erzählen.

Das achte Kapitel

»Mein Vater«, sagte Olivier, »ist unweit der Stadt Aach von geringen Leuten geboren worden. Er mußte bei einem reichen Kaufmann, der mit Kupfer schacherte, dienen und hielt sich so fein, daß der ihm Schreiben, Lesen und Rechnen lernen ließ und endlich über seinen ganzen Handel satzte. Dies schlug beiden Teilen wohl zu. Der Kaufmann ward je länger je reicher, mein Vater aber je länger je stolzer, daß er sich auch seiner Eltern schämete und sie verachtete. Der Kaufmann starb und verließ seine alte Witwe samt deren einziger Tochter, die kürzlich in eine Pfanne getreten und sich von einem Gademhengst ein Junges hatte zweigen lassen, das aber seinem Großvater bald nachfolgte. Da nun mein Vater sahe, daß die Tochter zwar vater- und kinderlos aber nicht geldlos worden, achtete er nicht, daß sie keinen Kranz mehr tragen dorfte, sondern erwug ihren Reichtum und machte sich bei ihr zutäppisch, so ihre Mutter gern zuließ, dann mein Vater hatte um den ganzen Kindeshandel Wissenschaft und konnte sonst mit dem Judenspieß trefflich fechten. Also ward mein Vater unversehens ein reicher Kaufmann, ich aber, sein Erbe, ward in Kleidung gehalten wie ein Edelmann, in Essen wie ein Freiherr und in der übrigen Wartung wie ein Graf.

Kein Schelmstück war mir zu viel, dann was zur Nessel werden soll, brennt bei Zeiten. Ich terminierte mit bößen Buben durch dick und dünn auf der Gasse. Kriegte ich Stöße, so sagten meine Eltern: soll so ein großer Flegel sich mit einem Kinde schlagen! Überwand ich, maßen ich kratzte, biß und warf, so sagten sie: unser Oliviergen wird ein braver Kerl. Ich ward immer ärger, bis man mich zur Schule schickte. Was die bösen Buben ersannen und nicht praktizieren dorften, das satzte ich ins Werk. Meinen Schulmeister tät ich großen Dampf an, dann er dorfte mich nicht hart halten, weil er ziemliche Verehrung von meinen Eltern bekam.

Ich stäubte Nießwurz an den Ort, da man die Knaben zu kastigieren pflegte; wann sich dann etwa ein halsstarriger wehrte, so stob mein Pulver herum und machte mir eine angenehme Kurzweile, dann alles nießen mußte. Ich stahl oft dem einen etwas und steckte es dem andern in den Sack, dem ich gern Stöße angerichtet. Mit solchen Griffen konnte ich so behutsam umgehen, daß ich fast niemals darüber erdappt ward.

Weilen sich meines Vaters Reichtum täglich mehrete, als bekam er auch desto mehr Schmarotzer und Fuchsschwänzer, die meinen guten Kopf trefflich lobten und meine Untugenden zu entschuldigen wußten. Derowegen hatten meine Eltern eine Freude an ihrem Sohn, als die Grasmücke, die einen Guckuck aufzeucht. Sie dingten mir einen eigenen Praeceptor und schickten mich nach Lüttich, mehr daß ich dort Welsch lernen, als studieren sollte, weil sie keinen Theologum, sondern einen Handelsmann aus mir erziehen wollten. Dieser hatte Befehl, mich beileib nicht streng zu halten, daß ich kein forchtsam knechtisch Gemüt überkäme und nicht leutscheu, sondern ein Weltmann würde.

Ermeldter Praeceptor war dieser Weisung unbedürftig und von sich selbsten auf alle Büberei geneigt, aufs Buhlen und Saufen aber am meisten, ich aber von Natur aus aufs Balgen und Schlagen. Daher ging ich schon bei Nacht mit ihm und seines gleichen gassatim und lernte ihm in Kürze mehr Untugenden ab als Latein. Beim Studieren verließ ich mich auf mein gut Gedächtnis und scharfen Verstand. Mein

Gewissen war bereits so weit, daß ein großer Heuwagen hindurch hätte fahren mögen. Ich fragte nichts darnach, wann ich in der Kirche unter der Predigt schlüpfrige Bücher lase, und hörte nichts Liebers vom ganzen Gottesdienst, als wann man sagte: Ite, missa est. Darneben dünkte ich mich keine Sau zu sein, sondern hielt mich recht stutzerisch, alle Tage wars mir Martins-Abend oder Faßnacht. Da mir mein Vater zur Notdurft reichlich schickte und auch meiner Mutter fette Milchpfennige tapfer durchgehen ließe, lockte uns auch das Frauenzimmer an sich. Bei diesen Schleppsäcken lernte ich Löffeln, Buhlen und Spielen; Hadern, Balgen und Schlagen konnte ich zuvor.

Mein Vater erfuhr dieses herrliche Leben durch seinen Faktor in Lüttich. Der bekam Befehl, den Praeceptor abzuschaffen und den Zügel fürderhin nicht so lang zu lassen, mich ferner genauer im Gelde zu halten. Solches verdroß uns beide. Demnach wir aber nicht mehr wie hiebevor spendieren konnten, gesellten wir uns zu einer Bursch, die den Leuten des Nachts auf der Gasse die Mäntel abzwackte oder sie gar in der Maas ersäufte. Was wir solchergestalt eroberten, verschlemmten wir mit unseren Huren und ließen das Studieren beinahe ganz unterwegen.

Als wir nun einsmals bei Nacht herum schlingelten, den Studenten ihre Mäntel hinweg zu vulpinieren, wurden wir überwunden, mein Praeceptor erstochen und ich neben andern fünfen, die rechte Spitzbuben waren, erdappt und eingezogen. Auf Bürgschaft des Faktors, der ein ansehnlicher Mann war, ward ich losgelassen, doch daß ich bis auf weiteren Bescheid in seinem Hause im Arrest bleiben sollte. Jene fünf wurden als Spitzbuben, Räuber und Mörder gestraft. Mein Vater kam eiligst selbst auf Lüttich, richtete meine Sache mit Geld aus, hielt mir eine scharfe Predigt und verwiese mir, was ich ihm vor Kreuz und Unglück und meiner Mutter vor Verzweiflung machte — auch, daß er mich enterben und vorn Teufel hinwegjagen wollte. Ich versprach Besserung und ritte mit ihm nach Haus; also hat mein Studieren ein Ende genommen.

Ich war kein ehrbarer Domine geworden, sondern ein Disputierer und Schnarcher, der sich einbildete, er verstehe trefflich viel. Und mein Vater befand, daß ich im Grund verderbt wäre.

»Höre, Olivier,« sagte er, »ich sehe deine Eselsohren je länger je mehr hervorragen, du bist eine unnütze Last auf Erden. Ein Handwerk zu lernen bist du zu groß, einem Herren zu dienen bist du zu flegelhaftig, meine Hantierung zu begreifen und zu treiben bist du nichts nutz. Ich habe gehofft dich zum Manne zu machen, so habe ich dich hingegen jetzt aus des Henkers Händen erkaufen müssen: Pfui, der Schande!«

Dergleichen Lectionen mußte ich täglich hören, bis ich zuletzt auch ungeduldig ward und sagte, ich wäre an allem nicht schuldig, sondern er und mein Praeceptor, der mich verführt hätte. Daß er keine Freude an mir erlebe, wäre billig, sintemal seine Eltern sich auch seiner nicht erfreuen, als er sie gleichsam im Bettel verhungern lasse. Da erdappte er einen Prügel und wollte mir meine Wahrsagung lohnen, hoch und teuer sich verschwörend, er wolle mich nach Amsterdam ins Zuchthaus tun. Ich ging durch und ritte seinen besten Hengst auf Köln zu.

Den versilberte ich, kam abermals in eine Gesellschaft der Spitzbuben und Diebe und half bei Nacht einfahren. Maßen aber einer kurz hernach ergriffen ward, als er einer vornehmen Frau auf dem Alten Markt ihren schweren Beutel doll machen wollte und ich ihn einen halben Tag mit dem eisernen Halskragen am Pranger stehen sah, dergleichen wie sie ihm ein Ohr abschnitten und ihn mit Ruten aushieben, ward mir das Handwerk verleidet. Unser

Obrister, bei dem wir vor Magdeburg gewesen, nahm eben damals Knechte an; ich ließ mich derowegen vor einen Soldaten unterhalten.

Nachgehends ging sein Schreiber mit Tod ab, so nahm mich der Obrist an dessen Statt zu sich, dann er hatte vernommen, daß ich eines reichen Kaufmanns Sohn wäre. Ich lernte von unserm Secretario, wie ich mich halten sollte, und mein Vorsatz, groß zu werden, verursachte, daß ich mich ehrbar und reputierlich einstellte und nit mehr mit Lumpenpossen schleppte.«

Sonach erzählte mir Olivier das Schelmenstück, das er meinem jungen Herzbruder mit dem übergöldten Becher angetan, damit er den alten Herzbruder auf den Tod gekränket, und mir ward grün und gelb vor Augen, als ich es aus seinem eigenen Maul hören mußte. Gleichwohl dorfte ich keine Rache nehmen.

»Im Treffen vor Wittstock«, sagte Olivier, »hielt ich mich nicht wie ein Federspitzer, der nur auf das Tintenfaß bestellt ist. Ich war wohl beritten und so fest als Eisen, ließ derhalben meinen Valor sahen, als einer der durch den Degen hoch zu kommen oder zu sterben gedenket. Wie eine Windsbraut vagierte ich um unsere Brigade herum, mich zu exerzieren und zu erweisen, daß ich besser zu den Waffen als zur Feder tauge. Aber das Glück der Schweden überwand, ich wurde gefangen.

In einem Regiment, welches nach Pommern gelegt ward, sich wieder zu erholen, ließ ich treffliche Courage verspüren und ward zum Korporal gemacht. Aber ich gedachte wieder unter die Kaiserlichen zu kommen. — Einsmals hatte ich mit sieben Musketierern achthundert Gulden ausständige Kontribution in unseren abgelegenen Quartieren erpreßt. Da ich nun das Geld beisammen trug, zeigte ich es meinen Burschen und machte ihre Augen nach demselben lüstern, also daß wir des Handels einig wurden zu teilen und durchzugehen. Sonach persuadierte ich drei, daß sie mir halfen die andern vier tot zu schießen, und wir teileten das Geld. Unterwegs überredete ich noch einen, daß er auch die zween übrigen nieder schießen half. Den letzten erwürgte ich auch. So kam ich nach Werle, allwo ich mich anwerben ließ und mit dem Gelde ziemlich lustig machte.

Ich hörte daselbst viel Rühmens von einem jungen Soldaten in Soest, der sich treffliche Beuten und einen großen Namen machte. Man nannte ihn wegen seiner grünen Kleidung den Jäger. Mein Geld ging auf die Neige, derhalben ich mir einen grünen Wams und Hosen machen ließ und auf seinem Namen mit Verübung allerhand Exorbitantien in allen Quartieren stahl, soviel ich konnte. Der Jäger ließ mich herausfordern, aber der Teufel hätte mit ihm fechten mögen, den er auch in den Haaren sitzen hatte. Der würde mir meine Festigkeit schön aufgetan haben. Doch konnte ich seiner List nicht entgehen. Er praktizierte mich mich Hülfe zweier leibhaftiger Teufel in eine Schäferei und zwang mich zu der spöttlichsten Sache von der Welt, davon ich mich dergestalt schämte, daß ich hinweg nach Lippstadt lief.

Ich nahm fürders holländische Dienste, allwo ich zwar richtigere Bezahlung aber vor meinen Humor einen langweiligen Krieg fand, dann da wurden wir eingehalten wie die Mönche und sollten züchtiger leben als die Nonnen.

Also gedachte ich mich zu den Spanischen zu schlagen und entwich, maßen mir der holländer Boden heiß geworden war. Allein mir ward der Kompaß verruckt, daß ich unversehens an die Bayrischen geriet. Mit denselben marschierte ich unter den Merode-Brüdern aus Westfalen bis ins Brißgäu und nährte mich mit Spielen und Stehlen, bis das Treffen vor Wittenweyer vorüberging, in welchem ich gefangen, abermals unter ein Regiment zu Fuß gestoßen

und also zu einem Weimarischen Soldaten gemacht ward. Es
wollte mir aber im Läger vor Breisach nicht gefallen, darum
quittierte ichs bei Zeiten und ging davon, vor mich selbst zu
kriegen, wie du siehest.«

Das neunte Kapitel

Als Olivier seinen Diskurs dergestalt vollführte, konnte ich mich nicht genugsam über die göttliche Vorsehung verwundern. Dann sollte diese Bestia gewußt haben, daß ich der Jäger von Soest gewesen wäre, so hätte er mir gewißlich wieder eingetränkt, was ich ihm hiebevor auf der Schäferei getan. Ich sahe erst, was ich dem Olivier vor einen Possen erwiesen und wie weislich und obscur der alte Herzbruder seine Weissagungen gegeben, und wie es dannoch schwer fallen würde und seltsam hergehen müßte, da ich eines solchen Tod, der Galgen und Rad verdienet hätte, rächen sollte. Indem ich nun solche Gedanken machte, ward ich in Oliviers Gesicht etlicher Ritze gewahr, die ich vor Wahrzeichen des Spring-ins-Feld und seiner Teufelskrallen hielte. Ich fragte, woher ihm solche Zeichen kämen.

»Ach Bruder,« antwortete er, »wann ich dir alle meine Bubenstücke und Schelmerei erzählen sollte, so würde beides: mir und dir die Zeit zu lang werden. Ich will dir hievon auch die Wahrheit sagen, obschon es scheinet, als gereiche sie mir zum Spott.

Ich glaube gänzlich, daß ich vom Mutterleib an zu einem gezeichneten Angesicht vorbestimmt gewesen sei. In meiner Jugend ward ich von meinesgleichen Schuljungen zerkratzt, so hielt mich auch einer von denen Teufeln, die dem Jäger von Soest aufwarteten, überaus hart, maßen man seine Klauen wohl sechs Wochen in seinem Gesicht spürete. Diese Striemen aber, die du jetzt siehest, haben einen anderen Ursprung: Als ich unter den Schweden im Pommer lag und eine schöne Matresse hatte, mußte mein Wirt aus seinem

Bette weichen und uns hineinlegen lassen. Seine Katze, die in demselben Bette zu schlafen gewohnt war, kam alle Nacht und machte uns große Ungelegenheit, dann meine Matresse konnte keine Katze leiden und verschwur sich hoch, sie wollte mir in keinem Fall mehr Liebes erweisen, bis ich ihr zuvor die Katze hätte abgeschafft. So gedachte ich mich an der Katze zu rächen, daß ich auch eine Lust daran haben möchte. Steckte sie derhalben in einen Sack, nahm meines Wirts beide starke Baurenhunde mit mir auf eine breite, lustige Wiese und gedachte da meinen Spaß zu haben, dann ich vermeinte, weil kein Baum in der Nähe war, auf den sich die Katze retirieren konnte, würden sie die Hunde eine Weile hin und her jagen, wie einen Hasen raumen und mir eine treffliche Kurzweile anrichten. Aber Potz Stern! es ging mir nicht allein hundeübel, wie man zu sagen pfleget, sondern auch katzenübel, maßen die Katze, sobald ich den Sack auftat, nur ein weites Feld, ihre zwei starken Feinde und nichts Hohes vor sich sahe, dahin sie ihre Zuflucht hätte nehmen mögen. Derowegen sprang sie auf meinen Kopf. — Je mehr ich sie nun herunter zu zerren trachtete, je fester schlug sie ihre Krallen ein. Solch unserem Gefecht konnten die beiden Hunde nicht lang zusehen, sondern mengten sich mit ins Spiel, sie sprangen mit offenem Rachen hinten, vorne, zur Seite nach der Katze, die sich mit ihren Klauen einkrallete, so gut sie konnte. Tät sie aber mit ihrem Dornhandschuh einen Fehlstreich nach den Hunden, so traf mich derselbe gewiß. Weil sie aber auch die Hunde auf die Nase schlug, beflissen sich dieselbigen, sie mit ihren Talpen herunter zu bringen und gaben mir damit manchen Griff ins Gesicht. Wann ich aber selbst mit beiden Händen nach der Katze tastete, sie herunter zu reißen, biß und kratzte sie nach ihrem besten Vermögen. Also ward ich beides: von den Hunden und von der Katze dergestalt schröcklich zugerichtet, daß ich schwerlich einem Menschen gleichsahe. Mein Kragen und Koller war blutig wie eines Schmiedes

Notstall am St. Stefanstag, wann man die Pferde zur Ader läßt, und ich wußte ganz kein Mittel, mich aus diesen Ängsten zu erretten. Zuletzt so mußte ich von freien Stücken auf die Erde niederfallen, damit beide Hunde die Katze erwischen konnten, wollte ich anderst nicht, daß mein Kapitolium noch länger ihr Fechtplatz sein sollte. Die Hunde erwürgten zwar die Katze, ich hatte aber bei weitem keinen so herrlichen Spaß davon. Dessentwegen ward ich so ergrimmt, daß ich nachgehends beide Hunde totschoß und meine Matreß dergestalt abprügelte, daß sie hätte Öl geben mögen und darüber von mir weglief, weil sie ohn Zweifel keine solche abscheuliche Larve länger lieben konnte.«

Ich hätte gerne gelacht und mußte mich doch mitleidentlich erzeigen. Und als ich eben auch anfing, meines Lebens Lauf zu erzählen, sahen wir eine Kutsche samt zwei Reutern das Land herauf kommen. Wir satzten uns in ein Haus, das an der Straße lag und sehr bequem war, Reisende anzugreifen. Olivier legte mit einem Schuß gleich den einen Reuter und das Pferd, eh sie unserer inne wurden, deswegen dann der andere gleich durchging. Indem ich mit übergezogenem Hahn den Kutscher halten und absteigen gemachet, sprang Olivier auf ihn dar und spaltete ihm mit seinem breiten Schwert den Kopf bis auf die Zähne, wollte auch gleich die Frauenzimmer und Kinder metzgen, so vor Schröcken mehr den toten Leichen als den Lebenden gleich sahen. Ich aber wollte es rund nicht gestatten und sagte, er müßte mich zuvor erwürgen.

»Ach, du närrischer Simplici, daß du so ein heilloser Kerl bist und dich dergestalt anläßt!«

»Bruder, wes willst du die unschuldigen Kinder zeihen? Wann es Kerl wären, die sich stellen könnten!«

»Was! Eier in die Pfannen, so werden keine Junge draus! Ich kenne diese jungen Blutsauger wohl! Ihr Vater, der

Major, ist ein rechter Schindhund und der erste Wamsklopfer von der Welt.«

Mit solchen Worten wollte er immer fortwürgen, doch enthielt ich ihn so lang, bis er sich endlich erweichen ließe. Es waren aber einer Majors Weib, ihre Magd und drei Kinder, die mich von Herzen daureten. Wir sperrten sie in einen Keller, auf daß sie uns nicht so bald verraten sollten, darin sie sonst nichts als Obst und weiße Rüben zu beißen hatten, bis sie gleichwohl von jemand erlöst würden. Demnach plünderten wir die Kutschen und zogen mit schönen Pferden in Wald, wo er zum dicksten war.

Da sahe ich unweit von uns einen Kerl stockstill an einem Baum stehen, solchen wiese ich dem Olivier aus Vorsicht.

»Ha, Narr,« antwortete er, »es ist ein Jud, den hab ich hingebunden. Der Schelm ist aber vorlängst erfroren und verreckt.« Indem ging er zu ihm, klopfte ihm mit der Hand unten ans Kinn und sagte: »Du Hund, hast mir viel schöne Dukaten gebracht!«

Da rollten dem Juden etliche Dublonen zum Maul heraus, welche der arme Schelm noch bis in seinen Tod davon bracht hatte. Olivier griff ihn darauf ins Maul und brachte zwölf Dublonen und einen köstlichen Rubin zusammen.

»Diese Beute habe ich dir zu danken, Simplici.«

Schenkte mir darauf den Rubin, stieß das Geld zu sich und ging seinen Baurn zu holen mir Befehl, ich sollte indessen bei den Pferden verbleiben, aber wohl zusehen, daß mich der tote Jud nicht beiße.

Derweilen schlug mir das Gewissen merklich, darum daß ich die Kutsche aufgehalten, daß der Kutscher so erbärmlich ums Leben kommen und beide Weibsbilder mit denen unschuldigen Kindern in den Keller versperrt worden, worin sie vielleicht wie dieser Jude verderben mußten. Allein ich fand nicht Mittel noch Ausweg, dann ich gedachte, würdest du von den Weimarischen mit diesen Pferden erwischt, so wirst du als ein überzeugter Mörder aufs Rad gelegt, und ob deine Füße auch schnell genug wären, du wolltest desto weniger den Bauren auf dem Schwarzwald, so damals den Soldaten auf die Hauben klopften, entrinnen. Indem ich mich nun selbst so marterte und quälete und doch nichts entschließen konnte, kam Olivier mit dem Baur daher. Der führte uns mit den Pferden auf einen Hof, da wir fütterten. Wir ritten nach Mitternacht weiters und kamen gegen Mittag an die äußerste Grenzen der Schweizer, allwo Olivier wohl bekannt war und uns stattlich auftragen ließ. Der Wirt schickte nach zweien Juden, die uns die Pferde abhandelten. Es war alles so nett und just bestellt, daß es wenig Wortwechselns brauchte. Der Juden große Frage war, ob die Pferde kaiserisch oder schwedisch gewesen. Da sie vernahmen, daß sie von den Weimarischen herkämen, sagten sie, so müsse man solche nicht nach Basel sondern in das Schwabenland zu den Bayrischen reuten. Über welche große Kundschaft und Verträulichkeit ich mich verwundern mußte.

Wir bankettierten edelmännisch und ich ließ mir die guten Waldforellen und köstlichen Krebs wohl schmäcken. Wie es Abend ward, so machten wir uns wieder auf den Weg, hatten unsern Baur mit Gebratens und andern Viktualien wie einen Esel beladen. Damit kamen wir den andern Tag auf einen einzelnen Baurenhof, allwo wir freundlich aufgenommen wurden und uns wegen ungestümen Wetters ein paar Tage aufhielten. Folgends kamen wir auf Wald und Abwegen wieder in das Häuslein, dahin mich Olivier anfänglich geführet.

Das zehent Kapitel

Wie wir nun so dasaßen auszuruhen, schickte Olivier den
Baur aus, Essensspeise samt Zündkraut und Lot
einzukaufen. Und als selbiger hinweg war, zog er seinen
Rock aus und sagte:

»Bruder, ich mag das Teufelsgeld nicht mehr allein
herumschleppen!« — Band demnach ein paar Würste oder
Wülste, die er auf bloßem Leib trug, herunter und warf sie
auf den Tisch. »Das Donnergeld hat mir Beulen gedruckt.«

Ich ergriff die Wülste und befand sie trefflich gewichtig,
weil es lauter Goldsorten waren. Ich sagte, es sei alles
unbequem gepackt, ich wollts einnähen, daß einem das
Tragen nicht halb so sauer ankäme. Es gefiel ihm und ich
machte mir und ihm ein Scapulier oder Schulterkleid aus
einem Paar Hosen und versteppte manchen schönen, roten
Batzen darein, daß wir unter dem Hemde hinten und vorn
mit Gold gewappnet waren. So verriete er mir auch, daß er
mehr als tausend Taler in einem Baume liegen hätte, aus
welchem er den Baur hausen ließe, weil er solchen Schafmist
nicht hoch halte.

Wir bäheten uns beim Ofen und gedachten an kein
Ungemach, da kamen, als wir uns dessen am wenigsten
versahen, sechs Musketierer samt einem Korporal mit
fertigem Gewehr und aufgepaßten Lunten ins Häuslein,
stießen die Stubentür auf und schrieen, wir sollten uns
gefangen geben. Aber Olivier, der sowohl als ich seine
gespannte Musketen neben sich liegen hatte, antwortete
ihnen mit einem Paar Kugeln, durch welche er gleich zween

zu Boden fällete, ich aber erlegte den dritten und beschädigte den vierten durch einen gleichmäßigen Schuß. Darauf wischte Olivier mit seinem notfesten Schwert, welches Haare schur, vom Leder und hieb den fünften von der Achsel bis auf den Bauch hinunter, daß ihme das Eingeweide heraus und er neben demselben nieder fiel, indessen schlug ich dem sechsten mit umgekehrtem Feuerrohr auf den Kopf, daß er alle vier von sich streckte. Einen solchen Streich kriegte Olivier von dem siebenten, und zwar mit solcher Gewalt, daß ihm das Hirn herausspritzte, ich aber traf diesen wiederum dermaßen, daß er seinen Kameraden beim Totenreigen Gesellschaft leisten mußte. Der Beschädigte aber fing an zu laufen, als ob ihn der Teufel selbst gejagt hätte. Und dies Gefecht währte kürzer als eines Vaterunsers Länge.

Sonach ich nun dergestalt allein Meister auf dem Platze blieb, beschauete ich den Olivier, ob er vielleicht noch einen lebendigen Atem in sich hätte. Da ich ihn aber ganz entseelt befand, dünkte es mich ungereimt zu sein, einem toten Körper so viel Goldes zu lassen, zog ihm derowegen das golden Fell ab und hing es mir an den Hals zu dem andern. Ich nahm auch Oliviers Muskete und Schwert zu mir, maßen mein Rohr zerschlagen war, und machte mich aus dem Staub auf einen Weg, da ich wußte, daß der Baur herkommen müsse.

Und kaum eine halbe Stunde ging ich in meinen Gedanken, so kam unser Baur daher und schnaubte wie ein Bär, dann er lief von allen Kräften.

»Warum so schnell? Was Neues?«

»Geschwind, machet Euch abwegs! Es kommt ein Korporal mit sechs Musketierern, die haben mich gefangen, daß ich sie zu euch führen sollte, ich bin ihnen aber entronnen.«

O Schelm, dachte ich, du hast uns um des Olivier

Silbergeld verraten, ließe mich aber doch nichts merken, sondern sagte, daß Olivier und die andern tot wären. Das wollte er nicht glauben, bis ich ihn in das Häuslein führte, daß er das Elend an den sieben Körpern sehen könnte.

Der Baur erstaunte vor Schröcken und fragte, was Rats.

»Rat ist schon beschlossen. Unter dreien Dingen geb ich dir Wahl: Entweder führe mich alsbald durch sichere Abwege über den Wald hinaus nach Villingen oder zeige mir Oliviers Geld im Baum oder stirb hier. Führst du mich, so bleibt das Geld dein, wirst du mirs weisen, so teil ichs mit dir, tust du aber keines, so schieß ich dich tot.« — Der Baur wäre gern entloffen, aber er forchte die Muskete; fiele derhalben auf die Knie und erbot sich, mich über Wald zu führen.

Also wanderten wir denselben Tag und folgende Nacht ohn Essen und Trinken, bis wir gegen Tag die Stadt Villingen vor uns liegen sahen. Den Baur trieb Todesfurcht, mich aber die Begierde, mich selbst und mein Gold davon zu bringen, und muß fast glauben, daß einem Menschen das Gold große Kräfte mitteilet, dann obzwar ich schwer genug daran trug, so empfand ich jedoch keine sonderbare Müdigkeit.

Ich hielt es vor ein glücklich Omen, daß man die Pforte eben öffnete, als ich vor Villingen kam. Der Offizier von der Wacht examinierte mich, und da ich mich vor einen Freibeuter ausgab von jenem Regiment, wohin mich Herzbruder getan, wie auch, daß ich aus dem Läger vor Breisach von den Weimarischen herkäme und nunmehr zu meinem Regiment unter die Bayrischen begehrte, gab er mir einen Musketierer zu, der mich zum Kommandanten führte. Dem bekannte ich alles, daß ich mich ein Tag oder vierzehn bei einem Kerl aufgehalten und mit demselben eine Kutschen angegriffen, der Meinung, von den Weimarischen Beute zu holen und rechtschaffen montiert wieder zu unserem Regiment zu kommen. Wir seien aber von einem Korporal mit sechs andern Kerlen überfallen worden, dadurch mein Kamerad und sechs vom Gegenteil auf dem Platze geblieben. Der Kommandant wollte es fast nicht glauben, daß wir zween sollten sechs Mann niedergemacht haben und ich nahm Gelegenheit von Oliviers Schwert zu reden. Das gefiel ihm so wohl, daß ichs ihm, wollte ich anders mit guter Manier von ihm kommen und Paß erlangen, gegen einen andern Degen lassen mußte. Im Wahrheit aber so war dasselbe trefflich schön und gut. Es war ein ganzer, ewigwährender Kalender darauf geätzt.

Ich ging den nächsten Weg ins Wirtshaus und wußte nicht, ob ich am ersten schlafen oder essen sollte. Doch wollte ich zuvor meinen Magen stillen und machte mir unterdessen Gedanken, wie ich meine Sachen anstellen, daß ich mit meinem Gold sicher nach L. zu meinem Weibe kommen möchte.

Indem ich nun so spekulierte, hinkte ein Kerl mit einem Stecken in der Hand in die Stube, der hatte einen verbundenen Kopf, einen Arm in der Schlinge und so elend verlauste Kleider an, daß ich ihm keinen Heller darum gegeben hätte. Der Hausknecht wollte ihn austreiben, weil er übel stank. Er aber bat, ihn um Gottes Willen zu lassen, sich nur ein wenig zu erwärmen, so aber nichts half. Demnach ich mich seiner erbarmete und vor ihn bat, ward er kümmerlich zum Ofen gelassen. Er sahe mir, wie mich bedünkte, mit begierigem Appetit und großer Andacht zu, wie ich darauf hieb und ließ etliche Seufzer laufen. Und als der Hausknecht ging, mir ein Stück Gebratenes zu holen, ging er gegen mich zum Tisch zu und reichte ein irden Pfennighäfelein in der Hand dar, daß ich mir wohl einbilden konnte, warum er käme; nahm derhalben die Kanne und goß ihm seinen Hafen voll, eh er heischte.

»Ach Freund,« sagte er, »um Herzbruders willen gebet mir auch zu essen!«

Solches ging mir durchs Herz und ich befand, daß es Herzbruder selbsten war. Ich wäre beinahe in Ohnmacht gesunken, doch erhielt ich mich, fiel ihm um den Hals, satzte ihn zu mir, da uns beiden die Augen übergingen.

Das elfte Kapitel

Wir konnten fast weder essen noch trinken, nur fragte einer den andern, wie's ihm ergangen. Der Wirt wunderte sich, daß ich einen so lausigen Kerl bei mir litte, ich aber sagte, solches sei unter Kriegskameraden Brauch. Da ich auch verstund, daß sich Herzbruder bisher im Spital aufgehalten, vom Almosen sich ernähret, und seine Wunden liederlich verbunden worden, dingte ich dem Wirt ein sonderlich Stüblein ab, legte Herzbruder in ein Bette, ließ ihm den besten Wundarzt kommen, wie auch einen Schneider und eine Näherin, ihn zu kleiden und den Läusen aus den Zähnen zu ziehen. Ich hatte eben diejenigen Dublonen, so Olivier dem toten Juden aus dem Maul bekommen, bei mir in einem Säckel. Dieselben schlug ich auf den Tisch und sagte dem Wirt zu Gehör:

»Schau Herzbruder, das ist mein Geld, das will ich an dich wenden und mit dir verzehren.«

Darnach der Wirt uns wohl aufwartete. Dem Barbier aber wies ich den Rubin, der ungefähr zwanzig Taler wert war und sagte, weil ich mein wenig Geld vor uns zu Zehrung und Kleidung aufwenden müßte, so wollte ich ihm denselben Ring geben, wenn er meinen Kameraden in Bälde von Grund aus kurieren wollte, dessen er dann wohl zufrieden war, daß er seinen besten Fleiß aufwandte.

Also pflegte ich Herzbrudern wie meinem andern Ich. Der Kommandant, dem ich alles anzeigete, gönnte mir zu bleiben, bis mein Kamerad mir würde folgen können und versprach uns beide alsdann mit gemeinsamen Paß zu versehen.

Demnach ich nun wieder zu Herzbrudern kam, bat ich ihn, er wollte mir unbeschwert erzählen, wie er in einen so armseligen Stand geraten wäre, dann ich bildete mir ein, er möchte vielleicht eines Versehens halber von seiner vorigen Dignität verstoßen, unredlich gemachet und in gegenwärtiges Elend versetzt worden sei.

Er aber sagte: »Du weißt, Bruder, daß ich des Grafen von Götz Factotum und geheimster Freund gewesen, daß aber der verwichene Feldzug unter seiner Generalität eine unglückliche Endschaft erreichet, indem wir die Schlacht bei Wittenweyer verloren. Weil nun deswegen hin und wieder von aller Welt sehr ungleich geredet ward, zumalen wohlgemeldter Graf sich zu verantworten nach Wien ist citieret, so lebe ich beides: vor Scham und Forcht freiwillig in dieser Niedere und wünsche mir oft entweder in diesem Elend zu sterben oder doch wenigst mich so lang verborgen zu halten, bis der Graf seine Unschuld an Tag gebracht. — Vor Breisach armierte ich mich selbst, da ich sahe, daß es unserseits so schläfrig herging, den andern zum Exempel. Ich kam unter den ersten Angängern an den Feind auf die Brücke, da es dann scharf herging. So empfing ich zugleich einen Schuß in meinen rechten Arm und den andern Schenkel, daß ich weder ausreißen, noch meinen Degen gebrauchen konnte. Und als die Enge des Ortes und der große Ernst nicht zuließ, viel von Quartiernehmen und -geben zu parlamentieren, kriegte ich einen Hieb in Kopf, davon ich zu Boden fiel. Und weil ich fein gekleidet war, wurde ich in der Furi von etlichen ausgezogen und vor tot in Rhein geworfen. In solchen Nöten schrie ich zu Gott, indem ich unterschiedliche Gelübde tät, spürete auch seine Hilfe. Der Rhein warf mich ans Land, allwo ich meine Wunden mit Moos verstopfte und beinahe erfror. Jedoch ich kroch davon und stieß unter etliche Merode-Brüder und

Soldatenweiber, die sich meiner erbarmeten. Ich mußte aber sehen, daß sich die Unsrigen zu einem spöttlichen Abzug rüsteten, resolvierte derhalben bei mir selbsten, mich niemand zu offenbaren, und nahm meinen Elendsweg, von dem du mich hast aufgehoben.«

Ich tröstete Herzbrudern so gut ich konnte und vertraute ihm, daß ich noch mehr Geld hätte als jene Dublonen. Und ich erzählte ihm Oliviers Untergang und was Gestalt ich seinen Tod habe rächen müssen. Welches sein Gemüt dermaßen erquickte, also daß es ihm auch an seinen Leib zustatten kam, maßen es sich an allen Wunden täglich mit ihm besserte.

Das fünfte Buch

Das erste Kapitel

Nachdem Herzbruder wieder allerdings erstärkt, vertrauete er mir, daß er in den höchsten Nöten eine Wallfahrt nach Einsiedeln zu tun gelobt. Weil er dann jetzt ohn das so nahe am Schweizerland wäre, so wollte er solche verrichten und sollte er auch dahin betteln. Ich bot ihm Geld und meine Gesellschaft an, ja, ich wollte gleich zween Klepper kaufen. Nicht zwar der Ursache, daß mich die Andacht darzu getrieben, sondern um die Eidgenoßschaft zu besehen, als das einzige Land, darin der liebe Friede noch grünete. So freute mich auch nicht wenig, daß ich Gelegenheit hatte, Herzbrudern auf solcher Reise zu dienen, maßen ich ihn fast höher als mich selbst liebte. Er aber schlug beides: meine Hilfe und meine Gesellschaft ab mit Vorwand, seine Wallfahrt müsse zu Fuß und darzu auf Erbsen geschehen, meine Gesellschaft würde ihn nicht allein an der Andacht verhindern, sondern mir selbst große Ungelegenheit aufladen. Das redete er aber, mich von sich zu schieben, weil er sich ein Gewissen machte auf einer so heiligen Reise von dem Gelde zu zehren, das mit Morden und Rauben erobert worden. Er sagte unverholen, daß ich bereits mehr an ihm getan, weder ich schuldig gewesen, noch er zu erwidern getraue. Hierüber gerieten wir in ein freundlich Gezänke, das war so lieblich, als ich dergleichen niemals habe hören hadern. Bis ich endlich merkte, daß er beides: an Oliviers Geld und meinem gottlosen Leben einen Ekel hatte. Derhalben behalf ich mich mit Lügen und überredete ihn, daß mich mein Bekehrungsvorsatz nach Einsiedeln triebe, sollte er mich nun von einem so guten Werk abhalten und ich darüber sterben, so würde ers schwer verantworten können. Hierdurch persuadierte ich ihn, daß er es zuließ, sonderlich weil ich eine große Reue bezeugte, als ich ihn dann auch überredete, daß ich sowohl als er auf Erbsen nach Einsiedeln gehen wollte.

Er willigte endlich drein, wiewohl mit Widerstreben, daß ich einen Paß bekam nach meinem Regiment (und nicht nach Einsiedeln) zu gehen. Mit demselben wanderten wir bei Beschließung des Tores samt einem getreuen Wegweiser aus der Stadt, als wollten wir nach Rottweil, wandten uns aber kurz durch Nebenwege und kamen noch dieselbige Nacht über die schweizerische Grenze und folgenden Morgen in ein Dorf, allda wir uns mit schwarzen langen Röcken, Pilgerstäben und Rosenkränzen montierten und den Boten wieder zurückschickten.

Das Land kam mir so fremd vor gegen andern deutschen Ländern, als wann ich in Brasilia oder in China gewesen wäre. Da sahe ich die Leute im Frieden handeln und wandeln. Die Ställe stunden voll Viehe. Die Baurenhöfe liefen voll Hühner, Gäns und Enten. Die Straßen wurden sicher von den Reisenden gebrauchet. Die Wirtshäuser saßen voll Leute, die sich lustig machten. Da war ganz keine Forcht vor dem Feind, keine Sorge vor der Plünderung und keine Angst, sein Gut, Leib noch Leben zu verlieren. Ein jeder lebte sicher unter seinem Weinstock und Feigenbaum, und zwar, gegen andere deutsche Länder zu rechnen, in lauter Wollust und Freude, also daß ich dieses Land vor ein irdisch Paradies hielt, wiewohln es von Art rauh genug zu sein schiene.

Das machte, daß ich auf dem ganzen Weg nur hin und her gaffte, wann hingegen Herzbruder an seinem Rosenkranz betete. Deswegen ich manchen Filz bekam, dann er wollte, daß ich wie er bete, welches ich aber nicht gewöhnen konnte.

Zu Zürich kam er mir recht hinter die Briefe und dahero sagte er mir die Wahrheit auch am tröckensten heraus. Dann als wir zu Schaffhausen, allwo mir die Füße von den Erbsen sehr wehe täten, die vorige Nacht geherberget und ich mich den künftigen Tag wieder auf Erbsen zu gehen förchtete, ließ ich sie kochen und tät sie wieder in die Schuhe.

»Bruder, du hast große Gnade vor Gott,« meinte Herzbruder zu Zürich, »daß du unangesehen der Erbsen, dannoch so wohl fortkommen kannst.«

»Ja,« sagte ich, »liebster Herzbruder, ich habe sie gekocht, sonst hätte ich soweit nicht darauf gehen können.«

»Ach, daß Gott erbarme, was hast du getan! Du hättest sie lieber gar aus den Schuhen gelassen, wann du nur dein Gespötte damit treiben willst. Gott wird dich und mich zugleich strafen. Ich besorge, es stehe deine Seligkeit in höchster Gefahr. Ich liebe keinen Menschen mehr als dich, leugne aber auch nit, daß ich mir ein Gewissen machen muß, solche Liebe zu kontinuieren.«

Ich verstummte vor Schröcken, daß ich mich schier nicht wieder erholen konnte. Zuletzt bekannte ich frei, daß ich die Erbsen nicht aus Andacht, sondern allein ihm zu Gefallen in die Schuhe getan, damit er mich mitgenommen hätte.

»Ach Bruder, ich sehe, daß du weit vom Weg der Seligkeit bist. Gott verleihe dir Besserung, dann ohne die kann unsere Freundschaft nicht bestehen.«

Von dieser Zeit folgte ich ihm traurig nach, als einer, den man zu Galgen führet. Mein Gewissen fing an mich zu drucken, alle meine Bubenstücke stelleten sich mir vor Augen, da beklagte ich erst die verlorene Unschuld. Und was meinen Jammer vermehrete war, daß Herzbruder nicht viel mehr mit mir redete und mich nur mit Seufzen anschauete, als hätte er meine Verdammnis an mir bejammert.

Solchergestalt langten wir zu Einsiedeln an und kamen eben in die Kirche, als ein Priester einen Besessenen exorcisieret. Das war mir neu und seltsam, derowegen ließ ich Herzbrudern knien und beten, so lange er wollte, und ging hin, diesem Spektakul aus Fürwitz zuzusehen.

Aber ich hatte mich kaum ein wenig genähert, da schrie mich der böse Geist aus dem armen Menschen an: »Oho, du Kerl, schlägt dich der Hagel auch her? Ich habe vermeint, dich zu meiner Heimkunft bei dem Olivier in unserer höllischen Wohnung anzutreffen! Du ehebrecherischer, mörderischer Jäger, darfst du dir wohl einbilden, uns zu entrinnen? O ihr Pfaffen, nehmt ihn nur nicht an, er ist ein Gleißner und ärger Lügner als ich, er foppt euch nur und spottet beides: Gott und Religion!«

Der Exorcist befahl dem Geist zu schweigen, weil man ihm als einem Erzlügner ohn das nicht glaube.

»Ja, ja, fraget des ausgesprungenen Mönches Reisegesellen, der wird euch wohl erzählen, daß dieser Atheist die Erbsen gekocht, auf welchen er hierher zu gehen versprochen!«

Ich wußte nit, ob ich auf dem Kopfe oder Füßen stund, da ich dieses alles hörete und mich jedermann ansahe. Der Priester strafte den Geist, konnte ihn aber denselben Tag nicht austreiben.

Indessen kam Herzbruder auch herzu, als ich eben vor Angst mehr einem Toten als Lebendigen gleich sahe und zwischen Furcht und Hoffnung nicht wußte, was ich tun sollte. Er tröstete mich und versicherte die Patres, daß ich mein Tag kein Mönch gewesen, aber wohl ein Soldat, der vielleicht mehr Böses als Gutes getan haben möchte. Ich aber war in meinem Gemüt dermaßen verwirrt, als ob ich allbereits die höllische Pein selbst empfände, als daß die Geistlichen genug an mir zu beruhigen hatten. Sie vermahneten mich zur Beichte und Kommunion, aber der Geist schrie abermals aus dem Besessenen:

»Ja, ja, er wird fein beichten! Er weiß nicht einmal, was

beichten ist! Seine Eltern sein mehr wiedertäuferisch als calvinisch gewesen!«

Der Exorcist befahl dem Geist abermals zu schweigen und sagte:

»So wird dichs desto mehr verdrießen, wenn dir das verloren Schäflein wieder aus dem Rachen gezogen und der Herde Christi einverleibet wird.«

Darauf fing der Geist so grausam an zu brüllen, daß es schröcklich zu hören war. Aus welchem greulichen Gesang ich meinen größten Trost schöpfte, dann ich dachte, wann ich keine Gnade vor Gott mehr erlangen könnte, so würde sich der Teufel nicht so übel anstellen.

Ich empfand eine solche Reue und Begierde zur Buße und mein Leben zu bessern, daß ich alsobald einen Beichtvater begehrte, worüber sich Herzbruder höchlich erfreuete, weil er wahrgenommen und wohl gewußt, daß ich bisher noch keiner Religion beigetan gewesen. Demnach bekannte ich mich offentlich zur katholischen Kirche, ging zur Beichte und kommunizierte nach empfangener Absolution. Worauf mir dann so leicht und wohl ums Herz ward, daß ichs nicht aussprechen kann. Der Geist in dem Besessenen ließ mich fürderhin zufrieden.

Wir verblieben vierzehn ganzer Tage an diesem gnadenreichen Ort, wo ich die Wunder, so allda geschehen, betrachtete, welches alles mich zu ziemlicher Andacht und Gottseligkeit reizete, doch währte solches auch nur so lang, als es mochte. Dann wie meine Bekehrung aus Angst und Forcht entsprungen, also ward ich auch nach und nach wieder lau und träg, weil ich allmählich des Schreckens vergaß.

Wir begaben uns nach Baden, alldorten vollends auszuwintern.

Das ander Kapitel

Ich dingete daselbst eine lustige Stube und Kammer vor uns, deren sonst zur Sommerszeit die Badegäste zu gebrauchen pflegen, welches gemeiniglich reiche Schweizer sein, die mehr hinziehen sich zu erlustieren und zu prangen, als einiger Gebrechen halber zu baden.

Als Herzbruder sahe, daß ich so herrlich angriff, ermahnete er mich zur Gesparsamkeit. Viel Geld sei bald vertan, es stäube hinaus wie der Rauch und verspreche, nimmermehr wieder zu kommen. Auf solche treuherzige Erinnerung konnte ich Herzbrudern nicht länger verbergen, wie reich mein Säckel wäre. Es sei zudem billig, daß Herzbruder aus Oliviers Säckel vergnügt würde, um die Schmach, die er hiebevor von ihm vor Magdeburg empfangen, sintemal die Erwerbung dieses Goldes ohn das alles Segens unwürdig wäre, so daß ich keinen Meierhof daraus zu kaufen gedächte. Ich zog meine beiden Scapulier ab, trennte die Dukaten und Pistoletten heraus und sagte zu Herzbruder, er möge nun mit dem Gelde nach Belieben verfahren, maßen ich mich in aller Sicherheit zu sein wüßte.

Er sagte: »Bruder, du tust nichts, so lange ich dich kenne, als deine gegen mich habende Liebe bezeugen. Womit meinst du, daß ichs wieder um dich werde beschulden können? Es ist nicht nur um das Geld zu tun, sondern um deine Liebe und Treue, vornehmlich aber um dein zu mir habendes hohes Vertrauen, so nicht zu schätzen ist. Bruder, mit einem Wort, dein tugendhaft Gemüt machet mich zu deinem Sklaven, und was du gegen mich tust, ist mehr zu verwundern als zu wiedergelten möglich. Versichert, Bruder, dieses Beweistum deiner wahren Freundschaft verbindet mich mehr gegen dich als ein reicher Herr, der mir viel tausend verehrte. Allein bitte ich, mein Bruder, bleibe selber Verwahrer und Austeiler über dein Geld. Mir ist genug, daß du mein Freund bist.«

Ich antwortete: »Was wunderliche Reden sein das, hochgeehrter Herzbruder? Er gibt mündlich zu vernehmen, daß Er mir verbunden sei und will doch nicht davor sein, daß ich dieses Geld nicht unnütz verschwende?«

Also redeten wir beiderseits gegeneinander läppisch genug, weil ja einer des andern Liebe trunken war. Und ward Herzbruder zu gleich mein Hofmeister, Säckelmeister, Diener und Herr. Und in solcher müßiger Zeit erzählete er mir seines Lebens Lauf und ich ihm den meinen. Da er nun hörete, daß ich ein junges Weib zu L. hatte, verwiese er mir, daß ich mich nicht ehender zu derselbigen, als mit ihm in das Schweizerland begeben, dann solches wäre anständiger und auch meine Schuldigkeit gewesen. Demnach ich mich entschuldiget, daß ich ihn als meinen allerliebsten Freund in seinem Elend zu verlassen nicht übers Herz bringen können, beredete er mich, daß ich meinem Weibe schrieb und ihr meine Gelegenheit zu wissen machte mit Versprechen, mich mit ehistem wieder zu ihr zu begeben. Tät meines langen Ausbleibens widriger Begegnüssen halber Entschuldigung.

Dieweil dann Herzbruder aus den gemeinen Zeitungen erfuhr, daß es um den Grafen von Götz wohl stünde und er gar wiederum das Kommando über eine Armee kriegen würde, berichtete er demselben seinen Zustand nach Wien und schrieb auch nach der kur-bayrischen Armee wegen seiner Bagage.

Herzbruder erhielt von hochgemeldten Grafen eine Wiederantwort und treffliche Promessen von Wien, ich aber bekam von L. keinen einzigen Buchstaben, unangesehen ich unterschiedliche Posttäge in duplo hinschriebe. Das machte mich unwillig und verursachete, daß ich denselbigen Frühling meinen Weg nicht nach Westfalen antrat, sondern von Herzbrudern erhielt, daß er mich mit ihm nach Wien nahm, mich seines verhofften Glückes genießen zu lassen. Also montierten wir uns aus meinem Geld wie zwei Kavaliers beides: mit Kleidungen, Pferden, Dienern und Gewehren. Gingen durch Konstanz auf Ulm, allda wir uns auf die Donau satzten und von dort aus in acht Tagen zu Wien glücklich anlangten. Auf demselben Weg beobachtete ich sonst nichts, als daß die Weibsbilder, so an dem Strand wohnen, den Vorüberfahrenden, so ihnen zuschreien, nicht mündlich sondern schlicht mit dem Beweistum selbst antworten, davon ein Kerl manch feines Einsehen haben kann.

Es geht wohl seltsam in der veränderlichen Welt her! Wer alles wüßte, der würde bald reich. Ich sage: Wer sich allweg in die Zeit schicken könnte der würde auch bald groß und mächtig. Wer aber weiß, sich groß und mächtig zu machen, dem folget der Reichtum auf dem Fuß. Das Glück, so Macht und Reichtum zu haben pfleget, blickte mich trefflich holdselig an.

Der Graf von der Wahl, unter dessen Kommando ich mich hiebevor in Westfalen bekannt gemacht, war eben auch zu Wien. Herzbruder ward zu einem Bankett geladen, da sich verschiedene kaiserliche Kriegsräte neben dem Grafen von Götz und andern mehr befanden. Als man von allerhand seltsamen Köpfen und berühmten Parteigängern redete, erzählte der Graf von der Wahl auch etliche Stücklein des Jägers von Soest, daß man sich teils über einen so jungen Kerl verwunderte, teils bedauerte, daß der listige hessische Obrist de S. A. ihm einen Weh-Bengel angehängt, damit er entweder den Degen beiseite legen oder schwedische Waffen tragen sollte. Herzbruder, der eben dort stund, bate um Verzeihung und Erlaubnis zu reden und sagte, daß er den Jäger von Soest besser kenne als sonst einen Menschen, er sei nicht allein ein guter Soldat, sondern auch ein ziemlicher Reuter, perfekter Fechter, trefflicher Büchsenmeister und Feuerwerker, über dies alles einer, der einem Ingenieur im Fortifikationswesen nichts nachgeben würde. Er hätte nicht nur sein Weib, weil er mit ihr schimpflich hintergangen worden, sondern auch alles was er gehabt zu L. hinterlassen und wiederum kaiserliche Dienste gesucht, maßen er mit ihm selbsten nach Wien gekommen des Willens, sich abermals wider der römischen kaiserlichen Majestät Feinde gebrauchen zu lassen, doch soferne er solche Kondition haben könnte, die ihm anständig seien.

Damals war diese ansehnliche Kompanei mit dem lieben Trunk schon dergestalt begeistert, daß sie ihre Kuriosität, den Jäger zu sehen befriedigt wissen wollte, maßen Herzbruder geschickt ward, mich in einer Kutsche zu holen. Er instruierte mich unterwegs, derhalben antwortete ich, als ich hinkam, auf alles sehr kurz und redete nichts, es müßte dann einen klugen Nachdruck haben. Ich erschien dergestalt, daß ich jedem angenehm war. Mithin kriegte ich auch einen Rausch und glaube wohl, daß ich dann habe scheinen lassen, wie wenig ich bei Hof gewesen. Endlich versprach mir ein Obrister zu Fuß eine Kompagnie unter seinem Regiment.

Also ward ich derselbigen vor einen Hauptmann vorgestellt. Obzwar meine Kompagnie samt mir ganz komplett war, hatte sie nicht mehr als sieben Schillerhälse, zudem waren meine Unter-Offizierer mehrenteils alte Krachwadel, darüber ich mich hinter Ohren kratzte. Dahero ward ich mit ihnen bei der nächsten scharfen Occasion desto leichter gemarscht. Dabei verlor der Graf von Götz das Leben, Herzbruder und ich bekamen einen Schuß. Wir begaben uns auf Wien, um uns kurieren zu lassen, wo sich bei Herzbruder ein anderer gefährlicher Zustand zeigte, dann er ward lahm an allen vieren, wie ein Cholericus, den die Galle verderbt, und war doch am wenigsten selbiger Komplexion noch dem Zorn beigetan. Nichts desto weniger ward ihm eine Sauerbrunnkur, der Gießbacher an dem Schwarzwald, vorgeschlagen.

Also veränderte sich das Glück unversehens. Herzbruder machte sein Testament und satzte mich zum einzigen Erben, und ich schlug mein Glück in den Wind und quittierte meine Kompagnie, damit ich ihn begleiten und ihm in Sauerbrunn aufwarten könnte.

Das dritte Kapitel

Ein erfahrener Medicus, den ich von Straßburg eingeholet, befand, daß dem Herzbruder mit Gift vergeben worden, das Gift sei aber nicht stark genug gewesen, ihn gleich hinzurichten. Es müsse durch Gegenmittel und Schweißbäder ausgetrieben werden, und würde sich solche Kur auf ungefähr eine Woche oder acht belaufen. Mein Herzbruder resolvierte sich, in Sauerbrunn die Kur zu vollenden, weil er nicht allein eine gesunde Luft, sondern auch allerhand anmutige Gesellschaft unter den Badegästen hatte.

Solche Zeit mochte ich nicht vergeblich hinbringen, weil ich Begierde hatte, dermalen eins mein Weib auch wiederum zu sehen. Herzbruder hatte meiner nicht vonnöten und lobte solches Fürnehmen. Gab mir auch etliche kostbare Kleinodien, die ich ihr seinetwegen verehren und sie um Verzeihung bitten sollte, daß er eine Ursache gewesen sei, daß ich sie nicht ehender besuchet.

Also ritt ich auf Straßburg, allwo mein Geld auf Wechsel lag, machte mich nicht allein mit Geld gefaßt, sondern erkundigte auch, wie ich meine Reise anstellen möchte, um zwischen so vielen Guarnisonen der beiderseits kriegenden Teile am sichersten fort zu kommen. Erhielt derowegen einen Paß vor einen Straßburger Botenläufer und machte etliche Schreiben an mein Weib, ihre Schwester und deren Eltern, als ob ich einen Boten nach L. schicken wollte. Ich verkleidete mich aber selbsten in ein weiß und rote Livrei und fuhr also botenweis bis nach Köln, welche Stadt damals zwischen den kriegenden Parteien neutral war.

Ich ging zuforderst hin, meinen Jovem zu besuchen, den
ich hiebevor bei Soest gefangen hatte, um zu erkundigen,
welche Bewandnus es mit meinen hinterlegten Sachen hätte.
Mein Jupiter war aber damals wieder ganz hirnschellig und
unwillig über das menschliche Geschlecht.

»O Mercuri,« sagte er zu mir, »was bringst du neues von
Münster? Vermeinen die Menschen wohl ohn meinem
Willen Frieden zu machen? Nimmermehr! Sie hatten ihn.
Warum haben sie ihn nicht behalten? Gingen nicht alle
Laster im Schwang, als sie mich bewegten den Krieg zu
senden? Womit haben sie seithero verdient, daß ich ihnen
den Frieden wiedergeben sollte? Haben sie sich dann selbiger
Zeit her bekehrt? Seind sie nicht ärger worden und selbst
mit in Krieg geloffen wie zu einer Kirmeß? Oder haben sie
sich vielleicht wegen der Teuerung bekehret, die ich ihnen
zugesandt, darin so viel tausend Seelen Hungers gestorben?
Oder hat sie vielleicht das grausame Sterben erschröcket (das
so viel Millionen hingerafft) daß sie sich gebessert? Nein,
nein, Mercuri, die übrig Verbliebenen, die den elenden Jammer
mit ihren Augen angesehen, haben sich nicht allein nicht
gebessert, sondern seind viel ärger worden als sie zuvor
jemals gewesen. Haben sie sich nun wegen so vieler scharfen
Heimsuchungen nicht bekehret, sondern unter dem
schweren Kreuz und Trübsal gottlos zu leben nicht
aufgehöret, was werden sie dann erst tun, wann ich ihnen
den wohl-lustbarlichen, göldenen Frieden wieder zusendete?
Aber ich will ihrem Mutwillen wohl bei Zeiten steuern und
sie im Elend hocken lassen.«

Weil ich nun wußte, wie man diesen Gott lausen mußte,
wann man ihn recht stimmen wollte, sagte ich: »Ach,
großer Gott, es seufzet aber alle Welt nach dem Frieden und
verspricht eine große Besserung.«

»Ja,« antwortete Jupiter, »sie seufzen wohl, aber nicht
meinet- sondern um ihrentwillen. Nicht daß jeder unter

seinem Weinstock und Feigenbaum Gott loben, sondern daß sie deren edle Früchte mit guter Ruhe und in aller Wollust genießen möchten. — Ich fragte neulich einen Schneider, ob ich den Frieden geben sollte. Er antwortete es sei ihm gleich, er müsse sowohl zu Kriegs- als Friedenszeiten mit der stählernen Stange fechten. Eine solche Antwort kriegte ich auch von einem Rotgießer, der sagte, wann er im Frieden keine Glocken zu gießen hätte, so wäre im Kriege genug an Stücken und Feuermörsern zu tun. Also antwortete mir auch ein Schmied: er habe keine Pflüge und Baurenwägen zu beschlagen, so kämen ihm im Krieg genug Reuterpferde und Heerwägen unter die Hände, also daß er des Friedens wohl entbehren könne. Siehe nun, lieber Mercuri, warum soll ich ihnen dann den Frieden verleihen? Alle so ihn wünschen, begehren seiner um ihres Bauchs und der Wollust willen, hingegen sind andere die den Krieg wollen, weil er ihnen einträget. Und gleichwie die Mäuerer und Zimmerleute den Frieden wünschen, damit sie in Auferbauung der eingeäscherten Häuser Geld verdienen, also verlangen andere die Fortsetzung des Krieges, im selbigen zu stehlen.«

Weil nun mein Jupiter mit solchen Sachen umging, konnte ich mir leicht einbilden, daß er mir in seinem verwirrten Stand von dem Meinigen wenig Nachricht würde geben können. Nahm also den Kopf zwischen die Ohren und ging durch Abwege nach L.

Daselbst erfuhr ich, vor einen fremden Boten gehalten, daß mein Schweher samt der Schwieger bereits vor einem halben Jahr diese Welt gesegnet, und dann, daß meine Liebste, nachdem sie mit einem Sohn niedergekommen, den ihre Schwester bei sich hätte, gleichfalls stracks nach ihrem Kindbette, diese Zeitlichkeit verlassen.

Darauf lieferte ich meinem Schwager die Schreiben, die ich selbst an meine Liebste und ihre Schwester gerichtet hatte, aus. Derselbe wollte mich nun beherbergen, damit er erfahren könnte, wes Standes Simplicius sei und wie er sich verhielte. Zu dem Ende diskutierte meine Schwägerin lang mit mir von mir selbsten, und ich redete auch von mir, was ich nur Löbliches wußte, dann die Pocken hatten mich dergestalt verderbt und verändert, daß mich kein Mensch erkannte.

Als ich ihr nun nach der Länge erzählte, daß Herr Simplicius viel schöner Pferde und Diener hätte und in einer schwarzen sammeten Mütze aufzöge, die überall mit Gold verbrämt wäre, sagte sie:

»Ich habe mir jederzeit eingebildet, daß er keines so schlichten Herkommens sei, als er sich davor ausgeben. Der hießige Kommandant hat meine Eltern selig mit großen Verheißungen persuadiert, daß sie ihm meine Schwester selig, die wohl eine fromme Jungfrau gewesen, ganz vorteilhaftiger Weise aufgesattelt. Er hat einen Vorrat in Köln gehabt und ihn hierher holen wollen, ist aber darüber ganz schelmischer Weise nach Frankreich praktiziert worden. — Meine Schwester hat ihn kaum vier Wochen gehabt. Weil dann nunmehr mein Vater und Mutter tot, ich und mein Mann aber keine Kinder miteinander erhoffen, haben wir meiner Schwester Kind zum Erben angenommen und mit Hülfe des hießigen Kommandanten seines Vaters Habe zu Köln erhoben, welche sich auf dreitausend Gulden belaufen möchte. Wann also dieser junge Knab einmal zu seinen Jahren kommt, wird er nicht Ursach haben sich unter die Armen zu rechnen. Ich und mein Mann lieben das Kind auch so sehr, daß wirs nicht mehr seinem Vater ließen, wannschon er selbst käme. Ich weiß, wann mein Schwager wüßte, was er vor einen schönen Sohn hier hätte, daß ihn nichts halten könnte hierher zu kommen.«

Indem lief mein Kind in seinen ersten Hosen um uns und ich erfreuete mich vom Herzen. Ich suchte die Kleinodien herfür, so ich hätte meiner Liebsten bringen sollen, und gab sie meinem Schwager vor das Kind, was er mit Freuden empfing.

Mithin drang ich auf meine Abfertigung, und als ich dieselbe bekam, begehrete ich im Namen des Simplicii den kleinen Simplicium zu küssen, damit ich solches seinem Vater als Wahrzeichen erzählen könnte. Als dies nun auf Vergünstigung meiner Schwägerin geschah, fing beiden, mir und dem Kinde, die Nase an zu bluten, darüber mir das Herz hätte brechen mögen, doch ich verbarg meine Affecten. Damit man nicht Zeit haben möchte, der Ursache dieser Sympathie nachzudenken, machte ich mich stracks aus dem Staube.

Das vierte Kapitel

Nach meiner Rückkunft in Sauerbrunn ward ich gewahr, daß es sich mit Herzbrudern eher gebösert als gebessert hatte, wiewohl ihn die Doktores und Apotheker strenger als eine fette Gans gerupft. Er kam mir auch ganz kindisch vor und konnte nur kümmerlich gehen. Sein Trost war, daß ich bei ihm sein sollte, wann er die Augen würde zutun.

Hingegen machte ich mich lustig und suchte meine Freude; doch solcher Gestalt, daß an seiner Pflege nichts manglete. Und weil ich mich ein Witwer zu sein wußte, reizten mich die guten Täge und meine Jugend wiederum zur Buhlerei, dann ich den zu Einsiedeln eingenommenen Schröcken allerdings wieder vergessen hatte. Ich machte mit den Lustigsten Kundschaft, die dahin kamen, und fing an courtoise Reden und Komplimenten zu lernen, deren ich meine Tage sonst niemals viel geachtet hatte. Man hielt mich vor einen vom Adel, weil mich meine Leute Herr Hauptmann nannten. Dannhero machten die reichen Stutzer mit mir Brüderschaft und war alle Kurzweile, Spielen, Saufen, Fressen meine allergrößte Arbeit und Sorge.

Unterdessen ward es mit Herzbrudern je länger je ärger, also daß er endlich die Schuld der Natur bezahlen mußte. Ich ließ ihn ganz herrlich begraben und seine Diener mit Trauerkleidern und einem Stück Geld ihres Wegs laufen.

Sein Abschied tät mir schmerzlich weh, vornehmlich weil ihm mit Gift vergeben worden. Obzwar ich solches nicht ändern konnte, so änderte es doch mich, dann ich flohe alle Gesellschaft und suchte nur die Einsamkeit, meinen

betrübten Gedanken Audienz zu geben. Ich verbarg mich
etwan irgends in einem Busch und betrachtete nicht allein,
was ich vor einen Freund verloren, sondern ich machte
auch allerhand Anschläge von Anstellung meines künftigen
Lebens. Bald wollte ich wieder in Krieg und unversehens
gedachte ich, es hättens die geringsten Bauren in dieser
Gegend besser, maßen noch alle Baurenhöfe gleich als zu
Friedenszeiten in trefflichem Bau und alle Ställe voll Vieh
waren.

Als ich mich nun mit Anhörung des lieblichsten
Vogelgesangs ergötzte und mir einbildete, daß die Nachtigall
durch ihre Lieblichkeit andere Vögel banne, still zu
schweigen und ihr zuzuhören, da näherte sich jenseits dem
Bache eine Schönheit an Gestalt, die mich mehr bewegte,
weil sie nur den Habit einer Bauerdirne antrug, als eine
stattliche Demoiselle sonst mir nicht hätte tun mögen. Sie
hub einen Korb vom Kopf, darin sie einen Ballen frische
Butter trug, solchen im Sauerbrunn zu verkaufen.
Denselben erfrischte sie im Wasser. Unterdessen satzte sie
sich nieder ins Gras, warf ihr Kopftuch und den Baurenhut
von sich und wischte den Schweiß vom Angesicht, also daß
ich sie genug betrachten und meine vorwitzigen Augen an
ihr weiden konnte. Da dünkte mich, ich hätte die Tage
meines Lebens kein schöner Mensch gesehen. Die
Proportion des Leibes schien vollkommen und ohn Tadel,
Arme und Hände schneeweiß, das Angesicht frisch und
lieblich, die schwarzen Augen aber voller Feuer und
liebreizender Blicke.

Als sie nun ihre Butter wieder einpackte, schrie ich
hinüber:

»Ach Jungfer, Ihr habt zwar mit Euren schönen Händen
Euere Butter im Wasser abgekühlt, hingegen aber mein Herz
durch Euere klaren Augen ins Feuer gesetzt.«

Sobald sie mich sahe und hörete, lief sie davon, als ob man sie gejagt hätte. Sie hinterließ mich mit all denjenigen Torheiten beladen, damit die verliebten Phantasten gepeinigt zu werden pflegen.

Meine Begierden, von dieser Sonne mehr beschienen zu werden, ließen mich nicht in meiner Einsamkeit, sondern machten, daß ich den Gesang der Nachtigallen nicht höher achtete als ein Geheul der Wölfe. Derhalben tollete ich auch dem Sauerbrunn zu und schickte meinen Jungen voran, die Butterverkäuferin anzupacken und mit ihr zu marken, bis ich hernach käme. Er tät das Seinige und ich nach meiner Ankunft auch das Meinige, aber ich fand ein steinern Herz und solche Kaltsinnigkeit, dergleichen ich hinter einem Baurenmensch nimmermehr zu finden getrauet hätte, welches mich aber viel verliebter machte.

Damals hätte ich entweder einen strengen Feind oder einen guten Freund haben sollen. Einen Feind, damit ich meine Gedanken gegen denselben hätte richten und der närrischen Liebe hätte vergessen müssen, oder einen Freund, der mir ein anderes geraten und mich von meiner Torheit hätte abmahnen mögen. Ach leider, ich hatte nichts als mein Geld, das mich verblendete, meine blinden Begierden, die mich verführeten, weil ich ihnen den Zaum schießen ließ, und meine grobe Unbesonnenheit, die mich verderbete und in alles Unglück stürzete. Mit einem Wort, ich war mit dem Narrenseil rechtschaffen verstrickt und derhalben ganz blind und ohn Verstand. Und weil ich meine viehischen Begierden nicht anders zu sättigen getrauete, entschloß ich mich, das Mensch zu heiraten. Was, gedachte ich, du bist deines Herkommens doch nur ein Baurensohn und wirst deiner Tage kein Schloß besitzen; du hast Geld genug, auch den besten Baurenhof in dieser Gegend zu bezahlen. Du wirst dies ehrliche Baurngretlein heiraten und dir einen geruhigen Herrenhandel inmitten der Bauren

schaffen. — Ich erhielt, wiewohl nicht ohne Mühe, das
Jawort.

Zur Hochzeit ließ ich trefflich rüsten, dann der Himmel
hing mir voller Geigen. Das Baurengut, darauf meine Braut
geboren worden, lösete ich nicht allein ganz an mich,
sondern fing noch darzu einen schönen, neuen Bau an,
gleich als ob ich daselbst mehr hof- als haushalten hätte
wollen. Eh die Hochzeit vollzogen, hatte ich daselbst über
dreißig Stück Viehe stehen, weil man soviel auf dem Gut
erhalten konnte. Ich bestellte alles aufs Beste und sogar mit
köstlichem Hausrat, wie es mir nur meine Torheit eingab.

Aber die Pfeife fiel mir bald in Dreck. Dann als ich
nunmehr vermeinete mit gutem Wind in Engelland zu
schiffen, kam ich wider alle Zuversicht nach Holland. Viel
zu spat ward ich erst gewahr, was Ursache mich meine
Braut hatte so ungern nehmen wollen. Und ich konnte
mein spöttlich Anliegen keinem Menschen klagen. So
zahlete ich nach Maß und Billigkeit meine Schulden, was
Erkanntnus mich darum doch nichts desto geduldiger, viel
weniger frömmer machte. Ich fand mich betrogen und
gedachte meine Betrügerin wieder zu prellen, maßen ich
anfing grasen zu gehen, wo ich zukommen konnte. Überdas
stack ich mehr bei guter Gesellschaft in Sauerbrunn als zu
Haus.

Meine Frau war ebenso liederlich. Sie hatte einen Ochsen,
den ich ins Haus hatte schlagen lassen, in etliche Körbe
eingesalzen; als sie eine Spänsau zurichten sollte,
unterstund sie sich solche wie einen Vogel zu rupfen; sie
wollte die Krebse am Rost und die Forellen am Spieß braten.
Nichts desto weniger trank sie auch das liebe Weingen gern
und teilete andern guten Leuten auch mit. —

Einsmals spazierete ich mit etlichen Stutzern das Tal
hinunter, eine Gesellschaft im untern Bad zu besuchen. Da

begegnete uns ein alter Baur mit einer Geiß am Strick, die er verkaufen wollte. Und weil mich dünkte, ich hätte ihn mehr gesehen, fragte ich ihn, wo er mit der Geiß herkomme.

Er zog sein Hütlein und sagte: »Gnädiger Hearr, eich darffs ouch werli neit sän.«

»Du wirst sie ja nicht gestohlen haben.«

»Nein, ich bring sie aus dem Städtgen im Tal, welches ich eben gegen den Hearrn nit darf nennen, dieweil wir vor einer Geiß reden.«

Solches bewegte die Gesellschaft zum Lachen, und weil ich mich entfärbte, gedachten sie, ich hätte Verdruß, maßen mir der Baur so artig eingeschenkt. Aber ich hatte andere Gedanken, dann an der großen Warze, die der Baur mitten auf der Stirn stehen hatte, ward ich eigentlich versichert, daß es mein Knän aus dem Spessart war. — Wollte derhalben zuvor einen Wahrsager agieren, eh ich mich ihm offenbarte.

»Mein lieber alter Vater, seid Ihr nicht im Spessart zu Haus?«

»Ja, Hearr.«

»Haben Euch nicht vor ungefähr achtzehn Jahren die Reuter Euer Haus und Hof geplündert und verbrannt?«

»Ja, Gott erbarms, es ist aber noch nit so lang.«

»Habet Ihr nicht zwei Kinder, nämlich eine erwachsene Tochter und einen jungen Knaben gehabt?«

»Hearr, die Tochter war mein Kind, der Bub nit. Ich hab ihn aber an Kindesstatt aufziehen wollen.«

Hieraus verstund ich wohl, daß ich dieses Knollfinken Sohn nicht sei, welches mich eines Teils erfreuete, hingegen aber auch betrübete, weil mir einfiel, ich müßte sonst ein Bankert oder ein Findling sein. Fragte derowegen den Knän, wo er den Buben aufgetrieben.

»Ach, der Krieg hat mir ihn gegeben und der Krieg hat nur ihn wieder genommen.«

Weil ich dann besorgte, es dörfte wohl ein Facit herauskommen, das mir wegen meiner Geburt nachteilig sein möchte, fragte ich, ob er die Geiß der Wirtin in die Küche verkauft hätte.

»Ach nein, Hearr, ich bring sie der Gräfin, die im Sauerbrunn badet. Der Doktor Hans in allen Gassen hat etliche Kräuter geordnet, so die Geiß essen muß. Was sie dann vor Milch gibt, die nimmt der Doktor und machet der Gräfin noch so ein Arznei drüber, dann muß sie die Milch trinken. Man seit, es mangle der Gräfin am Gehäng.«

Unter währender solcher Relation besann ich, auf was Weise ich noch mit dem Baurn reden möchte, bot ihm derhalben einen Taler mehr um die Geiß als die Gräfin. Solches ging er gleich ein, doch mit dem Beding, er sollte der Gräfin zuvor angeben, daß ihm ein Taler mehr darauf geboten, er wollte mir den Handel auf den Abend anzeigen.

Also ging mein Knän seines Wegs und auch ich drehete mich bald von der Kompanie ab und ging hin, wo ich meinen Knän wiederfand; der hatte seine Geiß noch. Ich führete ihn auf meinen neuen Hof, bezahlte die Geiß und hängte ihm einen halben Rausch an. Sodann fragte ich ihn nach seinem Knaben.

»Ach Herr, der Mansfelder Krieg hat mir ihn beschert, und die Nördlinger Schlacht hat mir ihn wieder genommen.« Nach verlorener Schlacht bei Höchst habe des Mansfelder flüchtig Volk sich weit und breit zerstreuet. Viel seien in den Spessart gekommen, weil sie die Büsche suchten, sich zu verbergen, aber indem sie dem Tod in der Ebene entgingen, hätten sie einen in den Bergen gefunden, dann damalen ginge selten ein Baur in die Büsche ohn sein

Feuerrohr, da man zu Haus bei Hauen und Pflügen nicht bleiben konnte. In demselben Tumult habe er nicht weit von seinem Hof in dem wilden ungeheuren Wald eine schöne, junge Edelfrau samt einem stattlichen Pferd getroffen, so er anfänglich vor einen Kerl gehalten, weil sie so mannlich daherritte. Indem sie beides: Händ und Augen zum Himmel aufgehoben und auf wälsch mit einer erbärmlichen Stimme zu Gott gerufen, habe er sein Rohr sinken lassen und den Hahn wieder zurückgezogen, dann er gesehen, daß sie ein betrübtes Weibsbild wäre. Indem er näher getreten riefe sie ihn an: »Ach, wann Ihr ein ehrlicher Christenmensch seid, so bitte ich Euch um Gottes und seiner Barmherzigkeit, ja um des jüngsten Gerichtes willen, Ihr wollet mich zu ehrlichen Weibern führen, die mich durch göttliche Hilfe von meines Leibes Bürde entledigen helfen!« Diese Worte hätten ihn samt der holdseligen Aussprache zu solcher Erbärmde gezwungen, daß er ihr Pferd beim Zügel nahm und sie durch Hecken und Stauden an den allerdicksten Ort des Gesträuchs führete, da er selbst Weib, Kind, Gesind und Viehe hingeflüchtet gehabt. Daselbst seie sie ehender als in einer halben Stund des jungen Knaben genesen.

Ich sprach ihm gütlich zu. Da er aber sein Glas ausgeleert hatte, fragte ich wie es darnach weiter mit der Frau gegangen.

Er antwortete, sie habe ihn zum Gevatter gebeten und ihm auch ihres Mannes und ihren Namen genennt, damit sie möchten ins Taufbuch geschrieben werden. Indem habe sie ihr Felleisen aufgetan, darin sie wohl köstliche Sachen hatte, und ihm, seinem Weib und Kind, der Magd und sonst allen geschenkt. Aber indem sie so damit umging und von ihrem Mann erzählete, sei sie unter den Händen der Weiber gestorben. Pfarrer und Schultz hätten ihm darnach befohlen, das Kind aufzuziehen und vor Mühe und Kosten der Fraue ganze Hinterlassenschaft zu behalten, ausgenommen etliche Paternoster, Edelsteine und sonst Geschmeiß. Also sei das Kind von der Bäurin mit Geißmilch auferzogen worden.

»Ihr habet mir,« sagte ich, »eine artliche Geschichte erzählt und doch das Beste vergessen, dann Ihr habet nicht gesagt, weder wie die Frau noch ihr Mann oder das Kind geheißen.«

Er antwortete: die Edelfrau habe Susanna Ramst, ihr Mann Kapitain Sternfels von Fuchsheim geheißen, und weil er Melchior hieße, so habe er den Buben bei der Taufe auch Melchior Sternfels von Fuchsheim nennen und ins Taufbuch schreiben lassen.

Hieraus vernahm ich umständlich, daß ich meines Einsiedels und der Schwester des Gubernators Ramsey leiblicher Sohn gewesen. Aber ach, leider viel zu spat! Dann meine Eltern waren schon beide tot.

Ich deckte meinen Paten vollends mit Wein zu und ließ den andern Tag auch sein Weib holen. Da ich mich ihnen nun offenbarte, wollten sie's nicht glauben, bis ich ihnen einen schwarzen haarigen Fleck aufgewiesen, den ich auf der Brust habe.

Das fünfte Kapitel

Ohnlängst hernach nahm ich meinen Pflegvater zu mir und tät mit ihm einen Ritt hinunter in Spessart, glaubwürdigen Schein und Urkund meines Herkommens und ehelicher Geburt zu Wege zu bringen, welches ich unschwer erhielt. Ich kehrete auch bei dem Pfarrer ein, der sich zu Hanau aufgehalten, und ließ über meine ganze Histori aus der Zeugen Mund durch einen Notarium ein Instrument aufrichten, dann ich dachte, wer weiß, wo du es noch einmal brauchst. Solche Reise kostete mich über vierhundert Taler, dann auf dem Rückweg ward ich von einer Partei erhascht, abgesetzt und geplündert, also daß ich und mein Knän nackend und kaum mit dem Leben davonkam.

Indessen ging es daheim noch schlimmer zu. Dann nachdem mein Weib vernommen, daß ihr Mann ein Junker sei, spielte sie nicht allein die große Frau, sondern verliederlichte auch alles in der Haushaltung, was ich, weil sie großen Leibes war, stillschweigend ertrug. Überdas ward mir das meiste und beste Viehe von einer Seuche dahingerafft. Dieses alles wäre noch zu verschmerzen gewesen. Aber, o mirum, kein Unglück allein! In der Stunde, darin mein Weib genase, ward die Magd auch Kindbetterin. Das Kind zwar, so sie brachte, sahe mir allerdings ähnlich, das Kind meines Weibes hingegen sahe dem Knecht so gleich, als wanns ihm aus dem Gesicht wäre geschnitten worden. Jedoch es gehet nicht anders her, wann man in einem so gottlosen und verruchten Leben seinen viehischen Begierden folget.

Nun was halfs, ich mußte taufen. Andernteils nahm es mein Weibgen nur auf die leichte Achsel. Doch die Magd mußte aus dem Haus, dann mein Weib argwöhnete, was ich ihretwegen vom Knecht gedachte. Indessen ich ward von dieser Anfechtung heftig gepeinigt, daß ich meinem Knecht ein Kind aufziehen, das Meinige aber von der Magd nicht mein Erbe sein sollte, und daß ich dabei froh sein mußte, weil sonst niemand nichts wußte.

Mit solchen Gedanken marterte ich mich täglich, mein Weib aber delektierte sich stündlich mit Wein, dann sie hatte sich das Kumpen sint unserer Hochzeit dergestalt angewöhnt, das es ihr selten vom Maul kam und sie selbsten gleichsam keine Nacht ohne einen ziemlichen Rausch schlafen ging. Davon soff sie ihrem Kind zeitlich das Leben ab und entzündete sich das Gehäng dergestalt, daß es ihr bald hernach entfiel und mich wieder zum Witwer machte. Das ging mir so zu Herzen, daß ich mich fast krank darüber gelachet hätte.

Ich befand mich solchergestalt wieder in meiner ersten Freiheit. Mein Beutel war ziemlich geleeret, ich hingegen mit großer Haushaltung vielem Viehe und Gesind beladen. Also nahm ich meinen Paten Melchior vor einen Vater und dessen Frau vor eine Mutter, den Magdsohn aber vor meinen Erben an und übergab den beiden Alten Haus und Hof samt meinem ganzen Vermögen, bis auf gar wenig gelbe Batzen und Kleinodien. Ich hatte einen Ekel ob aller Weiber Beiwohnung und Gemeinschaft, ich nahm mir vor, mich nicht mehr zu verheiraten.

Diese beiden Alten gossen meine Haushaltung gleich in einen andern Model. Sie schafften vom Gesind und Viehe ab, was nichts nütze und bekamen hingegen auf den Hof, was etwas eintrug. Sie vertrösteten mich alles Guten und versprachen, wann ich sie nur hausen ließe, so wollten sie mir allweg ein gut Pferd auf der Streu halten und so viel

verschaffen, daß ich je zu Zeiten mit einem ehrlichen
Biedermann eine Maß Wein trinken könnte. Ich spürete es
auch gleich. Mein Pate bestellte mit dem Gesind den Feldbau,
schacherte mit Viehe und mit dem Holz- und Harzhandel
ärger als ein Jud und meine Götfrau legte sich auf die
Viehzucht und wußte Milchpfennige besser zu gewinnen
und zusammen zu halten, als zehen solcher Weiber, wie ich
eins gehabt hatte. Auf solche Weise ward mein Baurenhof in
kurzer Zeit vor den besten in der ganzen Gegend geschätzet.
—

Einsmals spazierte ich in Sauerbrunn, jedoch nicht um
mich mit Stutzern bekannt zu machen, dann ich fing an
meiner Alten Kargheit nachzuahmen, gleichwohl geriet ich
zu einer Gesellschaft mittelmäßigen Standes, weil sie von
einer seltenen Sache, nämlich vom Mummelsee diskutierten.
Der war in der Nachbarschaft auf einem von den höchsten
Bergen gelegen, unergründlich, und wunderbarliche Fabeln
verlauteten von ihm.

Einer sagte, wann man ungrad, es seien gleich Erbsen,
Steinlein oder etwas andres in ein Nastüchlein binde und
hinein hänge, so veränderte es sich in grad, also auch grad
in ungrad. Die meisten aber gaben vor und befestigten es
auch mit Exempel, wann man ein oder mehrere Steine
hineinwürfe, so erhebe sich gleich, Gott gebe wie schön
auch der Himmel zuvor gewesen, ein grausam Ungewitter
mir schröcklichem Regen, Schloßen und Sturmwinde. Einer
erzählte, daß auf ein Zeit, da etliche Hirten ihr Viehe bei dem
See gehütet, ein brauner Stier herausgestiegen, welcher sich
zu dem andern Rindviehe gesellet, dem aber gleich ein
kleines Männlein nachgefolget, ihn wieder zurück zu
treiben. Auch seie einsmals ein Baur mit seinem Ochsen und
etlichen Holzplöchern über den gefrornen See gefahren, ohn
einzigen Schaden, als ihm aber sein Hund nachkommen, sei
das Eis mit ihm gebrochen und der arme Hund allein

hinunter gefallen und nicht mehr gesehen worden. Noch einer behauptete bei großer Wahrheit, es sei ein Schütze auf der Spur des Wildes bei dem See vorübergegangen, der hätte auf dem Wasser ein Männlein sitzen sehen, das einen ganzen Schoß voll gemünzter Goldsorten gehabt und gleichsam damit gespielet hätte. Und als er nach demselben Feuer geben wollen, hätte sich das Männlein geduckt und gerufen: »Wann du mich gebeten deiner Armut zu Hilf zu kommen, so wollte ich dich reich genug gemacht haben.«

Solche und andere Historien verlachte ich. Aber es fanden sich Baursleute, und zwar alte, glaubwürdige Männer, die erzählten, wie dann ein regierender Herzog von Württemberg ein Floß machen ließ, die Tiefe zu ergründen. Nachdem die Messenden aber bereits neun Zwirnnetz mit einem Senkel hinunter gelassen und gleichwohl noch keinen Boden gefunden, hätte das Floß wider die Natur des Holzes angefangen zu sinken, also daß sie von ihrem Vornehmen abstehen und sich hätten ans Land salvieren müssen, maßen man noch heutzutag die Stücke des Flosses am Ufer und zum Gedächtnus dieser Geschicht das fürstlich württembergsche Wappen in Stein gehauen vor Augen sehe.

Die Begierde, den Mummelsee zu beschauen, vermehrte sich bei mir, als ich von dem Knän verstund, daß er auch dort gewesen und den Weg wisse. Da er aber hörete, daß ich überein auch darzu wollte, sagte er: »Der Herr Sohn wird nichts andres sehen, als das Ebenbild eines Weihers, der mitten in einem großen Walde liegt, und wann er seine jetzige Lust mit beschwerlicher Unlust gebüßet, so wird er nichts andres als Reue, müde Füße und den Hergang vor den Hingang davon haben.«

Da er aber meinen Ernst sahe, meinete er, dieweil die und auf dem Hof weder zu hauen noch zu ernten, wolle er selbst mit mir gehen; dann er hatte mich so lieb und prangte mit mir, weil die Leute im Land glaubten, daß ich sein leiblicher

Sohn sei.

Also wanderten wir miteinander über Berg und Tal und kamen zum Mummelsee, eh wir sechs Stunden gegangen waren, dann mein Pate war noch so käfermäßig und sowohl zu Fuß als ein Junger. Nachdem wir uns an Speis und Trank erquickt, beschauete ich den See und fand die etlichen gezimmerten Hölzer des Württembergischen Flosses darin liegen. Die Luft war ganz windstill und wohl temperiert, so wollte ich auch probieren, was Wahrheit an der Sagenmär wäre, sintemal ich allbereit die Sage, daß der See keine Forellen leide, am mineralischen Geschmack des Wassers als natürlich zu sein befunden.

Ich ging gegen der linken Hand an dem See hin, da das Wasser wegen der abscheulichen Tiefe des Sees gleichsam kohlschwarz zu sein scheinet und deswegen so förchterlich aussiehet. Daselbst fing ich an große Steine hinein zu werfen, als ich sie nur immer erheben und ertragen konnte. Mein Knän warnete mich und bat, ich aber continuierete meine Arbeit emsig fort, bis ich über dreißig Steine in den See brachte.

Da fing die Luft an, den Himmel mit schwarzen Wolken zu bedecken, in welchen ein grausamer Donner gehöret ward, also daß mein Knän, der jenseits des Sees bei dem Auslauf stund, über meine Arbeit lamentierte und mir zuschrie, ich sollte mich doch salvieren, damit uns Regen und das schröckliche Wetter nicht ergreife. Ich aber antwortete: »Vater, ich will bleiben und des Endes erwarten, sollte es auch Hellebarten regnen.«

Er schmälete noch weiterhin zu mir herüber, ich verwandte aber die Augen nicht von der Tiefe und sahe weit untern gegen den Abgrund etliche Kreaturen im Wasser herumfladern, die mich der Gestalt nach an Frösche ermahneten und gleichsam wie Schwärmerlein aus einer

aufsteigenden Rakete in der Luft herumvagierten. Je näher
sie kamen, desto größer und an Gestalt den Menschen
ähnlicher schienen sie meinen Augen, weswegen mich dann
erstlich eine große Verwunderung und endlich ein Grausen
und Entsetzen ankam.

»Ach,« rief ich vor Schröcken so laut, daß es mein Knän
wohl hören konnte, »wie seind die Wunderwerke des
Schöpfers auch sogar im Bauch der Erden und in der Tiefe
des Wassers so groß!«

Da war schon eins von den Sylphen oben auf dem Wasser
und antwortete: »Das bekennst du, ehe du etwas davon
gesehen hast, was würdest du wohl sagen, wann du erst
selbsten im Centro der Erden wärest und unsere Wohnung,
die dein Fürwitz beunruhiget, beschautest!«

Unterdessen kamen noch mehr dergleichen
Wassermännlein, gleichsam wie Tauchentlein hervor. Sie
brachten die Steine wieder herauf, worüber ich ganz
erstaunete. Der Erste und Vornehmste unter ihnen, dessen
Kleidung wie lauter Gold und Silber glänzete, warf mir
einen leuchtenden Stein zu, so groß wie ein Taubenei und so
grün und durchsichtig, wie ein Smaragd.

»Nimm das Kleinod, damit du etwas von uns und diesem
See zu sagen wissest.«

Ich hatte ihn aber kaum aufgehoben und zu mir gesteckt,
da ward mir nicht anderst, als ob mich die Luft hätte
ersticken und ersäufen wollen, derhalben ich mich dann
nicht länger aufrecht behalten konnte, sondern
herumtaumelte wie eine Garnwinde und endlich gar in den
See hinunter fiel. Sobald ich aber ins Wasser kam, erholete
ich mich wieder und atmete aus Kraft des Steins das Wasser
anstatt der Luft. Ich konnte auch gleich sowohl als die
Wassermännlein in dem See herumwebern, maßen ich mich
mit ihnen in den Abgrund hinunter tät, als wann sich eine

Schar Vögel mit Umschweifen gegen die Erde nieder lässet.

Da mein Knän dies Wunder, samt meiner gählingen Verzückung gesehen, trollete er sich von dem See hinweg und heim zu, als ob ihm der Kopf brennte. Daselbst erzählete er den Verlauf. Etliche glaubten ihm, die meisten aber hielten es vor eine Fabel.

Das sechste Kapitel

Der Fürst über den Mummelsee, so mich begleitete, sagte mir, daß wir durch die halbe Erde just neunhundert deutscher Meilen hätten, und wer zum Centro der Erde wolle, der müßte durch einen dergleichen Seen seinen Weg nehmen, deren hin und wieder so viel, als Tag im Jahr seien, in der Welt wären und alle bei ihres Königs Wohnung zusammen stießen. In solchem sanften Abfahren konnte ich mit dem Mummelseeprinzen allerhand diskurieren, dann ich bemerkte seine Freundlichkeit. So fragte ich, zu was Ende sie mich einen so weiten, gefährlichen Weg mit sich nähmen. Er antwortete mir gar bescheiden, der Weg sei nicht weit und in einer Stunde spaziert, er sei nicht gefährlich, dieweil ich in seiner Gesellschaft mit dem überreichten Stein hinabführe, daß er mir aber ungewöhnlich vorkomme, sei nicht zu verwundern. Darauf bat ich ihn ferner, mir zu berichten, weshalb der gütige Schöpfer so viel wunderbarliche Seen erschaffen.

»Du fragst billig um dasjenige, was du nicht verstehst, diese Seen sind um dreierlei Ursachen willen geschaffen. Erstlich werden durch sie alle Meere gleichsam wie mit Nägeln an die Erde geheftet, zweitens werden von uns durch diese Seen die Wasser aus den Tiefen des Ozeans in alle Quellen der Erde getrieben, wovon Flüsse und Ströme entstehen, der Erdboden befeuchtiget, die Gewächse erquicket und beides: Mensch und Vieh getränket werden, drittens, daß wir als vernünftige Kreaturen Gottes darin leben und Gott loben. Wann wir aber aus einer andern Ursache unsere Geschäfte unterlassen müssen, so wird die

Welt durchs Feuer untergehen, dann zu dieser Zeit, so alle Wasser verschwinden, wird die Erde von sich selbst durch die Sonnenhitze entzündet.«

Da ich ihn also gleichsam die heilige Schrift anziehen hörete, fragte ich, ob sie sterbliche Kreaturen wären, oder ob sie Geister seien. Darauf antwortete er, sie seien keine Geister sondern sterbliche Leutlein und gab mir folgends eine Genealogia oder Stammtafel aller Kreatur, indem er mir fürderst von der Erschaffung der Engel erzählete und den Sturz derer, so aus Hoffart gefallen, folgends wie Gott die Welt mit allen Kreaturen aus seinem göttlichen Willen hervorgehen ließe und also auch den irdischen Menschen zu solchem End geschaffen, daß er Gott loben und sich vermehren sollte, bis sein Geschlecht so groß sei, die Zahl der gefallenen Engel zu ersetzen. Dann die heilige, entleibte Seele eines zwar irdischen, doch himmlisch gesinnten Menschen hat alle guten Eigenschaften des Engels an sich, der entseelte Leib eines irdischen Menschen aber ist gleich dem andern Aas eines unvernünftigen Tieres. Kam demnach zum Beschluß auf das Geschlecht der Sylphen und sagte: »Uns selbsten setzten wir vor das Mittel zwischen euch und allen lebendigen Kreaturen der Welt. Sintemal obgleich wir wie ihr vernünftige Seelen haben, so sterben jedoch dieselbige mit unseren Leibern hinweg, gleichsam als wie die lebhaften Geister der unvernünftigen Tiere in ihrem Tod verschwinden. Zwar ist uns kundbar, daß ihr durch den ewigen Sohn Gottes aufs höchste geadelt seid und euch die ewige Seligkeit wiederum erworben ist, aber ich rede und verstehe nichts von der Seligkeit, weil wir deren zu genießen nicht fähig sein. Uns hat der allgütige Schöpfer genugsam in dieser Zeitlichkeit beseeligt, als mit einer guten, gesunden Vernunft, mit Erkanntnus seines heiligen Willens, mit gesunden Leibern, langem Leben und einer edlen Freiheit, mit genugsam Wissenschaft und Kunst und, was das allermeiste ist, wir sind keiner Sünde, dannenhero auch keiner Strafe, ja nicht einmal der geringsten Krankheit unterworfen.«

Ich antwortete, da sie keiner Missetat und auch keiner Strafe unterworfen, wozu sie dann eines Königs bedörftig, item wie sie sich der Freiheit rühmen könnten, wann sie einem König untertan. Darauf sagte er, sie hätten ihren König nicht, daß er Justiz übe, noch daß sie ihm dienen sollten, sondern er dirigiere wie der Weisel im Immenstock ihre Geschäfte. Sie würden ohne Wollust gezeugt und ohne Schmerzen geboren und also stürben sie auch nicht mit Schmerzen sondern gleichsam, wie ein Licht verlösche, wann es seine Zeit geleuchtet habe, also verschwinden auch ihre Leiber samt den Seelen. Gegen ihre Freiheit aber sei die Freiheit des allergrößten Monarchen unter uns irdischen Menschen gar nichts, dann sie könnten weder getötet noch zu etwas Unbeliebigem genötigt werden. Kein Gefängnus könne sie halten, weil sie Feuer, Wasser, Luft und Erde ohne einzige Mühe und Müdigkeit durchgehen könnten.

Darauf sagte ich: »So ist euer Geschlecht von dem Schöpfer weit höher geadelt und beseeligt als das unsrige.«

»Ach nein,« antwortete der Fürst, »Ihr sündigt, wann Ihr dies glaubt, dann Ihr vergesset der ewigen Seligkeit.«

Ich sagte: »Was haben darum die Verdammten davon?«

Da fragte er: »Was kann die Güte Gottes davor, wann euer einer sein Selbst vergisset und sich der Welt schändlichen Wollüsten ergibet, seinen viehischen Begierden die Zügel schießen lässet und sich dem unvernünftigen Vieh, ja den höllischen Geistern gleich machet?«

Ich sagte zu dem Fürstlein, weil ich auf dem Erdboden ohn das mehr Gelegenheit hätte von dieser Materia zu hören, als ich mir zu nutz machte, so wollte ich ihn gebeten haben, mir die Ursache zu erzählen, warum ein so groß Ungewitter entstehe, wann man Steine in solche Seen werfe.

»Weil alle Steine, so hineingeworfen werden, notwendig und natürlicher Weise in unsere Wohnung fallen und liegen bleiben müßten, so schaffen wir sie mit einer Ungestüme wieder hinaus, damit der Mutwille der Menschen abgeschreckt und in Zaum gehalten werden möge. An dieser einzigen Verrichtung kannst du die Notwendigkeit unseres Geschlechtes abnehmen, sintemal wann die Steine von uns nicht wieder ausgetragen würden, so müßten endlich die Gebäude, damit das Meer an die Erde geheftet und befestiget ist, zerstört und die Gänge, durch die die Quellen aus dem Abgrund des Meeres auf die Erde geleitet werden, verstopft bleiben, das dann eine schädliche Konfusion und der ganzen Welt Untergang mit sich bringen könnte.«

Ich bedankte mich dieser Kommunikation und fragte, ob es auch möglich sein könnte, daß er mich wieder durch einen andern als den Mummelsee nach einem andern Ort der Erde auf die Welt bringen könnte.

»Freilich, warum das nicht? Wann es nur Gottes Wille ist. Dann auf solche Weise haben unsere Voreltern vor alten Zeiten etliche Kanaaneer, die dem Schwert Josuas entronnen und sich aus Desperation in einen solchen See gesprenget, in Amerikam geführet, maßen deren Nachkömmlinge noch auf den heutigen Tag den See zu weisen wissen, aus welchem ihre Ureltern anfänglich entsprungen.«

Als ich nun sahe, daß er über meine Verwunderung erstaunete, gleichsam als ob seine Erzählung nicht Verwunderns würdig wäre, fragte ich ihn, ob er dann nicht auch Seltsames und Wunderliches von uns Menschen gesehen.

Hierauf sagte er: »Wir wundern uns an euch nichts mehrers, als daß ich euch, da ihr doch zum ewigen, seligen Leben erschaffen, durch zeitliche und irdische Wollüste, die doch so wenig ohn Unlust und Schmerzen als Rosen ohne Dörner sind, dergestalt betören lasset. Ach, möcht unser Geschlecht an euerer Stelle sein, wir möchten euerer nichtigen und flüchtigen Zeitlichkeit Probe besser halten als ihr. Dann das Leben, so ihr habet, ist nicht euer Leben, sondern euer Leben oder Tod wird euch erst gegeben, wann ihr die Zeitlichkeit verlasset. Dannenhero halten wir die Welt vor einen Probierstein Gottes, auf welchem der Allmächtige das Gold des Menschen probieret.«

Das war das Ende unseres Gesprächs, weil wir uns dem Sitz des Königs näherten, vor welchen ich ohn Zeremonien oder Verlust einiger Zeit hingebracht ward. Da hatte ich nun wohl Ursache mich über seine Majestät zu verwundern, da ich doch weder eine wohlbestellte Hofhaltung noch einziges Gepränge, ja aufs Wenigste keinen Kanzler oder geheime Räte, noch einzigen Dolmetschen oder Trabanten und Leibguarde, sogar keinen Schalksnarren, noch Koch, Keller, Page oder einzigen Favoriten oder Tellerlecker sahe, sondern rings um ihn her schwebten die Fürsten über alle Seen, die sich in der ganzen Welt befinden, jedweder in derjenigen Landestracht aufziehend, in welches sich sein See vom Centro der Erde aus erstreckte. Dannenhero sahe ich zugleich die Ebenbilder der Chineser und Afrikaner, Troglodyten und Novazembler, Tataren und Mexikaner, Samojeden und Moluccenser, ja auch von denen so unter den Polis arctico und antarctico wohnen, das wohl ein seltsames Spektakul war; derjenige, so ober den Pilatussee die Obersicht trug, zog mit einem breiten, ehrbaren Bart und ein paar Ploderhosen auf, wie ein reputierlicher Schweizer, und derjenige, so ober den See Camarina die Aufsicht hatte, sahe beides: mit Kleidern und Geberden einem Sizilianer so ähnlich, daß einer tausend Eide geschworen hätte, er wäre niemalen aus Sicilia weggekommen.

Ich bedorfte nicht viel Komplimenten zu machen, dann

der König fing selbst an, gut deutsch mit mir zu reden.

»Aus was Ursache hast du dich unterfangen, uns gleichsam ganz mutwilliger Weise so einen Haufen Steine zuzuschicken?«

»Weil bei uns einem jeden erlaubt ist an einer verschlossenen Tür anzuklopfen.«

»Wie wann du aber den Lohn deiner fürwitzigen Importunität empfingest?«

»Ich kann mit keiner größeren Strafe beleget werden, als daß ich sterbe. Sintemal ich aber seithero so viel Wunder erfahren und gesehen, wie unter Millionen Menschen keiner das Glück nicht hat, würde mir mein Tod vor gar keine Strafe zu rechnen sein.«

»Ach, elende Blindheit! Ihr Menschen könnet nur einmal sterben und ihr Christen sollet den Tod nicht eher getrost zu überstehen wissen, ihr wäret dann gegen Gott durch eine unzweifelhafte Hoffnung versichert. Aber ich habe vor, diesmal weit anderes mit dir zu reden. Es ist mit bekannt worden, daß ihr Christen euch des jüngsten Tages ehistens versehet, weilen alles, was auf der Erden lebet, den Lastern so schröcklich ergeben seie, also daß der allmächtige Gott nicht lange verziehen werde. Darob entsetzten wir uns nicht wenig, wegen der Nähe solcher erschröcklichen Zeit. Haben dich derowegen zu uns holen lassen, um zu vernehmen, was etwan nach etlichen Wahrzeichen, die euer Heiland für seine Ankunft hiebevor selbsten hinterlassen, vor Sorge oder Hoffnung sein möchte. Ersuchen dich derowegen ganz holdselig, du wollest uns bekennen, ob derjenige Glaube noch auf Erden sei, welchen der Richter bei seiner Ankunft schwerlich mehr finden wird.«

Ich sagte, das zu beantworten seie mir viel zu hoch. Die Ankunft des Herrn sei Gott allein bekannt.

»Nun wohlan, so sage mir, wie sich die Stände der Welt in ihrem Beruf halten, damit ich daraus der Welt Untergang absehe. Hingegen will ich dich, wann du mir die Wahrheit bekennst, mit einer solchen Verehrung abfertigen, deren du dich dem Lebtag wirst zu erfreuen haben.«

Als ich nun hierauf schwieg und mich bedachte, fuhr der König fort: »Dran! Dran! Fang am höchsten an und beschließ am niedersten. Es muß doch sein, wann du anders wieder auf den Erdboden willst.«

Ich antwortete: »Wann ich am höchsten anfahen soll, so mach ichs billig bei den Geistlichen, diese seind gemeiniglich alle, sie seien auch gleich, was vor Religion sie immer wollen, rechtschaffene Verächter der Ruhe, Vermeider der Wollüste, in ihrem Beruf begierig zur Arbeit, geduldig gegen Verachtung, demütig bei ihren Verdiensten, hochmütig gegen die Laster. Und gleichwie sie sich allein befleißen, Gott zu dienen und andere Menschen mehr durch ihre Exempel als durch Worte zum Reiche Gottes zu bringen, also haben die weltlichen hohen Häupter allein ihr Absehen auf die liebe Justitia, welche sie dann ohn Ansehen der Person einem jedweden, Armen oder Reichen, durch die Bank hinaus schnurgerad erteilen und widerfahren lassen. Die Kaufleute handeln nie aus Geiz oder um Gewinns willen, sondern damit sie ihren Nebenmenschen mit ihrer Ware, die sie zu solchem Ende aus fernen Landen herbringen, bedient sein können. Die Wirte treiben nicht deswegen ihre Wirtschaften, reich zu werden, sondern damit sich der Hungrige, Durstende und Reisende bei ihnen erquicken, und sie die Bewirtung als ein Werk der Barmherzigkeit an den müden und kraftlosen Menschen üben können. Also suchet der Medicus nicht seinen Nutz, sondern die Gesundheit seines Patienten, wohin dann auch die Apotheker zielen. Die Handwerker wissen von keinen Vorteln, Lügen und Betrug, sondern befleißen sich, ihre

Kunden mit dauerhafter und rechtschaffener Arbeit am besten zu versehen. Den Schneidern tut nichts Gestohlenes im Auge wehe, und die Weber bleiben aus Redlichkeit arm, daß sich auch keine Mäus bei ihnen ernähren können, denen sie ein Knäul Garn nachwerfen müßten. Man weiß von keinem Wucher, sondern der Wohlhäbige hilft dem Dürftigen aus christlicher Liebe ganz ungebeten. Und wann ein Armer nicht zu bezahlen hat, ohn merklichen Schaden und Abgang seiner Nahrung, so schenkt ihm der Reiche die Schuld aus freien Stücken. Man spüret keine Hoffart, dann jeder weiß und bedenkt, daß er sterblich ist. Man merket keinen Neid, dann es weiß und erkennet je einer den andern vor ein Ebenbild Gottes, das von seinem Schöpfer geliebt wird. Keiner erzörnt sich über den andern, weil sie wissen, daß Christus vor alle gelitten und gestorben. Man höret von keiner Unkeuschheit oder unordentlichen fleischlichen Begierden, sondern was so vorgehet, das geschieht aus Begierde und Liebe zur Kinderzucht. Da findet man keine Trunkenbolde oder Vollsäufer, sondern wann einer den andern mit einem Trunk ehrt, so lassen sich beide nur mit einem christlichen Räuschlein begnügen. Da ist keine Trägheit im Gottesdienst, dann ein jeder erzeiget einen emsigen Fleiß und Eifer, wie er vor allem andern Gott rechtschaffen dienen möge; und eben deswegen sind jetzund so schwere Kriege auf Erden, weil je ein Teil vermeinet, der andere diene Gott nicht recht. Es gibt keine Geizigen mehr, sondern Sparsame, keine Verschwender, sondern Freigebige, keine Kriegsgurgeln, die Leute berauben und verderben, sondern Soldaten die das Vaterland beschirmen, keine mutwilligen, faulen Bettler, sondern Verächter der Reichtümer und Liebhaber der freiwilligen Armut, keine Korn- und Weinjuden, sondern vorsichtige Leute, die den überflüssigen Vorrat auf den besorglichen künftigen Notfall vor das Volk aufheben und zusammenhalten.«

Das siebente Kapitel

Ich pausierte ein wenig und bedachte mich, aber der König sagte, er hätte bereits so viel gehöret, daß er nicht mehr zu wissen begehrete, wann ich wollte, so sollten sie mich gleich wieder an den Ort bringen, von wo sie mich genommen. Wollte ich aber eins oder das andere beschauen, so sollte ich in seinem Reiche sicher begleitet sein und alsdann werde ich mit einer Verehrung abgefertigt werden, daß ich zufrieden sein könnte. Da ich mich aber zu nichts entschließen konnte, wandte er sich zu etlichen, die eben in den Abgrund des Mare del Zur sich begaben. »Nehmt ihn mit und bringet ihn bald wieder, damit er noch heut auf den Erdboden gestellet werde!« Zu mir sagte er, ich möchte mich auf einen Wunsch besinnen.

Durch ein Loch, das etliche hundert Meilen lang war, kamen wir auf den Grund des friedsamen Meeres del Zur, darauf standen Korallenzinken so groß wie Eichbäume, von denen sie zur Speise mit sich nahmen, was noch nicht erhärtet und gefärbet war, dann sie pflegten sie zu essen, wie wir die jungen Hirschgeweihe. Da sahe ich Schneckenhäuser so groß als ein Rondell und breit als ein Scheuertor. Item Perlen so dick als Fäuste, welche sie anstatt der Eier aßen. Der Boden lag überall mit Smaragden, Türkis, Rubinen, Diamanten und andern Edelsteinen überstreut, gemeiniglich so groß wie Bachkiesel. Da sahe man hier und dort gewaltige Schröffen viel Meilwegs in die Höhe ragen, die vor das Wasser hinausgingen und lustige Insuln trugen. Sie waren rund herum mit allerhand wunderbarlichen Meergewächsen gezieret und von mancherlei seltsamen

Kreaturen bewohnet. Die Fische aber, groß und klein, von unzählbarer Art vagierten über uns im Wasser herum und gemahneten mich allerdings an so vielerlei Vögel, die sich in Frühlingszeit und im Herbst bei uns in der Luft erlustieren.

Als der, in dessen Obhut ich befohlen war, sahe, wie mir alles so wunderbarlich vorkam und ich darüber erstaunete, daß sie als Peruaner, Brasilianer, Mexikaner und Insulaner de los latrones dannoch so gut deutsch redeten, da sagte er, daß sie nicht mehr als eine Sprache könnten, die aber alle Völker auf den ganzen Umkreis der Erden in ihrer Sprache verstünden und sie hingegen wiederum, welches daher komme, daß ihr Geschlecht mit der Torheit des babylonischen Turmes nichts zu schaffen hätte.

Weil sich nun meine Begleitung genugsam verproviantiert hatte, kehrten wir in das Centrum der Erde zurück. Auf dem Wege sagte ich, die Wunder, die ich bisher gesehen, hätten mich so gar aus mir selbst gebracht, daß ich mich auf nichts bedenken könnte, sie wollten mir raten, was ich von dem König begehren sollte. Meine Meinung wäre, von ihm einen Gesundbrunnen auf meinen Hof zu erbitten, wie derjenige wäre, der neulich von sich selbst in Deutschland entsprungen sei. Mein Führer antwortete mir, solches würde in seines Königs Macht nicht stehen. Darauf fragte ich nach Ursach dessen und er antwortete: »Es befinden sich hin und wieder in der Erde leere Stätten, die sich nach und nach mit allerhand Metallen ausfüllen, schläget sich zu Zeiten durch die Spälte aus dem Centro, davon alle Quellen getrieben werden, Wasser darzu, welches dann um und zwischen den Metallen viel hundert Jahr sich enthält und der Metallen edle Art und heilsame Eigenschaften an sich nimmt, und suchet es endlich durch seinen starken Trieb einen Auslauf, so wird das Heilwasser nach so und soviel hundert Jahren zum allerersten ausgestoßen und tät alsdann in denen menschlichen Körpern die wunderbarliche

Wirkung, die man an solchen neuen Heilbrunnen siehet. So
es aber in schnellem Lauf durch die Metalle passieret,
vermöchte es keine Tugenden oder Kräfte von den Metallen
an sich nehmen.« Wann ich die Gesundheit, sagte er, so sehr
affectiere, so sollte ich den König ersuchen, daß er mich dem
König der Salamander, mit welchem er in Korrespondenz
stünde, in eine Kur empfehle. Derselbe könne die
menschlichen Körper durch einen Edelstein begaben, daß sie
in keinem Feuer verbrennen mögen. Wenn man solche
Menschen wie eine schleimige, alte, stinkende Tabakspfeife
mitten in das Feuer setze, da verzehrten sich dann alle bösen
Humores und schädlichen Feuchtigkeiten, und komme ein
Patient wieder so jung, frisch, gesund und neugeschaffen
hervor, als wann er Elixir Theophrasti eingenommen hätte.

Ich wußte nicht, ob mich der Kerl foppte oder ob es ihm
ernst war, doch bedankte ich mich der vertraulichen
Communication und sagte, ich besorge diese Kur sei mir als
einem Cholerico zu hitzig. Mir würde nichts Lieberes sein, als
wann ich meinen Mitmenschen eine heilsame, rare Quelle
mit mir auf den Erdboden bringen könnte, welches ihnen
zu Nutz, dem Könige im Centro der Erden zur Ehre, mir aber
zu einem unsterblichen Namen und ewigem Gedächtnus
gereichen würde. Darauf mußte ich hören, daß der König im
Centro der Erden der Ehre oder Schande, so ihm unter den
Menschen zugelegt werde, gleichviel achte.

Mithin kamen wir wiederum vor das Angesicht des
Königs, da bemerkte ich, wie die Sonne einen See nach dem
andern beschiene und ihre Strahlen bis in diese schröckliche
Tiefe herunter warf, also daß den Sylphis niemalen kein
Licht mangelte. Man brauchte zum Imbiß weder Wein noch
stark Getränke, aber anstatt dessen tranken sie Perlen, als
welche noch nicht erhärtet waren, aus; die gaben ihnen
treffliche Stärke.

Indessen hatte sich die Zeit genähert, daß ich wieder heim

sollte, derhalben befahl der König, ich sollte meinen Wunsch tun. Da antwortete ich, es könnte mir keine größere Gnade widerfahren, als wann er mir einen rechtschaffenen medicinalischen Sauerbrunn auf meinen Hof würde zukommen lassen.

»Ist es nur das? Ich hätte vermeint, du würdest etliche große Smaragde mit dir nehmen. Jetzt sehe ich, daß kein Geiz bei euch Christen ist.«

Mithin reichte er mir einen Stein von seltsam wechselnden Farben und sagte: »Diesen stecke zu dir. Wo du ihn auf den Erdboden legen wirst, daselbst wird er anfahen, das Centrum wieder zu suchen und die bequemsten Mineralia durchgehen, bis er wieder zu uns kommt und dir unsretwegen eine herrliche Sauerbrunnquelle zuschicket, die dir so wohl bekommen und zuschlagen soll, als du mit Eröffnung der Wahrheit um uns verdienet hast.«

Darauf nahm mich der Fürst vom Mummelsee wieder in sein Geleit. Diese Heimfahrt dünkte mich viel weiter als die Hinfahrt, also daß ich auf dritthalbtausend wohlgemessener deutscher Meilen rechnete. Auch redete ich mit meinen Begleitern nichts. Im übrigen war ich in meiner Phantasie mit meinem Sauerbrunn so reich, daß alle meine Gedanken und Witz genug zu tun hatten zu beratschlagen, wo ich ihn hinsetzen und wie ich mir ihn zu Nutz machen wollte. Da hatte ich allbereits meine Anschläge wegen der ansehnlichen Gebäude, die ich dazusetzen mußte, damit die Badegäste auch rechtschaffen accomodiert seien und ich ein großes Losamentgeld aufheben möchte. Ich ersann schon, durch was vor Schmiralia ich die Medicos dahinbringen wollte, daß sie meinen neuen Wundersauerbrunn allen andern, ja gar den Schwalbacher vorziehen und mir einen Haufen neuer Badegäste zuschaffen sollten. Ich machte schon ganze Berge eben, damit sich die Ab- und Zufahrenden über keinen mühsamen Weg beschwereten. Ich dingete schon verschmitzte Hausknechte, geizige Köchinnen, vorsichtige Bettmägde, wachsame Stallknechte, saubere Bad- und Brunnenverwalter und sann auch allbereits einen Platz aus, auf welchem ich mitten im wilden Gebürge, bei meinem Hof einen schönen, ebenen Lustgarten pflanzen und allerlei rare Gewächse darin ziehen wollte, damit die fremden Herren Badegäste mit ihren Frauen darin spazieren, sich die Kranken erfrischen, die Gesunden mit allerhand kurzweiligen Spielen ergötzen und errammlen können. Da mußten mir die Medici, doch um die Gebühr, einen herrliche Tractat von meinem Brunn und dessen köstliche Qualität zu Papier bringen, welchen ich alsdann neben einem schönen Kupferstich, darin mein Baurenhof im Grundriß entworfen, wohl drucken lassen konnte, aus welchem ein jeder abwesende Kranke sich gleichsam halb gesund lesen und hoffen möchte. Ich ließ bereits meinen Sohn von L. holen, doch dorfte er mir kein Bader werden, dann ich hatte mir vorgenommen, meinen Gästen obzwar nicht den Rücken, so doch aber ihren Beutel tapfer zu schröpfen.

Mit solchen reichen Gedanken und überseligem Phantasiehandel erreichte ich wiederum die Luft, maßen mich mein Prinz allerdings mit trockenen Kleidern aus seinem Mummelsee ans Land satzte. Doch mußte ich das Kleinod, so er mir anfänglich gegeben, stacks von mir tun, dann ich hätte sonst in der Luft ersaufen oder Atem zu holen den Kopf wieder in das Wasser stecken müssen. Da er den Stein wieder zu sich genommen, beschirmten wir einander als Leute, die einander nimmer wieder zu sehen würden bekommen. Er duckte sich und fuhr wieder mit den seinigen in den Abgrund. Ich aber ging mit meinem Quellenstein voll Freuden davon.

Aber ach, meine Freude währete nicht lang! Indem ich noch immerfort Kalender machte, wie ich den köstlichen Wunderbrunn auf meinen Hof setzen und mir darbei einen

geruhigen Herrenhandel schaffen möchte, stund ich, eh ich
meiner Verirrung gewahr ward, mitten in einer Wildnus wie
Matz von Dresden beides: ohne Speis und Gewehr, dessen
ich gegen die bevorstehende Nacht wohl bedörftig gewesen
wäre. Geduld, Geduld, dein Stein wird dich aller
überstandenen Not wiederum ergetzen! Gut Ding will Weile
haben! Vortreffliche Sachen werden ohne große Mühe und
Arbeit nicht erworben, sonst würde jeder Narr ohn
Schnaufens und Bartwischens einen solchen edlen
Sauerbrunn zuwege bringen.

Ich trat tapferer auf die Sohlen. Der Vollmond leuchtete
mir zwar fein, aber die hohen Tannen ließen mir sein Licht
nicht so wohl gedeihen, doch kam ich soweit fort, bis ich
um Mitternacht von weitem ein Feuer gewahr ward. Etliche
Waldbauren saßen darbei, die mit Harz zu tun hatten.

Wiewohl nun solchen Gesellen nicht allezeit zu trauen, so
zwang mich doch die Not zu ihnen. Ich hinterschlich sie
unversehens und sagte: »Guten Abend, ihr Herrn!«

Da stunden und saßen sie alle sechse vor Schröcken
zitternd. Dann weil ich einer von den Längsten bin, noch
schwarze Trauerkleider anhatte, zumalen einen
schröcklichen Prügel in den Händen trug, auf welchem ich
mich wie ein wilder Mann steurete, kam ihnen meine Gestalt
entsetzlich vor. Endlich erholete sich einer.

»Wer ischt dann der Hair?«

Da hörete ich, daß er schwäbischer Nation sein müßte, die
man zwar (aber vergeblich) vor einfältig schätzet, sagte
derowegen, ich sei ein fahrender Schüler, der jetzo erst aus
dem Venusberg komme.

»Oho,« antwortete einer, »jetzt glaube ich, Gottlob, daß
ich den Frieden wieder erleben werde, weil die fahrenden
Schüler wieder anfangen zu reisen.«

Das achte Kapitel

Also kamen wir ins Gespräch und ich genoß so vieler Höflichkeit von ihnen, daß sie mich hießen zu Feuer niedersitzen und mir ein Stück schwarz Brot und magern Kühkäs anboten, welches ich gern annahm. Endlich wurden sie so verträulich, daß sie mir zumuteten, ich sollte ihnen als fahrender Schüler gute Wahrheit sagen. Da fing ich an einem nach dem andern auf seine Hand hin aufzuschneiden, was ich meinete, daß es ihnen wohl gelegen sei. Sie begehreten weiterhin allerhand fürwitzige Künste von mir zu lernen, ich aber vertröstete sie auf den künftigen Tag, und begehrete, daß sie mich ein wenig ruhen wollten lassen. Legte mich also beiseits, mehr zu horchen als zu schlafen. Je mehr ich nun schnarchte, je wachsamer sie sich erzeigeten. Sie stießen die Köpfe zusammen und fingen an zu beraten, wer ich sein möchte. Vor keinen Soldaten wollten sie mich halten, weil ich ein schwarz Kleid antrug, und vor keinen Bürgerskerl konnten sie mich schätzen, weil ich zu einer solchen ungewöhnlichen Zeit so fern von den Leuten in das Mückenloch (so heißet der Wald) angestochen käme. Zuletzt beschlossen sie, ich müßte dannoch ein lateinischer Handwerksgeselle sein, der verirrt wäre, oder ein fahrender Schüler, weil ich so trefflich wahrsagen konnte.

»Ja,« fing einer an, »er hat darum doch nicht alles gewußt. Etwan ist er ein loser Krieger und hat sich so verkleidet, unser Viehe und die Schliche im Wald auszukunden. Ach, daß wir es wüßten, wir wollten ihn schlafen legen, daß er das Aufstehen vergessen sollte!«

Indessen lag ich dort und spitzte die Ohren. Ich gedachte: werden mich diese Knollfinken angreifen, so muß mir zuvor einer oder drei ins Gras beißen.

Demnach nun diese ratschlagten und ich mich mit Sorgen ängstigte, ward mir gähling, als ob ein Bettnässer bei mir läge, dann ich lag unversehens ganz naß. O mirum! Da war Troja verloren! Alle meine trefflichen Anschläge waren dahin, dann ich merkte am Geruch, daß es mein Sauerbrunn war. Da geriet ich vor Zorn und Unwillen in eine solche Raserei, daß ich mich beinahe mit den sechs Bauren eingelassen und herumgeschlagen hätte.

»Ihr gottlosen Flegel! An diesem Sauerbrunn, der auf meiner Lagerstätte hervorquillet, könnet ihr merken, wer ich sei! Es wäre kein Wunder, ich strafe Euch alle, daß euch der Teufel holen möchte, weil ihr so böse Gedanken traget.«

Machte darauf so bedrohliche und erschröckliche Mienen, daß sie sich alle vor mir entsatzten. Doch kam ich wieder zu mir selber und dachte, besser den Sauerbrunn als das Leben verloren, gab ihnen derhalben gute Worte und sagte: »Stehet auf und versuchet den herrlichen Sauerbrunn, den ihr und alle Harz- und Holzmacher hinfort in dieser Wildnus meinetwegen zu genießen haben werdet.«

Sie sahen einander an wie lebendige Stockfische, bis sie merkten, daß ich fein nüchtern aus meinem Hut den ersten Trunk tät. Da stunden sie nacheinander vom Feuer auf, besahen das Wunder, versuchten das Wasser und begannen zu lästern: Sie wollten, daß ich mit meinem Sauerbrunn an einen andern Ort geraten wäre, dann sollte ihre Herrschaft dessen inne werden, so müßte das ganze Amt Dornstädt fröhnen und Wege darzu machen.

»Dahingegen«, sagte ich, »habet ihr dessen alle zu genießen. Eure Hühner, Eier, Butter, Viehe und alles könnet ihr besser ans Geld bringen.«

»Nein, nein,« riefen sie, »nein! Die Herrschaft setzt einen Wirt hin, der wird allein reich und wir müssen seine Narren sein, ihm Wege und Stege erhalten und werden keinen Dank darzu haben!«

Zuletzt entzweiten sie sich, zween wollten den Sauerbrunn behalten, vier muteten mir zu, ich sollte ihn wieder abschaffen. Weil aber nunmehr Tag vorhanden war und ich nichts mehr da zu tun hatte, sagte ich, wann sie nicht wollten, daß alle Kühe im ganzen bayersbrunner Tal rote Milch geben sollten, solang der Brunn liefe, so sollten sie mir alsobald den Weg in Seebach weisen. Sie gaben mir zwei mit, maßen sich einer allein bei mir forchtete.

Also schied ich von dannen und obzwar dieselbe ganze Gegend unfruchtbar war und nichts als Tannzapfen trug, so hätte ich sie doch noch elender verfluchen mögen, weil ich alle meine Hoffnung daselbst verloren. — Nach vieler Mühe und Arbeit kam ich gegen Abend wieder heim auf meinen Baurenhof und sahe, daß mein Knän mir wahrgesagt hatte: nichts als müde Beine und den Hergang vor den Hingang würde ich von dieser Wallfahrt haben.

Nach meiner Heimkunft hielt ich mich gar eingezogen, meine größte Freude und Ergötzung war, hinter den Büchern zu sitzen, deren ich mir dann viel beischaffte, so von allerhand Sachen handelten, sonderlich die eines großen Nachsinnens bedörfen. Aber Grammaticam und Arithmeticam, Mathematicam und Geometriam auch Astronomiam warf ich bald von mir, teils sie mir gar bald erleidet und ich ihrer überdrüssig ward, teils sie mich zwar trefflich erlustigten aber mir endlich auch falsch und ungewiß vorkamen, also, daß ich mich auch nicht länger mit ihnen schleppen mochte. Bei der Lullischen Kunst befand ich viel Geschrei und wenig Wolle. Ich machte mich hinter die Kabbala der Hebräer und Hieroglyphicas der Egypter, fand aber als Allerletztes von allen meinen Künsten und Wissenschaften, daß keine bessere sei als Theologia.

Nach derselben Richtschnure erfand ich vor die Menschen eine Art zu leben, die mehr englisch als menschlich sein könnte. Es sollte sich meines Davorhaltens eine Gesellschaft zusammen tun beides: von verehelichten als ledigen so Manns- als Weibspersonen, die auf Manier der Wiedertäufer allein sich beflissen, unter einem verständigen Vorsteher durch ihrer Hände Arbeit ihren Unterhalt zu gewinnen und sich die übrige Zeit mit dem Lob und Dienst Gottes und um ihrer Seelen Seligkeit zu bemühen. Ich hatte hiebevor in Ungarn auf den wiedertäuferischen Höfen ein solches Leben gesehen und vor das seligste in der ganzen Welt geschätzet, dann sie kamen mir in ihrem Tun und Leben allerdings für wie die jüdischen Essäer. Sie hatten erstlich große Schätze und überflüssige Nahrung, die sie aber keineswegs verschwendeten. Kein Fluch, Murmelung, noch Ungeduld ward bei ihnen gespüret, ja, man hörcte kein unnützes Wort. Da sahe ich Handwerker in ihren Werkstätten arbeiten, als wann sie es verdingt hätten. Ihr Schulmeister unterrichtete die Jugend, als wann sie alle seine leiblichen Kinder gewesen wären. Nirgends sahe ich Manns- und Weibsbilder untereinander vermischt, sondern an jedem bestimmten Ort auch jedes Geschlecht absonderlich seine obliegend Arbeit verrichten. Ich fand Zimmer, in welchen nur Kindbetterinnen waren, die ohne Obsorge ihrer Männer durch ihre Mitschwestern mit aller notwendigen Pflege samt ihren Kindern reichlich versehen wurden. Andere sonderbare Säle standen voll Wiegen mit Säuglingen, die von andern Weibern, das waren Witwen, beobachtet wurden, daß sich deren Mütter ferners nicht um sie bekümmern durften, als wann sie täglich zu dreien gewissen Zeiten kamen, ihnen ihre mildreichen Brüste zu bieten. Anderswo sahe ich das weibliche Geschlecht sonst nichts tun als spinnen, also daß man über die hundert Kunkeln oder Spinnrocken in einem Zimmer beieinander antraf. Da war eine die Wäscherin, die andere die Bettmacherin, die dritte Viehmagd, die vierte Schüsselwäscherin, die fünfte Kellerin, die sechste hatte das weiße Zeug zu verwalten und also auch die übrigen alle wußten eine jede, was sie tun sollten. Und gleichwie die Ämter unter dem weiblichen Geschlecht ordentlich ausgeteilet waren, also wußte auch unter den Männern und Jünglingen ein jeder sein Geschäft. Die Kranken hatten Wärter und Wärterin und stund ihnen ein allgemeiner Medicus und Apotheker bei, wiewohl sie wegen löblicher Diät und guter Ordnung selten erkrankten. Sie hatten ihre gewissen Stunden zum Essen und Schlafen, aber keine einzige Minute zum Spielen noch Spazieren, außerhalb die Jugend, welche mit ihrem Präceptor jedesmal nach dem Essen der Gesundheit halber eine Stunde spazierte. Da war kein Zorn, kein Eifer, keine Rachgier, kein Neid, keine Feindschaft, keine Sorge um Zeitliches, keine Hoffart, keine Reue. Kein Mann sahe sein Weib, als wann er auf die bestimmte Zeit sich mit derselben in seiner Schlafkammer befand, in welcher er sein zugerichtetes Bette und sonst nichts darbei als einen Wasserkrug und weißen Handzwilch fand, damit sie mit gewaschenen Händen schlafen gehen und des Morgens an die Arbeit aufstehen möchten. Und alle hießen einander Schwester und Bruder, und war doch solche ehrbare Verträulichkeit keine Ursache unkeusch zu sein. Ein solches seliges Leben, wie diese Wiedertäuferischen Ketzer führten, hätte ich gern auch aufgebracht. Und hätte als ein anderer Dominicus oder Franciscus einer solchen vereinigten Christengesellschaft meinen Hof und ganzes Vermögen zum besten gegeben, unter denselben ein Mitglied zu sein. Aber mein Knän profezeite mir stracks, daß ich wohl nimmermehr solche Bursche zusammenbringen würde.

⊢────⊣

354

Das neunte Kapitel

Denselbigen Herbst näherten sich französische, schwedische und hessische Völker, sich bei uns zu erfrischen, deswegen dann jedermann sich selbst samt seinem Viehe und besten Sachen in die hohen Wälder flüchtete. Ich machte es wie meine Nachbarn und ließ das Haus ziemlich leer stehen, in welches ein reformierter schwedischer Obrister logieret ward. Derselbige fand in meinem Kabinett noch etliche Bücher, dann ich in der Eil nicht alles hinwegbringen konnte, und unter andern einzige mathematische und geometrische Abrisse, auch etwas vom Fortifikationswesen. Er schloß deshalben, daß sein Quartier keinem gemeinen Bauren zuständig sein müßte, fing derowegen an, sich um meine Person zu erkundigen und ihr nach zu trachten, maßen er selbsten durch courtoise Zuentbietungen und untermischte Drohworte mich dahin brachte, daß ich mich zu ihm auf meinem Hof begab. Mit großer Freundlichkeit brachte er zu Wege, daß ich ihm mein Geschlecht und Herkommen und alle meine Beschaffenheit vertraute. Er verwunderte sich, daß ich mitten im Kriege meine Gaben, die mir Gott verliehen, hinter dem Ofen und beim Pflug verschimmeln lasse. Wenn ich schwedische Dienste annehmen würde, so wüßte er, daß mich meine Qualitäten und Kriegswissenschaften bald hoch bringen würden. Ich ließ mich hiezu kaltsinnig an. Aber er drang weiter in mich, maßen ihm von Torstensohn ein Regiment versprochen sei, wann er ein solches erhalten würde, woran er dann gar nicht zweifle, so wolle er mich alsbald zu seinem Obrist-

Leutnant machen. Mit dergleichen Worten machte er mir das Maul ganz wässerig und weilen noch schlechte Hoffnung auf den Frieden war und ich deswegen sowohl fernerer Einquartierung als gänzlichen Ruins unterworfen, resolvierete ich mich wieder um mitzumachen, sofern er mir seine Parola halten und die Obrist-Leutnantstelle geben wollte.

Also ward die Glocke gegossen, ich ließ meinen Knän holen, derselbe war noch mit meinem Viehe zu Bayrischbrunn, verschrieb ihm meinen Hof vor Eigentum, doch daß ihn nach seinem Tod der Magdsohn erben sollte, weil kein ehelicher Erbe vorhanden. Folgends holete ich mein Pferd und was ich noch an Geld und Kleinodien hatte. Da ward die Einquartierung plötzlich aufgehoben und wir mußten, ehe wir uns dessen versahen zur Hauptarmee marschieren.

Die torstensohnischen Promessen, mit denen sich der Obrist auf meinem Hof breit gemachet, waren bei weitem nicht so groß, als er vorgeben, er ward vielmehr nur über die Achsel angesehen. Und demnach er argwöhnete, daß ich mich bei ihm in die Länge nicht gedulden würde, dichtete er Briefe, als wenn er in Livland, allwo er zu Haus war, ein frisch Regiment zu werben hätte, und überredete mich, daß ich gleich ihm zu Wismar aufsaß und mit nach Livland fuhr. Allein er hatte kein Regiment zu werben und war auch sonsten ein blutarmer Edelmann.

Obzwar nun ich mich hatte zweimal betrügen und so weit hinweg führen lassen, so ging ich doch auch das dritte Mal an, dann er wiese mir Schreiben vor, die er aus Moskau bekommen, in welchen ihm hohe Kriegschargen angetragen wurden. Und weil er gleich mit Weib und Kindern aufbrach, dachte ich, er wird ja um der Gänse willen nicht hinziehen. — An der reußischen Grenze begegneten uns aber unterschiedliche abgedankte deutsche Soldaten, vornehmlich Offizierer, also daß mir anfing zu graueln.

»Was Teufels machen wir! Wo Krieg ist ziehen wir hinweg, und wo es Friede und die Soldaten abgedankt werden, da kommen wir hin?«

Er gab mir immer gute Worte, ich sollte ihn nur sorgen lassen, er wüßte besser, was zu tun sei.

Nachdem wir nun sicher in der Stadt Moskau angekommen, konferierte mein Obrist täglich mit den Magnaten und vielmehr noch mit dem Metropoliten. Endlich gab er mir bekannt, daß es nichts mehr mit dem Krieg wäre, und daß ihn sein Gewissen treibe, die griechische Religion anzunehmen. Sein treuherziger Rat wäre, weil er mir ohndas nunmehr nicht helfen könnte, wie er versprochen, ich sollte ihm nachfolgen. Des Zaren Majestät hätte bereits gute Nachricht von meiner Person und vortrefflichen Qualitäten, die würden gnädigst belieben, sofern ich mich fügen wollte, mich als einen Kavalier mit einem stattlichen Gut und vielen Untertanen zu begnadigen.

Ich ward hierüber ganz bestürzt, deswegen ich dann, eh ich mich auf eine Antwort resolvieren konnte, lange stillschwieg. Endlich brachte ich vor, ich wäre gekommen ihrer zarischen Majestät als ein Soldat zu dienen, seien nun dieselbe meiner Kriegsdienste nicht bedörftig, so könnte ich nichts ändern, daß aber dieselbe mir eine so hohe zarische Gnade allergnädigst widerfahren zu lassen geruhten, wäre mir mehr Pflicht zu rühmen, als solche alleruntertänigst zu acceptieren, weil ich mich meine Religion zu ändern noch zurzeit nicht entschließen könnte, wünschete vielmehr, daß ich wiederum im Schwarzwald auf meinem Baurenhof säße.

Hierauf antwortete er: »Der Herr tue nach seinem Belieben, allein ich hätte vermeinet, wann Ihn Gott und das Glück grüßeten, so sollte Er beiden billig danken. Wann Er sich ja nicht helfen lassen und Er gleichsam wie ein Prinz leben will, so verhoffe ich gleichwohl, Er werde davor halten, ich habe an Ihm das Meinige nach äußersten Vermögen zu tun keinen Fleiß gesparet.«

Daraufhin machte er einen tiefen Bückling, ging seines Wegs und ließ mich dort sitzen, ohn daß er zulassen wollte, ihm nur bis zur Tür das Geleite zu geben.

Als ich nun ganz perplex dasaß und meinen damaligen Zustand betrachtete, hörete ich zween reußische Wägen vor unserm Losament. Sahe darauf zum Fenster hinaus und wie mein guter Herr Obrister mit seinen Söhnen in dem einen und die Frau Obristin mit ihren Töchtern in den andern einstieg. Es waren großfürstliche Fuhren und Livrei zumalen etliche Geistliche dabei, so diesem Ehevolk gleichsam aufwarteten und allen guten, geneigten Willen erzeugeten.

Das zehent Kapitel

Von dieser Zeit an ward ich zwar nicht offentlich, sondern heimlich durch etliche Strelitzen verwachet und mein Obrister oder die Seinigen kamen mir nicht ein Mal mehr zu Gesicht. Damals satzte es seltsame Grillen und viele graue Haare auf meinem Kopf. Ich machte Kundschaft mit den Deutschen, die sich von Kauf- und Handwerksleuten in Moskau ordinari aufhalten, und klagte ihnen mein Anliegen. Sie gaben mir Trost und Anleitung, wie ich wieder mit guter Gelegenheit nach Deutschland kommen könne. Sobald sie aber Wind bekamen, daß der Zar mich im Land zu behalten entschlossen sei und mich dazu drängen wollte, wurden sie alle zu Stummen an mir, ja sie entäußerten sich meiner und es ward mir schwer, auch nur vor meinen Leib Herberge zu bekommen; Pferd und Sattelzeug war bereits verzehret. Als ich dann alle Dukaten aus meinen Kleidern getrennt, fing ich an, meine Ringe und Kleinodien zu versilbern. Indessen lief ein Vierteljahr herum, nach welchem oftgemeldter Obrister samt seinem Hausgesind umgetauft und mit einem ansehnlichen Gut und vielen Untertanen versehen ward.

Damals ging ein Mandat aus, daß man wie unter den Einheimischen so auch unter den Fremden keine Müßiggänger bei hoher unausbleiblicher Strafe leiden sollte, als die den Arbeitenden nur das Brot vor dem Maul wegfressen. Was von Fremdem nicht arbeiten wollte, das sollte in einem Monat das Land verlassen. Also schlugen sich unserer bei fünfzig zusammen, der Meinung den Weg nach Deutschland miteinander zu machen. Wir wurden aber nicht zwei Stunden weit von der Stadt von reußischen

Reutern eingeholet mit Vorwand, daß ihre zarische Majestät ein groß Mißfallen hätte, daß wir uns frevelhafter Weise unterstanden, in so starker Anzahl zusammen zu rotten und ohn Paß dero Land durchzögen. Auf unserm Rückwege erfuhr ich, wie mein Handel beschaffen war, dann der Führer sagte mir ausdrücklich, daß die zarische Majestät mich nicht aus dem Land lassen würden, sein treuherziger Rat wäre, ich sollte mich in dero allergnädigsten Willen fügen, zu ihrer Religion übertreten, sonst ich wider Willen als ein Knecht dienen müßte. Einen so wohlerfahrenen Mann wolle ihre zarische Majestät nicht aus dem Lande lassen.

Ich verringerte mich bescheidentlich ob meiner Tugend und Wissenschaften mit Versicherung, daß ich an meinem äußersten Vermögen nichts verwinden lassen würde, sofern ich in einzigerlei Wege ihrer zarischen Majestät ohn Beschwerung meines Gewissens und ohne meine Religion zu ändern, dienen könnte.

Ich ward von den andern abgesondert und zu einem Kaufherrn logiert, allwo ich nunmehr offentlich verwachet, hingegen aber täglich mit herrlichen Speisen und köstlichem Getränk vom Hof aus versehen wurde. Hatte auch täglich Leute, die mir zusprachen und mich hin und wieder zu Gast luden, sonderlich einer. Dieser diskurierte mehrenteils mit mir von allerhand mechanischen Künsten, item Kriegs- und anderen Maschinen, vom Fortifikationswesen und der Artollerei mit freundlichen Gesprächen, dann ich konnte schon ziemlich reußisch reden. Als er unterschiedliche Mal auf den Busch geklopft und keine Hoffnung fassen konnte, daß ich mich im geringsten ändern würde, so bat er mich, ich sollte doch dem großen Zar zu Ehren ihrer Nation etwas von meinen Wissenschaften mitteilen, ihr Zar würde meine Willfährigkeit mit hohen kaiserlichen Gnaden erkennen. Darauf antwortete ich, meine Affection wäre jederzeit dahin gestanden.

Als er nun solche Offerten verstund, sagte er, daß ihre zarische Majestät allergnädigst bedacht wären, in dero Landen selber Salpeter zu graben und Pulver zurichten zu lassen, weil aber niemand unter ihnen wäre, der damit umgehen könnte, würde ich der zarischen Majestät einen angenehmen Dienst erweisen, wann ich mich des Werks unterfinge, sie würden mir hierzu Leute und Mittel genug an die Hand schaffen. Er vor seine Person wolle mich aufs aufrichtigste gebeten haben, ich sollte solches allergnädigstes Ansinnen nicht abschlagen, dieweilen sie bereits genugsam Nachricht hätten, daß ich mich auf diese Sachen trefflich wohl verstünde. Darauf sagte ich mit courtoisen Worten zu, soferne ihre zarische Majestät gnädigst geruhten, mich in meiner Religion passieren zu lassen. So ward dieser Reuße trefflich lustig, also daß er mir mit dem Trunk mehr zusprach als ein Deutscher.

Am andern Tag kamen vom Zar zween Knesen und ein Dolmetsch, die ein endlichs mit mir beschlossen und von wegen des Zaren mir ein köstlich reußisch Kleid verehreten. Also fing ich gleich etliche Tage hernach an, Salpetererde zu suchen und meinen Leuten zu lernen, wie sie dieselbe von der Erde separieren und läutern sollten. Mithin verfertigte ich die Abrisse zu einer Pulvermühle und lehrete andere die Kohlen brennen, daß wir also in ganz kurzer Zeit sowohl des besten Pirsch- als des groben Stückpulvers eine ziemliche Quantität verfertigten, dann ich hatte Leute genug und darneben auch meine sonderbaren Diener, die mir aufwarteten, oder besser zu sagen, die mich hüten und verwahren sollten.

Ich war einsmals geschäftig auf den Pulvermühlen, die ich hatte außerhalb Moskaus an den Fluß bauen lassen, da ward unversehens Alarm, weilen sich die Tataren bereits vier Meilen weit auf hunderttausend Pferde stark befanden, das

Land plünderten und also immerhin fortavancierten. Wir mußten uns an Hof begeben, allwo wir aus des Zars Rüstkammer und Marstall montiert wurden. Ich zwar ward anstatt des Kürasses mit einem gesteppten seidenen Panzer angetan, welcher jeden Pfeil aufhielt, aber vor keiner Kugel schußfrei sein konnte; Stiefeln, Sporen, und eine fürstliche Hauptzier mit einem Reiherbusch, samt einem Säbel, der Haar schur, mit lauter Gold beschlagen und Edelsteinen versetzt, wurden mir dargegeben. Von des Zaren Pferden ward mir ein solches unterzogen, dergleichen ich zuvor mein Lebtag keines gesehen, geschweige geritten. Ich und das Pferdzeug glänzten von Gold, Silber, Edelsteinen und Perlen. Ich hatte eine stählerne Streitkolbe angehangen. Mir folgte eine weiße Fahne mit einem doppelten Adler, welcher von allen Orten und Winkeln gleichsam Volk zuschneiete, also daß wir eh zwei Stunden verzogen bei vierzig und nach vier Stunden bei sechzigtausend Pferde stark waren.

Es ist meiner Histori an diesem Treffen nicht viel gelegen, ich will allein dies sagen, daß wir die Tataren, so mit müden Pferden und vielen Beuten beladen anzogen, urplötzlich in einem ziemlich tiefen Gelände antrafen, als sie sich dessen am allerwenigsten versahen. Im ersten Angriff sagte ich zu meinen Nachfolgern in reußischer Sprache: »Nun wohlan, es tue jeder wie ich!«

Solches schrieen sie einander zu. Dem ersten, welcher ein Mirsa war, schlug ich den Kopf entzwei. Die Reußen folgten meinem heroischen Exempel, so daß die Tataren sich in allgemeine Flucht wandten. Ich tät wie ein Rasender oder wie einer, der aus Desperation den Tod sucht und nicht finden kann. Was mir vorkam, schlug ich nieder, es wäre gleich Tatar oder Reuße gewesen. Und die, so vom Zar auf mich bestellet waren, drangen mir so fleißig nach, daß ich allezeit einen sichern Rücken behielt. Die Luft flog voller Pfeile, als wann Immen geschwärmt hätten, wovon mir dann einer in Arm zu teil wird. Eh ich den Pfeil auffing, lachte mein Herz in meinem Leib an solcher Blutvergießung, da ich aber meine eigen Blut fließen sahe, verkehrete sich das Lachen in unsinnige Wut. Demnach sich aber diese grimmigen Feinde in eine hauptsächliche Flucht wandten, ward mir von etlichen Knesen im Namen des Zaren befohlen, ihrem Kaiser die Botschaft zu bringen, ich hatte hundert Pferde zur Nachfolge. Da ritt ich durch die Stadt der zarischen Wohnung zu und ward von allen Menschen mit Frohlocken und Glückwünschung empfangen. Sobald ich aber von dem Treffen Bericht erstattet, mußte ich meine festlichen Kleider wieder ablegen, welche wiederum in des Zaren Kleiderbehaltnus aufgehoben wurden, wiewohl sie samt dem Pferdgezeug über und über mit Blut besprengt und besudelt waren und also fast gar zunicht gemachet waren. Sie sollten mir zum wenigsten samt dem Pferd als Ehrengabe überlassen worden sein.

Solang meine Wunde zu heilen hatte, ward ich allerdings fürstlich traktieret. Ich ging in einem Schlafpelz von göldenem Stück mit Zobel gefüttert, wiewohl der Schade weder tötlich noch gefährlich war, und ich habe die Tage meines Lebens niemals keiner solchen fetten Küchen genossen als eben damals. Solches aber war alle meine Beute, die ich von meiner Arbeit hatte, ohn das Lob, so mir der Zar verliehe.

Als ich gänzlich heil war, ward ich mit einem Schiff die Wolga hinunter nach Astrachan geschickt, daselbsten wie in Moskau eine Pulvermacherei anzuordnen, weil dem Zar unmöglich war, diese Grenzfestungen allezeit von Moskau aus mit frischem und gerechtem Pulver zu versehen. Ich ließ mich gern gebrauchen, weil ich Promessen hatte, der Zar würde mich nach Verrichtung solchen Geschäftes wiederum in Holland fertigen und mir, meinen Verdiensten gemäß, ein namhaftes Stück Geld mitgeben.

Als ich aber im besten Tun war und mich außerhalb der Festung über Nacht in einer Pulvermühle befand, ward ich von einer Schar Tataren diebischenweise gestohlen und aufgehoben, weit ins Land hinein verschleppt und endlich um etliche chinesisch Kaufmannswaren den niuchischen Tataren vertauscht, welche mich nachher dem König von Korea als ein sonderbares Präsent verehreten. Daselbst ward ich wert gehalten, und weil ich dem König lehrete, wie er mit dem Rohr, auf der Achsel liegend und mit dem Rücken gegen die Scheibe gekehrt, dannoch ins Schwarze treffen könnte, schenkte er mir die Freiheit und fertigte mich durch Japonia nach Makao zu den Portugesen. Etlich Kaufleute nahmen mich mit ihren Waren nach Alexandria in Egypten, und von dort kam ich nach Konstantinopel. Weil aber der türkische Kaiser eben damalen etliche Galeeren wider die Venediger ausrüstete, mußten viel türkische Kaufleute ihre christlichen Sklaven um bare Bezahlung hergeben, worunter ich mich dann als ein junger, starker Kerl auch befand. Also mußte ich lernen rudern. Aber solche schwere Dienstbarkeit währete nicht über zween Monat, dann unsere Galeere ward in Levante von denen Venetianern ritterlich übermannet und ich aus der türkischen Gewalt erlediget.

Ich bekam leichtlich einen Paß, weil ich nach Rom und Loretto pilgerweis wollte, um Gott vor meine Erledigung zu danken.

Von dannen kam ich über den Gotthart durchs Schweizerland wieder auf den Schwarzwald zu meinem Knän, welcher meinen Hof treu bewahret. Ich brachte nichts besonders heim als einen Bart, der mir in der Fremde gewachsen war.

Indessen war der deutsche Friede geschlossen worden, also daß ich bei meinem Knän in sicherer Ruh leben konnte. Ich ließ ihn sorgen und hausen und satzte mich hinter die

Bücher, welches dann beides: meine Arbeit und Ergetzung
war.

⸻

Das elfte Kapitel

Ich lase einsmals, was das Orakel den römischen Abgesandten, als sie es fragten, was sie tun müßten, damit ihre Untertanen friedlich regiert würden, zur Antwort gabe: »Nosce te ipsum«, das ist: Es soll sich jeder selbst erkennen. Solches machte, daß ich mich hintersann und Rechnung über mein geführtes Leben begehrete. Da sagte ich alsdann zu mir selbst:

Dein Leben ist kein Leben gewesen sondern ein Tod, deine Tage ein schwerer Schatten, deine Jahre ein schwerer Traum, deine Wollüste schwere Sünden, deine Jugend eine Phantasei, deine Wohlfahrt ein Alchimistenschatz, der zum Schornstein hinausfähret und dich verläßt, eh du dich dessen versiehst. Du hast im Krieg viel Glück und Unglück eingenommen, bist bald hoch, bald nieder, bald groß, bald klein, bald reich, bald arm, bald fröhlich, bald betrübt, beliebt und verhaßt, geehrt und veracht gewesen — aber nun du, meine arme Seele, was hast du von dieser ganzen Reise zuwege gebracht?

Arm bin ich an Gut, mein Herz ist beschwert mit Sorgen, zu allem Guten bin ich faul, träg und verderbt. Mein Gewissen ist ängstlich und beladen, ich bin mit Sünden überhäuft und abscheulich besudelt. Der Leib ist müde, der Verstand verwirrt, die Unschuld ist hin, meine beste Jugend verschlissen, die edle Zeit verloren. Nichts ist, das mich erfreuet, ich bin mir selber feind.

Mit solchen Gedanken quälte ich mich täglich und eben damals kamen mir etliche Schriften des Antonio de Guevara

unter die Hände, davon ich etwas zum Beschluß hierher
setze, weil sie kräftig waren, mir die Welt vollends zu
verleiten.

Diese lauten also:

Adieu Welt, dann auf dich ist nicht zu trauen. In deinem
Haus ist das Vergangene schon verschwunden, das
Gegenwärtige verschwindet uns unter den Händen, das
Zukünftige hat nie angefangen, also daß du ein Toter bist
unter den Toten und in hundert Jahren läßt du uns nicht
eine Stunde leben.

Adieu Welt, dann du nimmst uns gefangen und läßt uns
nicht wieder ledig, du bindest uns und lösest uns nicht
wieder auf, du tötest ohne Urteil, begräbst ohne Sterben. Bei
dir ist keine Freude ohne Kummer, kein Fried ohn
Uneinigkeit, keine Ruhe ohne Forcht, keine Fülle ohne
Mängel, keine Ehre ohne Makel, kein Gut ohne bös
Gewissen, keine Freundschaft ohne Falschheit.

Adieu Welt, dann in deinem Palast dienet man ohn Entgelt,
man liebkoset, um zu töten, man erhöhet, um zu stürzen,
man hilft, um zu fällen, man ehrt, um zu schänden, man
straft ohn Verzeihen.

Behüt dich Gott, Welt, dann in deinem Haus werden die
großen Herren und Favoriten gestürzet, die Unwürdigen
herfürgezogen, Verräter mit Gnaden angesehen, Getreue in
Winkel gestellet, Unschuldige verurteilet, den Weisen und
Qualifizierten gibt man Urlaub, den Ungeschickten große
Besoldung, den Hinterlistigen wird geglaubet, und
Aufrichtige und Redliche haben keinen Kredit. Ein jeder tut,
was er will, und keiner, was er soll.

Adieu Welt, dann in dir wird niemand mit seinem rechten
Namen genennet, den Vermessenen nennt man kühn, den
Verzagten fürsichtig, den Ungestümen emsig, den
Nachlässigen friedsam, ein Verschwender wird herrlich

genannt, ein Karger eingezogen. Einen hinterlistigen Schwätzer und Plauderer nennet man beredt, den Stillen einen Narren oder Phantasten, einen Ehebrecher und Jungfrauenschänder nennt man einen Buhler, einen Unflat nennt man Hofmann, einen Rachgierigen eifrig, einen Sanftmütigen einen Phantasten.

Adieu Welt, dann du verführest jedermann: den Ehrgeizigen verheißest du Ehre, dem Unruhigen Veränderung, dem Hochtragenden Fürstengnade, dem Nachlässigen Ämter, Fressern und Unkeuschen Freude und Wollust, Feinden Rache, Dieben Heimlichkeit.

Adieu Welt, dann in deinem Palast findet weder Wahrheit noch Treue Herberge! Wer mit dir redet, wird verschamt, wer dir trauet, betrogen, wer dir folget, verführt. Du betreugst, stürzest, schändest, besudelst, drohest, vergissest jedermann; dannenhero weinet, seufzet, jammert, klaget und verderbt jedermann und jedermann nimmt ein Ende. Bei dir siehet und lernet man nichts, als einander hassen bis zum Würgen, reden bis zum Lügen, lieben bis zum Verzweifeln, handeln bis zum Stehlen, bitten bis zum Betrügen, sündigen bis zum Sterben.

Behüt dich Gott, Welt, dann dieweil man dir nachgehet verzehret man die Zeit in Vergessenheit, die Jugend mit Rennen, Laufen, Spielen, die Mannheit mit Pflanzen und Bauen, Sorgen und Klagen, Kaufen und Verkaufen, Zanken, Hadern, Kriegen, Lügen und Betrügen, das Alter in Jammer und Elend, in summa nichts als Mühe und Arbeit bis in den Tod.

Adieu Welt, dann niemand ist mit dir content oder zufrieden. Ist er arm, so will er haben, ist er reich, so will er gelten, ist er veracht, so will er hoch steigen, ist er beleidigt, so will er sich rächen, ist er in Gnaden, so will er viel gebieten, ist er lasterhaftig, so will er nur bei gutem Mut sein.

Adieu Welt, dann bei dir ist nichts beständig. Die hohen Türme werden vom Blitz erschlagen, die Mühlen vom Wasser hinweggeführet, das Holz wird von Würmern, das Korn von Mäusen, die Frucht von Raupen, die Kleider von Schaben gefressen. Das Viehe verdirbt vor Alter, der Mensch vor Krankheit.

O Welt, behüt dich Gott, dann in deinem Haus führet man weder ein heilig Leben noch einen gleichmäßigen Tod, der eine stirbt in der Wiege, der ander in der Jugend auf dem Bette, der dritt am Strick, der viert am Schwert, der fünft am Rad, der sechst auf dem Scheiterhaufen, der siebend im Weinglas, der acht in Freßhafen, der neunt verworgt am Gift, der zehnt durch Zauberei, der elft stirbt in der Schlacht, der zwölft ertränkt seine arme Seel im Tintenfaß.

Behüt dich Gott, Welt, dann mich verdreußt deine Conversation! Das Leben, das du uns gibst, ist eine elende Pilgerfahrt, ein unbeständiges, ungewisses, hartes, rauhes, hinflüchtiges und unreines Leben voll Armseligkeit und Irrtum. Du lässest dich der Bitterkeit des Todes, mit deren du umgeben und durchsalzen bist, nicht genügen, sondern betreugst noch darzu die meisten mit deinem Schmeicheln. Du gibst aus dem goldenen Kelch Lüge und Falschheit zu trinken und machest blind, taub, toll, voll und sinnlos. Du machst aus uns einen finsteren Abgrund, ein elendes Erdreich, ein Kind des Zorns, ein stinkend Aas, ein unreines Geschirr in der Mistgrube voller Gestank und Greuel. Darum, o Welt, behüt dich Gott!

Adieu, o Welt, o schnöde, arge Welt! Anstatt deiner Freuden und Wollüste werden die bösen Geister an die unbußfertigen, verdammten Seelen Hand anlegen und sie in einem Augenblick in den Abgrund der Hölle reißen. Alsdann ist alle Hoffnung der Gnade und Milderung aus!

Und je mehr einer sich bei dir, o arge, schnöde Welt, hat
herrlich gemachet, je mehr schenket man ihm Qual und
Leiden ein, dann so erforderts die göttliche Gerechtigkeit!
Alsdann wird die arme Seele ächzen: Verflucht seist du, Welt,
weil ich durch dein Anstiften Gottes und meiner selbst
vergessen! Verflucht sei die Stunde, in deren Schoß mich
Gott erschuf! Verflucht der Tag, darin ich geboren bin! O ihr
Berge, Hügel und Felsen, fallet auf mich und verberget mich
vor dem grimmigen Zorn des Lamms, vor dem Angesicht
dessen, der auf dem Stuhl sitzet! Ach Wehe und aber Wehe
in Ewigkeit!

O Welt, du unreine Welt, derhalben beschwöre ich dich,
ich bitte, ich versuche, ich ermahne dich und protestiere
wider dich, du wollest keinen Teil mehr an mir haben!

Ich habe das Ende gesetzt der Sorge. Lebet wohl,
Hoffnung und Glück!

Diese Worte erwog ich mit Fleiß und stetigem
Nachdenken. Endlich verließ ich die Welt und wurde wieder
Einsiedel. Ich hätte gern bei meinem Sauerbrunn im
Muckenloch gewohnet, aber die Bauren in der
Nachbarschaft wollten es nicht leiden. Sie besorgten, ich
würde den Brunn verraten.

Ich begab mich deshalb in eine andere Wildnus und fing
mein spessarter Leben wieder an.

Gott verleihe uns allen seine Gnade, das wir allesamt das
von ihm erlangen, woran uns am meisten gelegen: nämlich
ein seliges

Ende!

Dieses Buch wurde als zweiter Band der Jahresreihe 1919/1920 für den Volksverband der Bücherfreunde hergestellt. Herausgegeben von E. G. Kolbenheyer. Gedruckt wurde der Band von der Druckerei Poeschel & Trepte, Leipzig, in der altschwabacher Drucktype. Der Entwurf zum Einband, der vom Kunstmaler Willy Belling stammt, wurde in der Spamer'schen Buchdruckerei, Leipzig, in Offsetdruck hergestellt.

Ausschließlich für die Mitglieder des Volksverbands der Bücherfreunde.